中国文学研究

论文集

主编 王启涛 贡保扎西

社会科学文献出版社
SOCIAL SCIENCES ACADEMIC PRESS (CHINA)

目 录

● 文学理论研究

中国古代文体分类研究现状
　　——兼及文体概念之内涵 ………………………………… 李　凯 / 003
赋比兴与修饰：汉藏不同的文学表现方法论 ……………… 马建智 / 014
文化唯物主义批评方法 ……………………………………… 邓鹏飞 / 029
齐格蒙特·鲍曼的"东欧新马"身份与"现代性"遗产 … 彭成广 / 044
论哈琴《后现代主义诗学：历史·理论·小说》中的反讽、戏仿
　　与互文性 ………………………………………………… 莫色木加 / 053

● 古代文学研究

古代笔记中妖物幻化佛道人物母题探析 …………………… 胡　垚 / 065
从谢灵运诗文看其仕隐思想 ………………………………… 李　鑫 / 075
《神仙感遇传》遇仙故事里的现实与理想 ………………… 谭　敏 / 085
晁补之文章研究 ……………………………………………… 岳振国 / 096
两宋之交江西宗派诗学观念之变迁 ………………………… 左志南 / 110
济世与修道：《女仙外史》双重主题论析 ………………… 赵　红 / 124
吴瞻泰《杜诗提要》"以文论诗"的"诗法"阐释 ……… 周鸿彦 / 132
吴瞻泰《杜诗提要》比兴论诗之"诗法"阐释 … 周鸿彦　李　鑫 / 141
杜诗的日常化书写在清代的传承
　　——以晚清郑珍诗为例 ………………………………… 苏利海 / 150

● **现当代文学研究**

论《死水微澜》小说、川剧、话剧互文性文本中的成都
　　形象 ………………………………………………… 王小娟 / 165
现代四川文学史家的再发现
　　——华忱之先生生平与教学研究述略 ……………… 康　斌 / 180
网络文学的"虚"与"实":《商藏》中的商业传奇与现实
　　逻辑 ………………………………………………… 刘虹利 / 189

● **民族文学研究**

重返历史现场:20世纪80年代少数民族题材电影的多元表述
　　和美学新变 ………………………………………… 邹华芬 / 201
范畴厘定、方法选择与理论基础
　　——从网络文学到少数民族网络文学 ……………… 徐　杰 / 209
曩昔"龙"魂今安在
　　——乌雾诗歌《招阿龙魂》及其文化背景评析 …… 吉金光 / 225
口头诗学视域下民族史诗演述与传承机制探究 ………… 吉差小明 / 233
岭国的社会结构及《格萨尔王传》中"兄弟"一词的
　　解析 ……………………… 卡尔梅·桑丹坚参 著　乔登塔 译 / 241

● **文学文献研究**

中英文版本彝族史诗《勒俄特依》的对比研究 ………… 王　菊 / 257

文学理论研究

中国古代文体分类研究现状
——兼及文体概念之内涵

李 凯[*]

（西南民族大学 成都 610041）

中国古代文体数量众多，文体分类历史悠久，文体分类理论丰富，作为文体分类实践的文集编选更是代有创新、绵延不绝。中国古代文体分类标准多样、用途不一、层次淆乱。简言之，中国古代文体分类的理论和实践都极其复杂，须众多学者长时间共同努力，方可把握中国古代文体分类理论以及分类实践的优点和缺点。本文简要梳理了近百年来中国古代文体及文体分类、文章分类的研究状况，评述了学界关于中国古代文体概念内涵的不同理解，强调要根据中国古代文体概念内涵的复杂性和分类实际来理解和把握中国古代文体分类的理论和实践，从而为建立中国古代文体分类学提供相应的基础。

一 中国文体学研究兴起、复兴之背景

文体的研究历史漫长，但"文体学"作为学科名称却始于西方 20 世纪，迄今为止也只有百余年时间。从西方文体学正式诞生开始，即有语言学文体学和文学文体学的分野。如果说西方文体学的兴起主要源于索绪尔的结构主义语言学的兴起，那么中国 20 世纪以来关于文体的研究则主要源于三方面。

一是五四新文学运动兴起之后文体发生的巨大变化。白话文取代了文

---

[*] 李凯，博士，教授，研究方向为中国古代文论和文艺学。

言文，很多专属于文言文的文体也就不再继续存在；相反以白话写作的文体则是很多文言写作的文体所没有的，比如散文诗、杂文、报告文学以及诸多白话的新闻体、应用文等。

二是适应新式教育之需。20世纪以来，中国教育发生了巨大变化，即新式教育兴起。新式教育的学习目的、课程设置、具体内容等都与传统教育大不相同。为了适应新式教育的语文教学之需，要重新思考、研究、认识文体问题。大学、中学、小学的语文教育都面临着同样的问题，因此，相当部分关于文体的著述都抱有此目的，如叶圣陶《作文论》（上海商务印书馆，1924）、顾荩丞《文体论ABC》（世界书局，1929）、薛凤昌《文体论》（商务印书馆，1931）、蒋祖怡《文体综合的研究》（世界书局，1939）、蒋伯潜《文体论纂要》（正中书局，1942）、施畸《中国文体论》（北平立达书局，1933）、朱星《新文体概论》（五十年代出版社，1954）、吴调公《文学分类的基本知识》（长江文艺出版社，1959）等的出现就是如此。

三是西方文化的大力输入与引进。受到西方文体思想的影响，国内学界积极讨论中国自身的文体问题。20世纪80年代中国文体学研究复兴。得风气之先的外语学界首先大力介绍和研究文体学，他们侧重于语言学的文体学分析；继之是文艺学、比较文学、中国古代文学、中国古代文学理论等研究界学者纷纷着眼于一般文体学以及中国古代文体学的研究，而写作学研究界和语文教育界则始终关注文章分类和文体分类的研究。

二　中国古代文体分类的研究状况

1981年，郭绍虞先生说："我们一方面希望修辞学能注意一些文体分类学，一方面也希望文体分类学能成为一种独立的学科。"[1] 研究者开始关注文体分类、文章分类等。

中国古代文体学内容范围很广，郭英德认为主要包括文体形态学、文体源流学、文体分类学、文体风格学、文体文化学等分支学科[2]；吴承学

---

[1]　郭绍虞：《提倡一些文体分类学》，《复旦学报》（社会科学版）1981年第1期。
[2]　郭英德：《中国古代文体学论稿》，北京大学出版社，2005，第2页。

认为中国古代文体学主要包括文学文体史料学、古代文体学史、古代文体史、语体与语言形式、作为风格的文体学研究、古代文体学的方法论和思维方式研究,又说,"古代文体分类学和文体类型学研究也是文体学史研究的重点"。① 两人的看法有两点不同,一是郭英德直接使用了"学",即明确将其称为分支学科,吴承学则称之为研究内涵和主要对象;二是郭英德认为文体分类学为中国古代文体学的二级学科,吴承学则将中国古代文体分类学视为中国古代文体学的三级学科或研究内容。曾枣庄先生认为中国古代文体学的研究对象是文章的体裁、体格、体类,其《中国古代文体学》包含三部分,一是中国古代文体学史,二是中国古代文体分类学,三是中国古代文体资料汇编。曾先生认为,"文体学是研究文本特征及其分类学的学问",中国古代文体分类学则是"研究中国古代各种文本的体、格、类的形成、特征、演变及其分类的学问"。② 三位先生虽然对中国古代文体学具体研究内容或分支学科认识不尽一致,但都强调中国古代文体分类学是中国古代文体学的重要组成部分。

检索和研读目前关于中国古代文体分类的研究成果,大约可将其归为以下方面。

一是关于中国古代文学理论名篇名著中文体分类理论的研究。③ 此为目前研究中国古代文体分类成果最早最突出的一个方面。蔡邕《独断》、曹丕《典论·论文》、陆机《文赋》、挚虞《文章流别志论》、任昉《文章缘起》、刘勰《文心雕龙》、萧统《文选序》、颜之推《颜氏家训》、严羽《沧浪诗话》、吴讷《文章辨体》、徐师曾《文体明辨》、朱荃宰《文通》、《四库全书总目提要》以及历代诗话、文话、赋话中的文体分类思想,都有研究成果。其中,刘勰《文心雕龙》的文体分类思想研究最充分,这自然因为《文心雕龙》是中国古代文体学和文体分类学成熟时期的代表作。另外学界对吴讷、徐师曾的文体分类理论研究也比较充分,因为其作是中国古代文体分类具有总结性的代表作。

---

① 吴承学:《中国古代文体学研究》,人民出版社,2011,第22~26页。
② 曾枣庄:《中国古代文体学》(下卷),上海人民出版社、上海书店出版社,2012,"前言"第7页。
③ 因成果较多,故所提及的有关讨论,除非特别引用,皆不加注。

二是关于总集的文体分类实践及其文体分类思想的研究。此为目前研究文体分类较为集中的部分，如萧统编《文选》、姚铉编《唐文粹》、吕祖谦编《宋文鉴》《古文关键》、真德秀编《文章正宗》、祝尧编《古赋辨体》、贺复征编《文章辨体汇选》、黄佐编《六艺流别》、姚鼐编《古文辞类纂》、曾国藩编《经史百家杂钞》、李兆洛编《骈体文钞》、吴楚材与吴调侯编《古文观止》，以及魏晋南北朝、宋代、明代、清代等一代所编总集的文体分类理论和实践都有研究成果。此外，还对地域性总集的文体分类进行了分析。《文选》以其作为现存第一部诗文总集和因文立体、分类编次体例的代表，被研究最多最充分。在文体分类上具有特别之处的《文章正宗》《古文辞类纂》《经史百家杂钞》等也受人关注。

三是关于类书、丛书、词典、目录等工具类图书的文体分类研究。此方面的研究成果也有不少，类书如《艺文类聚》《文苑英华》《古今图书集成》以及唐宋时期所编其他类书，丛书如《四库全书》等，词典如《释名》等，目录如《汉书·艺文志》等。

四是关于《尚书》《诗经》《礼记》《论语》等经部典籍的文体起源和文体分类的研究，其中特别注意儒家经典关于文体分类所具有的典范性以及宗经意识带给后代文体分类的影响。

除上述四个主要方面外，其他还有关于某类文体的内部层级划分的研究，如对赋体、记体、散文、对问体、赠序、四六文、批评文体、公文等的研究；对别集等文体分类的研究，如对欧阳修散文分类、柳宗元散文分类、宋人自编文集的文体分类的研究；对出土文献的研究，如简帛文书、战国秦汉简、敦煌遗书等也有少数研究其文体分类的成果；关于文体命名、定名、文体功能、文体序列、品位等与中国古代文体分类学关系紧密的方面的研究；等等。

上述研究成果多为单篇文章或学位论文，以专著形式集中讨论中国古代文体分类的代表性成果有以下三种。一是郭英德《中国古代文体学论稿》，其中涉及中国古代文体分类问题、中国古代文体分类的生成方式、《文选》及《文选》类型总集编纂的文体分类、中国古代文体分类的体式和原则等。该著既有对中国古代文体分类的总体思考，也有关于文体分类的原理及分类实践的详细分析，该著是目前讨论中国古代文体分类具有突出成绩的著作。二是马建智《中国古代文体分类研究》（中国社会科学出版社，2008）。该书是第一部对中国古代文体分类理论进行全面清理的深入研究之作。前三章分别研究文体分类的基本问题、中国古代文体分类理论的流变、中国古代文体分类的方式，后两章研究《文心雕龙》的文体分类理论和文体观、《昭明文选》的文体分类和文学观。该著前半部分力图对中国古代文体分类理论进行宏观论述，后半部分则是对《文心雕龙》《文选》的分体理论和分体实践进行个案分析。遗憾的是，该著在时间上没有讨论整个中国古代，也没有完整讨论中国古代文体分类学的理论问题，比如中国古代文体分类的思维问题、中国古代文体分类的依据和标准问题、中国古代文体分类的价值和意义等问题。三是曾枣庄先生《中国古代文体学》的下卷《中国古代文体分类学》。该书是以"中国古代文体分类学"命名的第一部专著。曾先生作为国内著名文献学家和《全宋文》主编，对中国古代文体分类的感知和理解、对文体体式特征的深入把握是一般研究者难以企及的。《中国古代文体分类学》主要根据曾先生对文体之体裁、体格、体类三层含义的理解而讨论文体的分类及其形态特征，也涉及文体分类的依据、方法、实践（总集、别集编纂）等关于文体分类学的内容。全书集中讨论中国古代文体分类学理论的内容只有"总论"一章，主要针对文体源流（"源于六经"）、文体时代变迁、文体分类学的研究内容、文体分类学与相关学科的关系等问题进行研究。据此看来，曾先生无意构建中国古代文体分类学的学科体系，也没有全面讨论中国古代文体分类学的原理问题。吴承学先生的《中国古代文体形态研究》（中山大学出版社，2000）、《中国古代文体学研究》，虽然不是对中国古代文体分类学进行专门研究的成果，但后者从整个中国古代文体学研究、文章学、总集和丛书（《四库全书》）的文体分类等角度谈到中国古代文体分类学的问题，对中国古代文体分类学的研究多有概括性和启示意义。

三 文体分类或文章分类的研究

虽然对现代文体或文章分类的研究不属于中国古代文体分类研究的范

围，但分析其研究现状也有助于对中国古代文体分类的研究，故也一并叙述。讨论文章分类、现代文体分类的主要是写作学界、修辞学界、语文教学界的研究者。名为"文章学"的教材或专著几乎都有关于文章分类的讨论，如张寿康主编《文章学概论》（山东教育出版社，1983）、任遂虎《文章学通论》（清华大学出版社，2011）。较早涉及中国古代和现代的文体分类问题的是施畸所著《中国文体论》。1949年新中国成立后，朱星《新文体概论》是最早介绍现代文体的一本著作，但对文体分类的理论基本没有涉及。吴调公《文学分类的基本知识》是较早论述文体分类的著作，对20世纪30年代之后流行的文学四分法进行了详细研究和介绍，但该著第一章讨论了文学分类的基本问题，主要包括文学种类划分的意义和根据、文学分类的历史性和相对性。真正对文体分类学进行学科建构的是钱仓水，其《文体分类学》不仅具有清晰的学科建构意识，而且的确初步建立起了中国现代文体分类学。该著引言和前七章回答了文学分类学的研究对象和性质、范畴、意义、分类的原则和方法、分类及其标准、文体分类的背反现象、文体分类的历史发展。后五章对现代流行的文学分类——诗歌、小说、剧本、散文、应用文——的特征进行了具体研究和分析。朱广贤《中国文章分类学研究》（民族出版社，2000）则力求构建中国现代文章分类学体系，他提出了"两门八类多体分"的理论，但其着眼点在写作学且未对中国古代文体分类进行专门分析。

当然关于中国古代文体分类或文章分类的直接和相关研究成果，远不止上面所述，以上只是举其大端。尽管学界对中国古代文体分类思想、分类实践、现代文体分类等进行了较多研究，但还没有系统完整讨论清楚中国古代文体分类学的原理问题，比如说关于文体与文类的关系、文体与文章的关系、文体分类学与文章分类学的关系、中国古代文体分类与中国社会及制度的关系、中国古代文体分类与中国文化的关系、中国古代文体分类与文学观的关系、中国古代文体分类的思维问题、中国古代文体分类的原则和依据、中国古代文体分类的机制、中国古代文体分类的缺憾及其形成原因等。总的说来，目前关于中国古代文体分类的研究还有比较大的开拓空间。而要正确把握中国古代文体分类的理论和实践，则必须充分注意到中国古代文体概念内涵的复杂性。

四 中国古代"文体"概念的内涵

我们认为,文体分类与文学观念具有直接而密切的关系,其与对"文体"概念内涵的认识也紧密相关,因此,我们要充分认识到中国古代文体分类理论和实践的复杂性以及优缺点,必须充分考虑到中国古代文体内涵的复杂多元性。下面即集中讨论中国古代"文体"概念的内涵。

"文体"一词的含义,中国和西方不同,古代和现代也不同,甚至不同的学者认识也很不一样。因为文体的本质和基础是语言及语言运用的具体样式形态,而语言运用极其复杂,其运用结果所形成的文本或作品形态更是丰富多样。从范围看,文体不仅涉及口头语言,还涉及书面语言;从空间看,有中国文体与外国文体之别、各民族文体之别;从方法看,文体可以用语言学、文学理论、美学、修辞学、文章学、写作学等不同学科方法进行研究,自然形成对文体的不同认识。从目前已有研究来看,文体学的学科归属主要有语言学分支学科、文学分支学科、独立学科三种不同意见。

20世纪90年代,童庆炳先生曾给"文体"下过定义,他说:"文体是指一定的话语秩序所形成的文本体式,它折射出作家、批评家独特的精神结构、体验方式、思维方式和其他社会历史、文化精神。"[①] 仔细分析,童先生对文体的理解有三个方面:一是文体为话语秩序,即语言运用的组织和顺序;二是文本体式,即写定之后的语言成品形成的形体样态;三是文体包含了写作者个人和社会的心理、精神。童先生还认为文体包含"体裁、语体、风格"三个层面。陈剑晖先生给"文体"下的定义是:"文体是文学作品的体制、体式、语体和风格的总和。它以特殊的词语选择、话语形式、修辞手法、文本结构方式,多维地表达了创作主体的感情结构和心理结构。它是一个时代的社会历史和文化精神的凝聚。"他解释说:"这个文体的定义,首先强调了文体的四个要素:体制(体裁)、体式、语体和风格,同时突出语言修辞的选择与表达的核心作用。此外,还涵括了创作主体的个性特征、时代内容、文化精神。这个定义比之长期以来仅仅将

[①] 童庆炳:《文体与文体的创造》,云南人民出版社,1994,第1页。

文体等同于文学体裁或语言研究的文体观,无疑要丰富得多,也更贴近文体的本体。"[1]陈剑晖在吸收了童庆炳先生意见的基础上增加了"体式"这一层次,这很重要,因为文体之所以命名为"体",关键就在于它是具体的语言表达形成的形体样态。陈剑晖还补充说明文体应区分为五个层次,分别是文类文体、体式文体、语体文体、主体文体、时代文体或民族文体。这一补充与其对文体含义的说明不同,含义中的"体裁"变成了"文类文体","风格"变成了"主体文体",另外加上了"时代文体或民族文体",这样反而出现含混。

如果说文学理论研究界侧重从定义的角度回答"文体"普遍而本质的内涵,那么,中国古代文学和古代文论研究者则更多结合中国古代文学作品和文学理论实际来回答中国古代之"文体"的内涵。概括起来,关于中国古代"文体"的含义,有二层次说、三层次说、四层次说、六层次说等多种认识。

二层次说。罗根泽先生在《中国文学批评史》中说:"中国所谓文体,有两种不同的意义:一是体派之体,指文学的作风(style)而言,如元和体、西昆体、李长吉体、李义山体……皆是也。一是体类之体,指文学的类别(literary kinds)而言,如诗体、赋体、论体、序体……皆是也。"[2]受罗根泽先生影响,詹福瑞先生也认为,古人所说"体"包含风格之体与体裁之体。[3]

三层次说。三层次说由徐复观先生首先开启。他认为中国古代"文体"一词与英法文学理论中的"style"一词相通,都是指文学中最能代表其艺术性和审美性的"艺术的形相性",并认为《文心雕龙》的文体包含"体制、体要、体貌"三个次元的意义,体貌为最高次元的形相,体制为由语言文字之多少所排列而成的形相,体要则以事为主。体制和体要必须向体貌升华。[4]曾枣庄先生说:"文体的'体',包括文体之体(各种文

---

[1] 陈剑晖:《文体的内涵、层次与现代转型》,《福建论坛》(人文社会科学版)2010年第10期。
[2] 罗根泽:《中国文学批评史》,上海书店出版社,2003,第147页。
[3] 詹福瑞:《古代文论中的体类与体派》,《文艺研究》2004年第5期。
[4] 徐复观:《徐复观全集 中国文学论集》,九州出版社,2014,第3~20页。

本体裁)、体格之体(各种文本的风格)、体类之体(各种文本体裁、题材或内容的类别)三个方面。中国古代文体分类学是研究中国古代各种文本的体、格、类的形成、特征、演变及其分类的学问。体类是文体分类的基础,体裁是文体的形式和载体,体格是文体的灵魂和精神风貌。三者密不可分,具有层次性。"[1]马建智认为:"中国古代文论所称'体'、'文体'大致有三层含义:体类、语体、体貌。"[2]对此三层次含义,马建智解释说,"体类就是指体裁或文体类别,也就是文章的结构形态","语体就是指具体的语言特征和语言系统","体貌就是我们一般所称的风格"[3]。陈伯海先生认为:"体貌、体式、体格,合组成文体内涵的三个层面,分别标示文体的外在风貌、内在结构和总体功能;这样一种递进层深的关系,亦应是我们研究文体所遵循的路径。"[4]

四层次说。郭英德先生认为,如果以"文体"一词指称文本的话语系统和结构体式的话,"那么,文体的基本结构应由体制、语体、体式、体性四个层次构成。体制指文体外在的形状、面貌、构架,语体指文体的语言系统、语言修辞和语言风格,体式指文体的表现方式,体性指文体的表现对象和审美精神"[5]。童庆炳先生在讨论《文心雕龙》关于文体的含义时,认为文体包含体制、体要、体性、体貌四个方面[6]。杨旭认为在中国古代文学领域"文体"有"文类、体裁、篇体、风格"四种含义[7]。

六层次说。吴承学等认为应该将文体之"文""体"分开认识。从学科角度看,古代的"文"是由文教礼制、文德、典籍、文辞等组成的多层次共生系统;而"体"包括具体的"体裁或文体类别、语言特征和语言系统、章法结构与表现形式、体要或大体、体性和体貌、文章或文学之本

---

[1] 曾枣庄:《中国古代文体学》(下卷),上海人民出版社、上海书店出版社,2012,第7页。
[2] 马建智:《中国古代文体分类研究》,中国社会科学出版社,2008,第40页。
[3] 马建智:《中国古代文体分类研究》,中国社会科学出版社,2008,第40、43、45页。
[4] 陈伯海:《说"文体"》,《文艺理论研究》1996年第1期。
[5] 郭英德:《中国古代文体形态学论略》,《求索》2001年第5期。
[6] 童庆炳:《〈文心雕龙〉"文体"四层面说》,《天津社会科学》2015年第5期。
[7] 杨旭:《论"文体"涵义的四个层次》,《西南交通大学学报》(社会科学版)2012年第3期。

体"等六个方面。①

对于中国古代文体之"体"的复杂性,美国学者宇文所安也极有感触,他在《中国文论:英译与评论》附录"术语集释"中解释说:"中国文论中的'体',既指标准形式(normative form),也指文类(genre),并兼有风格(style)之意,'体'究竟指文类、亚文类,还是风格,可以根据语境和由'体'构成的复合词来判断,但'体'字单独出现,则无法辨别它的具体所指。"②

关于"文体"的内涵,绝大多数学者都认为文体具有多层复合的含义,但也有少数学者强调中国古代"文体"概念的整体性,如姚爱斌认为,"中国古代'文体'范畴的基本内涵应是指具有特征性的文章整体"③,又说,"'文章整体'是中国古代文体范畴一个最基本的规定性"。④姚爱斌主要强调文体作为文章整体的内涵。我们不否认文体的确是文章整体,但如果仅按照这种意义来理解,尚不能真正认识了解"文体"的内涵。

梳理学者们关于中国古代"文体"概念的内涵,共同的地方是他们都强调"文体"一词的多义性和含混性,大都认为文体应该包括体裁、体式、语体、体性等基本内涵,但是每个人关于文体构成之体裁、体式、语体、体性等语词的实际所指,却有同有异。笔者认为,对于中国古代文体概念的内涵的理解应该坚持如下观念:第一,承认中国古代文体概念之内涵的历史演变性,即中国古代文体概念本身在不同历史阶段具有不同内涵;第二,承认中国古代文体概念内涵的复杂性和含混性,即如刘勰那样对文体有多元、清晰认识,但对文体概念内涵的复杂性也有深切体会;第三,承认文体概念的基本内涵包括体裁、体式、语体、体性等基本方面。中国古代文体概念内涵的复杂多元,自然也就直接影响中

---

① 吴承学、沙红兵:《中国古代文体学学科论纲》,《文学遗产》2005年第1期。
② 宇文所安:《中国文论:英译与评论》,王柏华、陶庆梅译,上海社会科学院出版社,2003,第662~663页。
③ 姚爱斌:《中国古代文体观念与文章分类思想的关系——兼与西方文类思想比较》,《海南大学学报》(人文社会科学版)2007年第3期。
④ 姚爱斌:《有特征的文章整体与有特征的语言形式》,《郑州大学学报》(哲学社会科学版)2007年第1期。

国古代文体分类的理论和实践。

综上,我们在简要回顾中国古代文体分类及文章分类的研究现状之后,评述了学界关于"文体"以及中国古代文体内涵的不同认识。我们认为,应该基于中国古代文体内涵的复杂性来研究和评价中国古代文体分类的理论、实践及其存在的优缺点等相关问题。

赋比兴与修饰：
汉藏不同的文学表现方法论[*]

马建智[**]

（西南民族大学　成都　610041）

作诗有法，但无定法。一般说来，文学创作包括艺术体验、艺术构思和艺术传达三个过程。艺术传达就是指在前两者的基础上，创作者借助艺术语言并运用艺术方法和艺术技巧，将构思成熟的艺术形象转化为具体的艺术作品。艺术传达可以采用的表现方法和技巧是多种多样的。在不同文化语境下，各个民族审美追求不同，因而他们对艺术传达关注的层面和重点就不一样。汉族传统文论强调的艺术传达方法主要是"赋、比、兴"；藏族主要讲的是文学语言的锤炼和美化，藏族学者通常称之为"修饰"。

一　汉族的赋比兴

汉族传统文论强调的艺术传达方法主要是"赋、比、兴"。这是汉代学者在研究《诗经》时总结出的三种主要表现手法，也是对古代诗歌表现方法的总结归纳。这种说法最早载于《周礼·春官》："大师……教六诗：曰风、曰赋、曰比、曰兴、曰雅、曰颂。以六德为之本，以六律为之音。"这里的"赋""比""兴"应该是和"风""雅""颂"相并列的几种"诗"的类型，也就是说是诗歌的题材。后来，《毛诗序》又将"六诗"

---

[*]　本文系国家社会科学基金项目"汉藏文论比较研究"（15BZW018）的阶段性研究成果。
[**]　马建智，博士，教授，研究方向为比较诗学。

赋比兴与修饰：汉藏不同的文学表现方法论

称为"六义"："故诗有六义焉：一曰风，二曰赋，三曰比，四曰兴，五曰雅，六曰颂。"唐代孔颖达在《毛诗正义》中作过这样的解释："风、雅、颂者，《诗》篇之异体；赋、比、兴者，《诗》文之异辞耳……赋、比、兴是《诗》之所用，风、雅、颂是《诗》之成形。用彼三事，成此三事，是故同称为义。"[1] 从有关资料看，孔颖达把"赋、比、兴"解释为作诗的艺术表现手法是合理的。赋就是铺陈直叙，即把人的思想感情及其有关的事物平铺直叙地表达出来。赋的方法就是将与内容紧密关联的景观物象、事态现象、人物形象、性格行为和思想情感，细致而全面地叙述描写出来。赋是最为基本的表现手法，赋中往往也会融入比、兴，或者起兴后再用赋。比就是以彼物比此物。诗人借生动、具体、鲜明的事物作类比表达思想和情感，以引起人们的联想和想象。兴，先言他物以引起所咏之词。兴可以分为两种：直接起兴和兴中含比（兴而比）。有篇头起兴和兴起兴结两种形式。用兴的手法是为了激发读者的兴趣，增强诗的幽远意味。

"赋、比、兴"之说提出后，历代许多学者都对此加以解说论述。汉代郑众和郑玄关于"赋、比、兴"的解释对后世的影响较大。郑众说："比者，比方于物……兴者，托事于物。"[2] 他认为"比"是以一物来比另一物的比喻手法，而"兴"的最初含义是"起也"，也就是托物寄意的一种手法。这种解释比较准确地揭示了"比兴"是一种艺术思维和表现手法的特点。而郑玄的解释则不同，他认为："赋之言铺，直铺陈今之政教善恶。比，见今之失，不敢斥言，取比类以言之。兴，见今之美，嫌于媚谀，取善事以喻劝之。"[3] 可见，郑玄将"赋、比、兴"与美刺讽谏、政治教化联系起来，他以诗对政治教化不同的作用为依据，认为赋是或褒或贬为政的善恶，比是委婉讽喻为政的过失，兴是含蓄歌颂善政。他完全从政治角度出发，把一定的表现手法看成了某一特定文体的特征。郑众和郑玄两家的说法影响了后世对"赋、比、兴"的理解，即或从表现手法去理解，或从政教功用去理解。

到了魏晋南北朝时期，解说"赋、比、兴"的主要人物有挚虞、刘勰

---

[1] 《十三经注疏》（上）《毛诗正义》，上海古籍出版社，1997。
[2] 《十三经注疏》（上）《毛诗正义》，上海古籍出版社，1997。
[3] 《十三经注疏》（上）《毛诗正义》，上海古籍出版社，1997。

和钟嵘。挚虞继承了郑众的观点,说:"赋者,敷陈之称也;比者,喻类之言也;兴者,有感之辞也。"①"赋"的表现手法是直接描写事物、叙述事件,其特点是注重文辞之美,极力排比铺陈。这种方法在汉赋的创作实践中得到了广泛的运用和发展,形成了一种独特的文体。刘勰在《文心雕龙·诠赋》中指出:"赋者,铺也,铺采摛文,体物写志也。"这就说明汉赋主要采用"赋"的手法写成,这种写作手法就是铺陈描写物象。他对"比兴"的论述,继承的是郑众的说法,并向前发展了一步,说:"比者,附也;兴者,起也。附理者切类以指事,起情者依微以拟议。起情故兴体以立,附理故比例以生。"这就是说,比就是比附,兴就是起兴。比附事理就要用打比方的方法,托物起兴就是借助隐微的事物来寄托情意。触物生情就有了"兴"的手法,比附事理就要用"比"的手法。他又认为"比"的要求是"写物以附意,飏言以切事"。这里强调比喻是用事物表达情意,应该明白而确切地说明。这就较为准确地指出了"比兴"既是艺术思维,也是表现手法。之后,钟嵘在《诗品序》中对"赋、比、兴"的论述又有了更多的新内容。他说:"故诗有三义焉,一曰兴,二曰比,三曰赋。文已尽而意有余,兴也;因物喻志,比也;直书其事,寓言写物,赋也。宏斯三义,酌而用之,干之以风力,润之以丹彩,使味之者无极,闻之者动心,是诗之至也。"②钟嵘强调"兴"的特点是"文已尽而意有余",就是有诗味或"滋味"。这明显与之前把"兴"当作表现方法的说法不同,他把诗文的美感当作了"兴"的特征。钟嵘还特别指出"赋、比、兴""三义"各有所长,要综合地加以运用,不能单独重视其中一个。

唐代评论家对"赋、比、兴"通常更多地强调"比兴",在论述中又增添了新的内容。他们不仅把"赋、比、兴"看作表现手法,而且赋予其美刺讽喻的内容要求,这是对郑玄说法的继承。如陈子昂批评齐梁诗风"采丽竞繁,而兴寄都绝"③,这里所说的"兴寄",就是从"比兴"发展而来的。陈子昂又说:"夫诗可以比兴也,不言曷著?"④殷璠在批评齐梁

---

① 欧阳询撰,汪绍楹校《艺文类聚》卷五十六,上海古籍出版社,1998。
② 转引自郭绍虞《中国历代文论选》(1),上海古籍出版社,2001。
③ 陈子昂:《与东方左史虬修竹篇序》,据四部丛刊本。
④ 陈子昂:《嘉马参军相遇醉歌序》,据四部丛刊本。

诗风时说："理则不足，言常有余，都无比兴，但贵轻艳。"① 他所说的"比兴"，就是"兴寄"的另一种说法而已。柳冕说得更明确："逮德下衰，风雅不作，形似艳丽之文兴，而雅颂比兴之义废。"柳宗元云："作于圣，故曰经；述于才，故曰文。文有二道：辞令褒贬，本乎著述者也；导扬讽喻，本乎比兴者也。"② 这是说褒扬和讽刺的本源就是比喻和起兴。可见，唐人论"比兴"，大都从美刺讽喻着眼。他们标举"兴寄"或"比兴"，就是强调诗歌要有社会内容，要发挥社会作用。

宋代学者对"赋、比、兴"作了比较深入的研究。特别值得注意的是李仲蒙和朱熹。胡寅《斐然集》卷十八《致李叔易书》载李仲蒙语："叙物以言情谓之赋，情物尽者也；索物以托情谓之比，情附物者也；触物以起情谓之兴，物动情者也。"③ 钱锺书对此说评价颇高："……李仲蒙语：'索物以托情，谓之比；触物以起情，谓之兴；叙物以言情，谓之赋。'颇具胜义。"④ 李仲蒙对"赋、比、兴"的解说，都和"情"联系起来。赋"叙物"是为了"言情"，真切生动地描写物象，以便把情感淋漓尽致地表现出来。比是作者为了寄托某种情怀，着意寻找特定的物象打比方，使情感表达更加委婉、更加形象、更加生动、更加突出。兴是作者目遇外物激起某种情思。显然，李仲蒙对"赋、比、兴"的解说，与前人相比，增添了新的内容。而朱熹《诗集传》中的解释更为大家所熟知，"赋者，敷陈其事而直言之者也"；"比者，以彼物比此物也"；"兴者，先言他物以引起所咏之词也"。朱熹虽然比较准确地说明了"赋、比、兴"作为表现手法的基本特征，但与李仲蒙的说法相比，他没有对文学创作发生机制作解释，还是让人略感遗憾。

明清时期关于"赋、比、兴"的研究，又有了进一步的拓展。明代前七子的代表人物李梦阳虽然提倡复古，但他还是强调"比兴"要有真情实感。他指出真诗乃在民间，"比兴"出自真情，他主张正统诗文应该向民歌学习。清代的王夫之认为"比兴"的运用应当自然浑成，不应刻意雕

---

① 殷璠：《河岳英灵集》，上海古籍出版社，1978。
② 柳宗元：《杨评事文集后序》，据四部丛刊本。
③ 转引自胡寅撰，容肇祖点校《崇正辩 斐然集》，中华书局，1993。
④ 钱锺书：《管锥编》第一册，中华书局，1986。

琢。"比兴"关乎情和景，情和景虽有"在心"和"在物"之分，但作为诗歌意象的构成要素，二者就好像琥珀经过摩擦吸引草芥子一样是密不可分的。景生情，情生景，哀乐之感触，兴衰之遭际，"互藏其宅"，原是蕴藉一体的。因此，审美意象中的情景交融，就是内在情意与外在物象的自然的应合。王夫之把"比兴"和艺术描写中的情与景结合起来讨论是很有见地的。

"赋、比、兴"是汉族通过长期的研究和探讨总结出来的艺术表现方法。整体上看，它呈现如下特点。

其一，和政治教化内容密切关联。汉郑玄的"比刺兴美"说就是汉儒经学的一种解释，"赋、比、兴"和政治教化内容密切联系。郑玄用政教美刺去牵强附会地解释"比兴"的本义和《诗经》的篇章。唐孔颖达指出郑玄的比就是刺、兴就是美说法的不足，特别强调"美刺俱有比兴"，并进一步将赋比兴和政治教化结合起来。清孙诒让在解说赋比兴时也继承了郑玄的政治教化的说法，并列举一系列材料加以佐证。这种从政治教化的角度去解说赋比兴的方法，明显带有意识形态色彩，以政治遮蔽了文学自身的特性。文学固然与政治关系密切，但文学有自身的独立性，一味从政治出发去理解文学，尤其是去解说文学的表现方法，自然会产生令人难以接受的偏颇和荒谬之论。当然，我们也看到古人似乎想从一个更高的思维方式的层面去理解文学的表现手法，而不是只把它们当作一种修辞方法。

其二，从情意与形象的关系去解说。"赋、比、兴"作为诗歌的三种表现方式，实质上就是诗歌中情意与形象之间如何很好地结合的三种不同的情形。历代都有评论家从这个角度去论述。叶嘉莹对此总结得很到位，她认为："赋"就是铺陈的意思，是对要叙写的事物直接叙述的一种表达方法；"比"就是拟喻的意思，是对要叙写的事物借用另一事物来叙述的一种表达方法；"兴"就是感发兴起的意思，是先对触发情感的一个事物叙述而引出所主要叙写的事物的一种表达方法。所以，"赋、比、兴"就是三种表现手法，它们对应着三种不同的情感。"赋、比、兴"实质上是"意"和"象"的不同关系的概括，因此它们就是三种构造"意象"的具体手法。叶嘉莹从"心"与"物"的关系，也就是从情意与形象的关系来解说"赋、比、兴",她认为"赋"的特点是"即物即心","比"的特点是"心在物先","兴"的特点是"物在心先"。因此可以说,汉族传统的"赋、比、兴"论,的确是文艺理论史的一项重大的贡献。

其三,把修辞技法和思想情感结合去解说。如果只是以修辞手段、写作方法来看待"赋、比、兴",那其就只是三种不同等级的修辞手段。但是古代的文论家往往不是单纯地讲修辞,而是以修辞手段、写作方法为起点,将其和思想情感联系起来。宋代朱熹在《诗集传》中解释"赋、比、兴"绝不仅仅是一个修辞技法的问题,其是对诗的整章语脉的解读。他所言的"比之以他物,而不说其事如何"就是我们现在所说的诗歌是隐喻;他所言的"兴,则引物以发其意,而终说破其事"就是说诗歌借物象以表达思想情感,而不直接说出来。他的解诗虽有新见,但还是承继了汉代经学家的旧说,也是立足于思想情感的角度去解说赋比兴的。也可以说,他把修辞技法和思想情感结合起来去解说。

总之,"赋、比、兴"是汉族在长期的文学实践中总结出的艺术表现方法。这些表现方法在文学创作中不断得到运用和提高,因而在理论上人们对"赋、比、兴"的艺术思维和表现方法的认识也日趋深刻和完善。"赋、比、兴"大大丰富了中国古代的文学理论,成为富有民族特色的艺术表现方法。

二 藏族的修饰

尽管藏族诗学理论形态是在印度诗学著作《诗镜》传入后不断发展起来的,但是我们更应该注意的是,藏族诗学是藏族人民自己创立的诗学,而不是一味模仿复制的诗学。据史书记载,早在公元7世纪初的松赞干布时期,藏文的创造者吞米桑布扎就根据藏文的特点向松赞干布献上两首赞颂的诗歌,这两首偈颂体诗歌有许多修辞格的运用,尤其是难作体修辞法。《敦煌本藏文文献》中南日松赞王的传记,记载了大臣琼保绷赛苏栽和芒保杰享囊与国王对歌的歌词,诗歌大量运用否定修饰法、比喻修饰法和暗示修饰法等修辞格。另外,藏族民歌运用诗学修辞格的现象比比皆是,如广泛运用拟人修辞法、形象化修辞法、比喻修饰法、浪漫修辞法、暗示修辞法、类聚修辞法等多种修辞法。这说明在《诗镜》传入前,藏族就有自己民族的潜诗学,他们在文学实践活动中总结出了一套文学表现的方法,这也表现出他们的文学思想和美学追求。

藏族文学表现方法论主要讲的是文学语言的锤炼和美化,藏族学者通常把这些修辞称为"修饰",也称为"庄严",这是藏族诗学的主要内容。工珠·云丹嘉措说:"正如《诗镜》讲:'美化诗的诸手段,就被称为修饰。'这如同在人身上戴上项链和肩饰等使其美一样,在诗的体上也加上一些有意义的修饰使其美化。这些有意义的修饰词语就称为'饰'。"① 藏族学者很看重善用修辞、文辞华美的作品,鄙视那些缺乏修辞、文辞直白的作品。从整体上看,藏族诗学的主要内容讲的就是语言修饰问题。

藏族诗学是一个以修辞学为主体的宏大的体系,内容极其繁复庞杂。藏族诗学强调,不论是散文体、韵文体的著作,还是韵散混合体的著作,都应特别注意不违背诗学的要求,不论运用何种表现方法,都要根据词语的特性正确地使用和表达词语。藏族诗学强调,要抛弃那些不堪入耳的、混乱模糊的词语,要运用精炼紧凑的词语,注意前后的搭配,还要运用因明学的宗、因、喻等推理方法层层展开,这些才是产生优美词汇的正确方法。藏族诗学的修饰就是诗学的辞格修饰法。辞格修饰法依据印度诗学可分南方派学者和东方派学者各自主张的非共同修饰法和共同修饰法两种。②《诗镜》第一章中讲的以字音为主的非共同修饰法共有 10 种,除个别的修饰法观点相同外,南方派学者和东方派学者的观点多数是不同或相反的,其被称为"南、东方非共同修饰法"。《诗镜》第二章和第三章中讲的是以意义为主的修饰法,因双方对其认识基点相同、观点一致,其被称为"南、东方共同修饰法"。《诗镜》第一章所说的 10 种非共同修饰法是:双关修饰法、极明修饰法、平等修饰法、悦耳修饰法、极柔修饰法、义明修饰法、宏壮修饰法、显赫修饰法、美妙修饰法、等持修饰法。共同修饰法讲的是以意义为主的修饰法,又分为意义修饰法、字音修饰法和隐语修饰

---

① 转引自彭书麟、于乃昌、冯育柱主编《中国少数民族文艺理论集成》,北京大学出版社,2005,第 210 页。
② 才旦夏茸:《诗学概论》,贺文宣译,《西北民族大学学报》(哲学社会科学版) 2012 年第 5 期。

法 3 种。意义修饰法分为 35 种。字音修饰法分为 3 种：词语重叠之叠字修饰法、特殊难作体修饰法和固定元音等难作体修饰法。隐语修饰法分为 16 种。除了以上多种修饰方法外，藏族诗学还提出写诗时诗人必须抛弃的弊过，也就是诗病，共有 10 种，即语义含混过、语义相违过、语义单一过、语义犹疑过、语序混乱过、字音乖谬过、句读失当过、音节不齐过、关联错乱过、六项相违过。

藏族在吸收借鉴印度庄严论时结合本民族语言的实际，以本民族的文学实践为基础，不断丰富和完善理论，实现了外来理论的本土化和民族化。如在比喻修饰法中，那雪巴增添了不一致喻，素咯瓦增添了前无喻；在形体化修饰法中，仁崩巴增添了可怖形体化；在点睛修饰法中，《诗镜》原著只分为 12 类，一些藏族学者增加到 16 类，素咯瓦还增加了比喻点睛；在否定修饰法中，素咯瓦还增加了确定否定和不确定否定等。藏族修饰论基本上都遵循这样一种阐释程式：先讲各修辞格的定义，再讲其分类，后举例加以说明；在定义和分类中先用韵体的歌诀概述，后用散体作注解阐述，在举例中选取历代经典的诗歌或自拟诗歌。

藏族学者一方面强调忠实于《诗镜》原著，另一方面又注意结合本民族语言的实际。18 世纪的康珠·旦增却吉尼玛就是一个代表。他在注释《诗镜》的《妙音语之游戏海》中就指出，藏文诗难以体现梵文诗使用字组重叠、读时具有动听的韵味的字音修饰特点。还有许多难作体用藏文根本就无法写作，如果勉强写出来，那也是缺乏内容、似是而非的诗，因此，没有必要死守规则。在保持和不损害完美内容和华丽辞藻的基础上，藏文诗可视情况而定，不必拘泥梵文诗的规则。在第三章论述的 10 种"诗的过失"中，康珠结合藏文的特点明确指出，这 10 种诗的过失，大多数适用于藏文诗。但是，有 4 种诗的过失一般只出现在梵文诗中，很少出现在藏族的语言中，切忌生搬硬套。藏族的修饰论分出的修辞格达 300 多种，其中意义修饰法就达 203 种，字音修饰法 78 种，这是一个多层次、多角度、多序列的系统。藏族的修辞系统比我们现在所讲的修辞方法要繁复得多。藏族的修饰论的价值是不容忽视的，它是中华传统文论中一个值得深入挖掘的重要组成部分。

三　不同的言意观

　　汉族文论重视赋、比、兴的表现方法，藏族文论强调语言修饰的方法。它们的共同之处就在于，总体上都对文学表现方法高度重视。但是，汉藏两个民族由于文化的差异，尤其是言意观的不同，所以在文学表现手法上关注的重点不一样。汉族在文学创作中更关注"意"的传达，赋、比、兴手法不仅被当作修辞技法，而且和所要表达的内容相联系，实质上被当作思维方法。藏族有语言崇拜的文化传统，他们认为语言具有神奇的力量，人们甚至可以通过语言感神动鬼。因此，藏族文论特别重视"言"的锤炼和美化，即语言的修饰。藏族学者特别看重善用修辞、文辞华美的作品，并给予其很高的评价。当然，我们这里主要讨论汉藏的言意观，并不是说汉藏文学表现方法论的差异的根源就只是言意观的不同，其涉及多种文化因素和文化传统，笔者不在这里列举。但是，不可否认，言意观的差异是影响汉藏文论关注文学表现方法侧重点不同的一个极其关键的因素。

　　文学是一种语言的艺术，因为语言是文学作品的基本材料。文学通过语言来表达思想情感，没有语言也就没有文学。因而，语言与思维的关系问题一直以来是哲学家、心理学家、语言学家探讨的核心问题之一，迄今为止，二者的关系也没有一个圆满的解释。自然，这一问题长期以来也被文学理论界所关注，也就是通常所讨论的"言"与"意"的关系问题。在文学中，言能不能尽意？这关乎我们对作为文学载体的语言功能的认识，甚至会影响到文学内容和形式等。汉藏文论中表现方法侧重点的不同，依托的一个主要观念就是不同的言意观。

　　汉族的"言意"理论是古代文学理论批评中一个十分重要的理论问题，早在先秦时期的《易传》和《庄子》等著作中，人们就深刻认识到"书不尽言，言不尽意"的思想。这一理论问题在中古时期得到了充分发展，形成了全面系统的理论体系。言意理论涉及文学意象的表达方式、文学作品的最终形成。在言意关系上先秦时期的儒家与道家的思想是明显不同的。儒家的主张是"言尽意"，但"言"要"尽意"就要通过"象"

的中介。《周易·系辞》认为虽然孔子说言不能尽意，但圣人之意还是可见的，即圣人通过"立象"的方式来尽意。当然这里所谓的"象"就是《周易》中的"卦象"，是圣人对天地万物进行多方面考察后总结形成的一套图像体系，圣人将"意"潜藏在"象"之中，因而，通过"象"，就可以把握圣人之意。"象"又必须通过"言"去解说，所以《系辞》云"系辞焉以尽言"，《周易》中的卦爻辞就是对卦的图象的具体解说。从而"象"就是"意"与"言"的中介。正是因为有了"象"的中介，"意"与"言"之间才构成了一种表达与被表达的关系。由此，儒家"言尽意"论提出了"意—象—言"的表达模式。道家在意言关系上则主张"言不尽意"。在庄子看来，"道"是深微不可见的，"意"只能在一定程度上表现"道"。但"意"与"言"之间可以相互沟通，这样一来，"意"和"言"都不能完全表现"道"。庄子还认为，"言"是外在的要素，"道"是内在的"彼之情"，两者是两种完全不同性质的事物，因此，它们之间不能完全形成直接的表达关系。这里，庄子提出了"道—意—言"的表达模式。为了进一步说明这个问题，庄子又在《天道》篇中举"轮扁斫轮"的故事加以说明。庄子以老木匠轮扁不能把制作车轮的技艺口传给儿子的事例，说明言不能把"道"完全表现出来，所以，能用语言记载下来的书籍也不是古人的精华，不过是"糟粕"而已。那么，如何处理意与言的关系？庄子提出了一个解决的方法，即"得意忘言"。也就是说，言对于意来说，只是一种表达的工具和手段，而意才是表达的真正目的，目的达到了，工具和手段并不那么重要，所以"得意"必"忘言"。

魏晋时期"言"与"意"的关系问题更吸引了人们的注意，人们形成了"言不尽意"与"言尽意"两派。"言不尽意"派的主要代表人物是王弼和荀粲，"言尽意"派的主要代表人物是欧阳建和荀粲的哥哥荀俣。王弼吸收融合了儒道两家的言意思想，从玄学的角度提出了著名的言意论。王弼认为"言"与"意"之间并不是直接的关系，而是间接的关系，"象"能够表现"意"，"言"只能表现描述"象"，"言"只有通过"象"才能与"意"形成关系。这一思想明显来源于儒家，但同时，王弼又吸收融合了庄子"得意忘言"的思想，把它发展为"得象而忘言""得意而忘象"。欧阳建是"言尽意"论的主要代表，他撰写了题为《言尽意论》的文章来论述这个问题，他认为"言"与"理"的关系同"名"与"实"的关系一样，存在于心中之理，没有语言就无法表达出来。

总体上看，魏晋时期哲学上言意之辩的主导倾向是"言不尽意"论，玄学家融合了儒家和道家的思想，在言和意关系上找到了儒道两家思想上的一致性。这种一致性对当时的文学言意理论的形成乃至对后世都产生了巨大的影响。汉族古代言意理论明显起源于传统哲学的"言意"论，也就是直接借鉴了哲学"意—象—言"的模式。一方面"言"与"意"是一种间接的表达与被表达的关系，另一方面"言"又不能完全尽"意"。文学上的言意理论探讨也是如此，作家既要努力地通过语言去表达思想情感，但语言又不能完全表达思想情感，因此，更重要的是超越语言，追求言外之意。刘勰的文学言意理论可以说在古代文论史上具有代表性。刘勰的"思—意—言"的理论模式就是依据哲学的思维模式明确提出的。刘勰《文心雕龙·神思》中明确地指出"意"和"言"是构成作品的两个主要的部分，还深刻指出"意"与"言"是两种性质不同的事物。"意翻空而易奇"说的是"意"是人大脑的一种意识活动，作家可以充分联想想象。而语言是具体而实在的事物，运用起来还是很难的，当然是"言征实而难巧"。这是因为思想化为文思，文思化为语言，有一个转化过程。"意"与"言"贴切时天衣无缝，疏漏时便相差千里。刘勰认识到语言具有实在性，思想具有非实在性，因此文学创作会出现"暨乎篇成，半折心始"的情况。怎样解决这个问题呢？刘勰提出了"思—意—言"的理论模式。这个模式表明：艺术思维形成文意，依据文意形成语言。也就是说艺术思维和思想情感才是文学作品最重要的因素，语言的修饰修辞最终要服从于思想内容，否则，可能就会出现"疏则千里"的问题。当然，刘勰也认识到"言不尽意"，他又在《文心雕龙·神思》中说，至于文思之外的细微旨意，文思之外的曲折情趣，语言是难以表达的。就像"伊挚不能言鼎，轮扁不能语斤"一样，"意"无法用语言直接表达出来。因此，面对这些只可意会不可言传的"纤旨""曲致"，就只能"笔固知止"，不说之说可能是最有趣味的，艺术作品就是要有言外之意、韵外之至，这样才能给读者更加丰富的审美感受。

后世的评论家多继承了这种"言意"观，如唐代杜牧也持这样的"言意"论,他在《答庄充书》中说:"凡为文以意为主,以气为辅,以辞彩章句为之兵卫。未有主强盛而辅不飘逸者,兵卫不华赫而庄整者。四者高下,圆折步骤,随主所指,如鸟随凤,鱼随龙,师众随汤、武,腾天潜泉,横裂天下,无不如志。苟意不先立,止以文彩辞句,绕前捧后,是言愈多而理愈乱,如入阛阓,纷纷然莫知其谁,暮散而已。是以意全胜者,辞愈朴而文愈高;意不胜者,辞愈华而文愈鄙。是意能遣辞,辞不能成意,大抵为文之旨如此。"① 清代章学诚也如此说:"文辞,犹舟车也;辞,志识,其乘者也。轮欲其固,帆欲其捷,凡用舟车,莫不然也;东西南北,存乎其乘者矣。知此义者,可以以我用文,而不致以文役我者矣。"②历代这样的论述不胜枚举,无须列举。

综上所述,我们可以清楚地看到,汉族古代的言意观有着全面系统的理论。古代的文论家认为"意"和"言"是性质完全不同的事物,它们之间有表达和被表达的关系,但这种关系不是直接的。"意"决定着"言"的运用,"言"也不能完全"尽意",因此,文学创作中任何语言的运用都不能离开思想情感的统领,否则,就会陷于缺乏内容、片面追求华丽辞藻的泥淖。在这种强大的言意观念的支配下,汉族古代讲"赋、比、兴"的表达方法从来就不是简单地把它当作语言文辞的修饰技法,而是看作"三种不同的心物交互作用的方式,也就是'心化'过程中三种不同的艺术思维,'赋'的特点是在整个看来客观的描述中不露痕迹地渗透着创作主体的性和情;'比'的特点是明显地根据创作主体情性的变化和发展去描写和组织笔下的事物;'兴'的特点则是由客观的事物启引创作主体沿着某一思路去不断生发。毫无疑问,'赋'、'比'、'兴'应该是文学创作中的三种最基本的形象思维和表现方式"。③

藏族文论特别重视语言的修饰,原因之一就在藏族不同于汉族的言意观。藏族崇拜语言,他们认为语言具有神秘的力量,这体现了原始思维(诗性思维)的特性。如法国学者列维-布留尔在《原始思维》一书中所说的:"对于他们(原始人)来说,没有哪种知觉不包含在神秘的复合中,

---

① 何锡光校注《樊川文集校注》,巴蜀书社,2007。
② 章学诚撰、叶瑛校注《文史通义》,中华书局,2014。
③ 黄霖等:《原人论》,复旦大学出版社,2000,第105页。

没有哪个现象只是现象,没有哪个符号只是符号;那么词又怎么能够简单地是词呢?任何物体的形状,任何塑像,任何图画,都有自己的神秘力量;作为声音图画的口头表现也必然拥有这种力量。"[1] 这种情形在人类早期应该是普遍存在的现象。原始初民还没有认识到语言的起因,他们认为语言有着神奇的力量,有着诱人的魔力和强大的威力,可以在不同的场合中发挥特殊的作用。藏族文化中很好地保留了这种语言崇拜的观念,他们认为语言不仅能指称一切事物,也能描述一切事物,具有非常神奇的力量,他们把语言的功能神化。如藏族族名的起源,有人提出藏族族名的发音是"当气",即"以肖气",意为"呼喊",也就是说藏族是"呼喊"的民族。[2] 而"呼喊"又以语言为前提,可见,藏族对语言是多么崇拜。早期的人类就是通过语言呼喊以传递信息,与野兽搏斗时又可以呼喊壮胆。藏族生活在高山峻岭密布的青藏高原上,更相信语言的神秘力量就不足为奇了。

在古代,藏族盟誓之风盛行,《敦煌吐蕃历史文书》就记录了140余次王廷盟誓活动。这些盟誓必须以神灵作证。把相信盟誓时所说的语词提高到与神同等的地位,这也说明藏族对语言魔力的崇拜以及对语言威力的敬畏。他们相信有种种超自然的力量制约着人们的行动,其中语言的约束力是非常突出的。在古代西藏,各种咒语巫术盛行。其不仅被广大下层民众所相信,连上层的达官显贵也不怀疑咒语的神奇威力。西藏的噶厦政府设有三名专职的咒师来控制天气,三名天气咒师分别保护布达拉宫、大昭寺和罗布林卡。藏族防止雹雨的方法是重复念咒语七遍或二十一遍,还可以在念咒语的同时通过给厉鬼八部供奉供品或者焚烧树枝的方式来加强咒语的力量。他们相信这种使语言威力强大的咒语,可以呼风唤雨、驾驭鬼神。直到现在,藏族人在说话时也非常讲究,如果不便直说,就要委婉含蓄,忌讳说不吉利的话。在宗教活动中,藏族人通过念诵经语和神灵沟通。总之,藏族崇拜语言,笃信语言的魔力,主要是因为藏族早期不能理解语言与外在客观事物的关系,于是幻想语言具有一种不可见的超自然力

---

[1] 列维-布留尔:《原始思维》,丁由译,商务印书馆,1987,第17页。
[2] 普日科:《蕃——呼喊的民族》,《西藏研究》1988年第3期。

赋比兴与修饰：汉藏不同的文学表现方法论

量，他们运用一定的方式和方法，试图通过语言改变自然状态。

由于语言崇拜的文化传统，藏族形成了重视语言的言意观。在这种思想观念的影响下，藏族文论重视语言的修饰，重视语言表达方式上的修辞技法。当然，这与印度文化的影响也有关。印度诗学就非常重视语言修饰，因为印度文化的主要传承方式是口传，为了避免经典在传承过程的歪曲和错漏，其特别强调语言的神圣性。藏族崇拜语言的言意观体现在文学表现方法上形成了修饰论，看重辞藻的华美。他们认为语言的美化可以很好地传达思想情感，他们强调用丰富多彩的词语装饰诗歌，以达到赏心悦目的艺术效果，强调写诗时要避免不懂修辞手法而造成诗歌的种种缺陷。

长期以来，虽然语言学和文学理论的学者都关注文学作品的语言，但是，语言学者首先关心的是它如何作为语言运用的形式，而文学理论学者更多关注的是语言运用所产生的审美效果，因而，语言解释与语言学之间缺乏深刻的联系，或者说，文学研究没有很好地吸收语言学的分析方法，大多数文学阐释者走的是模糊化的路子。藏族重视语言美化的修饰论给了我们启示，即文学的阐释很有必要借鉴修辞学的方法，这样才能更好地揭示文学创作的秘密，增加文学批评在阐释文学作品时的确定性和理性化成分。如韦勒克等所言："语言是文学艺术的材料。我们可以说，每一件文学作品都只是一种特定语言中文字语汇的选择，正如一件雕塑是一块削去了某些部分的大理石一样。"[①] 可见，语言的研究对文学的研究具有特别突出的作用。我们说语言的本质在于表情达意，一般日常交往中的语言或其他应用性语言看重的是语言的表意性，而文学语言不仅重视表意性，更强调它的表情性。表意的语言追求确定性、具象性和应用性，表情的语言追求模糊性、夸张性和情感性。文学语言与其他语言的最大的不同就在于语言的形象唤醒力。每个词都能唤醒读者的记忆和形象，每个句子都能给读者营造出一种生活的情景氛围，最大限度地调动读者的情感，使之产生形象化的力量和情感性的力量。"发音器官发出的声音恰似有生命体的呼气，从人的胸中流出，即使在未使用语言的情况下，声音也可以传达痛苦、欢

---

① 勒内·韦勒克、奥斯汀·沃伦：《文学理论》，刘象愚等译，文化艺术出版社，2010，第188页。

乐、厌恶和渴望，这意味着，声音源出于生命，并且也把生命注入了接收声音的感官；就像语言本身一样，语音不仅指称事物，而且复现了事物所引起的感觉，通过不断重复的行为把世界与人统一起来。"① 文学语言的独特性就是通过优美的语言来表达人的情感和生命体验。当然，文学研究并不完全依赖于语言学，还有更深的内蕴需要开掘。汉藏文论在文学表现方法上关注的侧重点不同，汉族文论立足于语言，又超越语言，关注文学深层次的价值和意义；藏族文论重点关注语言运用各种修辞格所产生的审美效果。这两方面都是文学理论研究的重要问题，对我们创建具有中国特色的文学理论有积极的借鉴和启发意义。

---

① 威廉·冯·洪堡特：《论人类语言结构的差异及其对人类精神发展的影响》，姚小平译，商务印书馆，1999，第66页。

文化唯物主义批评方法[*]

邓鹏飞[**]

(西南民族大学　成都　610041)

文化唯物主义（cultural materialism）作为一种文学批评实践，受到马克思主义传统启发，主要针对英国早期现代文学尤其是莎士比亚作品。它在20世纪80年代崛起于英国，强调文学、文化与社会、政治和经济等要素在内的历史语境相互作用，除了莎士比亚作品（以及早期现代文学）研究外，也关注莎剧的接受，如莎剧的当代上演和再现、教育制度中的莎剧等。文化唯物主义批评的创立者和代表人物是乔纳森·多利莫尔（Jonathan Dollimore）和艾伦·辛菲尔德（Alan Sinfield），格雷厄姆·霍尔德尼斯（Graham Holderness）、凯瑟琳·贝尔西（Catherine Belsey）、理查德·威尔逊（Richard Wilson）、迈克尔·布里斯托尔（Michael Bristol）和安娜贝尔·帕特森（Annabel Patterson）也属于这个阵营。文化唯物主义批评的代表作有多利莫尔的《激进的悲剧：莎士比亚与同时代人戏剧中的宗教、意识形态和权力》（以下简称《激进的悲剧》）、贝尔西的《悲剧的主体：文艺复兴戏剧中的身份与差异》、多利莫尔和辛菲尔德合编的《政治莎士比亚：文化唯物主义论文集》（以下简称《政治莎士比亚》）、约翰·德拉卡斯基（John Drakakis）等人编的三卷《另类莎士比亚》。进入90年代后，文化唯物主义与女性主义、后殖民主义、同性恋诗学多有交集，同性恋议题一再出现在文化唯物主义著作中。进入21世纪后，即使文化唯物主义的政

---

[*] 本文系西南民族大学中央高校基本科研业务费专项资金资助项目"国外文学社会学最新发展研究"（2019SYB33）的阶段性研究成果。

[**] 邓鹏飞，文学博士，西南民族大学中国语言文学学院讲师，研究方向为英美文学、俄苏文学。

治介入在很大程度上被抛弃，但它对文本的产生、接受的历史和物质条件的强调仍然具有影响力。

和孪生兄弟美国新历史主义遇到的热捧相比，英国文化唯物主义受到的关注较少，多以批评论著中的章节出现，研究专著才露尖尖角。[1] 近年来，中国学者出版了《文本政治学——文化唯物主义莎评研究》[2]《文化唯物主义》[3] 两本著作，发表了数篇论文，但认识仍显零散片面。多利莫尔在《政治莎士比亚》（1985）导言中宣布，文化唯物主义是一种开创性的新阅读方式，"历史语境、理论方法、政治参与和文本分析相结合，（对传统批评实践）提出了强有力的挑战……历史语境破坏了传统上赋予文学文本的超验意义，使我们得以恢复其历史；理论方法使文本脱离了内在批评，内在批评只寻求以自己的方式再生产文本；社会主义和女权主义承诺对抗迄今大多数批评在其中进行的保守范畴；文本分析将传统方法的批判放在不可忽视的位置上"[4]。但我国学界对这种批评方法的具体实践还不甚了解，前述专著中还有张冠李戴的认识，因此本文拟梳理这种方法的核心要义，以推动对它的认识。

一 颠覆与异见的意识形态批评

文化唯物主义者乐于在历史和政治上明确地界定自己。如果说新历史主义"明确地关注权力的运作"[5]，文化唯物主义则对"可行的政治变革的范围"[6] 更感兴趣。文化唯物主义批评的重点是意识形态的文学表征，因

---

[1] Christopher Marlow, *Shakespeare and Cultural Materialist Theory* (London and New York: Bloomsbury, 2017).

[2] 许勤超：《文本政治学——文化唯物主义莎评研究》，中国社会科学出版社，2014。

[3] 赵国新、袁芳：《文化唯物主义》，外研社，2019。

[4] Jonathan Dollimore and Alan Sinfield, ed., *Political Shakespeare: Essays in Cultural Materialism* (1985; Manchester: Manchester University Press, 1994).

[5] Jonathan Dollimore, "Shakespeare, Cultural Materialism and the New Historicism," in *Political Shakespeare: Essays in Cultural Materialism* (1985; Manchester: Manchester University Press, 1994).

[6] Alan Sinfield, *Faultlines: Cultural Materialism and the Politics of Dissident Reading* (Oxford: Clarendon Press, 1992), p. 32.

为权力在面对反对时总用意识形态来加强权威。巩固、颠覆和遏制，是文化唯物主义政治阐释中的关键词。多利莫尔解释说，"第一种通常指的是主导秩序寻求永久化自身的一种意识形态手段；第二种是颠覆该秩序；第三种是遏制表面上颠覆性的压力"[①]。文化唯物主义者认为权力是统治与颠覆之间的一种脆弱的关系。他们在文本分析中的目标，是通过指出权力合法化的思想和价值观仅仅是选择的意识形态，而不是神圣的或固有的自然秩序，来揭开文本所描述的权力的神秘面纱。在文化唯物主义者看来，任何支配秩序都会限制和歪曲人类的经验，文学文本通过揭露破坏统治的矛盾和不一致，在政治上起到颠覆作用。

与新历史主义一样，文化唯物主义批评的核心议题是颠覆和异见（subversion and dissidence）。但是，在新历史主义中搜寻颠覆却仅仅找到幻象和被主导意识形态采用遏制策略的地方，文化唯物主义发现了真正的颠覆。辛菲尔德解释说，"格林布拉特寻求'颠覆'，但通常杰出地发现，它是在权力的话语中建构的……不可忍受的权力循环"。辛菲尔德认为新历史主义的权力观过于简单和"理想化"，他要寻求"一种更复杂的模式，将权力和意识形态的运作视为更加分离的观念"。对他来说，"在表征中坚持一个简单等级制度中的统一，并不意味着这就是国家的实际运作方式，只是说这是统治阶级的主要部分将其表征为运作方式"[②]。因此，新历史学家被指责过高地估计了他们处理历史时刻的权力的普遍性和效率，因为他们过分简化了权力与意识形态之间的关系，并错误地认为例如伊丽莎白时代的英国是一个专制国家。

与这种统一模式相反，文化唯物主义主张更加异质的意识形态观，这为个人提供了脱离权力甚至挑战权力的空间。辛菲尔德在《断层线》中指出，意识形态上的矛盾或"断层线"会在个人中产生国家必须努力抑制的异见：

---

① Jonathan Dollimore, "Introduction," in *Political Shakespeare: Essays in Cultural Materialism* (1985; Manchester: Manchester University Press, 1994).
② Alan Sinfield, "Power and Ideology: An Outline Theory and Sidney's Arcadia," *ELH*, 52 (2) (Summer 1985).

铭刻在意识形态中的矛盾产生了非常多的困惑或异见的主体,而对他们的控制取决于能否说服其他人相信这种控制是可取的和适当的。士兵们必须相信他们与恐怖分子不同,监狱官员们相信他们与绑架者不同,法官认为他们与抢劫犯不同;而我们大多数人必须被说服而同意。①

通过使意识形态的影响更加明确和自觉,辛菲尔德重写了路易斯·阿尔都塞的意识形态观。

意识形态是文化唯物主义批评的核心概念,有着复杂的背景。在经典马克思主义看来,它是建立在矛盾基础上的虚假信仰体系,歪曲了社会关系。在阿尔都塞看来,社会中影响人类行为的是思想、信仰和价值观的综合体系,他将所有机构包括教育系统、法律、宗教和艺术等在内,描述为意识形态国家机器,它们再现和再生产了维持社会现有经济生产方式所需的神话或信仰。而威廉斯将意识形态置于由文化中的"残余"、"主导"和"新兴"元素组成的变化语境中。在任何历史时刻,主导文化因素都构成了控制的意识形态,而以往意识形态的残余也保持着一定的影响力,新价值观等新兴因素则通过挑战主流信仰而引发变革。主导价值观由于没有认识到社会互动的复杂性而"歪曲",而边缘信仰则通过解释历史变化和文化矛盾来完成意识形态图景。在这种理解下,意识形态涵盖了所有的社会实践,包括评估和参与当代价值观和信仰的文学文本的产生。在辛菲尔德看来,阿尔都塞书写的是一个"完全成功"的意识形态或"理想形式"的意识形态,而现实世界中的事情实际上如威廉斯所说的更加复杂。意识形态在质问主体时并不总是成功的。正如辛菲尔德在《断层线》中说,尽管国家"机构"致力于"实现意识形态统一",但"并非总是成功"。②

而多利莫尔在《激进的悲剧》(1984)一书获得成功后,概述了历史和文化进程中的三种可能性:(a) 巩固(基本上是阿尔都塞式的意识形态

---

① Alan Sinfield, *Faultlines: Cultural Materialism and the Politics of Dissident Reading* (Oxford: Clarendon Press, 1992), pp. 244-245.
② Alan Sinfield, *Faultlines: Cultural Materialism and the Politics of Dissident Reading* (Oxford: Clarendon Press, 1992), p. 113.

在完美地发挥作用);(b)遏制(新历史学主义习惯性地倾向于辨别这种现象);(c)真正的颠覆。多利莫尔通过重新定义意识形态来处理新历史主义的颠覆/遏制模型:

> 在某种程度上,当我们不是说一个单一的权力结构,而是说一个由不同的、往往相互竞争的因素组成的权力结构产生影响时,(权力为其自身目的而产生颠覆的)悖论就消失了……如果我们只谈论产生颠覆话语的权力,我们不仅将权力实体化了,而且还抹除了遏制过程中预设为前提的文化差异和语境。①

在这里,多利莫尔找到了一个真正抵制权威的空间,但与辛菲尔德的《断层线》不同。在多利莫尔看来,颠覆是从与主导意识形态争夺霸权的多种来源产生的,因此,颠覆可能来自文化中特定差异的累积影响。这就表明了来自"人民"的历史范式的转变。多利莫尔还建议,颠覆可以以"反对派系"② 的形式在主导意识形态本身的层面上发生,直接反对统治当局,但随后又维持了统治当局的当前结构和形式。这解释了政府内部的不满和内部分裂引发的历史变化,例如莎士比亚历史剧中亨利·勃林布鲁克篡夺理查二世的王位或亨利·都铎篡夺理查三世的王位。因此,对于文化唯物主义者而言,文化不被视为"一个静态的整体……而是多样化和不断变化的,是深刻矛盾的场域"③。因此,正如多利莫尔所写的那样:"颠覆性知识是在主导意识形态的矛盾压力下出现的,这种矛盾压力也分裂了主体性。"④

---

① Jonathan Dollimore, "Shakespeare, Cultural Materialism and the New Historicism," in *Political Shakespeare: Essays in Cultural Materialism* (1985; Manchester: Manchester University Press, 1994), p. 12.
② Jonathan Dollimore, "Shakespeare, Cultural Materialism and the New Historicism," in *Political Shakespeare: Essays in Cultural Materialism* (1985; Manchester: Manchester University Press, 1994), p. 12.
③ Alan Sinfield, "Power and Ideology: An Outline Theory and Sidney's Arcadia," *ELH*, 52 (2) (Summer 1985).
④ Jonathan Dollimore, "Shakespeare, Cultural Materialism and the New Historicism," in *Political Shakespeare: Essays in Cultural Materialism* (1985; Manchester: Manchester University Press, 1994), p. 12.

在这样的模型中,异见和变革被视为权力结构存在的必然。如凯瑟琳·贝尔西认为,"主体性状况"本身就是"变化的场所"①。

这一思想的大部分,特别是拒绝单一的权力统治模式,支持"比任何抽象的强加的意识形态更实质、更灵活的东西",以及在一个主导霸权下存在大量竞争力量的想法,体现了创造"文化唯物主义"一词的雷蒙·威廉斯的影响。② 威廉斯从许多方面来说都是第一位文化唯物主义者,没有威廉斯,我们就不可能想象多利莫尔、辛菲尔德的思想,或这一代的其他人如格雷厄姆·霍尔德尼斯和特里·伊格尔顿会选择目前的方向。

威廉斯在《马克思主义与文学》(1977)中的核心理论是,文化是无法简化的,任何时代都由许多相互动态联系的文化组成。任何一个时代,都不仅有一种"文化",不同的时代有许多具有自己基因的不同文化。文化不是一成不变的,而是行进的过程。威廉斯举例说明,"封建文化"、"资产阶级文化"和"社会主义文化",都是文化"过程"的一部分。不同的亚文化在争夺霸权,单一亚文化的状态可能会随时间而改变。威廉斯确定了三种不同的文化状态:"残余的"、"新兴的"和"主导的"。用他的例子来说,资产阶级文化是"主导"的,因为它拥有霸权;社会主义文化是"新兴的",因为它仍在被创造,有一天可能成为主导;封建文化是"残余的",因为它是过去时代的残余,本质上不合时宜,但重要的是它仍然"在文化过程中活跃……作为当下的有效要素"。③ 例如,古老的天主教会,是"过去的东西",却仍然在许多人的生活和全球政治中发挥作用,是现在的"有效要素"。威廉斯称"残余的"文化为"在过去的实际社会和实际情况中创造的意义和价值观,这些意义和价值观似乎仍有重要意义,因为它们代表了主流文化所忽视、低估、反对、压制,甚至不承认的人类经验、愿望和成就的领域"。因为威廉斯是马克思主义思想家,所以他会对"新兴的"更感兴趣:"一个新阶级的形成,一种新阶级意识的出

---

① Catherine Belsey, *The Subject of Tragedy: Identity and Difference in Renaissance Drama* (London: Methuen, 1985), p. 224.
② Raymond Williams, *Problems in Materialism and Culture* (London: Verso, 1980), p. 38.
③ Raymond Williams, *Marxism and Literature* (Oxford: Oxford University Press, 1977), pp. 121 – 122.

现，在实际过程中一种新文化形态的要素（往往是不均衡的）涌现。"①威廉斯举了19世纪工业化时代新兴工人阶级的例子，也举了都铎王朝的中产阶级出现"资产阶级文化"的例子。不难发现，威廉斯与阿尔都塞、福柯之间的主要区别之一是，威廉斯仍然坚持历时性历史的观念——历史不是一系列断裂，而是一个过程：任何一种特定文化都包含其过去的痕迹和其未来的种子，以及其自身的界定特征。这里不难看出，威廉斯受到葛兰西的深刻影响，他的观点经常被视为对葛兰西观点的精深的重写：本质上，他为葛兰西的霸权主义和阶级斗争理论添加了有趣的形变。

多利莫尔和辛菲尔德承认受惠于威廉斯和葛兰西，这证明了文化唯物主义和新历史主义之间的进一步区别。像格林布拉特这样的新历史主义者在谈论意识形态时感到"不舒服"，并试图在任何时候都与意识形态保持距离，而文化唯物主义者则是在马克思主义唯物主义传统中工作的左翼批评家。正如霍华德·费珀林说，这种谱系是"成为真正的历史和政治批评的伟大开端"②。基尔南·赖安阐述文化唯物主义与新历史主义之间的主要区别时说，前者的马克思主义产生了以下内容：

> 追求对文化的唯物主义批判，而不是建立文化诗学，充分说明了这两种激进批评风格之间的差异……文化唯物主义寻求积极明确地用昨天的文学来改变当今世界。这是一种大胆的政治立场，致力于激发过去文本中异见的潜力，以挑战目前在教育机构内部形成的保守共识。③

费珀林也提出了类似观点："这些批评家通过阅读和写作来改变世界，或者至少通过高等教育的国家意识形态机器来改变英国社会的结构。"④ 与

---

① Raymond Williams, *Marxism and Literature* (Oxford: Oxford University Press, 1977), pp. 4-123.
② Howard Felperin, *The Uses of the Canon* (Oxford: Oxford University Press, 1990), p. 157.
③ Kiernan Ryan, "Introduction," in *New Historicism and Cultural Materialism* (London: Arnold, 1996), p. xv.
④ Howard Felperin, *The Uses of the Canon* (Oxford: Oxford University Press, 1990), p. 157.

此对比鲜明的是，格林布拉特在《学习诅咒》中把这种变革可能性视为"愚蠢和自负"而不予考虑。

二 从当代而非过去阅读

特别值得注意的是，文化唯物主义者在政治上致力于当代，有着对他们写作语境的明确认识。辛菲尔德和多利莫尔都清楚地意识到他们是在英国大学体系中工作的学者。可以通过《政治莎士比亚》一书收录的一些文章的标题来证明这一点：如多利莫尔的《莎士比亚替角：鸡奸、妓女、易装癖及其评论家》或辛菲尔德的戏谑文章《介绍莎士比亚和教育，说明你为什么认为他们有用，以及你欣赏他们什么。提供准确的参考资料支持你的评论》[①]。在这些标题中，读者很明显看到了文化唯物主义一些对立的激进特征。文化唯物主义支持新历史学家路易斯·蒙特罗斯的论断：

> 学院政治超出了我们随意地称为"学术政治"的范围……我们当中有些人……相信我们作为老师和学者最重要的工作是质疑我们被收费（和付费）来传播的遗产……如果我们通过选择阅读文艺复兴时期文本的方式，给学生和自己带来一种我们自己的历史性的感觉，那么我们同时表明了，挑战权力和知识的体制的有限但却真实有形的可能性，权力和知识同时支撑和约束着我们。[②]

因此，文化唯物主义力图将思想上自我怀疑的种子种进学生心中，这些学

[①] Jonathan Dollimore, "Shakespeare, Cultural Materialism and the New Historicism," in *Political Shakespeare: Essays in Cultural Materialism* (1985; Manchester: Manchester University Press, 1994), pp. 129-153; Alan Sinfield, "Give an Account of Shakespeare and Education, Showing Why You Think They Are Effective and What You Have Appreciated about Them. Support Your Comments with Precise References," in *Political Shakespeare: Essays in Cultural Materialism* (1985; Manchester: Manchester University Press, 1994), pp. 158-181.

[②] Louis Montrose, "Professing the Renaissance," in *The New Historicism*, ed. Veeser (New York and London: Routledge, 1989), pp. 30-31.

生大多会离开大学并在其他领域找到工作,在其他话语中发挥社会功能,从而播下了未来社会不和谐的可能性,如果逻辑上极端一点的话,可能导致革命。

一个有趣的现象是新历史主义者提倡"差异的"阅读模式的坍塌。这是费珀林在《文化诗学 VS 文化唯物主义》一文中的核心观点:文化唯物主义者并没有像新历史主义者那样把历史理解为"一个遥远的主题",而是"从当下"写作。费珀林的意思是文化唯物主义者用部分认同和对话的模式取代了新历史主义的差异模式。[1] 这是鲜明的马克思主义历史观,杰姆逊在1979年提出:

> 我们必须努力使自己适应这样一种观点,即每一个阅读行为,每一种地方性解释实践,都被视为两种不同的生产模式相互对抗和质问的优先工具……(过去)从根本上质疑了我们商品化的日常生活,物化景观和我们塑料-赛璐璐社会的模拟体验……私有化和工具化的言论,商品物化,我们自己的生活方式……是过去在审视我们,无情地审判我们,没有同情,也没有同我们试图认为是自己破碎而真实的生活体验的主观性碎片共谋。[2]

不同于格林布拉特在学术距离和文化差异的庇护下写作,文化唯物主义者直面历史可能在文化中引发的问题。实际上,从过去来评判我们,是文化唯物主义的目的。因此,凯瑟琳·贝尔西在文艺复兴时期的戏剧中寻找女性位置,是为了"改变现在","这样做的压力越来越紧迫"。贝尔西批判17世纪"父权制话语",以及"妇女如何破坏旨在遏制她们的话语……找到未经许可的言论形式……超出分配给她们的空间",这与此时此地同样相关,因为"我们……别无选择,只能从当下阅读(文本),为它产生一种从我们的历史位置可以理解的意义"。[3]

---

[1] Howard Felperin, *The Uses of the Canon* (Oxford: Oxford University Press, 1990), p.155.
[2] Jameson, "Marxism and Historicism," *New Literary History* (Vol.11, No.1, 1979).
[3] Catherine Belsey, *The Subject of Tragedy: Identity and Difference in Renaissance Drama* (London: Methuen, 1985), pp.1-2, p.158, p.222, p.224.

在这场将过去的问题投射到现在、创造新未来的运动中,费珀林发现了他所谓的一种"对未来的怀念……,对一个在某些方面曾经和可能再次出现的英国的怀念"。这种怀念在杰姆逊对当代"塑料-赛璐璐社会"的不满中可以窥见一斑。现在足以说,如果文化唯物主义的前进动力在很大程度上是来自对当代的不满,而不一定是杰姆逊式的不满,那么文化唯物主义就进步很大。因为文化唯物主义认识到,"意识形态的主要策略是通过表现社会秩序来合法化不平等和剥削,使这些东西永久不变和不可改易",这种偏见、成见、普遍的观点和态度在今天依然存在,并不见得比莎士比亚时代少。[1]

三 从边缘写作

理解文化唯物主义的批评策略,还有一个关键角度,那就是文化唯物主义倾向于关注那些被主流文化边缘化的主体。辛菲尔德谈到"阶级、种族、性别和性的亚文化",以及个体学者如何"走出专业亚文化,而在异见的亚文化中工作(不只是个人生活其中)"。[2] 大多数文化唯物主义研究几乎都与这些"异见的亚文化"有关,特别是,如果评论家是同性恋,就是同性恋问题;而如果评论家是女性,那么就是女性的角色、女性身份的建构等议题。

过去 30 多年来文化唯物主义研究的成果清单,很容易证明这些倾向:《英格兰文艺复兴时期的同性恋》(1988)、《性异见》(1991)、《鸡奸:文艺复兴文本、现代的性》(1992)、《女性间的激情》(1993)、《酷儿文艺复兴》(1994)、《男扮女装》(1996)、《早期现代戏剧的同性情欲》(1997)、《英语戏剧中的同性恋》(1997)、《早期现代舞台上的酷儿处女和处女妓女》(2000)、《从莎士比亚到罗切斯特的男人之间的性行为》(2002)、《近代英格兰女同性恋的复兴》(2002)、《性与权力》(2004)、《莎士比

---

[1] Howard Felperin, *The Uses of the Canon* (Oxford: Oxford University Press, 1990), pp. 114, 161-162.

[2] Alan Sinfield, *Faultlines: Cultural Materialism and the Politics of Dissident Reading* (Oxford: Clarendon Press, 1992), p. 294.

亚，权威，性》（2006）。这些成果有一些来自新历史主义者，例如戈德伯格的《酷儿文艺复兴》。从这儿看出新历史主义者和文化唯物主义者兴趣趋同，因为其重点都不再是国家，而是更加边缘化的内容，如此形成了一个"联盟"。文化唯物主义的女权主义研究的数量很多，在此不列举。

文化唯物主义从边缘、从异见亚文化书写早期现代文学与莎士比亚，因此他们的作品总是暗中攻击主导中心。我们看到，这些批评家的个人兴趣设定了他们的研究议程。如果有必要，他们会"逆向"（against the grain）阅读文本，以便从中获得他们想要的研究。辛菲尔德称之为"确证的习惯……（在这种情况下）评论家会沉迷于任何必要的艰苦阅读，以使莎士比亚的文本站在他那一边"。但是他认为文化唯物论超越了这样的解读："文化唯物主义的自觉策略是对确证习惯吹响警笛。"实际上，他将其视为文化历史主义（文化唯物主义和新历史主义）总体上的一项核心成就："可以看到批评家一直在这样做。"格林布拉特因拒绝颠覆而受到攻击，他"正在引起人们对确认习惯的关注"[1]。辛菲尔德的这一观点很难被接受，也很难解释为何文艺复兴研究中关注鸡奸的著作数量如此多，毕竟整个莎士比亚经典中鸡奸的暗示只有几次而已。

多利莫尔早在1994年就评论了这个问题，为自己和其他人辩护：

> 如果这一时期写过同性欲望的同性恋身份的批评家像格雷迪（Hugh Grady）暗示的那样都受到或者应当受到制度或当代的约束，那么可能是在莎士比亚身上找到他们自己的反映。自相矛盾的现实是，按照米歇尔·福柯的观点，这些批评家大多坚持认为莎士比亚作品中没有同性恋。在这样做的过程中，他们卷入了当前关于同性恋历史"本质"的重要辩论。[2]

---

[1] Jonathan Dollimore and Alan Sinfield, "History and Ideology, Masculinity and Miscegenation: The Instance of Henry V," in *Faultlines*; Alan Sinfield, *Shakespeare, Authority, Sexuality: Unfinished Business in Cultural Materialism* (New York and London: Routledge, 2006), pp. 198, 199.

[2] Jonathan Dollimore, "Shakespeare Understudies: The Sodomite, the Prostitute, the Transvestite and Their Critics," in *Political Shakespeare: Essays in Cultural Materialism* (1985, Manchester: Manchester University Press, 1994), p. 131.

但这并没有真正回答为什么要在莎士比亚作品中寻找当前争论的答案的问题，特别是如果莎士比亚作品中没有同性恋者的话。一个可能的答案是，在追问这些问题时，他们可以使现在"改变性质"，从而揭示他们当前的关注。辛菲尔德承认："我专注于（这些）异见的性行为（的议题）——因为它们是不断进行政治扰动的场域，并且因为它们涉及我自己是男同性恋。"① 公平地讲，这是文化唯物主义者敏锐意识到的一个问题。文化唯物主义者明确地不想做确认性阅读，他们希望文本能为自己说话，而不是腹语。他们会寻找异见和被消失的声音，如多利莫尔在1985年承诺："我们将徒劳地聆听过去的声音，或者在他们从未正式进入的'历史'中寻找它们的踪迹。"②

四　主体性批评

文化唯物主义批评家是从自身的主体性展开批评的，因此看起来似乎自相矛盾，他们一方面不惜一切代价反对本质主义人文主义，另一方面借用斯科特·威尔逊的话来说，鼓励"与生殖器一起阅读，用自己的背景来争论，或用肤色来理论化"③。文化唯物主义如何能一本正经又激烈地对抗本质主义人本主义，并追随阿尔都塞和福柯这样的理论家（在阿尔都塞和福柯的控制体系中是没有自主的自由思考的个人的位置），又主张主体性的批判实践？这种神奇的主体性从何而来？这不正是造就人并使人完全受制于它的文化或意识形态并反作用于同一文化或意识形态吗？"同志认同的批评家"真的只不过是一系列意识形态效应吗？同性恋是意识形态效应吗？这些问题似乎没有答案，反人文主义和"主体性"批评之间具有紧张关系，充满让人感到无可救药的矛盾。

文化唯物主义批评来自一种危机四伏的边缘地位，它寻求文本中的边

---

① Alan Sinfield, *Shakespeare, Authority, Sexuality: Unfinished Business in Cultural Materialism* (New York and London: Routledge, 2006), p. 22.
② Jonathan Dollimore, "Shakespeare, Cultural Materialism and the New Historicism," in *Political Shakespeare: Essays in Cultural Materialism* (1985; Manchester: Manchester University Press, 1994), p. 15.
③ Scott Wilson, *Cultural Materialism: Theory and Practice* (Oxford: Blackwell, 1995), p. 21.

缘性和"异见范围"。这里要问的一个问题是，如果不是女人，也不是同性恋者，能否成为文化唯物主义者，或者是否需要属于一种边缘化的"亚文化"？女性身份或性异见（dissident sexuality）的问题并不一定直接与批评者有关。这是否意味着批评者就会被排除在文化唯物主义之外，被谴责从中心写作？提出这个问题，并不是要对其进行批评，而是强调与新历史主义相比，文化唯物主义批评的高度个人化和必然边缘性。权力、复制、寓言、文艺复兴时期英国的国家阴谋等新历史主义的关注点，是普遍的关注点，批评主题是客观化的。除了格林布拉特称有趣的逸事，个人政治和个体批评家的关注很少成为批评焦点；与此形成鲜明对比的是，文化唯物主义批评处处散布着个人政治和批评家个人的关注点，文化或文本主题通常只是这些关注点发挥作用的背景，批评议程是由评论家而不是文本来设定的。因此，文化唯物主义者的文本阅读基本上取决于他本人的关注，无论它们是什么。文化唯物主义者视之为一种完全合法的做法，而且有可能带来令人兴奋的批评前景。当然，这种过于主观化的主体性批评也是他们遭受诟病的地方。

带着头脑中预设的问题来理解莎士比亚，似乎有点本末倒置。拿起一个文本，看看它能把你带向何方，比带着预先计划好的议程来阅读要有意义得多。理查德·莱文提出了类似批评：文化唯物主义"学说的唯物主义是高度选择性的，而选择是（由政治）决定的"[1]。他认为，文化唯物主义者通过曲解历史和莎士比亚戏剧来证实自己的世界观："一种常见的策略是断言莎士比亚的世界或他的戏剧世界的某些方面（总是很糟糕的一方面）和我们世界的某些方面基本相同，通常将其转化成一个抽象的问题（比如阶级划分），与历史，也与我们社会和莎士比亚社会之间的诸多物质差异无关。只要两个世界的等式使他们能够从戏剧中获得对今天有用的马克思主义教训，其他就不重要了。"[2] 莎士比亚的时代与当代有差异，并不能禁止莱文批

---

[1] Richard Levin, "The Old and the New Materialising of Shakespeare," in *The Shakespearean International Yearbook*, Vol. 1, ed. W. R. Elton and John M. Mucciolo (Aldershot: Ashgate, 1999), p. 88.

[2] Richard Levin, "The Old and the New Materialising of Shakespeare," in *The Shakespearean International Yearbook*, Vol. 1, ed. W. R. Elton and John M. Mucciolo (Aldershot: Ashgate, 1999), p. 91.

评的那种阅读，但显然莱文错过了关键点：文化唯物主义者更关心的是莎士比亚如何被他们的文化所挪用，而不是他们如何在莎士比亚的时代中被理解。他们在乎现在，而不是那时。典型的文化唯物主义论文，往往先取一位旧的本质人文主义者如布拉雷德或穆迪·普莱尔（Moody E. Prior）的某些莎士比亚解读，展示其该为神秘化、支持莎士比亚世界中"坏"方面或压制莎士比亚世界中"坏"方面的暴露负何种责任，这对当代思考这些事情产生了影响，然后文化唯物主义者试图澄清真相。这样的努力并无问题，也是莎士比亚研究中需要的，无疑是一种积极的发展。但是在阅读文本之前让阅读者的"主体性"决定议程的做法，似乎有欠妥当。

对文化唯物主义的主体性批评的道德化倾向，格雷厄姆·布拉德肖提出最直言不讳的批评：对文化唯物主义者来说，总有一个"人文主义的敌人"，包藏"一个'本质主义者'，和对人的准神学关注，但以这种方式确定目标本身就是一种神学行动，它创造并妖魔化了'人文主义者'他者"。[①] 他继续指责文化唯物主义将莎士比亚的复杂性简化为善与恶的二元论：

> 用邪恶的、反动的和压迫专制的莎士比亚来代替好的、隐蔽的唯物主义者莎士比亚，据说其真正的内容和意图被本质主义、唯心主义、自由主义、人文主义的敌人所歪曲和压制。和以往一样，只要批评的矛盾解读推进了思想目标，矛盾就不重要了……
>
> ……朴素的新蒂利亚德式唯物主义者如多利莫尔和辛菲尔德，也像蒂利亚德一样，认为莎士比亚的意义是存在的，但由于蒂利亚德是意识形态敌人，意义必须在其他地方，或是其他别的。因此，这种方法提供的要么是善良的、颠覆性的隐蔽唯物主义者莎士比亚，而"本质主义人文主义者"挪用、歪曲和压制了莎士比亚，因为他们是邪恶的；或者是邪恶的、专制的诗人，"本质主义人文主义者"视其为善的，也因为他们是邪恶的。[②]

[①] Graham Bradshaw, *Misrepresentations: Shakespeare and the Materialists* (Ithaca: Cornell University Press, 1993), pp. 7, 9.

[②] Graham Bradshaw, *Misrepresentations: Shakespeare and the Materialists* (Ithaca: Cornell University Press, 1993), pp. 16, 23.

布拉德肖认为，文化唯物主义者将议题政治化，实际上是避免真正讨论莎士比亚。

结　论

像新历史主义一样，文化唯物主义坚持个体受意识形态等社会力量制约的反人文主义观念，继承了马克思主义传统，追随葛兰西和威廉斯，认为主导意识形态并非牢不可破，因为它受到无数矛盾和竞争的话语的破坏，所以异见的存在是可能的。文化唯物主义从未停止政治参与，试图通过寻找过去文化中的异见和矛盾时刻来改变现在的目标，尤其着眼于推进教育领域的变革。文化唯物主义认为，真正的异见来自"异见亚文化"，因而从话语边缘攻击霸权，那儿霸权意识形态对其主体的控制力最弱，他们为那些被主流意识形态忽视的人如妇女和同性恋者发声。与努力保持一定程度的客观性的新历史主义相比，文化唯物主义采取坦率的主观批评形式，因为其实践者的关注是批评实践的关注点。当下是他们的主要关注，因此就设定了批评议程。

齐格蒙特·鲍曼的"东欧新马"身份与"现代性"遗产[*]

彭成广[**]

(西南民族大学　成都　610225)

齐格蒙特·鲍曼（1925~2017 年）是当代最负盛名的思想家、社会学家之一，他著述成果丰硕，仅 1957~1966 年，他的波兰文著作就有 14 部。自 1972 年在英国利兹大学任教并取得英国国籍后，他直接使用英语写作，据不完全统计，相关英语著述达 40 余种。鲍曼所确立的"现代性""后现代"理论主题影响非常广泛，与鲍曼齐名的另一位著名英国社会学家安东尼·吉登斯对他有高度评价："对我而言，鲍曼是一个后现代性的理论家。他用非凡的才华和创造力，发展了一个任何人都必须认真对待的立场。"[①]丹尼斯·史密斯在为鲍曼做传时，更是直接称他为"后现代性的预言家"。可以断言，无论是从社会、政治、文化，还是从哲学、美学或思想史的角度研究现代性或后现代性，都无法回避鲍曼的"现代性"理论所提出的相关问题和相应探索。

目前，学界多从社会学、政治学的角度研究鲍曼的现代性/后现代性理论，而对鲍曼的另一身份，即作为东欧波兰新马克思主义理论家身份，以及他的文化批判主题有所忽视。对此，本文首先提出了一个核心观点，即鲍曼也应明确归属于东欧新马克思主义理论家之列，本文在此基础上从文化批判主题归纳阐释鲍曼对"现代性与大屠杀"具有内在关联的相关观点，认为这体现了他通过现代社会内在结构和组织运行模式来分析

---

[*] 本文系"中国博士后科学基金第 69 批面上资助项目"（2021M691045）的阶段性研究成果。

[**] 彭成广，博士，副教授，研究方向为东欧新马克思主义美学和文艺美学。

[①] 转引自郇建立《论鲍曼社会理论的核心议题》，《社会》2005 年第 6 期。

现代性的批判维度，也表现了他对现代性及其"理性"主导精神的批判反思立场。

一 东欧新马克思主义：鲍曼的另一重要理论身份

由于多种原因，鲍曼为国内所熟知的主要是他的英语著作，加之他的研究主题非常广泛，已经超出传统意义上东欧新马克思主义理论家的主要研究范围，所以学界对鲍曼的另一理论身份，即作为东欧新马克思主义理论家有所忽视。事实上，鲍曼也应属于东欧新马克思主义理论家之列，这主要体现在其生活经历、理论取向和批判立场等方面。这种身份归属对重新审视其"现代性"理论很有必要。

其一，从出生到1968年，鲍曼在东欧生活。同是犹太人，与乔治·卢卡奇的富裕犹太银行家的家庭背景不同，鲍曼出生于波兰波兹南一个贫穷的犹太家庭，生而贫困使得他的生活经历更为曲折不易。他的所有理论著述，不是远离现实的玄学抽象，而是蕴含着对人类生活境遇多方面多维度的深刻思考。因为世界大战等，他于1939年逃亡至苏联并接受相关教育，1943年加入苏联红军并参加抗德战役，在军队中鲍曼表现突出，他担任过政治指导员，参加过科沃布热格和柏林等的战斗。1945年，鲍曼因战功卓越而被授予英勇十字勋章，还荣升上校军衔，并由此开始了在华沙社会科学院的学习经历；到50年代，鲍曼以波兰上校身份进入华沙大学，并先后获得硕士、博士学位，毕业后留在华沙大学担任社会学的教职工作。在此期间，鲍曼备尝生活艰辛，如在1953年的波兰反犹太清洗运动中，鲍曼就一度成为牺牲品，最终在1968年以"毒害青年罪"等被华沙大学开除，并难逃被驱逐出境的命运。种种生活经历使得鲍曼既对波兰的社会现状有深入观察，又对"斯大林主义"模式下波兰国家集权体制的压迫体会得更加直接和深刻。对此，鲍曼在一次访谈中明确指出："首先，波兰国家专制相当明目张胆。相比之下，其他专制、非专制或没那么专制的权力更喜欢绕圈子，以秘密、很不起眼的方式，与此同时谨防留下太多指手画脚的痕迹。波兰统治者希望社会学家做的事情（而且是他们唯一容忍的社会学事业）是帮助他们，使不服从的顺服，使顺服的更听话，使人们信服那些不能令人信服的，并使那些令人信服的终身免疫不遭质疑。"①

其二，鲍曼的"现代性"理论是对东欧新马克思主义理论传统和批判路径的继承和拓展。他的社会批判理论，更多是从社会结构入手，以此揭示现代社会内部的动力、弊端和运行模式，其本质和宗旨是促进人的自由和解放，这与东欧新马克思主义的人学立场和人道主义理论底色一致。对此，鲍曼曾经的学生，也是《与齐格蒙特·鲍曼对话》一书的作者 Keith Tester 在得知鲍曼去世后接受美联社的采访时说："鲍曼一生的著作和研究关切点放在一起就是一直在努力探索如何成为真正的'人'。"②

鲍曼对经典马克思主义理论的继承、对苏联马克思主义的扬弃以及对现存社会一贯的辩证批判性态度，与东欧新马克思主义理论家的立场一致。与沙夫、科拉科夫斯基（也译为"柯拉柯夫斯基"）等其他波兰新马克思主义理论家相比，鲍曼虽然对马克思恩格斯相关著作理论论述较少，但不能以此认为鲍曼未充分继承吸收马克思的相关理论思想。比如他的文化批判理论就深受马克思文化理论的直接影响。"从早期对官僚制的批判，到后来对现代性与大屠杀之间的本质联系的揭示，再到晚年关于在后现代视域和流动的现代性中重拾个性化的道德力量的努力，以及对全球化和发达资本主义的各种异化现象的批判，鲍曼的批判锋芒涵盖了西方马克思主义和东欧新马克思主义政治批判、文化批判、社会批判的各方面主题。"③尤其是本文所试图论证的鲍曼对现代社会的消费本质等的判断，体现了鲍曼与马克思的异化理论、拜物教等的一致性。

二 "大屠杀"批判："现代性"理论遗产与现实价值

对于经历现代理性文明灾难的东欧学者而言，思考"大屠杀"及

---

① 基思·特斯特、迈克尔·赫维德·雅各布森：《流亡之前的鲍曼——齐格蒙特·鲍曼访谈》，张笑夷译，《学术交流》2017年第6期。
② 转引自文军《一生致力于如何成为真正的"人"——纪念著名社会学家齐格蒙特·鲍曼》，首发于"探索与争鸣杂志"公众号。
③ 远山：《导引·人类道德良知的孤绝守望者》，《学术交流》2017年第6期。

齐格蒙特·鲍曼的"东欧新马"身份与"现代性"遗产

"恶"的产生根源,是所有东欧新马克思主义理论家的共同重大理论关切。对此,捷克作家克里玛、昆德拉,波兰诗人米沃什,犹太裔美国思想家汉娜·阿伦特,波兰哲学家科拉科夫斯基等人均做过深入分析。鲍曼承续了这一共同理论关切所形成的"现代性与大屠杀"批判理论,在某种程度上与被誉为20世纪最富原创性的思想家之一的阿伦特的"平庸的恶"同样影响广泛而深远。

首先应该看到,"鲍曼是一名社会学家。这意味着他将人类行为视作一个更为宽广的结构的因素,将人类的行动者在一个相互依赖的网络中联系在一起"。[①] 以鲍曼的"现代性与大屠杀"批判思想为例,无论是论证方法还是最终结论,他均把人类行动放在相互联结的社会网络之中,进而从社会内部结构来审视现代性。他认为,现代性与"大屠杀"行为之间具有内在的逻辑关联,纳粹对犹太人的"大屠杀"是对现代社会乃至现代性的"非常规"但却异常重要的一次检测行为,因此需要重新审视现代性本身。当然,他并不以此认为现代性必然会导致"大屠杀",而是指出现代性构成了"大屠杀"的必要条件。此论断一出,立刻引起了历史学家和社会学家的广泛关注,其中包括激烈批判和反对的声音。

通过审视现代性的内在机制来分析"大屠杀"事件是鲍曼的立论关键,体现了知识分子的社会责任、道德良知和公共践入力量。一个基本事实是,"大屠杀"事件并非发生在现代文明之前,而是发生在西方现代性完全确立的历史语境之中,这充分表明现代性与"大屠杀"之间必然具有千丝万缕的联系。因此,历史学家和社会学家对鲍曼相关论断的争论焦点不在于他是否应该引入现代性来理解"大屠杀",而在于辨认现代性与"大屠杀"到底是正关联还是负关联。换言之,大多数人认为不是现代性的弊病和漏洞,而是没有很好地发挥现代性的潜能,导致了"大屠杀"事件的发生。

鲍曼认为,把"大屠杀"简单地视为犹太人和犹太历史上所发生的个别事件,而完全无视"大屠杀"与现代性的内在联系是非常危险的行为,

---

① 丹尼斯·史密斯:《后现代性的预言家:齐格蒙特·鲍曼传》,萧韶译,江苏人民出版社,2002,第5页。

其最可怕的后果是：历史会重演，"大屠杀"行为还会再次发生。鲍曼同样极力反对这样的观点，即认为"大屠杀"是历史进程中个人邪恶力量导致的，这种邪恶力量也导致了现代性进程发生了偏差，因为这种观点隐含了一个判断：如果没有类似于希特勒等人的存在，"大屠杀"就不会发生。这种把历史运动潮流规定在特殊人物身上的判断，不符合历史辩证唯物主义的立场，以此鲍曼充分表明人类所有行为均具有整体关联性。

回到"大屠杀"事件，对鲍曼而言，现代性与"大屠杀"之所以紧密相关，是因为"现代性"及其主导精神为"大屠杀"的发生提供了可能，主要体现在以下方面。

首先，现代性的"秩序"理性为"大屠杀"提供了社会条件。鲍曼认为，对秩序的追求是现代性的首要特征，以此，追求秩序、建构秩序和维护秩序构成了现代性所有特征的主导精神："我认为集中于秩序，或一个有秩序的、可管理的社会，是其他现代事业——工业主义、资本主义、民主——的一个公分母。"① 在现代社会的管理生产中，分类分层分工的合理化是建立秩序的主要途径，现代性通过快速有效地建立秩序结束混乱的历史状态："在现代性为自己设定的并且使得现代性成为现代性的其诸多不可能的任务中，建立秩序（更确切地同时也是极为重要地说是）——作为不可能之最，作为必然之最，确切地说，作为其他一切任务的原型（将其他所有的任务仅仅当作自身的隐喻）——凸现出来。"② 对秩序的无限追求，必然导致试图消除不确定性、不连贯性、非逻辑性和含混性等等，这是现代性的内在使命所决定的。因此，现代性通过分工、分类以及科学技术等多种理性因素的主导，向人承诺随着技术理性的增强，社会会越来越好。为了这一更好的发展目标，人们必须强制服从于全面的、科学构想的计划，以此更好地改造社会。

而由于特定的历史境况和社会地位，犹太人是现代性"整洁"工程和反混乱性计划的清除对象。与其他国度相比，在希特勒执政以前，德国反犹主义的传统很单薄，德国在魏玛政权以前还一度被犹太人视为宗教和民

---

① Edited by Peter Beilharz, *Zygmunt Bauman Volume III* (London: Sage Publications Ltd., 2002), p.78.

② 齐格蒙特·鲍曼：《现代性与矛盾性》，邵迎生译，商务印书馆，2003，第7页。

族平等、宽容的天堂。而为什么在现代文明的进程中，犹太人在德国的命运又如此不同了呢？鲍曼认为，这与犹太人的"三棱镜群体"身份相关，如在19世纪波兰被瓜分之前，犹太人就以贵族和乡绅们奴仆的角色承担着诸如收租、监管和对农产品的处置等不受欢迎的任务。在贵族眼中，犹太人只是下等人中的一分子；在乡绅这里，犹太人与普通农民和小市民一样贪婪肮脏；但在市民和农民这里，犹太人成为贵族、乡绅和大众的中间人，挡住了他们彼此间的愤怒之火，下层人直接把犹太人视为统治阶级和敌人。因此，"他们——就像所有的三棱镜一样——毫不知情地折射出完全不同的形象：一种是粗野的、未驯化的、野蛮的下层阶级，另一种则是冷酷而傲慢的上层社会"。①

对于制定"大屠杀"方案的管理者而言，现代社会的治理行为与一项园丁文化的管理活动类似，犹太人被视为最不受欢迎的人群和杂草，必须被现代性"整洁"工程和反混乱性计划所清除。这既是维护秩序的需要，也是极端追求一致性的结果。鲍曼认为，"作为文明或文化现代性，它是关于'美'、'清洁'和'秩序'的，然而，在追求美丽，保持清洁和遵守秩序的过程中，我们却付出了沉重的代价"。②"清除"对于现代社会的管理者、实施者而言，是一项"创造性"而非破坏性活动，是为了整个花园的整洁所作的"创造"，由此，对犹太人的"大屠杀"似乎因追求社会文明和秩序等宏大计划目标而具有了合法性。

其次，现代社会的劳动分层功能使得"大屠杀"更加"高效"。在现代社会中，技术手段与目的道德评价完全脱离，这体现在对劳动功能的细致划分和技术责任代替道德责任等方面。一是所有劳动实施者只充当"螺丝"般的零件角色，劳动者仅仅需要在固定岗位做好局部、零件式的机械工作，而不需要问为什么要做。劳动成果与劳动者产生了无法靠近的距离，人与其劳动本身相分离。最大限度地提高零件岗位的技术效率，才是实施者的最大动力。二是撇开一切目的后果之道德评价。现代社会管理层

---

① 齐格蒙特·鲍曼：《现代性与大屠杀》，杨渝东、史建华译，彭刚校，译林出版社，2002，第57页。
② 齐格蒙特·鲍曼：《后现代性及其缺憾》，郇建立、李静韬译，学林出版社，2002，第3页"中译本序言"。

和劳动实施者证明了暴力手段对除掉现代整洁花园的杂草（犹太人）最为彻底有效。劳动的等级化使得技术责任完全取代了道德责任，劳动功能的等级划分和任务的零碎分解使得实施者只对自己上级负责，"做好自己的事"是处于分工和等级状态中劳动者的最高追求。技术责任的显著特点是不把技术作为达到目的的手段，而把技术视为目的本身。等级制所造成的"在远处行动的能力"和分工分化所带来的"行为道德约束的失效"构成了"大屠杀"得以可能的两个重要因素。

再次，庞大的现代官僚机构使"大屠杀"得以顺利进行。官僚机构的产生，是现代化的重要产物，在"技术想象"的意义上，官僚机构作为现代文明的技术集合，其技术本身应该是价值中立的，但是在现实运行时，情况远非如此，技术被应用到"大屠杀"行为中，使得"大屠杀"之"恶"倍增。再者，退一步讲，即使技术真可以做到价值中立，这种中立也非常可怕，因为它直接导致了官僚体系中行为对象的"非人化"："非人化开始于官僚机构行为所针对的对象因为拉开了距离而可以并在实际上被简化为一套定量措施之时。"[①]"非人化"要求实施对象必须道德冷漠，他们已被简化为物和装置般的存在，他们没有要求主体性的权利和任何属"人"性，这些均加速了"大屠杀"之极端恶行为的顺畅进行。鲍曼还认为，官僚体系使"大屠杀"得以进行，不仅是因为劳动分工、劳动功能区域化和等级化等官僚机构的"技术优势"，更是因为官僚体系存在只关注手段本身而忽视原初目标等固有的不足。

最后，现代人自我保全的"理性"观念极大削弱了对"大屠杀"的反抗意识。从宽泛意义上讲，"自我保全"并不单指贪生怕死或者卖友求荣之辈为保全自己性命而做出各种退缩让步，恰恰相反，"自我保全"也意指那些尽一己之力去设法保全他认为最值得保护的对象的行为，如对家人和挚友等的保护保全行为。因此，自我保全被视为合情合理的行为，与之相对的是冲动鲁莽的匹夫之勇。"大屠杀"之所以得以顺利运行，与大多数人自我保全的理性紧密相关，或者，"自我保全"反倒成为贪生怕死、

[①] 齐格蒙特·鲍曼：《现代性与大屠杀》，杨渝东、史建华译，彭刚校，译林出版社，2002，第137页。

助纣为虐之徒的至上借口。对此，鲍曼举例指出那些屠杀同类的"凶手"，他们往往通过自我保全的理性为自己的屠杀行为找到了合法性，即"由他亲自负责屠杀事件时，可以最大化地减少更多伤害"。总之，在众多历史事件中，屠杀方对大众的"自我保全"和计算理性的利用，在每一次屠杀行为中都非常奏效。

三 "痼疾"与可能：多元的现代性

通过以上论述，鲍曼清晰地指陈了"大屠杀"与现代性的"亲和"关系。"大屠杀"作为历史进程中的极端事件，可视为对"现代性计划"的一次"非常规"却异常重要的检测行为。鲍曼对"大屠杀"何以可能的剖析，深刻而具体地透视了现代性本身的巨大弊病和潜在危险。在此，可稍做比较与补充的是，波兰另一位新马克思主义代表人物科拉科夫斯基的观点，他也揭露了现代社会"恶"之存在的客观性，这与鲍曼关于恶之存在的"合法性"观点内在一致。比如在《与魔鬼的谈话》一书中，科拉科夫斯基借魔鬼之口说出，邪恶是事物，是普普通通的事物，"魔鬼是无法解释的，是和你们的存在同时出现的，是物，是它自身"。暴力是邪恶的具体化行动，他进而指出，"暴力之所以存在，是因为它存在，是因为他是作为物的物"。[①] 这些思想对于重新认识邪恶和现代性很有启发，因为大多数人并不把"恶"视为尘世的现实要素，不承认其物质性和必然特质。因此，大多数人才会犯下如此错误，即面对"法西斯主义"的暴行和奥斯威辛集中营的"大屠杀"行为时，倾向于认为这是由社会运行机制的某项操作错误和偏差所造成的，或者直接把根源归结为某权威人物的疯狂失常，这种认识的最大后果就是，无法正视"恶"本身，没有把"恶"视为客观存在的物，没有认识到"恶"作为普遍的物所具有的稳定的结构因素，进而缺少对"恶"的产生机制和存在运行动力做深层的反思探索，更遑论对恶的发生做任何防御性的保护措施和应对策略了。科拉科夫斯基对"恶"的这种认识与鲍曼关于"大屠杀"与现代社会结构之间具有内在关联的结论有

---

① 莱谢克·柯拉柯夫斯基：《与魔鬼的谈话》，杨德友译，华夏出版社，2007，第76页。

内在一致性，均指向了"恶"的存在具有客观必然性。所不同的是，鲍曼从现代社会的运行模式和现代性主导精神的特征出发，论证了"恶"存在的"合法性"，而科拉科夫斯基倾向于从超验的"形而上学性"指陈"恶"存在的"客观性"。

  总之，鲍曼的"现代性"理论影响非常广泛，但学界容易忽视他作为东欧新马克思主义理论家的重要身份，其直接后果不仅仅是从整体上削弱了东欧新马克思主义的理论力量，也会对鲍曼"现代性"理论的厚重性、历史性、现实性、独特性有所忽视。可以说，在解读鲍曼的过程中，如果缺少对东欧新马克思主义这一丰富的理论资源的解读，缺少对鲍曼作为东欧国家公民这一独特的历史体验和现实遭遇的解读，是对鲍曼和东欧新马克思主义的双重不公。因此，本文首先对鲍曼东欧新马克思主义理论者的重要身份做了必要确认和说明，并认为，鲍曼以东欧身份的切身体会，延续了东欧新马克思主义的理论传统和批判路径。分析"现代性与大屠杀"之间的内在关联，既体现了他对社会内在结构、机构组织运行模式以及现代性深层符码的充分揭示，又表现出他对现代性及其"理性"主导精神的批判性反思；既具体透视了现代性本身的痼疾，又创见性地预见了现代性的潜在危机，以此形成的"现代性"理论遗产，具有丰富的理论价值和厚重的现实启示。

论哈琴《后现代主义诗学：历史·理论·小说》中的反讽、戏仿与互文性

莫色木加*

(西南民族大学 成都 610041)

西方后现代主义理论家詹明信（Frederic Jameson）和伊格尔顿（Terry Eagleton）都对后现代主义文化总体上持批判和否定态度。詹明信认为后现代是一种晚期资本主义的文化逻辑，是资本主义发展到最高阶段后导致的商品逻辑向文化生产部门全面渗透的结果，也就是说，后现代主义是一种艺术向商品拜物教彻底臣服的必然结果。他强调，任何后现代主义的观点都必然表达了论者对当前跨国资本主义社会本质的政治立场。伊格尔顿认为后现代主义可以追溯到以达达主义和超现实主义为代表的先锋艺术的美学乌托邦政治的溃败上。然而，琳达·哈琴对后现代主义提出了新的观点："后现代主义是一个自相矛盾的文化事业，和它谋求质疑的事物有着根深蒂固的联系。它既使用又误用了其所抨击的结构和价值观。"[①] 她认为后现代主义的文化产品不是历史的"大杂烩"，而是以独特的方式对隐含在小说、政治意识形态、历史文本等中的话语权力进行解构与建构。

因为加拿大少数族裔（意大利人后裔）等各种边缘身份，哈琴不得不关注边缘群体和少数族裔的相关问题，而且她受后现代主义思想的影响，对一些边缘化的话语感兴趣，因为西方后现代主义本身对边缘和被边缘化

---

* 莫色木加，南京大学文学院比较文学与世界文学专业在读博士研究生，西南民族大学中国语言文学学院讲师，研究方向为世界少数族裔文学、西方当代文论。

① 琳达·哈琴：《后现代主义诗学：历史·理论·小说》，李杨、李锋译，南京大学出版社，2009，第142页。

的事件关注较多,其目的是消解逻各斯中心主义、去中心化。另外她关注后现代理论话语的目的是展示自己对差异和多元的尊重。她主要关注前人的理论方法,并从中获得启迪,对前人有些理论方法提出自己的观点。琳达·哈琴的代表诗学理论著作《后现代主义诗学:历史·理论·小说》主要以20世纪60年代以来欧美国家的后现代主义小说为研究对象,同时涵盖了后现代主义建筑学、历史学、政治学以及后现代主义绘画、哲学等多领域,提出了一种独特的后现代主义诗学,在全世界文艺理论界产生了一定的影响。其中反讽、戏仿与互文性是哈琴后现代主义诗学理论中的三个重要范畴,为后现代理论的发展作出了一定的贡献。

一 作为话语策略的反讽

"反讽"一直是西方哲学家、诗学家关注和谈论的话题,从苏格拉底、亚里士多德到克尔凯郭尔、叔本华、尼采等都对"反讽"进行过深入探讨。"反讽"是后现代文化特征的主要范畴之一,所以伊哈布·哈桑(Ihab Hassan)就说:"由于缺少基本的原则,我们转向游戏、相互影响、对话、讽喻、自我反指——一句话,转向反讽。"[1] 巴赫金曾指出,反讽是"当今时代的歧义语言","因为他看到它无处不在,形式各异——从细小而无所察觉到大张旗鼓,快要放声大笑,无所不在。当然,笑声也有从挑衅到逗弄之分的各种程度和种类"[2]。反讽是一种说话方式,它具有一种双重言说的功能,未说作为一种不在场的意义总是制约着已说的话语。人们开始研究反讽作为一种话语的实践或策略是如何被使用和理解的,并开始研究反讽得到领悟的后果以及反讽失效的后果。反讽在一定程度上使说话者与接受者的各种交流模式变得更复杂,他们之间开始有了一种动态而多元的特殊关系,而且正是这种关系打乱了反讽的话语谱系。

哈琴把反讽当作一种话语策略而非言语行为,反讽包含了说话者与接

---

[1] 伊哈布·哈桑:《后现代转向:后现代理论与文化论文集》,刘象愚译,上海人民出版社,2015,第169页。
[2] 琳达·哈琴:《反讽之锋芒:反讽的理论与政见》,徐晓雯译,河南大学出版社,2010,第49页。

论哈琴《后现代主义诗学：历史·理论·小说》中的反讽、戏仿与互文性

受者在特定情境下的信息互动，而且接受者积极主动地参与到这种对话中。说话者只是引发反讽，接受者则使反讽发生。反讽的发生主要取决于对话双方话语背景的契合程度，即它既是一种双重言说，又是一种在保持批判距离的前提下对原文本的有限重复。它与过去的文本有一定的差异，但是也肯定了与过去文本的互文关系，也就是说，它与原文本之间的关系既非雷同，亦非对立，而是差异。哈琴进一步指出，已说和未说合在一起才构成第三层意义，更准确地说应该是反讽意义。"对于不同的玩家来说，反讽意味着不同的事情。从诠释者的角度而言，反讽是诠释的、意向性的举动：它是要在陈述的话语之外制造或推理出不同的意义，同时还要表达对于言内之意和言外之意的一种态度。从反讽者的角度而言，反讽就是有意向地传达那些不同于明确呈现的内容信息以及评判态度。"[1]

正是反讽者与诠释者之间的某些话语的共同体，才为意向中的反讽得以传送和接受建构了新的中介，所以在反讽的话语中，反讽分为两种模式："一种是表达出新的反对立场的或许具有建设性功用的反讽，一种是以更为否定和否定化的方式运作的反讽。"反讽的两种模式都涉及复杂的话语权力关系，而且反讽的两种模式自身之形成都依赖于社会与情景的语境。从某种意义上来说，反讽既可以用来巩固权力话语，也可以用来否定或颠覆话语权力。

反讽作为一种幽默的形式，既有肯定性的一面，也有否定性的一面，而且这两个方面既不冲突，也不矛盾，它们之间是一种相互依存的关系，即彼此不能分开。反讽是一种有效的颠覆话语策略，它拆解能指与所指相对应的语义的属性关系，而且剥下了现实世界的"面具"，揭示文本中被权力、话语和集团操控的潜文本话语，对历史真理发出了质疑（它戏弄、攻击和嘲笑现有话语谱系），重新思考历史与真实、话语与权力、语言与世界等的差异关系，给戏仿增添批评的话语共同体。如多克托罗以反讽的形式将事实与虚构混杂在一起，故意制造时代的错误，正是通过这种方式，他着重表达了自己的怀疑。"作为一种'战斗模式'，反讽变成'一种

---

[1] 琳达·哈琴：《反讽之锋芒：反讽的理论与政见》，徐晓雯译，河南大学出版社，2010，第4页。

否定的激情，致力于取代和消灭有关世界的主流描述'，当主流的、稳固的话语显示出强大的'吸收容量'的时候，这种激情就被看做格外的关键。反讽和所挑战的主流话语之间的亲密——反讽使用这些话语的语言作为自己的言语——就是反讽的力量所在，因为这种亲密使反讽的话语得以赢得时间，而且还能够通过部分收用其权力。"①

　　反讽有锋芒，它既是一种伪装（目的在于评判），也是一种语言模式，人们无法把它当作一种可操控的工具来使用。但是反讽只有在有人促使反讽发生时才真正成为反讽，而且它的形成要借助言内之意和言外之意的结合。因为文学文本本身具有反讽的功能，如库切小说《福》的反讽既是一种文体的讽喻，又是一种具体的互文性文本。库切既讽刺或拆解笛福的后殖民思想，又戏仿笛福《鲁滨孙漂流记》的创作模式或风格，即《福》既有文学愚弄的方式，也有戏仿或反讽的效果。它使用戏仿或反讽对目标进一步攻击，其目的是显示差异。所以琳达·哈琴就说："迈克尔·库切的小说《福》正是探讨了笛福写作实践中'故事'——以及'历史'——撰写与'真相'以及将某些历史事件、人物排斥在外的关系问题。"② 而且"作为一种政治策略和制造意义的方法，反讽在我们的文化中总是带着巨大的风险。之所以这样，有一个原因就是在话语的共同体之间不可避免地存在着差异，因此就有了'误解'的危险"。③

二　作为话语实践的戏仿

　　戏仿（parody）是后现代主义的主要话语实践策略表征之一。它建立在反讽的基础上，却又与反讽有差异性，比反讽更复杂。从某种意义上来说，和反讽一样，戏仿也具有一种双重言说或双重编码的功能，其目的是揭示原文本中所隐藏的某些话语。它既是一种嘲笑，又是一种话语实践的

---

① 琳达·哈琴：《反讽之锋芒：反讽的理论与政见》，徐晓雯译，河南大学出版社，2010，第29页。
② 琳达·哈琴：《后现代主义诗学：历史·理论·小说》，李杨、李锋译，南京大学出版社，2009，第143页。
③ 琳达·哈琴：《反讽之锋芒：反讽的理论与政见》，徐晓雯译，河南大学出版社，2010，第146页。

论哈琴《后现代主义诗学：历史·理论·小说》中的反讽、戏仿与互文性

策略，是对原文本的转换、模仿和再创造，其目的是在戏仿文本中拆解原话语或为它辩护。戏仿在原文本的基础上改换其内容，凸显原文本里被人们忽略的矛盾和张力，从而产生一种讽刺的效果。也就是说，戏仿必须同时与被戏仿的对象处于某种同谋关系方能发挥一定的作用。詹明信认为戏仿是"对一种特别的或独特的风格的模仿，是佩戴一个风格面具，是已死的语言在说话"。[1] 他进一步指出，戏仿是一种"拼贴"（拼贴是空白的戏仿，是失去幽默感的戏仿）的游戏和"空心的模仿"，它将昔日盛传的风格统统分解为支离破碎的元素，毫无规则地合并在一起。詹明信认为戏仿已经死亡，并被"拼贴"代替，这种代替伴随现代主义个人主体的"死亡"出现。从某种意义上来说，戏仿强调差异性，而拼贴强调相似性。

拼贴是一种模仿或伪造。在欧洲文学中，拼贴被用来描述意识的戏仿。什克洛夫斯基认为戏仿是一种模仿，而且是对原作的扭曲。巴赫金认为戏仿既是一种双声（double voiced）形式，又是基于对比和不一致的形式。巴赫金谈到了戏仿存在的不同类型："戏仿话语可以极端多样：可以戏仿另一个人的风格作为自己的风格；可以戏仿另一人观看、思考、说话的典型或个性化方式。戏仿的深度也可以多样：可以仅戏仿表面的词汇形式，但也可以戏仿指导另一种话语的最深层规则。而且，作者还可以不同方式使用戏仿话语：戏仿可以是目的的本身，也可以进一步为其他的正面目标服务。"[2]

从某种意义上来说，哈琴所阐述的戏仿既不同于其他学者所讨论的戏仿，也不同于古典时期的戏仿。她论述的后现代意义的戏仿并不局限于文艺领域，她论述的戏仿涉及跨学科领域（如绘画、建筑、电影、音乐），而且以反讽的形式彰显文艺相似性中存在的差异。戏仿是一种保持批评距离的重复行为，特别是它对原文本的重复，目的是彰显差异，即"戏仿是一种带有重复的差异"。[3] 哈琴在历史元小说中专门阐述了元小说的语言虚

---

[1] 詹明信：《晚期资本主义的文化逻辑：詹明信批评理论文选》，陈清侨等译，生活·读书·新知三联书店，1997，第401页。

[2] 转引自罗斯《戏仿：古代、现代与后现代》，王海萌译，南京大学出版社，2013，第127页。

[3] Linda Hutcheon, *A Theory of Parody: The Teachings of Twentieth-century Art Forms* (New York: Methuen, 1985), p.32.

构性，并阐述了文学和历史中隐含的政治话语。

戏仿是一种严肃的批评，它既具有滑稽性又具有元小说性（复杂性），还具有不确定、碎片、去经典化、忘我以及杂糅等特点。大多数戏仿以某种刻意的滑稽形式利用被戏仿文本与戏仿之间的不调和产生滑稽效果，提醒读者或观众滑稽戏仿的存在。也就是说戏仿中滑稽的不调和和差异是戏仿的主要表征之一。在大多数戏仿中，对读者期待的内部激发主要通过对被戏仿文学文本的模仿完成，而且"被戏仿的文本被戏仿者'解码'，又以'扭曲'或变化的形式（或'编码'）被呈现给另一个解码者，即戏仿的读者。戏仿者也会利用读者对被戏仿原文的期待，激发并将其转换作为戏仿作品的一部分。如果戏仿的读者已经知道并预先对被戏仿目标进行了解码，他们就能有效地将原文与戏仿的新形式加以比较，但如果他们并不知道被戏仿的文本，也许会在阅读戏仿作品时逐渐明白，并通过戏仿文理解它与原文的差异"。① 戏仿至少包括两个文本世界——戏仿者的文本世界和被戏仿的文本世界，而且读者对戏仿的接受主要依靠他们对戏仿文本中所出现的信息的解读，这些信息涉及戏仿与被戏仿文本之间的关系。在戏仿文本中嵌入被戏仿文本，其目的是揭示戏仿的混杂性和含混性，如英国作家约翰·福尔斯在《法国中尉的女人》中就戏仿了托马斯·哈代的现实主义小说《德伯家的苔丝》，即在历史元小说《法国中尉的女人》中，戏仿操纵读者期待，并采用了拼贴技巧，更严肃的目的超越了戏谑滑稽的游戏性，对哈代《德伯家的苔丝》互文本的模仿隐含了反讽意味，如《法国中尉的女人》中查尔斯抛弃传统女性欧内斯蒂娜（苔丝式的女人），而选择和有个性的反传统女性萨拉在一起，最后被她无情抛弃。美国作家巴塞尔姆的《白雪公主后传》是对经典童话白雪公主的戏仿。由此可知，戏仿为了自身被接受对它批评的对象存在含混的依赖性。戏仿者将目标文本的一部分与戏仿结合，既能保证与作为批评对象的目标文本相接近，又能保存目标文本的基本特性。

戏仿是后现代主义的一种表现形式，它自相矛盾，既包含又质疑所戏仿的事物。在戏仿中，反讽双重意义具有的复杂功能与双重文本的功能相

---

① 罗斯：《戏仿：古代、现代与后现代》，王海萌译，南京大学出版社，2013，第38页。

论哈琴《后现代主义诗学：历史·理论·小说》中的反讽、戏仿与互文性

仿，这时被戏仿文本作为一种代码，向读者揭示戏仿者的信息和戏仿的含混性。戏仿被认为带有讽刺目的，它将目标文本内化为自身文本的主要部分，而且它所特有的"双重编码"（double-coded）功能使它成为后现代文艺对现实世界进行批判的有力武器。由于戏仿者无法超越或学习前人的经典文本，他们只好有意识地对原文本进行拆解或戏弄，其目的是改变用词以达到荒诞可笑的效果来建构自己的话语，而且戏仿者嘲弄前人的经典文学文本，他们缺乏想象力和独创性，所以只好通过抄袭和拼凑前人的东西来粉饰自己。当然，戏仿者对被戏仿的对象并不一定都具有恶意，其意图包括崇拜和戏弄。戏仿与被戏仿者文学文本之间存在差异（差异是戏仿的重要表征之一），但它们之间却是相互依存的关系。戏仿者有意识地去模仿其他作家，因为戏仿是一种此时此刻文学文本存在状态的表征，对自身的存在充满了好奇，其目的是探讨文本自身存在的形式，即文本的差异性和自我指涉性。从某种意义上说，戏仿涉及对文学文本形式和内容的再创造。

戏仿是一门话语艺术，与政治和社会因素有密切关系。从某种意义上说，戏仿者会置身事外，而且有时占据强权的位置，但它也是权力话语的一部分，甚至有可能成为话语的共同体。戏仿与被戏仿之间是一种既继承又质疑的矛盾关系，哈琴指出："戏仿为艺术家和观众在认同和距离之间建立一种对话关系，就像布莱希特的'见离效果'一样，戏仿既拉开了距离，同时又使艺术家和观众参与到一种阐释活动中去。"[1] 由此可知，哈琴拆解了一些传统的戏仿理论。她的理论重点在于对一系列学科的关注以及对20世纪艺术形式的关注，因此，她的理论提供的不是封闭性的，而是进一步考虑的思想。

三　作为话语建构的互文性

哈琴受到德里达的启发，看到了现代主义语言观和文本观的弊端。她

---

[1] 琳达·哈琴：《后现代主义诗学：历史·理论·小说》，李杨、李铎译，南京大学出版社，2009，第36页。

强调历史元小说转向了历史和文学的互文戏仿,但两者在形式上有一定的差异。而且"在历史元小说里,组成后现代主义话语的不仅仅是(严肃的或通俗的)文学和历史。从连环漫画到童话到历书到报纸,一切的一切无不为历史元小说提供了具有文化意义的互文本"。①

作为西方当代文艺思想的一种产物和核心话题,学术界对互文性有无尽的解释。法国学者蒂费纳·萨莫瓦约在《互文性研究》中指出,"互文性"是一个含混不清的概念,但是它囊括了文学作品之间互相交错、彼此依赖的若干表现形式。法国符号学家朱利娅·克里斯蒂娃最先在《符号学》中提出"互文性"这一概念,即"互文性"是"一篇文本中交叉出现的其他文本的表述",是"已有和现有表述的易位"。她的理论依据主要是俄国文艺理论家巴赫金的"对话理论"。巴赫金在《陀思妥耶夫斯基诗学问题》一书中阐述了相关概念,即他提出了"复调""对话""狂欢化"等概念。复调理论可以从三个层次来理解。第一,哲学—美学的层次。复调主要指作者与主角、自我与他者的互相对话与交流关系。第二,语言的层次。巴赫金在这里探讨了艺术语言与生活语言中的"对话话语"与"独白话语"的对立问题。第三,技术性、操作性的层次,或者说是叙事学的层次。巴赫金的狂欢化具有反文化、世俗文化和大众文化的特征。他的对话理论对"互文性"理论影响很大,为20世纪60年代后的互文性研究提供了理论的源泉。

互文性不再是对其他文本的简单重写或翻译,而是描述了一部文学文本和它自身以及和其他文学文本所形成的异质关系。互文性成为研究文学文本最重要的范畴之一,文本成为语言跨越的某种手段,而且一部文学文本中经常会出现其他文学文本的表述,即一部文学文本可能吸收和转换其他的文学文本。"互文性"是文学体系中的一种手法和文本的表现形式,而且"互文性"并没有消解文本的独特性,恰恰相反,"互文性"保证了文学文本的独特性,并且让文学文本有不断再现的可能。互文性用读者—文本的关系取代了作者—文本的关系,把文本意义的位置放在话语自身的

---

① 琳达·哈琴:《后现代主义诗学:历史·理论·小说》,李杨、李铎译,南京大学出版社,2009年,第178~179页。

历史里。在麦克·里法特尔（Michael Riffaterre）看来，"互文性"是一种读者的记忆。互文手法使文本产生新的内容，使文学成为一种延续的和集体的记忆，而且新文本对原文本的重写或重复让人们想起了记忆中的文本。从某种意义上说，作者就是读者，作者的记忆是有漏洞、有顺序和有选择的。热奈特给互文性的定义是一篇文本在另一篇文本中变形的出现，而且他提出了与"互文性"相关的理论——"超文性"："一篇文本从另一篇已然存在的文本中被派生出来的关系，后一种关系更是一种模仿或戏拟。"[①] 如英国作家约翰·福尔斯《法国中尉的女人》中的三角恋故事（二女一男）叙述结构是对托马斯·哈代的现实主义小说《德伯家的苔丝》的三角恋故事（二男一女）叙述结构的借鉴、模仿、重复、重写和重构。

从某种意义上来讲，互文性是文学创作的主要原则之一，它既是一种广义的文艺理论，也是一种具体的文艺批评方法。它建构了自己的文艺话语批评理论，而且它所质疑的对象里包含了封闭性、单一性、不确定性和被中心化。

四 余论

"历史元小说"是哈琴首先提出来的诗学范畴，也是她整个后现代主义诗学关注的焦点，为后现代主义理论发展作出了一定的贡献。她主要从元小说的视角重新阐释历史与小说之间在认识论和本体论上的差异，而且她也阐述了后现代诗学中的反讽、戏仿和互文性三者之间的关系：既有差异性的一面，也有共同性的一面。三者之间的关系，既是与过去对话，也是与现实对话，其连续性又注定对未来产生影响，而且戏仿和互文性内部均含有反讽的成分。哈琴阐述了反讽的矛盾性："反讽确实标明了与过去的差异，但是与过去文本的互文呼应同时又从文本上和诠释学的角度肯定了与过去的联系。"[②] 也就是说，戏仿过去并不是要摧毁过去。

---

① 转引自萨莫瓦约《互文性研究》，邵炜译，天津人民出版社，2002，第19页。
② 琳达·哈琴：《后现代主义诗学：历史·理论·小说》，李杨、李锋译，南京大学出版社，2009，第168页。

然而，哈琴的后现代理论过于驳杂（涉及后结构主义、后现代建筑学、新历史主义、符号学、叙事学、性别研究、后殖民主义等相关理论），哈琴将所有后现代的话语资源杂糅在一起，重新阐释自己的诗学思想，既包括理论的，又包括实践的。而且她对后现代思想家全盘肯定，拙劣地模仿并歪曲了他们的思想。另外，还有一个值得怀疑的问题是：她在《后现代主义诗学：历史·理论·小说》中罗列或引用了很多小说来证明自己的后现代主义诗学观点。哈琴所引用的小说不能被放在一个知识话语谱系来论证她的思想，因为这些小说都是用不同语言写的文本，而且这些小说作者国籍不同、地域不同、种族不同、信仰不同。所以哈琴大量引用这些小说作品来论证自己的诗学观点有些不妥。她拒斥很多后现代理论中的文艺理论，她致力于探究、质疑、颠覆、改造，甚至解构文艺理论话语，她一直在寻找一种表达"后现代主义诗学"观点的方法，如借用马克思主义理论、哲学理论、心理学等来表达诗学思想。

古代文学研究

古代笔记中妖物幻化佛道人物母题探析

胡 垚

（西南民族大学 成都 610041）

变形幻化思维来自上古先民独特的生命观，"他们把一切存在物和客体形态、一切现象都看成是渗透了一种不间断的、与他们在自己身上意识到的那种意志力相象的共同生命"。① 在这种观念下，原始初民相信各种生命存在本为一体，相互间能够感应、转化。上古神话中，帝女化为瑶草，女娲化为精卫，九尾狐化为涂山氏以配大禹，皆可视为这种"共同生命"思想之体现。在先民的意识里，"生命在其最低级的形式和最高级的形式中都具有同样的宗教尊严。人与动物，动物与植物全部处在同一层次上"。②

随着文明的演进，神话意识逐渐让位于宗教意识，道家认为，世界的本体即道，由道变幻出万千形相。《列子·周穆王》曰："穷数达变，因形移易者谓之化，谓之幻。造物者其巧妙，其功深，固难穷难终；因形者其巧显，其功浅，故随起随灭。知幻化之不异生死也，始可与学幻矣。"③ 认为世间万形皆由幻化而来，随起随灭。《抱朴子》亦曰："若道术不可学得，则变易形貌，吞刀吐火，坐在立亡，兴云起雾，召致虫蛇，合聚鱼鳖，三十六石立化为水，消玉为饴，溃金为浆，入渊不沾，蹈刃不伤，幻

---

* 本文系西南民族大学中央高校基金项目"古代笔记中的传统方术及相关习俗研究"（2020SYB01）的阶段性研究成果。

** 胡垚，博士，西南民族大学中国语言文学学院副教授，研究方向为宗教文学。

① 转引自列维-布留尔《原始思维》，丁由译，商务印书馆，1981，第126页。

② 恩斯特·卡西尔：《人论》，甘阳译，上海译文出版社，2004，第115页。

③ 叶蓓卿译注《列子》，中华书局，2011，第76页。

化之事，九百有余，按而行之，无不皆效。"① 将幻化之事视为道术之征验。

佛家认为一切诸法，皆空无实性，如幻如化，"幻化"亦为佛经习语。《维摩诘所说经》曰："一切诸法，如幻化相。"②《摩诃般若波罗蜜经》亦曰："诸天子，众生如幻，听法者亦如幻；众生如化，听法者亦如化。"③ 又，《大方广圆觉修多罗了义经》曰："即知此身毕竟无体，和合为相，实同幻化。"④ 认为人身既由因缘和合而成，亦是虚幻之假有。

在这种幻化思想的影响下，古今文学作品中，"异类幻化"成为一个母题反复出现。在历代笔记小说中，妖物幻化为人以迷惑众生之情节屡见不鲜，其中一类尤为特殊，即是妖物幻化为佛道中人，并以此为中心情节展开故事，此类妖物又以虎与狐居多。下文就这一幻化母题加以探析。

一 虎之幻化

就历代笔记所载大量虎幻化为佛道中人的故事看来，"食人"是此类故事的最大特点，而围绕最终"食人"与否，又延展开两类完全不同的故事模式。食人者，《太平广记》卷四三二"石井崖"条引戴孚《广异记》，载石井崖于途中见一道士与二青衣童子，道士等人并未看见石井崖，石井崖闻听道士言说"明日日中得书生石井崖充食"，还让童子设法除去自己的刀杖。井崖暗自心惊，后于旅店住宿之时果有军人来收兵器，井崖伪作交刀，却将枪头藏于怀中，后遭店主驱逐，行至路口，遇见一虎想要攫取自己，井崖遂以枪刺，正中虎心，将之击毙。⑤ 很明显，井崖前日遇见的道士正是由虎幻化而成。而二位童子确认老虎死后洋溢着喜悦之情，可见

---

① 葛洪著，张松辉译注《抱朴子·内篇》，中华书局，2011，第76页。
② 《维摩诘所说经》，载《大正新修大藏经》（第14册），东京：大正一切经刊行会，1924—1934，第540页下。
③ 《摩诃般若波罗蜜经》，载《大正新修大藏经》（第8册），东京：大正一切经刊行会，1924—1934，第276页上。
④ 《大方广圆觉修多罗了义经》，载《大正新修大藏经》（第17册），东京：大正一切经刊行会，1924—1934，第914页中。
⑤ 李昉等编《太平广记》，中华书局，2013，第3507页。

二人为虎作伥亦非出于自愿。

又，唐代裴铏《传奇》"马拯"条载，唐长庆中，处士马拯到衡山拜诣伏虎师，并应老僧之请，让其随仆下山买盐。不久，一人登山而来，告诉马拯说路中遇见一虎食人，说及遇害者服饰，正是马拯仆夫。其人又云："遥见虎食人尽，乃脱皮，改服禅衣，为一老僧也。"后更认出寺中老僧即是虎化之僧，马拯"细窥僧吻，犹带殷血"，其后，老僧化虎欲食马拯二人，被二人用计推入井中杀死。①

同书"王居贞"条亦载："明经王居贞者，下第归洛之颍阳。出京，与一道士同行。道士尽日不食。云：'我咽气术也。'每至居贞睡后灯灭，即开一布囊，取一皮，披之而去；五更复来。他日，居贞佯寝，急夺其囊。道士叩头乞。居贞曰：'言之即还汝。'遂言：'吾非人，衣者，虎皮也。夜即求食于村鄙中，衣其皮，即夜可驰五百里。'居贞以离家多时，甚思归，曰：'吾可披乎？'曰：'可也。'居贞去家犹百余里，遂披之暂归。夜深，不可入其门，乃见一猪立于门外，擒而食之。逡巡，回，乃还道士皮。及至家，云：'居贞之次子夜出，为虎所食。'问其日，乃居贞同日，自后一两日甚饱，并不食他物。"②

此条最为奇特之处在于，虎衣似乎并无专属，而是无论谁披上皆可变身为虎。这一类似情节在清人蒲松龄《聊斋志异》"向杲"条中再次得以体现。向杲之兄与人争妾而亡，向杲想刺杀仇人而不得其机。后入山神祠，遇曾经施饭的道士，道士以布袍授之，向杲穿上此袍后，"自视，则毛革顿生，身化为虎"，凭借虎威，向杲终于得报兄仇。③在"向杲"条中，道士虽非妖物幻化，但其所赠之袍却同样具有"化虎"的功用，而正是这一情节，使向杲得以实现其复仇大计。

又，清代钮琇《觚賸》卷一"僧虎"条载，会稽樵夫宋廿一入山行樵之时，遇一老僧坐道旁，强要宋廿一背负，"竟起扑廿一背。廿一不得已，负之行。……其山中人剖竹为器者，自高冈望见之，曰：'此非宋廿一耶？曷为乎负虎而走？'共击竹大叫，虎乃自背跃下，跨涧而去。廿一惊仆涧

---

① 裴铏：《传奇》，载《唐五代笔记小说大观》，上海古籍出版社，2012，第1138~1139页。
② 裴铏：《传奇》，载《唐五代笔记小说大观》，上海古籍出版社，2012，第1139~1140页。
③ 蒲松龄：《聊斋志异》，中华书局，2013，第265~266页。

水。……众视宋所着絮袄左肩黄土五点，掌迹宛然，右肩则爪透三分矣"。①纪昀《阅微草堂笔记》卷十五亦载，葛观察于行商途中，见樵径上立一道士，青袍棕笠，仙风道骨模样，到处称人为谪仙且被贬下凡期满，称自己是其本师，前来导其归仙。"众亦疑骇无应者，道士咈然去。众至逆旅，以此事告人。或云仙人接引，不去可惜。或云恐或妖物，不去是。有好事者，次日循樵径探之，甫登一岭，见草间残骸狼藉，乃新被虎食者也。惶遽而返。"②

上述虎幻化为僧道以便食人者，多有智谋，利用人们的同情心、求道心以及对僧道的信任来引诱人上当。而另一类不食人者，亦并非真的从未食过一人，只是本意非食人，出于某种原因不得不为，故食人时尚心存善念，留有余地。如《太平广记》卷四二六"峡口道士"条引《解颐录》曰：

> 开元中，峡口多虎，往来舟船皆被伤害。自后但是有船将下峡之时，即预一人充饲虎，方举船无患……（其人）更行半里，即见一大石室，又有一石床，见一道士在石床上而熟寐，架上有一张虎皮。其人意是变虎之所，乃蹑足，于架上取皮，执斧衣皮而立。道士忽惊觉，已失架上虎皮，乃曰："吾合食汝，汝何窃吾皮？"其人曰："我合食尔，尔何反有是言？"二人争竞，移时不已。道士词屈，乃曰："吾有罪于上帝，被谪在此为虎，合食一千人。吾今已食九百九十九人，唯欠汝一人，其数当足。吾今不幸，为汝窃皮，若不归，吾必须别更为虎，又食一千人矣。今有一计，吾与汝俱获两全，可乎？"其人曰："可也。"道士曰："汝今但执皮还船中，剪发及须鬓少许，剪指爪甲，兼头面脚手及身上，各沥少血二三升，以故衣三两事裹之。待吾到岸上，汝可抛皮与吾。吾取披已，化为虎，即将此物抛与。吾取而食之，即与汝无异也。"其人遂披皮执斧而归。船中诸人惊讶，而备述其由。遂于船中，依虎所教待之。迟明，道士已在岸上，遂抛

---

① 钮琇：《觚賸》，载《清代笔记丛刊》，上海古籍出版社，1986，第22~23页。
② 纪昀：《阅微草堂笔记》，上海古籍出版社，1980，第385~386页。

皮与之。道士取皮衣振迅，俄变成虎，哮吼跳踯，又抛衣与虎，乃啮食而去。自后更不闻有虎伤人。众言食人数足，自当归天去矣。①

又，同书卷四二七"稽胡"条引《广异记》曰：

慈州稽胡者，以弋猎为业。唐开元末，逐鹿深山。鹿急走投一室，室中有道士，朱衣凭案而坐。见胡惊愕，问其来由。胡具言姓名，云："适逐一鹿，不觉深入。"辞谢冲突。道士谓胡曰："我是虎王，天帝令我主施诸虎之食，一切兽各有对，无枉也。适闻汝称姓名，合为吾食。"案头有朱笔及杯兼簿籍，因开簿以示胡。胡战惧良久，固求释放。道士云："吾不惜放汝，天命如此，为之奈何？若放汝，便失我一食。汝既相遇，必为取免。"久之，乃云："明日可作草人，以己衣服之，及猪血三斗，绢一匹，持与俱来，或当得免。"胡迟回未去，见群虎来朝。道士处分所食，遂各散去。胡寻再拜而还。

翌日，乃持物以诣。道士笑曰："尔能有信，故为佳士。"因令胡立草人庭中，置猪血于其侧。然后令胡上树，以下望之，高十余丈，云："止此得矣，可以绢缚身着树，不尔，恐有损落。"寻还房中，变作一虎。出庭仰视胡，大噑吼数四，向树跳跃，知胡不可得，乃攫草人，掷高数丈，往食猪血尽。入房，复为道士，谓胡曰："可速下来。"胡下再拜，便以朱笔勾胡名，于是免难。②

上述两则故事中，虎皆是受命于天帝（或称上帝）而食人，并非本意欲为，故在食与不食之间尚留有余地，这才有了后面教人或以草人或以发须爪甲等合血以代之（当中亦有巫术血祭的影子），假装食人而去的情节。尤值得注意的是，前一例故事中，身份不明者（多半为仙）被贬为虎为第一层变化；虎幻化为道士食人凑数为第二层变化；虎假装食人满数而归天

---

① 李昉等编《太平广记》，中华书局，2013，第3472~3473页。
② 李昉等编《太平广记》，中华书局，2013，第3475~3476页。

不再为虎则为第三层变化。三层变化层层演进，充分展示出"虎幻化"顺变与逆变的整个过程。

二　狐幻化

除虎幻化外，狐幻化为佛道人物亦不在少数。狐幻化为佛门中人的一大特点是多幻化为超凡入圣的佛或菩萨。这一点在《太平广记》转引戴孚《广异记》中多有呈现，该书此类记载即有五例。

"僧服礼"条载："唐永徽中，太原有人自称弥勒佛。礼谒之者，见其形底于天，久之渐小，才五六尺，身如红莲花在叶中。谓人曰：'汝等知佛有三身乎？其大者为正身。'礼敬倾邑。僧服礼者，博于内学，叹曰：'正法之后，始入像法；像法之外，尚有末法；末法之法，至于无法。像法处乎其间者，尚数千年矣。释迦教尽，然后大劫始坏；劫坏之后，弥勒方去兜率，下阎浮提。今释迦之教未亏，不知弥勒何遽下降？'因是虔诚作礼，如对弥勒之状。忽见足下是老狐，幡花旒盖，悉是冢墓之间纸钱尔。礼抚掌曰：'弥勒如此耶？'具言如状。遂下走，足之不及。"[①]

"大安和尚"条亦载："唐则天在位，有女人自称圣菩萨，人心所在，女必知之。太后召入宫，前后所言皆验，宫中敬事之。数月，谓为真菩萨。其后大安和尚入宫，太后问：'见女菩萨未？'安曰：'菩萨何在？愿一见之。'敕令与之相见。和尚风神邈然，久之，大安曰：'汝善观心，试观我心安在？'答曰：'师心在塔头相轮边铃中。'寻复问之，曰：'在兜率天弥勒宫中听法。'第三问之，在非非想天。皆如其言，太后忻悦。大安因且置心于四果阿罗汉地，则不能知，大安呵曰：'我心始置阿罗汉之地，汝已不知。若置于菩萨诸佛之地，何由可料！'女词屈，变作牝狐，下阶而走，不知所适。"[②]

上述两条材料中，狐或幻化为佛，或幻化为菩萨，皆旨在贪图人间的供奉，都是先装模作样地卖弄佛学神通以引人膜拜，后又在高僧的一番问

[①] 李昉等编《太平广记》，中华书局，2013，第3658~3659页。
[②] 李昉等编《太平广记》，中华书局，2013，第3660页。

道下露出马脚,迅速逃窜。下面两条则是道行高超之狐,因与人有咎,故幻化为佛、菩萨戏弄世人。

"唐参军"条载,唐洛阳思恭里,有唐参军与千年之狐名赵门福者有咎,门福于其家多番戏弄,唐氏乃广召僧,结坛持咒,门福遂逾日不至。就在大家都以为此法奏效之时,令人意想不到的一幕发生了:"后一日,晚霁之后,僧坐榻前,忽见五色云自西来,迳至唐氏堂前。中有一佛,容色端严,谓僧曰:'汝为唐氏却野狐耶?'僧稽首。唐氏长幼虔礼甚至,喜见真佛,拜请降止。久之方下,坐其坛上,奉事甚勤。佛谓僧曰:'汝是修道,谓通达,亦何须久蔬食,而为法能食肉乎?但问心能坚持否?肉虽食之,可复无累。'乃令唐氏市肉,佛自设食,次以授僧及家人,悉食。食毕,忽见坛上是赵门福,举家叹恨为其所误。门福笑曰:'无劳厌我,我不来矣。'自尔不至也。"①

又,"长孙甲"条载:"唐坊州中部县令长孙甲者,其家笃信佛道。异日斋次,举家见文殊菩萨乘五色云从日边下。须臾,至斋所檐际,凝然不动。合家礼敬恳至,久之乃下。其家前后供养数十日。唯其子心疑之,入京求道士为设禁,遂击杀狐。令家奉马一匹,钱五十千。后数十日,复有菩萨乘云来至,家人敬礼如故。其子复延道士,禁咒如前。尽十余日,菩萨问道士:'法术如何?'答曰:'已尽。'菩萨云:'当决一顿。'因问道士:'汝读道经,知有狐刚子否?'答云:'知之。'菩萨云:'狐刚子者,即我是也。我得仙来,已三万岁。汝为道士,当修清净,何事杀生?且我子孙,为汝所杀,宁宜活汝耶!'因杖道士一百,毕,谓令曰:'子孙无状,至相劳扰,惭愧何言?当令君永无灾横,以此相报。'顾谓道士:'可即还他马及钱也。'言讫,飞去。"②

此两条中,皆是狐曾在与人类的交锋中处于下风,后道行高超之狐出面为其子侄辈"讨回公道",但复仇过程却并不血腥,其多是在一番游戏作弄后便潇洒离场。

而"代州民"条所载,则是狐贪恋世间美色,故幻化为菩萨以便与女

---

① 李昉等编《太平广记》,中华书局,2013,第3677~3678页。
② 李昉等编《太平广记》,中华书局,2013,第3685~3686页。

相通，其文曰："唐代州民有一女，其兄远戍不在，母与女独居。忽见菩萨乘云而至，谓母曰：'汝家甚善，吾欲居之，可速修理，寻当来也。'村人竞往。处置适毕，菩萨驭五色云来，下其室。村人供养甚众。仍敕众等不令有言，恐四方信心，往来不止。村人以是相戒，不说其事。菩萨与女私通有娠。经年，其兄还，菩萨云：'不欲见男子。'令母逐之。儿不得至，因倾财求道士。久之，有道士为作法，窃视菩萨，是一老狐，乃持刀入，砍杀之。"①

狐幻化为佛门中人多为佛或菩萨，幻化为道门中人则多为道士。唐代张读《宣室志》卷十载，江陵少尹裴君有子十余岁，被妖物所祟，裴君为此广求道术士。先有高氏子，以符术为业，称其子为狐所祟，居数日，又有王生，自言有神符，能以呵禁除去妖魅疾，且称高生为狐。值高生适来，二人相互指责，诟辱不已。其后，更为戏剧的一幕出现了：

  裴氏家方大骇异，忽有一道士至门，私谓家童曰："闻裴公有子病狐，吾善视鬼，汝但告，请入谒。"家童驰白裴君，具话其事，道士曰："易愈尔。"入见二人，二人又诟曰："此亦妖狐，安得为道士惑人？"道士亦骂之曰："狐当还郊野墟墓中，何为挠人乎！"既而闭户相斗殴。数食顷，裴公益恐。其家童惶惑，计无所出。及暮，忽阒然不闻其声。开户视之，见三狐卧地而喘，不能动矣。裴君尽鞭杀之。其子后旬月乃愈。②

裴君之子被妖物所祟，前后来了三位除祟之人，第三位更是以一副降妖除魔的道士形象登台，谁知三人皆是妖狐所化，更上演了一幕相互拆台、斗殴的闹剧，最终尽数为人鞭杀。

又，清代钱泳《履园丛话》卷十六精怪下"朱方旦"条曰：

  湖广人朱方旦，鳏居好道。偶于收旧店买得铜佛一尊，衣冠如内

---

① 李昉等编《太平广记》，中华书局，2013，第3683页。
② 张读：《宣室志》，载《唐五代笔记小说大观》，上海古籍出版社，2000，第1069~1070页。

官状，朱虔奉之，朝夕礼拜者三年。忽有一道人化缘，其形宛如佛像，朱心异之，延之坐，因问："此佛何名？"道人曰："此斗姥宫尊者。"谈论投机，道人问朱曾娶否，曰："未也。"道人曰："某有一女，年已及笄，愿与君结丝萝，可乎？"朱大喜，请同行。俄至一处，门庭清雅，竹石潇洒，迥非凡境。少顷，有女出见，芳姿艳雅，奕奕动人。道人曰："老夫将倚以终身，君无辞焉。"朱曰："诺。"遂涓吉合卺，伉俪情笃。日用薪水，不求而自不乏。……如是者一年，女忽谓朱曰："妾有一衣，恳天师用印，谅无不允。"朱如命，遂求之。天师心疑，与法官商，此衣必有他故，不可骤印，姑以火炙之，竟化一狐皮。女已早知，遂向朱大哭曰："妾与君缘尽矣！妾非人，乃狐也。将衣求印，原冀升天，讵意被其一火，原形已露，骨肉仅存，死期将至，即君亦祸不旋踵矣！"彼此大恸，遂不见……①

此条戏剧色彩颇浓。该狐幻化为道人，且挖空心思，连形貌都幻化得宛如朱方旦所供佛像，令人啼笑皆非的是狐所化道人指佛像为"斗姥宫尊者"，斗姥宫乃道教圣地，而朱方旦所供者却是佛像，这本身已值得奇怪，但朱方旦却并未起疑，反而大喜过望与狐女成婚，在经历一番人世繁华之后，最终招致祸事。

狐幻化为佛、菩萨也好，幻化为道士也罢，其或喜人供奉礼拜，或戏弄人间以报前隙，或贪恋人间情爱，但与虎幻化最大的不同，却是鲜有伤人性命者。

历代笔记中妖物幻化为僧道的例子，除大量的虎与狐外，尚有猿三例（故事雷同者视为一例），见《太平广记》卷四四五引唐代陆勋《集异记》"崔商"条、张读《宣室志》卷八"杨叟"条、清代和邦额《夜谭随录》卷三"陆珪"条。鱼两例，见明代王同轨《耳谈》卷九"鱼僧"条、明代闵文振《涉异志》"黄鳝道"条。其他尚有白鼠（宋代徐铉《稽神录》卷二"苏长史"条）、古钱（唐代谷神子《博异志》"岑文本"条）、蛙

---

① 钱泳：《履园丛话》，载《清代笔记小说大观》，上海古籍出版社，2013，第3564~3565页。

(《宣室志》卷一"石宪"条)、长行子与骰子(《宣室志补遗》"张秀才"条)、巨虺(裴铏《传奇》"韦自东"条)、纺车轮心(明代都穆《都公谭纂》卷下"华亭之王巷"下)、蝴蝶与蜘蛛(清代李庆辰《醉茶志怪》卷二"蝶蛛"条)、野猪(清代乐钧《耳食录》卷八"阿惜阿怜"条)、牛(清王士禛《池北偶谈》卷二十五"梦道士"条)及蝎(清代袁枚《子不语》卷十五"褐道人"条)等等。

妖物幻化为佛道人物的情节反复出现，从某种意义上反映了人们对僧道形象的妖化处理，也是现实生活中恶僧、奸僧、妖道一类人物的变相投影。而此类幻化中，虎、狐之例较余者为多的原因，则可能是虎与狐，一为百兽之王，一为百兽之灵。虎为百兽之王，充满了力量，象征着兽与人的对立，故多与"食人"这一血淋淋的极端之事相连；而狐则为百兽之灵，象征着智诘与机巧，其与人的关系更为复杂。从狐戏弄人间以代子孙出气来看，似乎隐含了兽与人的对立；而从其喜受人间供奉及贪恋人间情爱来看，则又显露出其对人间的向往，故其旨在于融入而非伤人。或许正是这种对立与融入的相互交织，冲淡了狐与人之间的对立意味，因此呈现在虎与人之间的那种血淋淋的冲突关系被轻描淡写地转换成了"戏弄"的温柔方式。

从谢灵运诗文看其仕隐思想

李 鑫*

（西南民族大学　成都　610041）

谢灵运的文学作品现存139篇，其中文赋类散文52篇，诗歌97首（存目四）。① 文赋类以赋为主，有14篇，也有表、书、铭、赞等其他体裁。诗歌整体分为杂诗和乐府两部分，其乐府诗18首几乎全用旧题。杂诗根据其内容题材又可分为两类，以赠答抒怀等为主的20余首抒怀诗和40余首山水诗。学界对他的研究往往集中在文学成就较高的山水诗方面。对谢灵运的仕隐思想，如果仅从山水诗角度，结合其三次名仕实隐的生活经历进行研究，往往只能得出他醉心于优美风景、善用玄佛义理表达人生感悟、因仕途不顺而寄情山水的结论。若把谢灵运的诗文从整体上观照分析，则能发现他的仕隐思想的特别之处，他的仕进之心与普通求仕者不同，其归隐之志也并非通常意义上的隐栖山林不问世事。

一　积极入世，百折未泯

谢灵运用世的态度非常积极，尽管其诗文中经常出现关于归隐之意的零星表述，但整体上看，他对于参与政治是非常热衷的。他出身于世族大家，从小受到良好的教育，本传记载："灵运少好学，博览群书，文章之美，江左莫逮，从叔混特爱知之。袭封康乐公，食邑二千户。"② 其叔祖父谢安与祖父谢玄在政治上的作为所带来的家族荣耀对他颇有影响，加之他

---

*　李鑫，博士，西南民族大学中国语言文学学院讲师，研究方向为中国古代文学。
①　顾绍柏校注《谢灵运集校注》，中州古籍出版社，1987，第38页。
②　沈约：《宋书》卷67《谢灵运传》，中华书局，1974，第1743页。

天资聪颖，个性张扬，生活在晋宋易代之际，又受士族思想、家族传统的影响，因此他在政治上是有着远大理想和追求的。其入仕之志，在诗歌中多有体现。乐府诗《长歌行》中曰"亹亹衰期迫，靡靡壮志阑"①，其中的"壮志"即当指政治理想。在《述祖德》中其理想则有着更为明确的表示。《述祖德》二首反复称颂其祖父谢玄的功绩，序中言其"毖定淮南"，诗中说"清尘竟谁嗣，明哲时经纶""万邦咸震慑，横流赖君子。拯溺由道情，龛暴资神理"。他神往谢玄当年的辉煌，在诗中矜夸门第的同时表达了自我抱负，期待着自己能够像先祖一样"负荷世业，尊主隆人"。这点结合本传可以看得更为清楚："以国公例，除员外散骑侍郎，不就。为琅邪王大司马行参军。……抚军将军刘毅镇姑孰，以为记室参军。毅镇江陵，又以为卫军从事中郎。"②散骑侍郎虽然品级不高，但属于清贵之官，常为甲族子弟担任，可以说是门第之官。而记室参军、卫军从事中郎都是军中参谋议事类的一般官职。身为豪门子弟的谢灵运如此选择，显然看出了东晋的败亡和刘氏家族的崛起，企图在门阀与军阀相互依赖的关系中寻找未来政治上可依附的"明主"，以实现自己的功业理想。

尽管仕途有过起落，自己也曾反复在仕与隐之间犹豫徘徊，但谢灵运的政治热情和态度从未完全消退。其在早期诗歌《答中书》中描述自己追随刘毅的经历："台岳崇观，僚士惟明。璨璨下路，从公于征。溯江践汉，自徐徂荆。"在《赠安成》诗中他提及对刘裕的感恩以及对前途的忧虑："驽不逮骏，苑不间薰。三省朽质，再沾庆云。仰惭蓼萧，俯惕惟尘。将拭旧褐，褐来虚汾。""再沾庆云"指刘裕任命他担任咨议参军一职，《诗经·蓼萧》为歌颂周天子泽及四海之诗，"俯惕惟尘"中的"惟（维）尘"出自《诗经·无将大车》"无将大车，维尘冥冥"，暗示担心被小人谮害。他与庐陵王刘义真交好时期是他仕途生涯中最为意气风发的阶段，后宋文帝刘义隆即位，征召谢灵运入都，授为秘书监，寻迁侍中。谢灵运对未能参与朝政很不满，在东归始宁前也曾作《劝伐河北书》，劝文帝北伐。尽管两次择主失误的挫折让他时时存有归隐之意，但宋武帝、宋文帝

---

① 本文所引谢灵运诗文皆出自顾绍柏《谢灵运集校注》，中州古籍出版社，1987。
② 沈约：《宋书》卷 67《谢灵运传》，中华书局，1974，第 1743 页。

不计前嫌地启用和征召，以及其间庐陵王对他的看重和交好，依然让他对建功立业怀有相当期许。

二 狂傲自负，志大才疏

虽然热衷政治，但是谢灵运的政治眼光和能力并不像他自己认为的那样优秀。出于对门第和个人才华的自信，加之天性狂傲自负，谢灵运对政治前途的设想与普通士族子弟完全不同，他所幻想的是如谢安、谢玄那样权倾天下，甚至他对宋武帝、宋文帝也多有不敬之处。

谢灵运性格的狂傲自负是有名的，《高僧传》说他"负才傲俗，少所推崇"①，《宋书》载："灵运好臧否人物，混患之，欲加裁折，未有方也。"② 甚至连前辈殷仲文，他也似扬实抑："若殷仲文读书半袁豹，则文才不减班固。"③ 以其华族出身和狂傲个性而言，谢灵运对出身贫寒、于其祖父谢玄亲手创建的北府兵中发迹、后又处死其叔父谢混的刘裕，多少是不屑的。义熙十二年，谢灵运曾奉使彭城，慰问刘裕北伐姚泓之事，作有《撰征赋》，在称颂刘裕功绩的赋中，他以大量篇幅怀古，赞美羊祜、谢安，感慨项羽、韩信等人，对祖父谢玄功绩的渲染颇多："晏皇途于国内，震天威于河外。"这种逞才夸耀必然会招致刘裕的不快。但对于赏识看重他的庐陵王刘义真，谢灵运在诸多诗篇中都流露出真情实意的感念和怀思。《宋书》中载刘义真曾"云得志之日，以灵运、延之为宰相，慧琳为西豫州都督"④。但在王位之争中刘义真与少帝皆被杀，谢灵运等也遭受排挤贬斥。永初三年，谢离京赴永嘉太守任，在叙述离开京城的心情时他写道："生幸休明世，亲蒙英达顾。""将穷山海迹，永绝赏心晤。"（《永初三年七月十六日之郡初发都》）这里"英达"即指刘义真，"赏心"意即以心相赏。到永嘉以后，谢灵运写了大量山水诗，其中又两次以"赏心"回忆与刘义真的真挚情谊："含情尚劳爱，如何离赏心。"（《晚出西射堂》）

---

① 慧皎撰，汤用彤校注《高僧传》，中华书局，1992，第221页。
② 沈约：《宋书》卷56《谢瞻传》，中华书局，1974，第1558页。
③ 房玄龄等：《晋书》卷99《殷仲文传》，中华书局，1974，第2605页。
④ 沈约：《宋书》卷61《武三王传》，中华书局，1974，第1635页。

"我志谁与亮,赏心惟良知。"(《游南亭》) 元嘉三年,谢灵运应召赴建康任秘书监,经丹徒拜谒庐陵王墓,写下《庐陵王墓下作》一诗,悲恸真挚,凄恻感人,"眷言怀君子,沉痛结中肠""神期恒若在,德音初不忘"。甚至到达京师以后,文帝问其"自南行来,何所制作?"他径直回答:"过庐陵王墓下作一篇。"① 从这种丝毫不考虑文帝颜面的行事作风中,可见刘义真身上寄托了谢灵运全部的政治理想情怀,他的死使得谢灵运无比悲恸失落。这也说明作为一个政治家,谢灵运行事任性不能克制,极为幼稚。

谢灵运性格上的自负还体现在,对于未能在政治上有所建树,他几乎从不检讨自己,总认为自己之所以仕途受挫皆因小人作乱和圣君难逢,他始终耿耿于怀的是刘氏父子不信任他的政治才能以及徐羡之、傅亮等人对他的排挤打击。其《登池上楼》说"进德智所拙,退耕力不任",以谦虚口吻讽刺朝廷对自己的不公待遇。其乐府诗亦表露他对怀才不遇的愤懑牢骚。他的乐府诗大部分都是拟陆机之作,往往带有明确的政治色彩。陆机被称为"太康之英",为名门豪族子弟,生于三国末期,身死八王之乱之时,在文学和政治上皆有所作为。谢灵运的拟陆之作,体现出他对陆机文学才华的认同和他们思想情感的一致。陆机之《鞠歌行》表达的是渴求知己、希冀引荐的主题,谢灵运的拟作与其思想相近,"叔牙显,夷吾亲。鲍既殁,匠寝斤。览古籍,信伊人。永言知己感良辰",可以看作其仕途理想的表达。《相逢行》亦与陆机之作主题相近:"言世路险狭邪僻,正直之士无所措手足。"② "亲党近恤庇,昵君不常好。九族悲素霓,三良怨黄鸟"表达了谢灵运对明主难遇、小人作乱的不满,也隐晦地表明他在政治上的追求和野心。其《临终》诗中所列举的龚胜、李业、嵇绍、霍原等人,皆丧生于政治动荡之中。谢灵运临终前所想到这些人,意在感伤自己的身世,表面上在表彰忠义,实则在指斥致龚胜等人于死地的王莽、公孙述这些"乱臣贼子"。

谢灵运有着光耀家族的自觉使命感,志向远大。他在出守永嘉时期所作的《登池上楼》,开篇以潜虬、飞鸿托物起兴:"潜虬媚幽姿,飞鸿响远

---

① 顾绍柏校注《谢灵运集校注》,中州古籍出版社,1987,第131页。
② 郭茂倩编《乐府诗集》,中华书局,1979,第508页。

音。"以虬龙、飞鸿两种形象起兴兼自比,又在《逸民赋》中说"其见也则如游龙,其潜也则如隐凤",其怀抱不言而喻。他回顾自己家族的荣光:"太元中,王父戡定淮南,负荷世业,尊主隆人。"(《述祖德》诗序)夸耀门庭:"於穆冠族,肇自有姜。峻极诞灵,伊源降祥。贻厥不已,历代流光。"(《赠从弟弘元时为中军功曹住京》)称赞同族兄弟:"於迈吾子,诞俊华宗。"(《赠安成》)尽管刘裕、刘义隆父子优待谢灵运,授以官职,多有眷顾,可仅以文义之士待之,每侍上宴,谈赏而已,并未真正在政治上重用他。其中原因已有诸多方家予以剖析,多认为刘氏父子善待谢灵运是为了取得谢氏家族的支持,并不是相信谢灵运的忠诚。而换一个角度看,谢灵运的政治眼光和能力实际上并不强,在仅存的涉及他参政议事的作于元嘉五年的《劝伐河北书》中,他错误地估计了北魏和刘宋的形势,提出"此而弗乘,后则未兆"的观点,以为"业崇当年,区宇一统"唾手可得。事实上,三次元嘉北伐(分别是元嘉七年、元嘉二十七年及元嘉二十九年)均以失败告终,"赢得仓皇北顾"(辛弃疾《永遇乐·京口北固亭怀古》)。而无论在京师还是外放期间,无论是史书还是他的诗文中,都甚少有关于他履职行事的记载,反而常常记载他托疾不朝,荒废政事。谢灵运并未体现出与他的狂傲自负相当的政治才能,以志大才疏形容其政治能力并不为过。

庐陵王刘义真死后,谢灵运的仕进之心更趋于消极,对现实中明主圣君的希冀转向了对历史上曾有过的辉煌时期的追慕与想象:《拟魏太子邺中集》八首模拟曹丕、王粲等八人的语气抒怀。孙明君先生认为:"《拟邺中》以建安时代邺下文坛为模拟对象,成功地模拟了曹丕回忆中'朝游夕燕,究欢愉之极'的生活……诗人也忽略了曹氏父子与邺下文士之间的矛盾和摩擦。可以说,邺下之游是存在于曹丕脑海中的完美记忆,而谢灵运却将它扩大为一个时代一个精英群体的集体性完美记忆。"[①] 拟作第一篇《魏太子》交代了这场想象中的集会的主题和宗旨:"莫言相遇易,此欢信可珍。"亦即序中所言"天下良辰、美景、赏心、乐事,四者难并;今昆弟友朋,二三诸彦,共尽之矣"。其后诸子篇什写王粲"庆泰欲重叠,公

---

① 孙明君:《两晋士族文学研究》,中华书局,2010,第210页。

子特先赏。不谓息肩愿,一旦值明两。并载游邺京,方舟泛河广",得到曹丕赏识的王粲与其同舟泛游,情谊深厚。写徐幹"末途幸休明,栖集建薄质""华屋非蓬居,时髦岂余匹",一方面感恩于曹丕对其才华的认可,一方面又表明自己的轻官忽禄和不耽世荣之心。写刘桢"唯羡肃肃翰,缤纷戾高冥",写曹植"愿以黄发期,养生念将老"。这些人,无论是有箕濮之情的徐幹、积极求仕的刘桢、感恩戴德的应玚,还是昂扬奋发的阮瑀,都能在此宴集中"欢友相解达,敷奏究平生""倾躯无遗虑,在心良已叙""自从食萍来,唯见今日美",谢灵运"凭借文学的想象力为天下失志之士建构一片乐土,使得盛宴之上的每个人都得到晤言之适,因而这场宴集也成为文人理想和抱负得以尊重与实现的美好象征"①。在谢灵运的笔下,君臣情同手足,毫无芥蒂,臣子得到了真正的礼遇和尊重,达成了人生从事业到精神的双重成就。这场空前绝后的盛宴表现得越是充分,谢灵运在现实中所遭受的打击越是深重,其不满、对抗情绪就越是明显,归隐之意也越发强烈,这在他的赠答、抒怀诗歌中表现尤多。

三 先仕后隐 功成身退

谢灵运的仕进之心贯穿其一生,而因其性格、行事及政治上的不成熟,其仅能成为刘宋朝廷的文学点缀之士,没有机会参与机要,壮志落空。但他的归隐之意也并非在前程无望之际的被动选择,于他而言,仕与隐从来都不是非此即彼的关系。在谢灵运心中,仕与隐是有着先后次序的双重选择,即先仕后隐,功成身退。而且他所提及的归隐,也与传统意义上的归隐有差别。

从谢灵运义熙年间的《答中书》《赠安成》《赠从弟弘元》等诗对入仕的悔恨与反省、对归隐的向往,到他第一次隐居始宁期间所作《述祖德》二首对先祖显赫功业的夸耀,再到他被征召入京后作《庐陵王墓下作》对庐陵王的追思、"岁月如流,零落将尽,撰文怀人,感往增怆"的

---

① 宋威山:《谢灵运〈拟魏太子邺中集〉诗旨再探》,《四川师范大学学报》(社会科学版)2015年第2期。

《拟魏太子邺中集》对建安诸彦围绕在曹氏身边情如兄弟畅饮欢乐的场面的想象描绘，以及贯穿各个时期的山水和归隐之乐的大量描写中，都可以看出，在其诗中，仕与隐往往是同时出现，纠缠在一起的，这些诗中的仕与隐的反复吟咏，显露出谢灵运的入仕与归隐思想之间的关系，他所希望与喜爱的归隐，有对山水的热爱因素，更重要的，是在建功立业基础上的荣耀退隐。《山居赋》言"余祖车骑，建大功淮、肥，江左得免横流之祸"，《述祖德》诗序中说"事同乐生之时，志期范蠡之举"，是对其祖父谢玄过往功绩的回顾，亦可将其视为他自己功成身退的人生理想。在《撰征赋》中他亦提及"抱明哲之不伐，奉宏勋而是税"，其诗歌中数次提及"仲连却秦军，临组乍不绁"（《述祖德》）、"仲连轻齐组"（《游赤石进帆海》）、"鲁连谢千金"（《入东道路》）等，可见他对鲁仲连"功成不居"的态度的赞同与向往。

其《还旧园作见颜范二中书》中回顾自己的仕宦经历，"圣灵昔回眷，微尚不及宣。何意冲飙激，烈火纵炎烟"，提到武帝、文帝对他的眷顾看重，徐羡之、傅亮等人的擅权排挤等，"感深操不固，质弱易扳缠"，这里"操"即指其"托身青云上，栖岩挹飞泉"的归隐之志，"操不固"的原因即是"感深"，可见他虽然念念不忘归隐，但对朝廷的期盼还是第一位的。魏晋时期玄学盛行，影响数代文士，但宋文帝刘义隆仍以儒学为第一位，立儒、玄、文、史四馆。谢灵运作品中所流露的用世之情，自然也是以儒家的学说为理论上的依傍，高官厚禄并非其志，翰墨辞赋亦非勋绩，在政治上有所作为才是其最终目的。何况他还有谢安、谢玄这样的先祖，身为世族大家子弟，本人又负有盛名，能够达成像先祖那样的丰功伟绩，名动天下，再拂衣归隐山林，"陶朱高揖越相，留侯愿辞汉傅"（《游名山志》序），这才是他所期望的完美人生。如果不能先建功，那么归隐就少了荣耀感。这是他诗中反复表达希望归隐却又担心甚至惭愧自己难以放弃仕途追求的复杂情感的根源。

四 以景泄意 以理遣虑

"谢公才廓落，与世不相遇。壮志郁不用，须有所泄处。泄为山水诗，逸韵谐奇趣。"（白居易《读谢灵运诗》）在乐府诗和赠答抒怀诗以及文赋如《逸民赋》《山居赋》《与庐陵王义真笺》中，谢灵运虽然反复提及对山林的喜爱和归隐之趣，但是能够真正表现其归隐生活和心情，全面展现其归隐情志和特点的，还是山水诗。尽管谢灵运山水诗中往往注重对山川林泉的精工刻画，由景色体悟义理，寻求内心的释然与解脱，但"壮志郁不用"的幽愤内核却是其诗歌内在生命力的重要基础。从这个角度看待其山水诗所体现的归隐思想，与古人的无道则隐不同，与陶渊明的悠然田园也不同，与终南捷径者的假隐更不同。因为仕途坎坷对其心理影响极大，从山水玄佛中寻找解脱达到释然"遗累"就更重要。这种"壮志郁不用"的幽愤与"致虚极、守静笃"境界相融合，以山水平止物虑、以赏心忘却不平，以及以抒情化解俗志、以义理达至超然，借助山水玄佛力求抹平政治理想受挫的遗憾，是谢灵运归隐思想表现的主要特点。

寓孤愤于景象，谢灵运借助对大自然忘我的静照欣赏体悟、对山水景色的精心摹擘刻画，化解内心的不平之气，让自己桀骜狂放的性格得到反省和升华，逐渐达到"观此遗物虑，一悟得所遣"的境界。其作于元嘉二年，即庐陵王刘义真被杀次年夏天的《从斤竹涧越岭溪行》，便将这个过程自然而生动地展示出来。诗人清早开始越岭溪行，于山路逶迤回转之中欣赏清晨美好景色，行程乍始，诗人内心充满了期待，他闲适而悠然，"猿鸣诚知曙，谷幽光未显。岩下云方合，花上露犹泫"。随着步步深入，路途的艰险、劳累和风景的幽深、清新交织在一起，"逶迤傍隈隩，迢递陟陉岘。过涧既厉急，登栈亦陵缅。川渚屡径复，乘流玩回转。苹萍泛沉深，菰蒲冒清浅。企石挹飞泉，攀林摘叶卷"。这可能在不觉中引发谢灵运对游览和仕途的对比：同样艰辛而充满了吸引力。山林深处"山阿人""若在眼"，奇异景象引起诗人思绪的延伸，诗人以对山鬼的想象感叹山水的灵性。而山灵似可见，知音实已逝，"握兰勤徒结，折麻心莫展。情用赏为美，事昧竟谁辨？"庐陵王已作古人，且事昧难辨，自己的仕途已无希望，"徒结""莫展"的思虑最终经"观此"眼前山水而"遗物虑""得所遣"。其《田南树园激流植援》更是以对田园生活"靡迤趋下田，迢递瞰高峰。寡欲不期劳，即事罕人功"轻松写意的描绘，表达"唯开蒋生径，永怀求羊踪。赏心不可忘，妙善冀能同"，诗人像蒋诩、求仲、羊仲那样,排遣一切是非烦恼,回归心无挂碍的天人合一状态。

谢灵运的山水诗虽然有诸多玄言成分,但确实脱离了玄言"语不及情"的特点,恢复了汉魏古诗抒情言志的传统。即使是玄言成分,在他的一些诗中也已经转化成写景抒情的性质。[①] 总之,抒情已贯穿其多数山水诗中,所谓情因事起,景以情绾,理以情悟。因此,他笔下的山水形象不仅仅是玄佛义理的载体,更是抒情泄意的对象;其诗中的义理玄言既是主旨,也常常是结合过往仕宦经历的感慨抒情。如《过白岸亭》,开头以叙行启篇,"拂衣遵沙垣,缓步入蓬屋",拂衣、缓步显示作者闲散悠然的心情,之后"近涧涓密石,远山映疏木。空翠难强名,渔钓易为曲",以目之所见描摹景色。这里"强名""渔钓"句暗含老庄意蕴,将山水与玄理融合在一起,亦饱含作者对自己仕途经历的喟叹感悟。而后转入听觉描写:"援萝聆青崖,春心自相属。交交止栩黄,呦呦食苹鹿。"体现作者对大自然细腻深致的观察与体验。随后作者将自身的情怀感悟融入其中:"伤彼人百哀,嘉尔承筐乐。荣悴迭去来,穷通成休戚。未若长疏散,万事恒抱朴。"通过自己的经历体验,诗人自然而真实地得出"长疏散""恒抱朴"的结论。虽然诗歌处处可见玄理痕迹,但义理与诗人情感如山立水流,鸟啼鹿鸣,自然联结。即使是他那些充满了理趣典故的诗篇,也随处可见抒发快意、吐露烦闷的语句。其《富春渚》引用《列子》《周易》典故,兼以双关手法,直写行船数次经历悬绝困险、跋涉艰难,曲写自己常年惯于坎坷、动静不失其时的态度:"亮乏伯昏分,险过吕梁壑。洊至宜便习,兼山贵止托。""早闻夕飙急,晚见朝日暾。崖倾光难留,林深响易奔。感往虑有复,理来情无存。"(《石门新营所住》)前四句写景,"夕飙急""光难留"等字显出心情的烦忧,所谓"虑有复"即担心自己"操不固",会再次出仕,但玄理之思一来烦忧便被扫荡以尽。其"居常以待终,处顺故安排"(《登石门最高顶》)、"矜名道不足,适己物可忽。请附任公言,终然谢天伐"(《游赤石进帆海》)、"未若长疏散,万事恒抱朴"(《过白岸亭》)等句,皆是通过观照自然山水、糅合玄佛义理开释自己,企求达到都忘内外、超然自得的境界。而无论

---

① 葛晓音:《山水田园诗派研究》,辽宁大学出版社,1993,第43页。

是以景泄意还是以理遣虑，归根到底他的归隐情思都没有彻底离开对仕途生涯的牵念。

仕进与归隐本为谢灵运人生并存的两大理想，其《游名山志》序中言"君子有爱物之情，有救物之能，横流之弊，非才不治，故有屈己以济彼"，接下来又说"岂以名利之场，贤于清旷之域耶"。但很明显他把对功业的追求放在首位，"才为时求，弗获从志"（《与庐陵王义真笺》），然功业难成使其心存遗憾，即使陶醉于永嘉、临川的秀美山川，将饱学多才的个性贯注于玄佛义理，其也始终未能摆脱无法用世的郁闷，难以真正寻得人生的终极平静与自得。

《神仙感遇传》遇仙故事里的现实与理想

谭 敏[*]

（西南民族大学 成都 610041）

唐末五代著名道士杜光庭撰著了一本凡人遇仙故事集——《神仙感遇传》。这些故事以世间凡人为中心，生动地讲述了仙凡沟通的奇遇。凡人遇仙故事在世俗小说中屡见不鲜，早在魏晋南北朝时期就比较普遍，但像《神仙感遇传》这样由道内人士创作、专门讲述仙凡沟通的故事，在道教发展史上还是首次。神话学家袁珂先生对其给予了肯定评价："唐代末年，出了一个学问渊博的道士杜光庭，他平生撰著的书籍有二十多种，都是有关道家修炼的。其中《神仙感遇传》、《墉城集仙录》两部仙话集子，和一部杂记异闻的《录异记》颇彰示了作者在文学这方面的创造才能。"[①]

一 同在人间，人与仙的距离消失

《神仙感遇传》共五卷，与以往遇仙故事不同，其讲述的大都是唐五代的故事，因而具有鲜明的时代色彩。朱越利《道藏分类解题》认为："本书现存诸本中，以《道藏》本早出。《云笈七签》卷112有节本。多记唐五代间神仙故事。"[②] 何谓感遇？其实就是仙凡相遇的故事，"'感'即感道，'遇'就是相遇。以为神仙实有，若存精诚之意，即可于冥冥之中相感而遇"[③]。

---

[*] 谭敏，博士，西南民族大学中国语言文学学院副教授，研究方向为中国古代文学与道教史。
[①] 袁珂：《中国神话史》，上海文艺出版社，1988，第137页。
[②] 朱越利：《道藏分类解题》，华夏出版社，1996，第202页。
[③] 詹石窗：《道教文学史》，上海文艺出版社，1992，第389页。

在《神仙感遇传》中，遇仙者各色人等都有，按照身份，大致可分为六类。一是平民、农夫。如王昊是农人，谢贞是临邛工人，其他还有李岌、叶迁韶、牟羽宾、韩氏女、邓老、杨初、宋文才、刘景、蓬球等。二是儒士。如王叡、王生、权同休友人、御史姚生等。三是小吏。如陈简是金华县小吏，还有刘彦广、邵图等。四是富人。如成生家巨富、郑又玄是名家子等。五是官员。如李颜、崔玄亮等。六是道士、山人、和尚。如吉宗老、何道瓒、李筌、钱道士、僧契虚等。可见，不论身份高低，只要机缘到了，人人都可以遇到神仙。

故事里，凡人遇到的神仙大都貌似平常，活动在世俗之中。一是神仙往往以凡庸的面孔出现。如李筌遇到的老母，邓老、宋文才、康知晦等遇到的老人，白椿夫和王子芝遇到的樵人，吉宗老、牟羽宾、邵图等遇到的道士。二是遇到神仙的地点也很平常。王可交在河中大舫中遇仙，金庭客在去明州的路上遇到神仙，御史姚生在自己的家里就得到了神仙的眷顾，还有的在山中、集市上等等。平凡的人在平常的地方不经意之间遇到了貌似平常的神仙，满足了当时世俗的愿望，即神仙无处不在，神仙就在人间。

故事中，人和神仙的距离近了，神仙并没有在远离尘嚣的仙界对人间的事情不闻不问，而是频频在人间露面，他们或向人传授技能，或排忧解难，或造福子孙，有的神仙还非常有人情味，传达出世俗的愿望。《叶迁韶》就讲述了一个神仙知恩必报的故事：

> 叶迁韶者，信州人也。幼年采樵避雨于大树下，忽见雷公为树枝所夹，奋飞不得，树枝雷霹后却合，迁韶为取石楔开枝间，然后去。仍愧谢之曰："约来日，却至此可也。"如其言，明日复至树下。雷公亦来，以墨篆一卷与之曰："此行之可以致雷雨，祛疾苦，立功救人也。我兄弟五人，要雷声，唤雷大雷二，必即相应。然雷五性刚躁，无危急之事，不可唤之。"自是行符致雨，咸有殊效。[①]

[①] 杜光庭：《神仙感遇传》，载《道藏》第10册，文物出版社、上海书店、天津古籍出版社，1988，第882页。

《神仙感遇传》遇仙故事里的现实与理想

在这则故事里,雷公知恩必报,他赠送给叶迁韶一卷行雨的符,告诉他随时可以召唤雷公兄弟五人。以前的道教神仙故事,神仙大都性格模糊,面目不清,只是扮演着拯救者的角色,而这则故事里的神仙得到了人的帮助,非常有人情味,有性格,显得可亲可近。

故事《王杲》里的神仙也很有趣:

> 其家牧童于观侧牧牛,见一村夫,黄赤而短发,力壮于常人,好与之戏。或较力焉,牧童多不胜,常伺牧童来,即与之游狎。杲或责其归晚,因话其由。杲曰:"若是鬼怪,身冷而轻。"童曰:"此体冷而重,少语行迟。"杲曰:"明日复去,当随而伺之,但与其效力,吾将助汝擒之。"明日牧童复往,此人亦来,因效力,而杲共仆之,乃金人也。异归甚轻,至家乃重及数千斤,背上文曰:"修观之外,以答王杲。"杲乃货金修观,数年而毕。王杲子孙,至今巨富也。[①]

王杲是个普通的农夫,因他在务农之余维护了王乔观,于是,神仙出来谢恩了。神仙用金子化成一个喜欢和人嬉戏的村夫,将王杲引了出来。后来,王杲变卖金人,维修宫观,他的家庭因此富裕起来,后世子孙也跟着沾了光,验证了"积善之家必有余庆"这句古训。

其实,遇仙故事的出现反映了道教神仙信仰世俗化发展的特点。历史上的神仙信仰,经历了求仙、修仙和遇仙的发展轨迹。在先秦,神仙是可望而不可即的,甚至是"异类",仙界完全是不同于人间的另外一个世界,人们不遗余力去仙岛、异域寻找仙人。魏晋以后,道教神仙信仰发展为修仙,相信"我命在我不在天"的道士们执意要将生死的玄机掌握在自己手中,他们总结并提出了一系列成仙方术,力图为人们指出一条通往不死仙境的路,这在古代神仙思想发展、传播的历史上是巨大的进步。"仙人不再是幻想、传说、可望而不可即的超然的存在,而是人生可以实现的现实目标;而且既然是'技术',就给更广泛地运用提供了前提。由肯定神仙

[①] 杜光庭:《神仙感遇传》,载《道藏》第 10 册,文物出版社、上海书店、天津古籍出版社,1988,第 881 页。

的存在到追求成为神仙、相信可以成仙，由神仙幻想发展出神仙术，也就打破了人间和仙界的界限，在使神仙降落到人间来的过程中大大前进了一步。"① 这一时期著名的道教学者葛洪强调"地仙"的存在，人与仙的界限被进一步打破了。

唐代是外丹发展的高峰时期，也是外丹向内丹转变的转折时期。物极必反，有唐一代死于丹药的皇帝有五位之多，朝野上下指责纷纷，炼丹求仙的热望自唐末开始走下坡路。这与当时整个时代的思想动向也有关联，特别是和重视"心性"的佛教禅宗的兴盛关系密切。神仙观念发生转变表现为对神仙的认识有了变化，神仙的形貌更接近现世的人，成仙途径更为简易。唐代道士司马承祯指出："人生时禀得虚气，精明通悟，学无滞塞，则谓之神宅。神于内遣照，于外自然，异于俗人，则谓之神仙。故神仙亦人也。"②"神仙亦人"正显示了神仙观念世俗化发展的重大转变。这种观念在唐代主要道教学者司马承祯、吴筠、施肩吾、杜光庭等人那里得到了更充分的发挥，成为当时道教思想的重要潮流。

仙，其实是人的生命意识和理想生存方式的宗教化折射。爱惜生命，可以说是人类的本能意识；希望长生，也是人与生俱来的愿望。《周易·系辞下》曰"天地之大德曰生"③，《孝经》上说"天地之性，人为贵"④，神仙思想的深层意识是人对生命的热爱和对延续生命的强烈愿望。道教的神仙思想在宗教信仰的形式下，集中、典型地反映了传统文化中重人生、重现实的品格。"'遇'作为一种成仙的方式的提出，对'求'仙的方式，即寻药炼丹是一种厌倦和轻度的否定。"⑤ 尽管神仙虚妄不真，但是，人们还是幻想在不经意的情况下遇到神仙，得到神仙的眷顾，满足自己的愿望。遇仙故事则反映出当时道教神仙信仰的世俗化转变。

---

① 孙昌武：《道教与唐代文学》，人民文学出版社，2001，第128页。
② 司马承祯：《天隐子》，载《道藏》第21册，文物出版社、上海书店、天津古籍出版社，1988，第699页。
③ 杨天才译注《周易》，中华书局，2016，第366页。
④ 胡平生、陈美兰译注《礼记·孝经》，中华书局，2012，第248页。
⑤ 王景琳：《鬼神的魔力》，生活·读书·新知三联书店，1996，第90页。

二 遇仙消灾，解脱现实困厄的理想

在唐末五代的遇仙故事中，遇仙得福成仙，是人们希望世俗化愿望得到满足的心理需求的反映，体现了人们在唐末五代的乱世中希求幸免于难的时代特点。

在《神仙感遇传》中，遇仙消灾的故事特别多。其中不少是凡人遇仙后疾病被治愈的故事，《王可交》就是一例。苏州昆山人王可交是一个平凡的农民，一次得了眼病，几乎失明。"咸通十年十一月，可交自市还家，于河上见大舫一艘，络以金彩，饰以珠翠，张乐而游。可交立而观之，舫舣于岸，中有一青童，引之登舫。见十余人，峨冠羽服，衣文斑驳，云霞山水之状，各执乐器。"神仙一边乘舟，一边演奏乐器，好不快活逍遥。其中一个神仙给了王可交一个栗子吃，后来，王可交被童子引上了岸，谁知，转瞬之间，时空已变幻，"童子复引之上岸。忽如梦中，足才及地，已坠于天台山瀑布之岩下，顷刻之间，水陆千里。台州刺史袁从疑其诈妄，移牒验其乡里。自失可交之日，洎到天台之时，已二十日矣"。神仙世界与凡间不同，南北朝时期观棋烂柯的故事，表现了仙界的永恒和人间的短暂。人们正因为相信仙界永恒，所以才不惜花费功夫，修炼自己，希望练就金刚不坏之身；或者远离尘世，不辞劳苦到名山福地去寻仙。而在《神仙感遇传》中，神仙往往主动来到人身边，给人排忧解难，人们无须辛劳，就可使自己的愿望得到满足。故事里的王可交就是这样，他不仅因遇仙治好了眼病，而且，"自此不食，颜状鲜莹"[1]，后来他也成了神仙。

《王叡》也是此类故事：

> 进士王叡，渔经猎史之士也……游燕中，道逢樱杖棕笠者，鹤貌高古，异诸其侪，名曰希道。笑谓之曰："少年有三感之累耶？何若瘠若斯？"辞以不然。道曰："疾可愈也，予虽释件，有炉鼎之功，何

---

[1] 杜光庭：《神仙感遇传》，载《道藏》第10册，文物出版社、上海书店、天津古籍出版社，1988，第887~888页。

疾之不除也。"叡委质以师之，斋于漳水之滨，三日而授其诀曰："木精天魂，金液地魄。坎离运行，宽猛无成。金木有数，秦晋合宜。近效六旬，远期三载尔。"歌曰："魄微入魂牝牡结，阳呴阴滋神鬼灭。千歌万赞皆未决，古往今来抛日月。"受而制焉，饵之，周星瘳且瘥矣。乃隐晦自处，佯狂混时，年八十矣。①

神仙故事里，成仙者不必是道士，成仙的大门为所有人敞开。王叡是一个儒生，他遇仙的机缘也是疾病。他在燕地游历时遇到神仙，神仙主动向他伸出援手，不仅治好了他的病，还授予他秘诀，王叡照此修炼，也得道成仙了。

《神仙感遇传》中，最有时代特色的是关于当时战争的故事，它们直接反映了人们在唐末乱世中对宗教现实功能的诉求。《成生》写道：

成生者，其家巨富，世居零口。伯叔数人，其弟七叔好道，早年冠褐来往华阴山。时或暂归，自咸通后，不知所在。洎大寇犯关，昭宗东幸，成生骨肉沦散，生计困穷。忽一日，其叔还家，悯恻嗟痛，留止数日。因与成生之子往同州砂苑中。至所居，即甲第宏敞，亭台崇邃，有若宫门焉。立成生之子于门外，良久，持衣服器皿一帕以授之，令归赡家。至即数万金矣。成生惊异，知季父之得道也。翌日，与其子复往寻之，无复知处所。成生由是赡足。②

成生的弟弟好道，早年离家到山里修道，从此没了下落。咸通后，天下大乱，皇帝离京避难，一般老百姓生存之艰难可想而知。这个时候，奇迹发生了，离家多年的弟弟突然回来了，要成生的儿子到他所居仙境取物。东西拿回家之后，变成了金子，他们家从此富足。故事里，家中有人得道，会惠及亲人，神仙亲情观念与人间何其相似。

《杨初》也记录了这样的故事：

---

① 杜光庭：《神仙感遇传》，载《道藏》第10册，文物出版社、上海书店、天津古籍出版社，1988，第883~884页。
② 杜光庭：《神仙感遇传》，载《道藏》第10册，文物出版社、上海书店、天津古籍出版社，1988，第896~897页。

> 杨初者,成都人也……因游葛仙观,得罗公远真人真容,晨夕以香灯供养。数年,蜀王收成都,重困于城中,公私力困,其家亦罄竭。纳赡军钱七百千,鬻产以充,才及其半,旦夕为官中追迫,而恐老母为忧,不敢令其母知。忽有一村夫与之语:"官钱其急,何以支吾?"初话其忧迫状。此人令初求生铁,备炭火。是夕来宿其家,于炉中实铁及炭,以锻之。相与饮酒至晚,留药与之曰:"此金半以备官钱,半以资家产,我青城罗真人也。"约会于青城山,服此药,即当山中相见。如是乃去。视其铁,化为金矣。初偿纳赡军钱之外,日充甘旨。一旦吞其药,径往青城。时还其家,亦得药与母。母已年老,发鬓黑。半年围解。①

杨初遇仙机缘是他供奉了罗真人即罗公远的像。罗公远是唐玄宗时著名的道士,常常往来于青城山和罗川之间,在唐代富有传奇色彩,《神仙感遇传》中有专门介绍他的故事(《罗公远》)。在这个反映唐末乱世的神仙故事里,他又出现了,并救人于危难之中。

在战争年代,人们孤立无援,朝不保夕,可以想见,神仙信仰尽管虚妄,却可以给困境中的人们以寄托和安慰。神仙故事中,神仙不仅可以超越生死,而且可以超越社会,当然也可以超越战争。仙和人同在人间,体现了神仙信仰的人间关怀,这也是社会动乱时期往往是宗教兴盛时期的重要原因。

三 错失仙人,完美品格缺失的警醒

《神仙感遇传》中,既有凡人遇仙得到救助的故事,也有凡人遇仙却又错失仙人的故事。这类故事,其实是一种特殊的遇仙故事。凡人有缘和神仙相遇,却因种种过失而不能成仙,他们或不具识仙的慧眼,或德行不佳,或违背了道戒,最后都与神仙擦肩而过,徒留人生遗憾。

---

① 杜光庭:《神仙感遇传》,载《道藏》第10册,文物出版社、上海书店、天津古籍出版社,1988,第885~886页。

《吉宗老》中，吉宗老是豫章道士，他四处寻仙却没有收获。大中二年，他在舒州村观遇到一个道士，当时风雪交加，他们一起投观过夜。突然，出现了异样的情况，他"忽见室内有光，自隙而窥之，见无灯烛而明，唯以小胡芦中出衾被、帷幄、绹褥、器用、陈设、服玩，无所不有"。吉宗老发现道士是神仙，当他要进去拜谒时，屋里没了动静，于是吉宗老在屋外守候，"宗老乃坐其门外，一夕守之，冀天晓之后，聊得一见。及晓，推其门，已失所在。宗老刳心责己，周游天下，以访求焉"①。他一夜没睡，谁知天亮推门进去时，却仙去屋空。看来，神仙就在人间，但因不愿被人识破而离开，让遇仙而失仙者怅然若失。毕竟，故事中，得到神仙眷顾的只是少数幸运儿，要求仙，还需经历千辛万苦的修炼和寻觅。这仿佛是不安于现状的人们艰辛追求理想生活的一个缩影。

在故事里，即便凡人得到神仙垂青，如果没有慧眼，不识神仙，或对神仙表示怀疑，也会失去成仙的良机。故事《白椿夫》记载白椿夫从小就习神仙之道，他用道术济俗救民，为百姓做了很多好事。"一日有樵人扣户曰：'西峰岩中有仙人会话，师可造之。'师疑其山木之妖也，熟睨其目睛，以辨邪正。方摄衣将行，樵者曰：'师功行已著，系籍仙简，何邪之敢干？然毫厘之差，勿为恨也。'言毕，由他径去。师策杖寻之，至即瞑矣，但见崖壁有光。因熟视之，有诗焉，翰墨犹湿，其词曰：'清秋无所事，来雾出遥天。凭仗樵人语，相期白永年。'读讫即空壁无字，光亦止矣。"② 本来，白椿夫积善累德，已经功行圆满，他的名字被列入仙籍，神仙化身为樵夫前来引度，可他对神仙表示怀疑，以为是妖孽，与成仙失之交臂。葛洪说过："志诚坚果，无所不济，疑则无功。"③ 这类故事，在道教神仙故事中不少，如《神仙传》中的淮南王与八公故事。淮南王刘安好道，遍召天下方术之士。满头白发的八公来到刘安门前却遭到了刘安的怀疑，当八公显现自己的威力后，刘安折节拜服，奉八公为上宾，后得八公之术白日飞升。可是，白椿夫

---

① 杜光庭：《神仙感遇传》，载《道藏》第10册，文物出版社、上海书店、天津古籍出版社，1988，第881~882页。
② 杜光庭：《神仙感遇传》，载《道藏》第10册，文物出版社、上海书店、天津古籍出版社，1988，第890页。
③ 蒲松龄：《聊斋志异》，中华书局，2013，第123页。

却没刘安幸运,他仅仅因为不具备识仙的慧眼,就失去了成仙的机会。

道教强调"仙人无种",成仙没有高低贵贱之分。但如果谁心存门第之见,即便名列仙籍,也不会有好的结果。郑又玄就是一个因心性高傲而失去成仙机会的人。故事《郑又玄》记载:

> 郑又玄者,名家子,居长安中。其小与邻舍闾丘氏子偕学于师氏。又玄性骄率,自以门望清贵,而闾丘寒贱,往往戏而骂之曰:"尔非类,而与吾偕学,吾虽不语,尔宁不愧于心乎!"闾丘默有惭色,岁余乃死。又十年,又玄明经上第,补蜀州参军。既至官,郡守命作尉唐兴。有同舍仇生者,大贾之子,年始冠,其家资产万计,日与又玄宴游。又玄累受仇生金钱之赂,然以仇生非士族,未尝以礼貌接之……仇生惭耻而退,弃官闭门,月余病卒。

郑又玄出身名门望族,对人非常傲慢。开始,他与一个贫家子同学于师,常对其戏弄辱骂,结果,贫家子不久就死了。后来,他同一个家庭富有却不是士族出身的人一起为官,对别人的出身大为不屑,这个人不久也死了。最后,郑又玄才知道死去的两个人原来都是神仙:

> 其后因入长安,宿褒城逆旅,有一童子十余岁,貌秀而慧,又玄与语,机辩万变。又玄深奇之。童子谓又玄曰:"我与君故人有年矣,省之乎?"又玄曰:"忘之矣。"童子曰:"吾生闾丘氏,居长安中,与子偕学,而子以我为非类,尝骂辱我。又为仇氏子,作尉唐兴,与子同舍,受我厚赂,而谓我为市井之氓,何吾于骄傲之甚也!子以衣缨之家,而凌侮于物,非道也哉!我太清真人也。上帝以尔有道气,使我生于人间,与汝为友,将授汝神仙之诀,而汝轻果高傲,终不能得其道。吁,可悲哉!"言讫,忽不复见。又玄既悟其罪,而意以惭怍,而卒矣。①

---

① 杜光庭:《神仙感遇传》,载《道藏》第10册,文物出版社、上海书店、天津古籍出版社,1988,第896页。

神仙对个人意志、修养、德行进行考验在神仙故事中很常见，《神仙传》中"李八百"的故事就很有名。李八百来到唐公昉家"作佣客"，不久得恶疮，"周遍身体，溃烂臭浊，不可近也"。李八百先后让唐公昉夫妇替自己舔疮，看到他们毫不嫌弃，便告诉他们："吾是仙人，子有志心，故来相试，子定可教也。今当相授度世之诀矣。"① 成仙绝非易事，成仙者必须有非凡的德行，忍人所不能忍，最后才能成功。

道教对修仙者的秉性和品德是有要求的。葛洪说过："夫求长生，修至道，诀在于志，不在于富贵也。苟非其人，则高位厚货，乃所以为重累耳。"② 如若没有修仙必备的品行，那么高官厚禄不但不利于修仙，反而会成为累赘。这也是现实世界对人们道德伦理的要求。

成仙除了有德，还要遵守道戒，否则后果也很严重。《杜晦》讲道：

> 杜晦少时，于长白山遇一道士，哀其多疾，以丹砂一粒，大如绿豆，红光莹彻，便令吞之，曰："此丹不独祛积冷，若不食肉，可致长生，慎无触秽也。"既服丹，即容状充悦，轻健不食。累官为商州刺史，绝粒三十年，人不知也。忽一旦思肉，闻品味馨香，心自念曰："仙师戒我不食肉，今欲却食五谷，先须食肉，必夺我药力矣。"遂啖猪肉少许。良久，吐一物，大如鸡子，若新胶未干。割而视之，丹在其内，光色莹然，与初服时无异。复欲吞之，因失之，后惋恨久之。是夕梦长白道士曰："子不守吾戒，败于长生，吾复得丹矣。"晦时年八十余，只如四十许人，失丹之后，旬日齿发变蓑，颜色枯槁，数年而卒。③

杜晦很幸运，遇到道士赠送丹药，助其长生，但是，必须要禁食肉。他坚持多年，就在即将大功告成之时，他却开戒，导致丹药丢失，数年而卒，他修仙失败的原因在于没有守戒。

---

① 葛洪撰，胡守为校释《神仙传校释》，中华书局，2013，第81页。
② 蒲松龄：《聊斋志异》，中华书局，2013，第17页。
③ 杜光庭：《神仙感遇传》，载《道藏》第10册，文物出版社、上海书店、天津古籍出版社，1988，第900~901页。

《神仙感遇传》中的遇仙故事，与世俗小说中的遇仙故事不完全相同，其弘道目的非常明显。道教很重视戒律，《老子想尔注》云："戒为渊，道犹水，人犹鱼。"[①] 唐代道士张万福认为守戒是入道的途径，他说："凡初入法门，皆须持戒，戒者防非止恶，进善登仙，众行之门，以之为键。"[②] 道教戒律用于约束修道者的言行，防止其背离宗教精神。同时，宗教戒律与世俗伦理也密切相关，"根本上说，各道派的戒律都在统一的神仙谱系背景下以道教神灵的名义颁布，体现共同的教义和教理。道教各道派的戒律实际上是从不同角度将中国传统的伦理观念和行为准则披上神学的外衣，它们原则上大同小异，可以互相吸取"[③]。用神的名义颁布戒律，必然具有极强的约束力和不可侵犯的特征。道教戒律既体现出宗教禁欲色彩，也反映了社会伦理的要求。

　　可以说，《神仙感遇传》中的遇仙故事，既是现实世界的宗教化折射，也是神仙世界的世俗传达，其世俗性、宗教性和文学化相结合的书写，既反映了道教发展的时代特点，也从一个侧面反映了时代风貌，同时，对中国古代叙事文学作品中遇仙故事的发展也是一种丰富和开拓，在古代宗教传记和神仙题材文学作品中具有独特的地位和价值。

---

① 饶宗颐：《老子想尔注校证》，上海古籍出版社，1991，第46页。
② 张万福：《传授三洞经戒法箓略说》，载《道藏》第32册，文物出版社、上海书店、天津古籍出版社，1988，第185页。
③ 汤一介主编《中华文化通志·宗教与民俗典·道教志》，上海人民出版社，1998，第157页。

晁补之文章研究*

岳振国**

（西南民族大学　成都　610225）

北宋文学家晁补之才华横溢，不仅以词著称于世，而且文章也卓有建树，在群星璀璨的北宋文坛颇受推崇，享誉于时。晁补之少年即聪慧过人，文才出众，张耒言其"幼豪迈，英爽不群，七岁能属文，日诵千言"[1]，"自少为文，即能追考左氏、《战国策》、太史公、班固、扬雄、刘向、屈原、宋玉、韩愈、柳宗元之作，促驾而力鞭之，务与之齐而后已"[2]。苏轼对晁补之的文章甚为称道，言其文"雄健峻拔，笔力欲挽千钧"。[3] 晁补之也尝不无自得地说："仁义夙心成自误，文章小道得高评。"[4]《宋史》记载："补之才气飘逸，嗜学不知倦，文章温润典缛，其凌丽奇卓，出于天成。"[5]《四库全书总目·鸡肋集提要》则言："古文波澜壮阔，与苏氏父子相驰骤。"[6]晁补之文才高妙，为世人所重，今观晁补之所著《鸡肋集》，存世文章共有六百九十三篇，其中记、序、书、状、表、启、杂论、铭赞、题跋、祭文、墓志等诸体皆备，其文章题材广泛，内容丰富，文采灿然，独具艺术风貌。

---

* 本文系西南民族大学中央高校专项基金项目"中国古代处理民族文化冲突的历史经验对新形势下建构中华文化认同的启示"（2016SGJPY21）的阶段性研究成果。

** 岳振国，博士，西南民族大学中国语言文学学院副教授，研究方向为中国古代文学、传统文化与文学。

[1] 张耒：《张耒集》，中华书局，1990，第900页。
[2] 张耒：《张耒集》，中华书局，1990，第902页。
[3] 叶梦得：《建康集》，载《景印文渊阁四库全书》第1129册，（台北）台湾商务印书馆，1986，第608页。
[4] 晁补之：《鸡肋集》，吉林出版集团有限责任公司，2005，第106页。本文所引晁补之诗文均依据此本。
[5] 脱脱等：《宋史》，中华书局，1977，第13112页。
[6] 永瑢等：《四库全书总目》，中华书局，1965，第1334页。

一 文以气胜、苍劲雄浑

晁补之性格慷慨豪迈,英爽不群,李昭玘赞其曰:"落落孤标气吐虹。"[1]文如其人,晁补之文章写得也是气势雄放、凌厉风发,可以说文以气胜是其文章的一个显著艺术特点。文非气不立,而气又来自作家的秉性才情,所谓器大者声必闳,志高者意必远,晁补之气宇轩昂、胸怀大志,然时运不济、命途多舛,于是他将满腔豪情与雄韬伟略投注于笔墨之中,其文章表现出一种遒劲刚健的格调和奔放雄浑的气势。优秀的文章既需要充实的思想内涵,也需要充盈丰沛的艺术气韵。如章学诚就言:"凡文不足以动人,所以动人者气也。"[2] 晁补之的《七述》即是如此,此文之所以脍炙人口、传诵一时,不仅是因为文章那壮丽奇瑰的景色描写,更是因为文章那苍劲雄健、大气磅礴的气韵。文章写杭州山川形胜有浪卷云翻、吞江吐海之势,历数其景色秀丽、物阜民丰、人杰地灵,文章激情四溢、汪洋恣肆、气势奔放。苏轼读后大加赞赏,他原本也想创作一篇描写杭州山水胜迹的文章,但看到《七述》后击节叹服,无奈作罢,可见此文之艺术功力。苏轼《与谢民师推官书》中言作文应当"如行云流水,初无定质,但常行于所当行,常止于所不可不止"[3]。晁补之著《七述》时尚未投师于苏门,但也体现出纵横捭阖、波澜老成的艺术特点,与苏轼可谓不谋而合。《七述》辞达气畅,笔势飞动,流转如珠,如千江万状,茹古涵今。正如周紫芝《书晁无咎帖后》中所言:"读晁无咎之文与诗,浩浩然犹河汉之无极也,想其胸中,何止有八九云梦而已。"[4] 晁补之的文章超然独骛,汪洋浩瀚,纵横捭阖,气魄宏大,展现出一种英爽豪迈的博大胸怀和发扬蹈厉的进取精神。"有胸襟然后能载其性情智慧"[5],晁补之具有宽广的胸襟

---

[1] 李昭玘:《乐静集》,载《景印文渊阁四库全书》第1122册,(台北)台湾商务印书馆,1986,第268页。
[2] 章学诚:《文史通义》,中华书局,1961,第144页。
[3] 苏轼:《苏轼文集》,中华书局,1986,第1418页。
[4] 周紫芝:《太仓稊米集》,载《景印文渊阁四库全书》第1141册,(台北)台湾商务印书馆,1986,第473页。
[5] 叶燮、薛雪、沈德潜:《原诗 一瓢诗话 说诗晬语》,人民文学出版社,1979,第91页。

和博大的气度，因而援笔为文，自然是笔势奔放、遒劲有力，观其所作之文多踔厉风发、慷慨激昂，有着行云流水的丹青妙笔和吞云吐月的恢宏气度。

晁补之的文章之所以体现出慷慨激昂、气度恢宏的艺术特点，原因是多方面的。一是由于晁补之本人的性格。晁补之性格豁达，豪放不羁，其文章具有的气势雄浑、境界阔大的艺术风格是他豪迈奔放襟怀的自然反映和体现。二是晁补之本人深厚的学养使然。自曹丕提出文以气胜之说后，历代文家都推崇备至。作文当以气为主，而文气并非轻易就可获得，其需要作者长期蓄积修养，才学深厚时才能得到。苏辙认为气可以养而至，所养越深，文章写得就越加工巧。属文之人要善于养其浩然之气，将世间功名利禄之心与悲欢离合之情都置之度外，宠辱俱忘，襟怀超然，然后作起文章来，就会文思泉涌，援笔立就。晁补之也指出文章的巧拙在于作家本身，个人的学养薄厚使文章艺术风貌不同。晁补之自幼熟读经史，并曾游历四方，饱游饫看，养胸中浩然之气，由于他学养深厚，视野开阔，下笔为文时胸中有物，笔下自然生风。

晁补之为文信手而书，不假思索，文章气势纵逸飞动，如江河奔涌，一泻千里。谢榛言："诗文以气格为主，繁简勿论。"[1] 晁补之《河议》一文洋洋洒洒数千言，由河之发源论起，历数其演变情状，举典籍、引实例、说故事、以史为据，层层深入，意到笔随，酣畅淋漓。《河议》旁征博引、语言整饬，使人读后感觉几千年大河奔涌目前，数百载往事浮于眼底。晁补之的这篇文章笔力雄健，气韵生动，激荡人心。

宋人善为议论，往往是"开口揽时事，论议争煌煌"[2]，晁补之所处时代的风习对其作文产生了深刻影响，他的文章也善于思辨、长于议论。苏轼赞其曰："于文无所不能，博辩俊伟，绝人远甚。"[3] 黄庭坚也言："至于议论文字，今日乃当付之少游及晁、张、无已。"[4] 而张耒则谓："晁论峥嵘走金玉。"[5]

---

[1] 谢榛、王夫之：《四溟诗话 姜斋诗话》，人民文学出版社，1961，第4页。
[2] 欧阳永叔：《欧阳修全集》，中国书店，1986，第14页。
[3] 苏轼：《苏轼文集》，中华书局，1986，第320页。
[4] 转引自胡仔《苕溪渔隐丛话后集》，人民文学出版社，1980，第229页。
[5] 张耒：《张耒集》，中华书局，1998，第214页。

李耆卿尝云:"苏门文字到底脱不得纵横气习。"① 上述诸家评论都道出了晁补之文章长于议论的艺术特点。

晁补之一生焚膏继晷,读书甚勤,他卓荦超伦,少即能文,所作篇什论理透辟,文辞激切,铺张扬厉,挥洒自如,表现出卓越的才识和犀利的文笔,如他二十岁时所写之杂著《乌戒》。对于杂著文体,吴纳言:"著虽杂,然必择其理之弗杂者则录焉,盖作文必以理为之主也。"② 晁补之善于联想,因事而论,文章虽形制短小,但文简意丰,以乌虽黠却终以黠而取祸联想到世间之人也是如此。晁补之以韩非以智死、楚人以愚亡举例,说明智以智死、愚以愚亡的道理,最后引宁武子"邦有道则智,邦无道则愚"之语而得出"智愚观时而动,祸其可及哉"的结论。文末画龙点睛、卒章显志,指出只要审时度势、灵活应变、待机而动,就可以化险为夷,全身远祸。晁补之年少之时即有如此深刻的识见实难能可贵。晁补之少负才学,属文寓庄于谐,立意新颖而又笔锋犀利。《乌戒》以小见大,由物及人,引古论今,巧于设喻,将深奥的道理浅显化,将抽象的思辨形象化,娓娓道来,富有说服力,体现出晁补之自少为文即善为议论的卓荦才能。

晁补之早年所著之文如此,晚岁之作依然体现出笔力雄健、海涵地负、激昂慷慨的艺术风格。如《学说》一文开宗明义,接着运用大量的比喻,由浅入深、层层深入地展开论证。文章指出,对于美食,人都知其美,唯有亲口尝过才知道如何美;而至高之道,人都知道其好,但唯有深入研究才能领略其之妙处。作者在进行比喻论证的同时又采用设问之法先提出问题:"或曰:道之出口淡乎其无味,而饮食人所甘,似不类。"然后加以回答:"夫以人之所甘者,弗食犹不知其旨,而道又淡而难好,则不知者不其愈多乎。"以平常之理类比,通俗明了,自然就增强了文章的说服力。最后作者再次照应中心论点,指出人们所患在于倦怠不学,而只要潜心学习,钻研学问,就可以明白其中蕴含的道理。刘勰《文心雕龙·论

---

① 李耆卿:《文章精义》,载《景印文渊阁四库全书》第1481册,(台北)台湾商务印书馆,1986,第811页。
② 吴纳、徐师曾:《文章辨体序说 文体明辨序说》,人民文学出版社,1962,第46页。

说》有言："论也者，弥纶群言，而研精一理者也。"① 晁补之的文章往往也是"辨博俊敏，下笔辄数千言，纡余卓荦，驰肆揪敛，各尽其妙"②。他的这篇文章论点鲜明，论据充分有力，并采用比喻、对比、设问等多种论证方法，围绕中心论点抽丝剥茧、逐层深入地展开论证，其议论切近情理，因而使人心悦诚服。《学说》一文作于大观四年（1110），是年晁补之溘然长逝，由此文可以看出作者善于议论的文风在其垂暮之年更是炉火纯青，臻于成熟。

宋代经济繁荣，文化事业也得到长足发展，然而表面的繁华荣光无法掩盖日益加剧的民族矛盾和社会危机。宋朝积贫积弱的状况、边疆局势危急的处境，就如同贾谊所说的"抱火措之积薪之下而寝其上"③，随时都有爆发重大社会变故的危险。北宋王朝是"天下有治平之名，而无治平之实；有可忧之势，而无可忧之形"④。苏轼在《晁错论》中就提醒统治者："天下之患，最不可为者，名为治平无事，而其实有不测之忧。坐观其变，而不为之所，则恐至于不可救。"⑤ 苏轼对承平之世的表象下所隐藏的巨大危机表达了深切的忧心，而晁补之文章也表达了深重的家国危机感。多难兴邦，时局的艰危使得有识之士拍案奋起，他们积极进言献策，希望能够挽狂澜于既倒，扶大厦于将倾，使国家强盛富足，人民安居乐业。晁补之就是这样一位有着强烈爱国热忱的士大夫，他看到国势日益衰败心急如焚、寝食难安，希望以己之文唤醒那些依然沉醉于轻歌曼舞中的贵胄权臣。对于社会现状晁补之有着清醒的认识，在文中也有感而发，直抒己见，所持之论均能切中时弊，振聋发聩。

《上皇帝安南罪言》《上皇帝论北事书》两篇文章最能体现晁补之文章善为议论、说理透辟、文笔犀利的艺术风格，二文同一机杼，都是向皇帝直陈严峻的社会问题，而议论也均能抓住要害有的放矢，不为空言。《上

---

① 王利器校笺《文心雕龙校证》，上海古籍出版社，1980，第126页。
② 李昭玘：《乐静集》，载《景印文渊阁四库全书》第1122册，（台北）台湾商务印书馆，1986，第302页。
③ 阎振益、钟夏校注《新书校注》，中华书局，2000，第29页。
④ 苏轼：《苏轼文集》，中华书局，1986，第226页。
⑤ 苏轼：《苏轼文集》，中华书局，1986，第107页。

皇帝安南罪言》一文紧紧围绕国家面临的重重现实危机展开议论，文章主题明确、重点突出、条理明晰，缕述如何出兵安南及彼此的情况、用兵的情形，并对事后安抚边民、以求长治久安等都论述得全面周详。该文语言精练、分析入理，议论旁征博引、透彻深辟。文章不仅体现出晁补之忧国忧民的赤诚之心、深谋远虑的政治智慧，也体现出其卓越杰出的军事才能，读后令人豪情满怀。《宋史》评晁补之此文是："安南用兵，著罪言一篇，大意欲择仁厚勇略吏为五管郡守，及修海上诸郡武备，议者以为通达世务。"①《上皇帝论北事书》也是篇制恢宏，煌煌数千言，对于如何应对北患，晁补之提出相当有见地的策论，体现出他经天纬地的才华和出将入相的韬略。晁补之博通经史，其文章高屋建瓴，思致深邃，议论"气戛星斗，声韵金石"②。正如陈柱所言："文之最足感人者莫如激于忠义之情者。"③ 晁补之的忠君爱国之情溢于言表，因而文章感人至深。晁补之的上述两篇长文纵论古今，慷慨陈词，文章纵横捭阖，舒卷自如，表达了他对护卫南疆北土、安邦定国的真知灼见。两篇文章皆慷慨激昂、掷地有声，针对颓靡时政有着起衰振懦之效，可谓一代鸿文。晁补之奋厉有当世志，其对策奏疏等文论国事、议朝政，多通达时务，议论也是深刻独到，发人深省。

晁补之博稽群籍，精通坟典，故而属文援据赅博，信笔挥洒，极尽铺陈之能事。他常借历史人物和历史事件来表达对现实政治和社会人生的看法，其策论文所提建议往往审时度势，切合时宜，有些堪称治国良策。晁补之襟怀宽广、胆识过人，文章善于议论，举凡军国大事、人生哲理、生活琐事都能秉笔为文，发为议论，切中肯綮，见解精到深刻。他的文章也表现出积极进取、奋发有为的精神，其文章笔力独扛、遒劲雄健，具有强烈的艺术感染力。

---

① 脱脱等：《宋史》，中华书局，1977，第13112页。
② 张耒：《张耒集》，中华书局，1998，第903页。
③ 陈柱：《中国散文史》，商务印书馆，1937，第253页。

二 结构灵活、摇曳多姿

  文似看山不喜平,好的文章不仅要有充实的内容,而且在结构上也一定要波澜起伏、富于变化,如此才能吸引读者。历来善为文者都在谋篇布局上下足功夫,以求文章结构能够新颖别致、引人入胜。晁补之在这方面也是殚精竭虑、煞费苦心,他的文章结构布局灵活多变,不拘一格,行文回环往返,曲折跳跃,舒卷自如,既有开门见山之文,也有曲径通幽之作,无论短制还是长篇皆构思精巧,匠心独运。

  晁补之的文章或先叙后议、或先议后叙、或夹叙夹议,或由景生情、或因情写景,灵活多变,不主故常,这一艺术特点鲜明地体现在其墓志文中,如《广州推官杨府君墓表》一文构思谋篇就别具一格,打破先叙述死者生平,然后旌表其德行操守、赞颂其文治武功的陈规俗套,起笔并非记叙逝者的籍里行实,而是颇富浪漫色彩地写了一个梦境:

> 元祐二年正月辛酉,广州观察推官杨府君卒,丧未还也。其后,任洵一日晡时,昏然如醉,欻见府君乘马从徒而来。洵遽迎拜,既坐,神色翛然如平生。问:"何之?"曰:"今为忠孝节义判官矣,所主人间忠臣孝子、义夫节妇事也。"从容竟夜,人但见洵拜,且自言也。将行,有二紫衣留语曰:"府君好范山下石台,何不即彼立祠?"洵忽悟,谓家人曰:"适广州叔父至如此。"众悲骇,因呼工为像。

文章先是借梦境中的主人公杨纬在阴间被封为忠孝节义判官,掌管人间忠臣孝子、义夫节妇的事来反映杨纬本人的忠孝节义堪为示范,甚至到了阴间也依然受到推崇。然后才回到墓志的常规写法,记叙其人的姓氏籍贯,一生行实。文章在叙述中既有正面描述,如言其迁沂州防御判官之时,"岁大饥,盗蜂起,守霍交属府君督捕四县盗。吏争以杀盗求赏,多至数百人。府君独哀之,开喻首减,所全者众"。而在他赋闲之时,"河决曹村,灌七郡,巨野大溢。会秋谷大登,场事未毕,民有舟者争救谷,老幼多死。府君尽弃其田中积不载,而以其二舟躬救人于津口,所活日数十百人，后民相见者皆曰：'杨府君生我。'"杨纬在朝为官能够施行仁政，不妄杀盗贼徇私舞弊，而赋闲为民，也能急人所难，扶危济困，晁补之将其奉公守法、宽厚仁爱的形象刻画得淋漓尽致。文章也有侧面烘托，如表现杨纬高洁的操守，不正面描述，而是侧面映衬："其没后数年，尝有群盗白昼行剽，辄呼相戒：'无犯杨府君家！'过其门犹俯而趋。"文末发表议论：

盖府君不特生为善人怙，而没为小人惧者如此。然于时府君未葬也，其详犹具于铭焉。补之尝窃以谓行德于幽，人不知而天知之。天之所予，不必贵富，使正直好义，所居以为民命，是谓不泯。其动于怪异，亦时以劝善而警恶。抑府君生诚实不欺，没岂其欺？尚曰：吾父母邦庶或福之，岂利其飨哉！

这篇墓志铭一唱三叹，曲折回环，虽是应用性的文章，却写得妙趣横生，文学色彩浓郁，读之莫不使人为作者高超的艺术技法拍案击节、赞叹不已。再如《苏门居士胡君墓志铭》一文也是构思新巧，突破常规，文章起笔不记墓主人胡戢的姓氏籍贯，而是缅怀往事，回忆作者早年与之相识的情形，然后历数其才文德行以及与其交往的过程，最后才回到墓志文的常规写法，记其姓氏籍贯、生平事迹等方面的内容。文章结构安排巧妙，情节曲折有致，而不作平铺直叙的陈述，这种跳跃式的写作方法富有吸引力，与拘泥陈法相比艺术效果更为显著。

公牍文都有固定的体制程式，但也因此易使文章流于呆板艰涩，晁补之注意到了公牍文体制的这一明显缺点，故而其表启文力求变化，努力避免程式化的弊端。晁补之的表启文时而叙事、时而议论、时而感喟，文章结构灵活，起伏跌宕，写得富有声色，如《湖州谢到任表》不作俗辞套话，而是抒发真情实感，由谈河中府移官湖州的感受到追怀身世，进而表述竭忠尽虑的心志，虽是公牍文章却写得波澜起伏、曲折有致，突破了一般公牍文的板滞文风，而赋予其清新的艺术风貌。再如《学说》一文开宗明义："学不可已，惟知之，然后能好之。"《勤说送甥李师蔺游学》一文却是卒章显志："万物各以其勤自成，而天地终其功。故成能者为圣人。

学之积由是，师蔺勉之。"这些谋篇布局的变化让晁补之的文章跌宕起伏，摇曳多姿。晁补之在文章末尾签注写作时间这一细节上也是匠心独运，不拘常法，大胆创新。如《跋戒公疏后》一文不明确写某月日记，而是写七月三十日之后"九十八日，晁补之记"。由前一时间顺推九十八日即为该文的写作时间，如此写法避免了千篇一律的某年、某月、某日这样的款识方式。他在写墓志铭时对墓主人去世时间的记载也是运以巧思、别出心裁，如《李氏墓志铭》不书李氏之卒日，却写"殁后四百六十八日，元祐癸酉九月甲申，祔于分宁县之双井山"，这样由葬日逆推就可知道其人逝世之日。《阚氏墓志铭》不写世系而写邑里，不写嫁而写入，不写祔于夫而写近夫之故兆，如此表述新鲜别致，曲折跳跃，富于变化。晁补之在署名上也是尽力避免单调乏味，如文章有署名颍川晁补之的，有署名巨野晁补之的，避免了重复，这是作者有意为之，而不是无心使然。晁补之文章的句式也是灵活多变，骈散结合，错落有致，他行文跳跃跌宕、疏密相间，语调上也是根据感情表达的需要而相应地发生变化，或铿锵有力、或哀怨低沉、或直言不讳、或含蓄委婉，体现出高超的驾驭语言的能力，如《再见苏公书》："又如人深山，行大泽，以观风云之相遭，奔腾交会，窈冥昼晦，摇川震谷，蹶木发屋，忘其岐道之所从，城郭之所向。而顷之雷止雨息，光景复开，则四海一色，物象皆还矣。"上述几个方面都体现出晁补之文章结构灵活、摇曳多姿的特点，而这也是其文章富有艺术魅力、为人推重的一个重要原因。

三 转益多师、博采众长

元稹《唐故工部员外郎杜君墓系铭》赞杜甫曰："上薄风骚，下该沈宋，古傍苏李，气夺曹刘，掩颜谢之孤高，杂徐庾之流丽，尽得古今之体势，而兼人人之所独专矣。能所不能，无可无不可，诗人以来，未有如子美者。"[①] 晁补之在创作上亦如杜甫一样转益多师、博采众长，其《归来子名缗城所居记》言："独于文词，喜左邱明、《檀弓》、庄周、屈原、司马

---

① 元稹：《元稹集》，中华书局，1982，第601页。

迁、相如、枚乘。若唐韩、柳氏、古乐府诗人之作，时时发于事，又拙不工。"晁补之博采众长，师法先贤，在学习前人时决不胶柱鼓瑟、故步自封，而是注意在继承中创新，从而使自己的文技大进。晁补之在转益多师、博采众长的基础上革故鼎新，别开生面，形成独特的艺术风格。《石林叶氏集序》有语：

> 公少警悟绝人，读太史公书而善之，以为可至遇有所得，皆不由町畦自以意会，其后益纵观百家，驰骋上下数千载，无不咀其华而摘其实，故公之文缓急丰约隐显乘除猝不可以捕诘。如终南太华峻拔连络，虎豹龙蛇腾攫变化，至于优柔宏衍，疏宕邈远，则朱弦疏越停云渊泉可听而不可求，可望而不可把也。盖尝自谓喜左邱明、檀弓、屈原、庄周、司马迁、相如、枚乘及唐韩柳氏，天下亦以为兼得数子之奥莫敢与之争，卒能自成一家，晚惟文潜与之抗衡，是以后世谓之晁、张云。①

这则记载对晁补之文章的评价甚高，既言明其特点，又指出其对时代的影响。文贵创新，要能师其意不师其辞，"若皆与世沉浮，不自树立，虽不为当时所怪，亦必无后世之传也"。② 正如戴复古所言："意匠如神变化生，笔端有力任纵横。须教自我胸中出，切忌随人脚后行。"③

先秦散文对后世散文创作影响巨大，润泽久远，晁补之为文时也多从中汲取养分，丰富自我。晁补之不仅学习先秦名家的文章，也向唐代古文大家韩愈学习，张表臣《珊瑚钩诗话》评晁补之的文曰：

> 韩退之作《罗池庙碑》、《迎飨送神诗》，盖出于《离骚》，而晁无咎效之，作《杨府君碣系》云："范之山兮石如砥，木萧萧兮草靡靡，侯爱我邦兮归万里。山中人兮春复秋，日惨惨兮云幽幽，侯壮长兮所居游。侯之来兮民喜，风飘帷兮雨沾几，鼓渊渊兮舞侯帆，纷进

---

① 马端临：《文献通考》，（台北）台湾新兴书局，1965，第1883页。
② 刘真伦、岳珍校注《韩愈文集汇校笺注》，中华书局，2010，第866页。
③ 傅璇琮等主编《全宋诗》，北京大学出版社，1998，第33608页。

拜兮侯邻里。侯不可见兮德可思，侯行不来兮民心悲，谓侯饮食兮无去斯，福尔之土兮以慰民之思。"余谓杂之韩文中，岂复可辨邪？①

晁补之效法韩愈之文而能使人难辨真伪，可见属文深得韩愈神髓，后人言其文章颇有古人气象，确是中肯之论。作为苏门弟子的晁补之除去学习先秦散文和唐人古文之外，更是从苏轼那里伏阁受读、受益匪浅。南宋叶适曾言："初欧阳氏以文起，从之者虽众，而尹洙、李觏、王令诸人各自名家，其后王氏尤众，而文学大坏矣。独黄庭坚、秦观、张耒、晁补之始终苏氏。"② 苏轼才大如海，诗文妙绝今古，天下学苏之人摩肩接踵，张袂成阴，而晁补之又是其中的佼佼者。晁补之未入苏门时的文风和苏轼的文风已经相近，重文气、重议论、长于铺叙，苏轼尝对其文赞誉有加，入苏门后他更是得到苏轼的悉心教诲，日濡月染之间技道两进。晁补之《再见苏公书》言苏轼之文"豪重敢决，旁肆横发，呼吸阴阳，出入鬼神，愕然莫穷其指意之所施"，"以是察阁下胸中千变万态，不可殚极。而要萦纡曲折，卒贯于理"。苏轼也评晁补之的文章富于言而妙于理，而苏轼所评晁补之的文风，其形成实则颇受苏之影响。晁补之文章议论风发、笔力酣畅、真率自然等特点无不深受苏轼的熏陶和教诲。晁补之学韩愈、苏轼两人文章气势磅礴、变化多端的特点，其属文时也是无论山川草木、花鸟鱼虫，一经摄入笔端即虎啸风生，龙蛇飞动。另外，韩愈主张句要易道，义要易晓，要求为文晓畅自然，而韩愈提倡的这种平易文风在晁补之的文章中也有具体的体现，晁文言辞简练、质朴平易，深得韩愈之法度。晁补之潜心学习往圣先贤而又能推陈出新，独树新帜。据《齐东野语》卷五记载：

曾子固熙宁间守济州，作北渚亭，盖取杜陵《宴历下亭》诗："东藩驻皂盖，北渚陵清河"之句。至元祐间，晁无咎补之继来为守，则亭已颓毁久矣。补之因重作亭，且为之记。记成，疑其步骤开阖类

---

① 吴文治主编《宋诗话全编》，江苏古籍出版社，1998，第2602页。
② 叶适：《习学记言》，载《景印文渊阁四库全书》第849册，（台北）台湾商务印书馆，1986，第772页。

子固拟《岘台记》，于是易而为赋，且自序云："或请为记，答曰：'赋，可也。'"盖寓述作之初意云。然所序晋、齐攻战，三周华不注之事，虽极雄赡，而或者乃谓与坡翁《赤壁》所赋孟德、周郎之事略同，补之岂蹈袭者哉！大抵作文欲自出机杼者极难，而古赋为尤难。惟陈言之务去，戛戛乎其难哉！虽昌黎亦以为然也。[1]

由此记载可看出晁补之作文务求意新语工、不蹈袭前人的创作精神。正如黄庭坚所言："随人作计终后人，自成一家始逼真。"[2]

晁补之学古而不泥古，既师法前人而又不囿于藩篱，而是取其精华，重在新变。由于晁补之勤于学习并能转益多师、博采众长，故而其文章取得了突出的艺术成就。

四 手法多样、各尽其妙

晁补之属文常使用多样的艺术手法，并能各尽其妙，从而大大增强了文章的表达效果和艺术魅力。晁补之的文章长于写人叙事，描写细致、刻画传神，因而其笔下的景物都形神毕肖，栩栩如生。状景，如《跋曼卿诗刻》描绘张氏之园是："荒墟废址，狐鼠之所跳噪，独两大桧苍然犹在，其枝半死半生，蟠弩奇怪。"文章用大量的比喻绘景摹形，使得景物生动形象，如在目前。写人，如《朝请大夫致仕陈君墓志铭》一文抓住细节，突出反映人物性格，写墓主人陈知和为免除无辜之人的刑罚而与太守据理力争，"守怒而入"而他却"立庑下不去"，于是"守悟，为谳诸朝，民果不死"。晁补之用这件事来表现墓主人耿介正直的性格，虽寥寥数语，但人物形象血肉丰满，呼之欲出。《朝散郎充集贤殿修撰提举西京嵩山崇福宫杜公行状》也是通过琐细小事来反映人物性格，如文中通过杜纯释盗一事体现其尊崇道义、宽厚待人的性格特点，写得十分生动。晁补之注意到在刻画人物时抓住重点，选择最能反映人物形象性格的事件来作浓墨重

---

[1] 周密：《齐东野语》，中华书局，1983，第77页。
[2] 黄庭坚：《黄庭坚全集》，四川大学出版社，2001，第712页。

彩的描述，从而塑造出活灵活现、形神逼肖的人物形象，传状文和墓志文都彰显出其为文的这一特点。晁补之的文章有时惜墨如金，如杂论中对历史人物、历史事件的评点，虽三言两语但切中肯綮，论述力透纸背、入木三分；有时则又是泼墨如水，如《捕鱼图序》中对王维的捕鱼图作详尽描述，力求穷形尽态、毫发无遗。

晁补之才气飘逸，为文神思飞跃，善用比喻，取譬引类皆精妙切当，在描绘景物时常常化抽象为形象，动静结合，虚实相生，令人目不暇接。如《宋尚书刑部郎中知越州军州事赠特进吏部尚书南安晁公改葬记》："行视鱼山崦中，若虎若牛，回抱踞盼，势盘薄可喜。"晁补之将无生命的静态的山比作有生命的动态的物，像虎似牛，姿态可喜，虽三言两语，但神貌宛然，展现出一幅形象生动的画面。再如《拱翠堂记》写泉山："左则如涛如云，如虎如蛇，腾涌挐攫，杂袭而相羊。右则如车如盖，如人如马，逶迤雍容，离立而孤骞。"也是采用同样的手法，文章铺张扬厉、句法灵活，且刻画细致、描写生动。还有他赞誉李格非写文章文思敏捷、下笔千言的才能时接连用"如茧抽绪，如山云蒸，如泉出地流，如春至草木发"四个比喻，妙语连珠，文采璀璨，将抽象的创作活动用自然界可感可知的事物生动形象地表现出来，饶有风味。其《鸟戒》寓庄于谐，借形象寓抽象、以简单寓复杂，阐述了深刻的人生哲理。晁补之属文以事析理，引物托喻，形象生动，潜移默化，润物无声，如此艺术创作手法，在其文章中比比皆是，不胜枚举。

晁补之也善用铺陈的方法写景叙事、状物言情，如《七述》中记杭州风景之美与物产之盛，可谓极尽铺陈之能事，将杭州的丰富物产不厌其烦地尽数列出，以突出杭州的富饶繁华。晁补之的文章常采用排比句式，如《上皇帝安南罪言》连用五个"臣不能"讲五种情况，一气呵成，使人感觉文章充溢着海雨天风般的磅礴气势。晁补之的文章也善于用典，作者博学多识，因而文章典故的运用也是驱遣今古，信手拈来。如《释求志》中的"阮籍在晋人中颇能自浊，口不臧否人物，而为青白眼，殆矣"，是借用阮籍的青白眼典故，而《与淮南监司启》中的"丑效美颦，宜取求全之毁"，则又是化用东施效颦之典。晁补之这些修辞方法的巧妙运用使其文章显得辞采繁缛、典雅富丽，如王士禛评价晁文时就说："吾郡遗文，惟晁无咎《北渚亭赋》最为瑰丽，有淮南小山遗风。"①

晁补之是北宋著名的文学家，聪颖过人的天赋、深厚的家学熏陶，加之后天笃志好学、勤于笔耕，所著文章纵横捭阖，大气磅礴，论说鞭辟入里，笔力雄健，力透纸背。晁补之善于向先贤学习，转益多师，取精用宏，并能大胆创新，别开生面，其文章以波澜壮阔的气势、厚重深沉的内容、高超巧妙的技法在北宋文坛独树一帜，馨香远播。

---

① 王士禛：《香祖笔记》，上海古籍出版社，1982，第242页。

两宋之交江西宗派诗学观念之变迁[*]

左志南[**]

(西南民族大学 成都 610041)

江西宗派诸人喜言诗法,如《王直方诗话》、《潜溪诗眼》、吕本中《童蒙训》等,但从历时性角度梳理其变化轨迹,不难看出其诗学理论呈现出师法对象由约趋博、诗歌技法由微观到宏观、将主体修养与诗意呈现建立联系、渐趋强调自然之风格等四种趋势。此趋势彰显无疑,即江西宗派诸人由师法黄庭坚入手,逐渐由入乎其内走向出乎其外,逐渐由亦步亦趋的效法走向自我创新。江西宗派诗学观念的变迁也显现出两宋之交诗学转向的端倪,往昔论者多静态地对江西宗派的诗学观念做宏观考察,但对其诗学观念历时性变化的关注严重不足。因此,本文拟对江西宗派诗学观念的历时性变化进行细致的考察,希望以此能更具体地厘清江西宗派诗学发展的轨迹,亦希望有助于探寻两宋之交诗歌嬗变之因。

一 师法对象由约趋博、由今趋古

江西宗派之得名源自吕本中所作《江西宗派图》,吕本中认为:"歌诗至于豫章,始大出而力振之,后学者同作并和,尽发千古之秘,亡余蕴矣。录其名字曰江西宗派,其源流皆出豫章也。"[①] 在吕本中对诗坛图景的

---

[*] 本文系国家社科基金西部项目"两宋之交理学嬗变与诗文流变的双向考察"(17XZW027)附属成果。

[**] 左志南,博士、博士后,西南民族大学中国语言文学学院副教授、硕士研究生导师,研究方向为宋代文学。

[①] 转引自赵彦卫《云麓漫抄》卷十四,《景印文渊阁四库全书》第864册,(台北)商务印书馆,1983,第396页上。(本文所引《四库全书》文献皆以此版本为准,后不一一注明。)

认知中，黄庭坚居于诗坛的中心地位，山谷为源，而其余诗人皆为其流。这不是吕本中的臆度，当时诗人大多宗法黄庭坚，且与其或多或少地有着师承渊源，皆流露出以黄庭坚为诗坛主盟者的态度。洪朋《怀黄太史》诗云："诗家今独步，舅氏大名稀。屈宋堪奴仆，曹刘在指挥。"① 李彭《上黄太史鲁直诗》赞黄庭坚云："扈圣当元祐，雄名独擅长。""长庚万里去，大雅百夫望。"又述己志曰："勤我十年梦，持公一瓣香。聊堪比游夏，何敢似班扬。尚愧管中见，应须肘后方。他时解颜笑，何止获升堂。"② 周行己《寄鲁直学士》曰："当今文伯眉阳苏，新词的皪垂明珠。我公江南独继步，名誉籍甚传清都。"③ 惠洪《跋山谷帖》云："山谷翰墨风流，不减谢东山，而书词郑重，倾倒于华光如此。"④ 江西宗派诸人不但亲炙山谷以传承诗法，而且对黄庭坚之文学与人格皆有高度的赞许，并且形成了一个围绕黄庭坚的非正式文人团体。

龚鹏程先生指出："元祐以后，学黄者固多，学苏者亦复不少，而不有眉山诗派者何？且江西诗人自欧公晏殊荆公以下多矣，勋位名望及其诗，皆不在山谷下，世之不学，而学山谷，又何耶？崇宁宣和以后，世讳诗学，以苏黄为厉禁，而江西流布天下，远及金元；四灵江湖继起，水心后村为其护法，而推崇江西，谓为诗家宗祖，严羽苦訾西江，自许为取心肝剖子手，然其宗旨乃与之不谋而合。……故余曰：江西者不仅为宋诗之代表，亦宋文化表现之典型。惟其与宋文化之社会结构、文化精神有关，故吕东莱作如此想、南北宋人作如此见；着于此批评意识与文化精神者如此，虽一时政治横暴，何足以遏之？虽迭遭误解反对，抑何不与之暗合？盖彼江西产生于宋文化与宋诗定性之际者，势也！"⑤ 龚先生即认为黄庭坚之人格修养及其诗歌意蕴，乃宋型文化之典型，故而能成为后学宗法之对象。伍晓蔓先生亦认为："黄庭坚诗歌以炼意为第一要义，屏弃凡俗、追求崇高，以智慧的观照、道德的坚守、雅致的情趣，对日常生活的烦琐、政治

---

① 洪朋：《洪龟父集》卷下，《景印文渊阁四库全书》第1124册，第414页下。
② 李彭：《日涉园集》卷七，《景印文渊阁四库全书》第1122册，第677页下。
③ 周行己：《浮沚集》卷八，《景印文渊阁四库全书》第1123册，第683页下。
④ 惠洪：《石门文字禅》卷二十七，《四部丛刊初编》本，上海商务印书馆，1936，第300页下。
⑤ 龚鹏程：《江西诗社宗派研究》，（台北）台湾文史哲出版社，1983，第204页。

生活的荒诞进行消解、净化、提高，倔强中见姿态，枯淡中发膏腴。……山谷诗歌，对应着封建社会后期走向个体化、边缘化、内省化的一部分知识分子的生存处境，作为'末世诗人之言'的一种，具有普适性，容易引起深层次的共鸣。"① 黄庭坚治心养气之人格修养特点与诗歌体现出的内省化趋势，不但冥合北宋末期儒学之发展，而且深契当时文人心态，故而其成为共同师法的对象。

后学宗法山谷，最为集中的表现即是对其诗歌造诣的倾慕，体现在诗学观念上，即是奉山谷论诗之语为圭臬，如现存《王直方诗话》中有相当大的篇幅乃王安石、苏轼、黄庭坚等前辈论诗之语的记录，其中四十多条乃是山谷论诗之语的记录，涉及对偶、句法、立意以及逸事等；而惠洪《冷斋夜话》亦多山谷论诗语的记录，如"点铁成金"等，更有阐发山谷诗法而成的"夺胎换骨"②之法；范温《潜溪诗眼》亦多载黄庭坚论诗语，如"诗贵工拙相半""句法"等。从中可以看出亲炙山谷之后学对山谷诗歌、诗法的重视，吕本中言晁冲之："众人方学山谷诗时，晁叔用冲之独专学老杜。"③可见当时以山谷诗为学习对象者甚众，此言亦折射出当时诗人专学山谷、触及杜诗及前代其他诗人较少的事实。这既反映了当时诗坛跬步山谷的普遍现象，亦折射出当时诗人视野的狭窄。曾敏行《独醒杂志》载："汪彦章为豫章幕官。一日，会徐师川于南楼，问师川曰：'作诗法门当如何入？'师川答曰：'即此席间杯样果蔬使令以至目力所及，皆诗也。君但以意剪裁之，驰骤约束，触类而长，皆当如人意，切不可闭门合目，作镌空妄实之想也。'彦章领之逾月，复见师川曰：'自受教后，准此程度，一字亦道不成。'"④汪藻早年问诗法于徐俯，徐俯让其直面日常生活，将自我的生活感触形诸诗篇。汪藻逾月不能道一字，可见当时诗人在总结出的诗法中寻生计，一味模仿山谷之作，以至于被诗法异化，自我的艺术想象与创作被束缚。故而徐俯批评当时风气曰："近世人学诗，止

---

① 伍晓蔓：《江西宗派研究》，巴蜀书社，2005，第87页。
② 关于"夺胎换骨"，周裕锴先生认为原名乃"夺胎法"与"换骨法"，为惠洪总结，非黄庭坚原创。参见周裕锴《惠洪与夺胎换骨法——一桩文学史批评公案的重判》，《文学遗产》2003年第6期。
③ 吕本中：《紫薇诗话》，《历代诗话》本，中华书局，1981，第361页。
④ 曾敏行：《独醒杂志》，《景印文渊阁四库全书》第1039册，第545页。

于苏、黄，又其上则有及老杜者。至六朝诗人，皆无人窥见。若学诗而不知有《选》诗，是大车无輗，小车无軏。"① 后学对山谷人格、诗艺的服膺，反而导致了类似西昆流行之时挦扯义山②趋势的产生。

随着跬步山谷现象的产生，江西宗派内部亦有对此之反思，前述徐俯语即是识见这种弊端的例证，而纠正之方则在于开阔视野、转益多师。吕本中一方面强调对杜诗、山谷诗的揣摩，"学诗须熟看老杜、苏黄，先见体式，然后遍考他作，自然工夫度越他人"③。另一方面则强调对唐代诗人及汉魏诗人的学习，其言曰："山谷论作诗法，当自舜皋陶《赓歌》及《五子之歌》以下，皆当精考。故予论诗，必断自唐虞以下。"④ 展示了其广取博收的开阔视野，但自唐虞以下，则诗人不可胜数，故而吕本中进一步将重点标示为《诗经》、《楚辞》、汉魏古诗："大概学诗须以三百篇、《楚辞》及汉魏间人诗为主，方见古人妙处，自无齐梁间绮靡气味也。"⑤ 又如："读《古诗十九首》及曹子建诸诗，如'明月入高楼，流光正徘徊'之类，皆致思深远而有余意，言有尽而意无穷。学者当以此诗常自涵养，自然下笔不同。"⑥ 不仅如此，吕本中还强调从先秦文献中汲取创作灵感："读《庄子》令人意宽思大敢作，读《左传》便使人入法度，不敢容易，此二书不可偏废也。"⑦ 吕本中之儒学修养使其重视先秦文献，也使其诗学视野较为开阔。无独有偶，韩驹亦强调学诗应突破杜诗、东坡诗、山谷诗的藩篱："一日，有客携所业谒公，客退，公观之，竟语仆曰：'此人多读东坡诗。大率作文须学古人，学古人尚恐不至古人，况学今人哉？其不至古人也必矣。'"⑧ 韩驹即认为学今人乃屋下架屋，终逊一层。韩驹推崇陶渊明，认为："予观古今诗人，惟韦苏州得其清闲，尚不得其枯淡。

---

① 曾季狸：《艇斋诗话》，《历代诗话续编》本，中华书局，1983，第296~297页。
② 刘攽《中山诗话》："祥符、天禧中，杨大年、钱文僖、晏元献、刘子仪以文章立朝，为诗皆宗尚李义山，号西昆体，后进多窃义山语句。赐宴，优人有为义山者，衣服败敝，告人曰：'吾为诸馆职挦扯至此。'闻者欢笑。"
③ 吕本中：《童蒙诗训》，《宋诗话辑佚》本，中华书局，1980，第603页。
④ 吕本中著，韩西山校注《吕本中诗集校注》，中华书局，2017，第240页。
⑤ 吕本中：《童蒙诗训》，《宋诗话辑佚》本，中华书局，1980，第593页。
⑥ 吕本中：《童蒙诗训》，《宋诗话辑佚》本，中华书局，1980，第585页。
⑦ 吕本中：《童蒙诗训》，《宋诗话辑佚》本，中华书局，1980，第592页。
⑧ 转引自魏庆之编《诗人玉屑》卷五，上海古籍出版社，1959，第115页。

柳州独得之，但恨其少遒尔。柳州诗不多，体亦备众家，惟效陶诗是其性所好，独不可及也。"① 他认为后世诗人中，韦应物得陶渊明之清闲，而柳宗元得陶渊明之风神，后人不可及。这既是对陶、韦、柳的评价，亦是为后学标明取法之对象。不仅如此，韩驹还对白居易及晚唐诸家足够重视："公尝曰：'白乐天诗，今人多轻易之，大可悯矣。大率不曾道得一言半句，乃轻薄至于非笑古人，此所以不远到。'仆曰：'杜子美云："杨王卢骆当时体，轻薄为文哂未休。"正公之意也。'公曰：'当时人已如此。'"② "学诗须是有始有卒，自能名家，方不枉下工夫。如罗隐、杜荀鹤辈至卑弱，至今不能泯灭者，以其自成一家耳。"③ 凡此，皆标示了后期江西宗派诗人对前期视野狭窄之弊端的纠正。

其实这种纠正亦与黄庭坚诗论暗合，黄庭坚强调"治心养性"与学古之功的结合："此事要须从治心养性中来，济以学古之功。"④ 因此，黄庭坚不但强调对杜诗的学习，亦重视先秦文献："往年尝请问东坡先生作文章之法，东坡云但熟读《礼记·檀弓》当得之。既而取《檀弓》二篇读数百过，然后知后世作文章不及古人之病，如观日月也。"⑤ "若欲作《楚词》（《楚辞》）追配古人，直须熟读《楚词》，观古人用意曲折处讲学之，然后下笔。譬如巧女文绣妙一世，若欲作锦，必得锦机，乃能成锦尔。"⑥ 黄庭坚一生不废对前人作品的学习体会，且经常劝后学读老杜、李白、韩愈诗，司马迁、韩愈文。

江西宗派后期诗人的诗论，一方面可以视为回归山谷诗学，抑或说暗合山谷诗学主张；另一方面则彰显后期诗人对如何达到山谷创作境界的探索，具体的表现即是对山谷创作过程的思考。诗歌创作是一种不能与行动分离的活动，它不能离开创作主体的活动而就文本论文本，而应就文本反思创作活动。因此，后期江西宗派诸人（以韩驹、吕本中为代表）对诗歌

---

① 转引自胡仔纂集《苕溪渔隐丛话·前集》卷四，人民文学出版社，1962，第26页。
② 转引自魏庆之编《诗人玉屑》卷十六，上海古籍出版社，1959，第346页。
③ 转引自魏庆之编《诗人玉屑》卷五，上海古籍出版社，1959，第122页。
④ 黄庭坚：《答秦少章帖》，载《黄庭坚全集》，四川大学出版社，2001，第1866页。
⑤ 黄庭坚：《与王观复书三首其一》，载《黄庭坚全集》，四川大学出版社，2001，第470~471页。
⑥ 黄庭坚：《与王立之》，载《黄庭坚全集》，四川大学出版社，2001，第1866页。

的思考皆转入对佳作创作过程的反思，故而他们对师法对象的界定，突破了杜、黄的藩篱，汉魏古诗、中晚唐诗作乃至先秦散文皆被纳入了其开阔的视野中。

二 技法探究由微观到宏观

与江西宗派后期诸人基本同时的陈岩肖曰："至山谷之诗，清新奇峭，颇造前人未尝道处，自为一家，此其妙也。至古体诗，不拘声律，间有歇后语，亦清新奇峭之极也。然近时学其诗者，或未得其妙处，每有所作，必使声韵拗揿，词语艰涩，曰'江西格'也。此何为哉？吕居仁作《江西诗社宗派图》，以山谷为祖，宜其规行矩步，必踵其迹。"[1] 他从批判的角度指出江西后学在用韵、用语、句法等方面宗法山谷，力图达到生新瘦硬之艺术风格。李东阳云："唐人不言诗法，诗法多出宋，而宋人于诗无所得。所谓法者，不过一字一句对偶雕琢之工，而天真兴致则未可与道。其高者失之捕风捉影，而卑者坐于粘皮带骨，至于江西诗派极矣。"[2] 李东阳虽基于诗必盛唐的文学立场，对宋诗乃至江西诗派大加贬斥，但批判之语亦指出了宋诗，尤其是江西诗派注重对偶等具体技法的特点。

诚如批判者所言，江西宗派继承了黄庭坚喜论诗歌技法的特点，在句法、对偶、用事等方面有着深求的意识。如《王直方诗话》即多记录王安石、黄庭坚、苏轼等人属对、用事等具体技法的事例与观点，最为著名者如："舒王诗云：'投老归来供奉班，尘埃无复见钟山。何须更待黄粱熟，始信人间是梦间。'又云：'黄粱欲熟日流连，谩道春归莫怅然。蝴蝶岂能知梦事，蘧蘧先堕晚花前。'又云：'客舍黄粱今始熟，乌残红柿昔分甘。'盖三用黄粱而意义皆妙。"[3] 又录入黄庭坚"宁律不谐，而不使句弱，用字不工，不使语俗"[4]之语，彰显了王直方对山谷句法理论的认同，又记有

---

[1] 陈岩肖：《庚溪诗话》卷下，《历代诗话续编》本，中华书局，1983，第182页。
[2] 李东阳：《麓堂诗话》，《历代诗话续编》本，中华书局，1983，第1371页。
[3] 王直方：《王直方诗话》，《宋诗话辑佚》本，中华书局，1980，第27~28页。
[4] 王直方：《王直方诗话》，《宋诗话辑佚》本，中华书局，1980，第5页。

"作诗如杂剧，初时布置，临了须打诨，方是出场"①之语，彰显了他对黄庭坚诗歌章法观点的认同。伍晓蔓先生即指出王直方"注重诗歌的高格幽韵、用事炼字、继承新变，持论中正，极有诗识。但其所论在苏、黄诗学观的笼罩之下，亦未见新的建树"。②韩驹亦多关于诗歌技法的言论，如论用事曰："使事要事自我使，不可反为事使。仆曰：'如公《太一图》诗："不是峰头十丈花，世间那得莲如许！"当如是耶？'公徐曰：'事可使即使，不须强使耳。'"③又有论及下字之语："公尝赋送宜黄丞周表卿，诗云：'昔年束带侍明光，曾见挥毫对御床。将为骅骝已腾踏，不知雕鹗尚摧藏。官居四合峰峦绿，驿路千林橘柚黄。莫恋乡关留不去，汉廷今重甲科郎。'表卿既行，久之乃改'对'字作'照'字，盖子瞻《送孙勉》诗云：'君为淮南秀，文采照金殿。'注云：'君尝考中进士第一人也。'改'峰峦绿'为'峰峦雨'、'橘柚黄'为'橘柚霜'，改'莫恋乡关留不去'作'莫为艰难归故里'，益见其工。"④其论皆立足于用字、用事而实现语言艺术的陌生化效果。

这种诗学理论在为后学指明入门路径之余，也导致末学磔章裂句、耽于下字和对偶而忽略了诗歌本身的意义，韩驹即言："目前景物，自古及今，不知凡经几人道。今人下笔，要不蹈袭，故有终篇无一字可解者。盖欲新而反不可晓耳。"⑤又曰："唐末人诗，虽格致卑浅，然谓其非诗则不可。今人作诗虽句语轩昂，止可远听，而其理则不可究。"⑥前论指出当时诗人为了求新、求生，反而导致了语不可晓，后论认为唐末诗人之作，虽格调不高，但具有诗歌本质，而今时诗人则一味追求语句、声韵的不俗，反而丧失了诗之为诗最重要的属性。故而韩驹一方面提倡"语脉连属"："凡作诗，使人读第一句知有第二句，读第二句知有第三句，次第终篇，方为至妙。如老杜：'莽莽天涯雨，江村独立时。不愁巴道路，恐湿汉旌

---

① 王直方：《王直方诗话》，《宋诗话辑佚》本，中华书局，1980，第14页。
② 伍晓蔓：《江西宗派研究》，巴蜀书社，2005，第348页。
③ 转引自魏庆之编《诗人玉屑》卷七，上海古籍出版社，1959，第156页。
④ 转引自魏庆之编《诗人玉屑》卷八，上海古籍出版社，1959，第178页。
⑤ 转引自魏庆之编《诗人玉屑》卷八，上海古籍出版社，1959，第190页。
⑥ 转引自魏庆之编《诗人玉屑》卷十六，上海古籍出版社，1959，第359页。

旗.'是也."① 又云:"大概作诗,要从首至尾,语脉联属,如有理词状。古诗云:'唤婢打鸦儿,莫教枝上啼。啼时惊妾梦,不得到辽西。'可为标准。"② 提倡以意脉紧密贯连的方式,实现诗意的表达。另一方面则强调"命意":"凡作诗须命终篇之意,切勿以先得一句一联,因而成章;如此则意不多属。然古人亦不免如此。如述怀、即事之类,皆先成诗而后命题者也。""作诗必先命意,意正则思生,然后择韵而用,如驱奴隶;此乃以韵承意,故首尾有序。今人非次韵诗,则迁意就韵,因韵求事;至于搜求小说佛书殆尽,使读之者惘然不知其所以,良有自也。"③ 其名作《夜泊宁陵》则可谓其诗论的实践,全诗句式接近日常语言,而且句与句之间承接紧密。首联出句写舟行之速,而对句则言明快速之因:"扁舟东下"顺风开帆。颔联出句"且辞杞国"紧承"扁舟东下","夜泊宁陵"则为"日驰三百里"之果。正因"风微北",故而"老树挟霜鸣窣窣";正因"夜泊",故见"寒花垂露"。尾联则又回应首联,起句大开,收束大阖,脉络勾连,通体圆紧。故而吕本中教人"参此诗以为法"④。

作为后期江西宗派的重要作家,吕本中论诗虽强调句法,但亦呈现舍微观而重宏观的趋势。其论诗多关注诗歌之整体韵味,如:"李太白诗如'晓月出天山,苍茫云海间。长风一万里,吹度玉门关',及'沙墩至梁苑,二十五长亭。大舶夹双橹,中流鹅鹳鸣'之类,皆气盖一世,学者能熟味之,自不褊浅矣。"⑤ 王安石编《四家诗选》,将李白置于韩愈、欧阳修之下,吴沆认为:"荆公置杜甫于第一,韩愈第二,永叔第三,太白第四。盖谓永叔能兼韩、李之体,而近于正,故选焉耳。又谓李白无篇不说酒色,故置格于永叔之下,则此公用意,亦已深矣。"⑥ 在当时诗坛宗杜而不学太白时,吕本中却发现了李白诗歌境界的开阔与风格的流畅,并主张以此救治江西宗派耽于属对、用事等具体技法研习而造成的艰涩。

---

① 转引自魏庆之编《诗人玉屑》卷五,上海古籍出版社,1959,第121页。
② 转引自魏庆之编《诗人玉屑》卷五,上海古籍出版社,1959,第121页。
③ 转引自魏庆之编《诗人玉屑》卷六,上海古籍出版社,1959,第127页。
④ 转引自魏庆之编《诗人玉屑》卷六,上海古籍出版社,1959,第133页。
⑤ 吕本中:《童蒙诗训》,《宋诗话辑佚》本,中华书局,1980,第585页。
⑥ 吴沆:《环溪诗话》,《冷斋夜话 风月堂诗话 环溪诗话》本,中华书局,1988,第131页。

此外，吕本中还表达了以苏济黄的诗学思路，如其云："近世所当专学者惟东坡。"① 主张学者应体味苏轼之挥洒自如，以之开阔眼界与思路。吕本中认为要达到前人的创作境界，具体技法的探究乃细枝末节，应于诗歌立意上着手："老杜诗云：'诗清立意新。'最是作诗用力处，盖不可循习陈言，只规摹旧作也。鲁直云：'随人作诗终后人。'又云：'文章切忌随人后。'此自鲁直见处也。近世人学老杜多矣，左规右矩，不能稍出新意，终成屋下架屋，无所取长。独鲁直下语，未尝似前人而卒与之合，此为善学。如陈无己，力尽规摹，已少变化。"② 后人之所以无甚成就，是因为泥于技法探究，而忽视诗歌所传递之情韵的铸就。并且吕本中认为苏轼优于柳宗元处在于内在精神的高妙："东坡晚年叙事文字多法柳子厚，而豪迈之气非柳所能及也。"③ 故而，其诗论指向了个体的修养，修养充盈则立意高妙，自然迥出流俗。这亦是对黄庭坚治心养性之说的回归，如黄庭坚《与洪驹父书》中云："孝友忠信是此物之根本，极当加意，养以敦厚醇粹，使根深蒂固，然后枝叶茂尔。"④

整体而言，江西宗派对诗歌技法的探究，由对微观之用事、属对、句法等的谈论，渐趋于对诗歌整体意蕴的体味。虽然其所论并未出黄庭坚诗论之范畴，乃对黄庭坚诗论的发展，但这种变化无疑强化了山谷诗论中的宏观一面，亦昭示了江西宗派诗歌创作风格的走向。

三 风格追慕由瘦硬到自然

刘熙载云："宋西江名家学杜，几于瘦硬通神。"⑤ 又曰："西昆体所以未入少陵室者，由文灭其质也。质文不可偏胜，西江之矫西昆，浸而愈甚，宜乎复诒口实与！"⑥ 他颇中肯綮地指出了江西宗派矫正西昆体华靡风格时，走向了另一个极端，故而呈现出生新瘦硬的整体风貌。衡之以江西

---

① 吕本中：《童蒙诗训》，《宋诗话辑佚》本，中华书局，1980，第605页。
② 吕本中：《童蒙诗训》，《宋诗话辑佚》本，中华书局，1980，第596页。
③ 吕本中：《童蒙诗训》，《宋诗话辑佚》本，中华书局，1980，第600页。
④ 黄庭坚：《与洪驹父书》，载《黄庭坚全集》，四川大学出版社，2001，第1365页。
⑤ 刘熙载：《艺概》卷二，上海古籍出版社，1978，第68页。
⑥ 刘熙载：《艺概》卷二，上海古籍出版社，1978，第68页。

派诗论,其确实存在对瘦硬风格的追求,如江西宗派早期之《王直方诗话》,一方面重视诗歌中主体精神之表现,而以再现客观事物为下:"邵尧夫《咏牡丹》云:'施朱施粉色俱好,倾国倾城艳不同。'可谓言工,殊无高致。"① 另一方面则认为理想之诗歌风格应于圆熟与老硬之间寻得平衡:"谢朓尝语沈约曰:'好诗圆美流转如弹丸。'故东坡《答王巩》云:'新诗如弹丸。'及《送欧阳弼》云:'中有清圆句,铜丸飞柘弹。'盖谓诗贵圆熟,然圆熟多失之平易,老硬多失之干枯。不失于二者之间,可与古之作者并驱矣。"②

但这种主张在后期江西宗派诗人那里发生了变化,吕本中即明确表示诗贵圆熟,如其《夏均父诗集序》云:"所谓活法者,规矩备具而能出于规矩之外,变化不测而卒亦不背规矩也。是道也,盖有定法而无定法,无定法而有定法,知是者则可以语活法矣。世之学者,知规矩固已甚难,况能遽出规矩之外而有变化不测乎?谢元晖有言:'好诗流转圆美如弹丸。'此真活法也,元晖虽未能实践此理,言亦至矣。"③ 吕本中论诗高标"活法",同时又以谢朓"好诗流转圆美如弹丸"为"真活法",足可见其所认可的诗歌风格乃圆熟自然。这一主张得到了曾几的响应,其《读吕居仁旧诗有怀其人作诗寄之》云:"居仁说活法,大意欲人悟。常言古作者,一一从此路。岂惟如是说,实亦造佳处。其圆如金弹,所向若脱兔。"④ 钱锺书先生认为:"'脱兔'正与'金弹'同归,而'活法'复与'圆'一致。圆言其体,比如金弹;活言其用,譬如脱兔。"⑤ 钱先生又以西哲之语概括之:"谈艺者尝喻为'明珠走盘而不出于盘',或'骏马行蚁封而不蹉跌',甚至'足镣手铐而能舞蹈'。康德言想象力有'自由纪律性'是其大意。以此谛说诗,则如歌德言:'欲伟大,当收敛。受限制,大家始显

---

① 王直方:《王直方诗话》,《宋诗话辑佚》本,中华书局,1980,第31页。
② 王直方:《王直方诗话》,《宋诗话辑佚》本,中华书局,1980,第16页。
③ 转引自王正德《余师录》卷三,《丛书集成初编》本,上海商务印书馆,1935,第41~42页。
④ 转引自陈思编,陈世隆补《两宋名贤小集》卷一百九十,《景印文渊阁四库全书》第1363册,第545~546页。
⑤ 钱锺书:《谈艺录》,生活·读书·新知三联书店,2008,第292页。

身手；有规律，吾侪得自由。'"[1] 那么这种合乎规律的自由创作境界，所呈现的作品风貌应为如何？吕本中将之界定为自然，其言曰："浩然诗：'挂席几千里，名山都未逢。泊舟浔阳郭，始见香炉峰。'但详看此等语，自然高远。'"[2] "文潜诗，自然奇逸，非他人可及。如'秋明树外天'，'客灯青映壁，城角冷吟霜'，'浅山寒带水，旱日白吹风'，'川坞半夜雨，卧冷五更秋'之类，迥出时流，虽是天姿，亦学可及。学者若能常玩味此等语，自然有变化处也。"[3] 吕本中不但以自然概括孟浩然诗风，更是认为张耒诗歌之自然使其迥异于流俗，学者应揣摩学习之。至于自然风格的铸就，吕本中一方面强调通过对事物的细致观察来达到："医书论脉之形状，病之证验，无一字妄发，乃于借物为喻，尤见工夫。大抵见之既明，则发之于言语，自然分晓，观此等书可见。"[4] 另一方面则主张通过后期的润色与修改，抹去雕琢痕迹而呈现自然状态："谢无逸语汪信民云：'老杜有自然不做底语到极至处者，有雕琢语到极至处者。如"丹青不知老将至，富贵于我如浮云"，此自然不做底语到极至处者也。如"金钟大镛在东序，冰壶玉衡悬清秋"，此雕琢语到极至处者也。'"[5] "老杜云：'新诗改罢自长吟'，文字频改，工夫自出。近世欧公作文，先贴于壁，时加窜定，有终篇不留一字者。鲁直长年多改定前作，此可见大略，如《宗室挽诗》云：'天网恢中夏，宾筵禁列侯。'后乃改云：'属举左官律，不通宗室侯。'此工夫自不同矣。"[6] 刘克庄即窥破了其通过精思频改而达到自然状态的创作主张："余尝以为此序天下之至言也。然均父所作似未能然，往往紫微父自道耳。所引谢宣城'好诗流转圆美如弹丸'之语，余以宣城诗考之，如锦工机锦，玉人琢玉，极天下巧妙。穷巧极妙，然后能流转圆美。"[7]

---

[1] 钱锺书：《谈艺录》，生活·读书·新知三联书店，2008，第 292 页。
[2] 吕本中：《童蒙诗训》，《宋诗话辑佚》本，中华书局，1980，第 588 页。
[3] 吕本中：《童蒙诗训》，《宋诗话辑佚》本，中华书局，1980，第 593 页。
[4] 吕本中：《童蒙诗训》，《宋诗话辑佚》本，中华书局，1980，第 605 页。
[5] 吕本中：《童蒙诗训》，《宋诗话辑佚》本，中华书局，1980，第 586 页。
[6] 吕本中：《童蒙诗训》，《宋诗话辑佚》本，中华书局，1980，第 586 页。
[7] 刘克庄：《江西诗派小序》之"吕紫微"，《历代诗话续编》本，中华书局，1983，第 485 页。

论诗方式由之前偏重于用事、下字等具体技法，逐渐过渡到对诗歌整体韵味的把握，同时其追求诗歌自然圆熟的一面凸显出来，袁枚即认为宋人论诗与其解经方式有关："大抵宋人好矜博雅，又好穿凿，故此剜肉生疮之说不一而足。……凡此种种，其病皆始于郑康成。"[1] 龚鹏程先生亦认识到了这一点，故曰："诗学既通于经学，宋代经学之流变盖亦与诗学相若。"[2] 他认为荆公新学的兴起受《字说》等学术训解风气影响，故而解诗多关注微观，而后解诗随文人习禅而发生新变："坡翁经学，本以间杂佛老而著名，朱熹至以东坡易解、颍滨老子解，合张无垢中庸解、吕氏大学解并驳之，谓之《杂学辨》，可见时人观感。其论诗也，又有'暂借好诗消永夜，每逢佳句辄参禅'、'台阁山林本无异，故应文字不离禅'之说，以为'正志完气，所以言也'，则向之王霸显迹于外者，渐归于性情之养，是以有黄庭坚江西之宗派，非偶然也。"[3] 龚先生意识到了学术思想变化对文学领域的影响，认为杂以佛老、追求超越的人生境界，为追求自然风格之因。此言不虚，但衡之以江西宗派后期诗人之学术渊源，不难发现北宋后期文苑儒林合流趋势明显，如谢逸、谢薖、饶节即游于吕希哲门下，曾几乃胡安国门人，出身儒林世家的吕本中又与王直方、晁冲之、韩驹、徐俯等人交往密切，凡此，儒学观念对其产生了深刻影响。而如程颢所言"浑然与物同体"之境界，其艺术风格亦是导向自然通脱，如朱熹即言："明道先生作鄠县主簿时有诗云：'云淡风轻近午天，傍花随柳过前川。时人不识予心乐，将谓偷闲学少年。'看他胸中直是好，与曾点底事一般。"[4] 因此，江西宗派后期追慕之风格由瘦硬转为自然，与儒学证道中"浑然与物同体"之修养境界追慕的渗透不无关系。

四 主体精神重视由隐到显

如前所述，江西宗派之诗论呈现了由微观到宏观的转变，有重新强调

---

[1] 袁枚：《随园诗话》，人民文学出版社，1982，第21~22页。
[2] 龚鹏程：《江西诗社宗派研究》，（台北）台湾文史哲出版社，1983，第211页。
[3] 龚鹏程：《江西诗社宗派研究》，（台北）台湾文史哲出版社，1983，第212页。
[4] 朱熹：《伊洛渊源录》卷三，《丛书集成初编》本，上海商务出版社，1935，第27页。

主体修养对文学创作之决定作用的倾向,表面来看乃黄庭坚诗论的回归,但后期江西宗派诗人对主体修养的理解则出现了异于山谷的内容。简言之,即是儒学的色彩更为浓厚。

韩驹曰:"诗言志,当先正其心志,心志正,则道德仁义之语,高雅淳厚之义自具。三百篇中有美有刺,所谓'思无邪'也。先具此质,却论工拙。"① 其"道德仁义"无疑具有儒学的意味,而体认《诗经》有美刺,则无疑更为看重《诗经》的经学价值,而非文学价值。吕本中亦与之接近,其《童蒙训》中记录其祖父吕希哲之语曰:"荥阳公尝言:'后生初学,且须理会气象,气象好时,百事是当。气象者,辞令容止,轻重疾徐,足以见之矣。不唯君子小人于此焉分,亦贵贱寿夭之所由定也。'"② 吕希哲认为修养的充盈会体现在言辞与容貌上,这无疑是强调修养对文学创作的重要性。吕本中直接将修养与文学创作贯连而论的观点则更多,如"居仁云:'文章须要说尽事情,如《韩非》诸书大略可见,至于一唱三叹有遗音者,则非有所养不能也。'"③ "韩退之《答李翱》、老泉《上欧阳公书》,最见为文养气之妙。"④ "读三苏进策涵养吾气,他日下笔自然文字滂沛,无吝啬处。"⑤ "文章不分明指切而从容委曲,辞不迫切而意以独至,惟《左传》为然。如当时诸国往来之辞,与当时君臣相告相诮之语,盖可见矣。亦是当时圣人余泽未远,涵养自别,故辞气不迫如此,非后世人专学言语者也。"⑥ 皆强调养气的修养功夫对文学创作的决定作用。凡此种种,着眼点皆在于增强主体精神表现力,以实现诗文中所表现之主体情怀的高妙,由此实现诗文意蕴、境界的拔升。正如张毅先生所论:"理学家主张'正心诚意',以诗作为吟咏性情、涵养道德的工具,强调作诗须有温柔敦厚之气,这在江西诗派的创作中是得到了体现的。其基本精神是反对纵情任性,追求内敛的主体人格的自我完善。"⑦ 正因儒学精神的渗透,文学

---

① 转引自魏庆之编《诗人玉屑》卷十三,上海古籍出版社,1959,第269页。
② 吕本中:《童蒙训》卷中,《吕本中全集》本,中华书局,2019,第994页。
③ 吕本中:《童蒙诗训》,《宋诗话辑佚》本,中华书局,1980,第602页。
④ 吕本中:《童蒙诗训》,《宋诗话辑佚》本,中华书局,1980,第602页。
⑤ 吕本中:《童蒙诗训》,《宋诗话辑佚》本,中华书局,1980,第605页。
⑥ 吕本中:《童蒙诗训》,《宋诗话辑佚》本,中华书局,1980,第599页。
⑦ 张毅:《宋代文学思想史》,中华书局,1995,第152页。

创作从诗文革新运动时期的"开口揽时事,论议争煌煌"的昂扬向上,转为以黄庭坚为代表的建立在对时代、自我有清醒认识的狷介自守,又随着理学体系发展的成熟完善,逐渐朝着"浑然与物同体"的自然和乐蜕变。

另外,讲求对偶、用事、句法等具体技巧,反映的是诗歌在北宋中后期逐渐专业化的事实,故而司马光云:"文章之精者,尽在于诗;观人文者,徒观其诗,斯知其才之远近矣。"① 因为诗歌占据了文体最高的位置,故而诗人们产生通过具体的技法来创作出佳作的意识。这种工具理性的产生,始自中晚唐《诗式》《金针诗格》等一系列诗法论著,江西诗派对具体师法的探究乃这种思路的延续与深化。在具体技法理论繁兴的同时,对于"技"这一工具理性的批评则从未停歇,石介基于儒学立场对西昆体及杨亿的猛烈抨击,即是个中代表,这又彰显了作为价值理性之"道",对片面求"技"的反拨。因此,苏轼主张"技""道"两进,弥合工具理性与价值理性,其《跋秦少游书》云:"技进而道不进,则不可,少游乃技、道两进也。"②《书李伯时山庄图后》云:"虽然,有道有艺。有道而不艺,则物虽形于心,不形于手。"③ 至于道,则显然属于主体内在精神的范畴。而黄庭坚则将"道"引向了儒学,如其劝洪刍曰:"然孝友忠信,是此物(学问文章)根本。"④《国经字说》中亦言:"忠信以为经,义理以为纬,则成文章矣。"⑤ 至吕本中,则"道"之内涵又生出变化,其认为先秦文献中人物语言典雅,乃"当时圣人余泽未远,涵养自别,故辞气不迫如此",出言的典雅,源于沾染"圣人余泽"。

因此,在黄庭坚之后,江西宗派诸人论诗,主体精神渐渐由隐而显,且更具自觉性,虽与苏黄之持论接近,但其关于主体精神的理解发生了变化,由苏轼不系于物的任运自在,转而为黄庭坚的狷介自守,又转而为气象平和。这即是"道""技"辩证关系的发展在诗论领域的投映,亦体现了理学对文学的渗透。

---

① 司马光:《冯亚诗集序》,载《司马光集》卷六十四,四川大学出版社,2010,第1332页。
② 苏轼:《苏轼文集》卷六十九,中华书局,1986,第2194页。
③ 苏轼:《苏轼文集》卷七十,中华书局,1986,第2211页。
④ 黄庭坚:《与洪驹父》,载《黄庭坚全集》,四川大学出版社,2001,第1365页。
⑤ 黄庭坚:《国经字说》,载《黄庭坚全集》,四川大学出版社,2001,第623页。

济世与修道:《女仙外史》双重主题论析

赵 红[*]

(西南民族大学 成都 610225)

一

清初吕熊所撰《女仙外史》,又名《大明女仙传》《石头魂》,以明季初叶著名的燕王"靖难"、建文逊国为题材敷衍而成,尤以浓墨重彩之笔记述了唐赛儿为建文帝艰难"复国"的曲折历程。正如作者自述:"其事,则燕王靖难,建文逊国之事;其人,则皆杀身夷族、成仁取义之人。是皆实有其事,实有其人,非空言也。"[①]

然而,小说并未拘囿于历史真实,按鉴演义,而是有意打破时空界限,将史料、传闻与臆想进行巧妙的拼凑糅合,所谓"托诸空言,虽曰赏之,亦徒赏也;曰罚之,亦徒罚也——徒赏徒罚,游戏云尔"。[②] 这"游戏"之论就在于作家完全从"忠贞者,予以褒谥;奸叛者,加以讨殛"的主观作意出发,不仅把时长总共不过四年的"靖难之役"延长为二十六年,而且让发生在永乐十八年(1420)、旋即便告失败的山东蒲台县农民唐赛儿起义提前至建文四年(1402);与此同时,又将斗争性质决然不同的朱棣"靖难之役"与唐赛儿农民起义错综交织,并把唐赛儿安置到以建文帝为代表的所谓"正统"一边,将其塑造为起兵勤王、讨叛诛逆的女英

---

* 赵红,博士,西南民族大学中国语言文学学院副教授,研究方向为中国古代文学、叙事文化学。

① 吕熊:《女仙外史·古稀逸田叟吕熊文兆自跋》,百花文艺出版社,1985,第1106页。
② 吕熊:《女仙外史·古稀逸田叟吕熊文兆自跋》,百花文艺出版社,1985,第1106页。

雄和运筹帷幄、执掌朝纲的"摄政帝师"。尤为特别的是，吕熊运用以实激虚、以虚推实、虚实相生的创作手法，把《女仙外史》的情节结构设定在唐赛儿与朱棣分别为嫦娥与天狼星转世，在凡尘历尽劫数、了悟前生后返归仙界的道教下凡历劫故事的框架内，"杂以仙灵幻化之情，海市楼台之景"，为小说涂抹上瑰玮神奇的虚幻色彩，也为唐赛儿即嫦娥形象设定了可以仙凡转化、沟通天地的传奇性。刘廷玑评曰："《外史》前十四回，是为赛儿女子作传，据《纪事本末》所述数语为题，撰出大文章，虽虚亦实。至靖难师起，与永乐登基屠灭忠臣，皆系实事，别出新裁。迨建行阙，取中原，访故主，迎复辟，旧臣遗老先后来归。八十回全是空中楼阁。然作书之大旨，却在于此，所以谓之《外史》。《外史》者，言诞而理真，书奇而旨正者也。"① 诚为知论。

广州府太守叶夑盛赞吕熊作《女仙外史》是"以女仙而奉建文正朔，称行在，建宫阙，设迎銮使，访求故主复位，与褒谥忠臣烈媛，讨殛叛逆党羽，书年纪事，题曰'外史'，虽与正史相类，自有孚洽于人心者，垂诸宇宙而不朽"。② 事实上，"靖难之役"就其性质而言，不过是统治阶级内部不同利益集团围绕皇权而展开的残酷血腥的帝位之争，本无是非之分，忠奸之辨。但是，受封建正统观念濡染甚深的文人如吕熊者，却认为燕王朱棣谋夺其侄朱允炆之帝位是大逆不道的篡权，而建文诸臣奋力反抗、宁死不屈，堪称"忠臣烈媛"，当为之树碑立传，以旌表万世。"晦庵作《纲目》，严正邪之辨，显彰瘅之殊，继《春秋》而行诛心之法。凡此者，皆非朝廷史官之史也"，表明作者愤慨于《明史》妄言燕藩夺侄之僭越行径为"受天之命"，所以才要"托诸空言以为《外史》"，"有一善则举而赏之，有一恶则举而罚之"，"虽是非出于一人，而赏罚公之天下"。③ 吕熊正是在"褒忠殛叛"的创作心理驱遣下，通过虚幻荒诞的小说拼接改写历史，把农民起义领袖唐赛儿塑造为月殿仙子嫦娥转世，掌管民生活

---

① 刘廷玑：《江西廉使刘廷玑在园品题二十则》，载吕熊《女仙外史》，百花文艺出版社，1985，第1110页。
② 叶夑：《广州府太守叶夑南田跋语》，载吕熊《女仙外史》，百花文艺出版社，1985，第1105页。
③ 吕熊：《女仙外史·古稀逸田叟吕熊文兆自跋》，百花文艺出版社，1985，第1106页。

125

动,燕王则是在天宫非礼嫦娥未能得逞的天狼星,这就使得神魔邪正之别判然矣;尤其是将唐赛儿所领导的具有反抗封建压迫和剥削性质的农民运动写成为了替建文帝报仇雪耻而勤王讨叛、兴兵造反的忠行义举,以完成惩诛奸逆、匡扶统序的大业,从而在世道人心的层面实现以游戏之笔"取事实而论之,以正万世之大纲,而垂百王之令典"的写作主旨,这其实就是以唐赛儿即嫦娥的形象和故事极力彰显作品的济世主题。"自来小说,从无言及大道;此书三教兼备,皆撤去屏蔽,直指本原,可以悟禅玄,可以达圣贤。此为至奇而归于至正者。"[1] 刘廷玑此言虽不免溢美,然"此书三教兼备"之评,当属公允之论。《女仙外史》以嫦娥下凡历劫故事表现济世主题确实受到了道教义理的影响,其是一部典型的政治性神仙救世小说。

二

"重生""善养"是"道"的根本属性与主要特征,由此引申而来的便是"道"的"养护性"和"救济性",因此宣传救世济民、扶助万物的思想,是道教义理的重要内容。《太平经》谓:"道者,天也,阳也,主生;德者,地也,阴也,主养。"又谓:"道兴者主生,万物悉生;德兴者主养,万物人民悉养。"[2]《老子想尔注》还将《老子》中的"天大,地大,王亦大"[3] 改为"天大,地大,生大"[4],突出道教的"贵生"特质。道教科仪分为极道和济度两类,《洞玄灵宝玄门大义》将济度科仪列为三等七品,三等之二为玉箓斋,"救度人民,请福谢过";七品之一为三皇斋,"求仙保国",之四为指教斋,"禳灾救疾"。[5] 其中也贯穿着护国安民、以术济人的思想。在道教这种以"道"的"救护性"和"生成性"

---

[1] 刘廷玑:《江西廉使刘廷玑在园品题二十则》,载吕熊《女仙外史》,百花文艺出版社,1985,第1108页。
[2] 王明编《太平经合校》,中华书局,1960,第218页。
[3] 王弼:《老子注》,载《诸子集成》第3册,中华书局,1954,第14页。
[4] 饶宗颐:《老子想尔注校证》,上海古籍出版社,1991,第32页。
[5]《洞玄灵宝玄门大义》,载《道藏》第24册,文物出版社、上海书店、天津古籍出版社,1988,第739页。

济世与修道:《女仙外史》双重主题论析

为重的义理指导下,作为"道"的外化形象的道教神仙在显现出长生不死、自由飞升的宗教能力外,往往还进行济世兴国、救助众生的世俗活动。神仙救济的形式,包括对疾病、水旱等自然灾难的摒除以及对政治混乱、民生艰危等社会灾难的干预,《女仙外史》中写月仙嫦娥降世托身唐赛儿扶正去邪,施行道义,站到建文帝一边挥师勤王以维护正统秩序,显然就是表现道教神仙对社会灾难的救济。表面看来,一贯标榜清心寡欲的道教仙真似乎突然热衷社会事务、参与政治斗争了,其实不然,那种与外界无染、避世清修的修仙之道从来就不是道教宣传的主流,那种塞耳闭目、不问尘事的神仙也从来就不是道教仙真的主体;相反,多数道教经典是提倡修道者应该具有关注时政、关心社会的使命感的。① 道教自产生初始,为了得到皇权的庇佑以延续自身发展,就在政治思想、道德伦理等方面自觉地向被视为正统的儒学靠拢,以卫护王权、维系统序为"上善";并仿习忠于君、孝于亲的"三纲五常"之说,提出了"旦夕忧念其君王""子不孝,弟子不顺,臣不忠,罪皆不与于赦"的忠孝观念。② 明清之际,社会的经济、政治、道德危机并发,封建专制制度承受的压力越来越大,道教理论的教化作用逐渐为统治者所重视,明太祖就曾在为《大明玄教立成斋醮仪范》所作的序文中论道:"禅与全真,务以修身养性,独为自己而已。教与正一,专以超脱,特为孝子慈亲之设,益人伦,厚风俗,其功大矣哉!虽孔子之教明,国家之法严,旌有德而责不善,则尚有不听者。纵有听者,行不合理又多少!其释道两家,绝无绳愆斜缪之为,世人从而不异者甚广。"③明确扶持正一派而排斥全真派,正是从有益于世道人心的教化角度来考量取舍的。而在此时期,随着三教融合的步伐大大加快,道教在与世俗社会的联系愈加频繁和紧密的同时,对儒家的入世思想和伦理观念的迎合也更加积极。仅以朱元璋所称赏的正一派而言,就受理学影响至深,表现出明显的儒学化色彩。其第四十三代天师张宇初在思想渊源和学派关系上都特别重视与儒家的联系,以治身治国、修己利人为思想基础,认为儒与道是

---

① 苟波:《道教与"神魔小说"》,巴蜀书社,1999,第17页。
② 王明编《太平经合校》,中华书局,1960,第406页。
③ 宋宗真:《大明玄教立成斋醮仪范》,载《道藏》第9册,文物出版社、上海书店、天津古籍出版社,1988,第1页"序"。

127

道同而迹异，"孔李殊途，道本同源"①，道教的出世思想与儒家的经世致用思想是本同而术异，"其言则修齐治平、富国强兵、经世出世之术互有之矣"。② 如此吸收儒家的伦理观念，将之融为道教的基本义理，就意味着"道教把社会伦理规范转换为宗教神学戒律，形成一种新的伦理形式，实际上是以宗教形式来强化纲常伦理规范，使道教以维护统治阶级利益的姿态出现来获得统治阶级的认可及予以支持"。③

正是在明清之际封建专制走向衰落、社会矛盾不断尖锐的时代背景与"三教融合"趋势下道教不断儒学化这两股合力的作用下，道教仙话突出了极具现实性、政治性的济世主题。吕熊在《女仙外史》中为了表达"褒忠殛叛"的创作主旨，将朱棣发动的"靖难之役"与唐赛儿领导的农民起义置于嫦娥与天狼星因天界宿怨而转世下界为敌的仙话框架中展开，奉建文帝为明主贤君，斥燕王为奸臣逆党；并在建文帝被迫削发出逃、隐遁流离而燕王即将一统天下之时，引入唐赛儿起兵勤王、讨叛诛逆的忠义之举，这就使得受天帝派遣降世的唐赛儿以及围绕其侧的各路神仙成为维护人间"正义"、拨乱反正的拯救力量。小说采用下凡历劫的叙事结构，把以嫦娥为首的神仙塑造为干预社会生活、参与政治斗争的忠臣义士，这与道教伦理迎合儒家道德而极力宣扬神仙负有扶正除邪、扶命佐国的社会责任无疑有着非常密切的关联。

三

江西南安郡守陈奕禧在《女仙外史》第一百回回评中云："故作《外史》者，自贬其才以为小说，自卑其名曰《外史》，而隐寓其大旨焉。俾市井者流，咸能达其文理，解其情事，夫如是，而逊国之忠臣义士、孝子烈媛，悉得一一知其姓氏，如日月在天，为世所共仰；山河在地，为人所共

---

① 张宇初：《岘泉集》，载《道藏》第33册，文物出版社、上海书店、天津古籍出版社，1988，第236页。
② 张宇初：《道门十规》，载《道藏》第32册，文物出版社、上海书店、天津古籍出版社，1988，第147页。
③ 杨军：《论三教融合背景下的正一道》，《云南社会科学》2007年第4期。

由。此固扶植纲常、维持名教之深心。"① 吕熊虽"托诸空言"却使"《外史》之敢与正史相抗",其显扬忠义、扶植纲常的创作旨趣是表达对朱棣篡逆而不尊建文正统的郁愤和悲慨,亦寄寓其对明朝灭亡、清朝统治的不满和仇视。这样出之己意而以虚笔对历史作大刀阔斧的改写,深蕴作家以文章济世的愿望,突出了小说的济世主题。但是,倘若从嫦娥因命定之数被谪凡尘,历尽种种考验与心性的修炼而最终得道升仙、返归月殿的下凡历劫经历观之,则《女仙外史》借对嫦娥形象的塑造又包含了修道的主题。较之济世主题所表现出的强烈的世俗性与社会性,修道主题显然具有更鲜明的宗教色彩和个人色彩。

不过,与早期道教仙话的修道主题重在表现修道者所习练的道教方术不同,这部作品中的修道主题重在表现修道者所依循的道教伦理。道教的修仙法术是十分繁复和庞杂的,就总体倾向来看,当以服食、感召、气功三者为最盛,而这些在《女仙外史》描写唐赛儿修炼非凡神通和高妙手段的内容中都有精彩呈现。如第八回《九天玄女教天书七卷,太清道祖赐丹药三丸》,叙写了太上老君下世传授丹丸、助唐赛儿修炼的情节,并通过老君之口详细介绍了仙丹的功效,"我第一丸丹,名曰'炼骨',服之三日,遍身骨节能坚能软,能屈能伸。第二丸名曰'炼肌',服之三日,肌肤坚于金玉,可蹈鼎镬,可屈锋刃,虽火炮石炮亦不能伤害。第三丸名曰'炼神',服之九日,便能百千变化,大而现万丈法身,天地莫能容,小则敛入于芥子,而莫能睹尽",指出服丹对修仙的有益影响。第十一回《小猴变虎邪道侵真,两丝化龙灵雨济旱》,对唐赛儿施展神功、引雨去旱的本领作了刻画,"月君手内放出赤白绒丝,各二寸许,投于水内……绒丝生出两角二睛,金鳞五爪,舒卷盘攫,跃跃欲飞。月君连碗抛向空中,乌云黑雾蔽天而起。鲍、曼二师摄取神庙大鼓,半空擂动。骤雨如倾,狂风欲倒",以符咒祠醮一类的道术感召龙神降下甘霖,解救民旱之苦。在第五回《唐赛儿守制辞婚,林公子弃家就妇》中,鲍母传授唐赛儿"女丹"知识,用"内炼"之法以断经血,即"斩赤龙",即便行夫妇之道亦可使元体无亏,"我今教你修炼真炁之法,俾元阴永无泄露;元阴不漏,月事不行,

① 陈奕禧:《陈奕禧百回回评》,载吕熊《女仙外史》,百花文艺出版社,1985,第1095页。

便成坚固子",可见其极为重视以气功锤炼之法来保证经存身固的"内丹"术在修仙过程中养护"先天真炁"的重要作用。

像这样渲染道术道法之神异玄妙的章节在小说中还有许多,然而不管这些法术怎样神奇,对于修道者而言,其止于等而下之的"术"的层面,并非得仙的根本之"道",只有在心性上积善去欲,涵养内德,达到"内善"进而实现"真行",才是了道入仙的不二法门。这是"三教融合"态势中道教伦理对修道者性情与行为的新要求和新规范,苟波先生在《道教与"神魔小说"》一书中精辟地分析道:

> 宋元时期是道教在形态和观念上皆发生重大转折的时期,并呈现出与传统道教不同的特点……就是此期道教比起早期道教来,更加重视和强调伦理道德在"成仙了道"中的作用,具有一种"道德至上"的特征。如果说早期道教在宣传道德成仙的同时,还兼重方术、仙缘等问题的话,那么宋元以后,特别是明清时期,修道成仙的根本则归于世俗道德一途——认为修道者个人道德完善,才是成仙了道的唯一法门,甚至视道教方术为无用的邪术。①

事实上,积德积善对修炼长生成仙之道的意义,在早期道教经典中也有大量表述,《太平经》即称:"善自命长,恶自命短,何可所疑所怨乎?"又称:"神仙之人,皆不为恶者,各惜其命,是善之证也。"② 不仅将人生命的长短与为善为恶的行为联系起来,而且把长生不死的神仙视为为善而命长的有力证明。《抱朴子》更言,"欲求仙者,要当以忠孝和顺仁信为本,若德行不修而但务求玄道,无益也",而"人欲地仙,当立三百善,欲天仙,当立千二百善。若有千一百九十九善而忽复中行一恶,则尽失前善",并对"非积善阴德不足以感神明""非功劳不足以论大试"的观点详加阐明。③ 明清时期,当道教愈加广泛深刻地融入世俗社会,并愈加积极主动地迎合儒家的纲常道德时,道教原本"独问其心,不究他务"的自修自炼

---

① 苟波:《道教与"神魔小说"》,巴蜀书社,1999,第278页。
② 王明编《太平经合校》,中华书局,1960,第602页。
③ 葛洪:《抱朴子》,载《诸子集成》第8册,中华书局,1954,第12、26页。

济世与修道：《女仙外史》双重主题论析

的修道方式就愈加不合时宜且受到了严峻挑战。道教伦理适时协调了与世俗伦理的矛盾，在强调外修法术的同时，更强调心性修德，即以修炼内心之德主导外行之功，而外行之功又强化了内心之德，以达到内外兼善的体道境界。这实际上就凸显了儒家行道济世、兼济天下的伦理思想，使之融入道教的修仙模式中，修道者的基本社会伦理义务成为其必经的第一个修行步骤，道教固有的"救世济人"观念再次得到彰显。所以在《女仙外史》"为赛儿女子作传"的前十四回中，被贬谪人间的嫦娥在经过各路仙、魔的传授、指点而习得神妙超凡的法术之后，抗旱求雨、扫蝗灭害、筹银赈灾、治邪惩恶，施行了诸多善举以除灾灭祸、造福百姓。这是嫦娥谪凡所必须经历的种种劫数，也是其积累功德以助修道返仙需要完成的修炼内容。而小说从第十五回开始大书特书唐赛儿起兵勤王、护佑正统、扶植纲常的忠义之举，更显扬了其替天行道、扶正去邪、救济众生的至善功德，最终唐赛儿顺利实现了肉身飞升、登仙长生的修道目的。

显然，在以嫦娥下凡历劫为叙事模式的《女仙外史》中，嫦娥救世济民的行为与修道成仙的行为融汇于积善立功这一点上，亦即小说将济世主题与修道主题有机结合，为道教心行皆善、内外功成的伦理思想作了极佳的注脚。本质而言，济世主题所弘扬的是一种利他精神，而修道主题所强调的是一种自利精神，在拯救社会与救赎自我之间，道教巧妙地把二者贯通起来，大力提倡善德善行对修仙活动的决定性意义，道教伦理使世俗性的纲常准则与宗教性的信仰修炼相契合，社会道德被提升到宗教神学的高度，对修道者产生强大的思想影响力和行为控制力。先修"人道"，再修"仙道"，任何个体生命获救升仙，都必须通过救助他人、施惠社会的功德来换取，修仙的宗教追求被嵌置在积善的世俗道德背后，成仙不死的虚幻理想俨然成为推行和实施道德教化的工具。在明清之际"三教融合"而道教伦理"儒学化"的文化背景下，《女仙外史》借嫦娥下凡历劫故事展现了济世与修道的双重主题，曲折而生动地反映了道教以"修德积善"的世俗伦理为宗教伦理，为社会的道德改良与道德振兴服务的发展特征。

吴瞻泰《杜诗提要》"以文论诗"的"诗法"阐释

周鸿彦*

(西南民族大学 成都 610041)

中国古代诗、文的创作方法，早在先秦文学发端之时就有许多相通之处。在比兴、取象、排偶、用韵等方法上，诗、文兼而用之，这说明古代诗文之间并非泾渭分明，而是具有文体上融合的特点。随着两汉、魏晋以后文学的发展，诗歌的格律逐步发展完善，诗、文的文体特征日益分明。明、清时期的学者崇尚古文创作，八股时文又形成一种文体定式，这成为清初诸家评杜诗的一个文学理论背景。金圣叹《杜诗解》独辟蹊径，以八股文"起承转合"评点诗文，虽然遭人诟病，但对当时和后来的文学批评注重诗文整体脉络走向有一定影响。清初许多杜诗批评家也注意到杜诗结构章法和"以文为诗"的特点，如吴见思《杜诗论文》、黄生《杜诗说》、仇兆鳌《杜诗详注》、浦起龙《读杜心解》，包括稍后的方东树《昭昧詹言》等都强调对杜诗意脉章法的阐释，并在不同程度上借用古文和八股文章体式评析杜诗。

吴瞻泰的《杜诗提要》以"诗法"论杜诗，正如他自序所言："（而）至其整齐于规矩之中，神明于格律之外，则有合左氏之法者，有合马班之法者。其诗之提挈、起伏、离合、断续……波澜顿挫，皆与史法同。而蛛丝马迹，隐隐隆隆，非深思以求之，了不可得。"[①] 古文法度，隐而难懂，杜诗的纵横捭阖、以史入诗、抑扬顿挫，具有空前的独创性。吴瞻泰以文

---

* 周鸿彦，硕士，西南民族大学中国语言文学学院讲师，研究方向为中国古代文学。
① 吴瞻泰撰，陈道贵、谢桂芳校点《杜诗提要》，黄山书社，2015，第3页。

论杜诗,把诗、文从结构上相融合,形成了分析评价杜诗的一个重要角度。同为诸生的汪洪度,也是吴瞻泰的同乡好友,在为《杜诗提要》所作的序中说:"司马子长之文,杜子美之诗,体不同而法同。故文之变化如子长,诗之变化如子美,千古未有俪之者也。"[①] 并评价杜诗和《史记》"体不同而法同",认为"而能执子长之文法以绳子美之诗法,则莫善于《杜诗提要》之一书"。[②]

一 诗、文互融、以文论诗

早在文学的发轫之初,在比兴、取象、排偶、用韵等方面,诗、文都兼而用之,有许多相通之处,这说明古代诗文之间具有文体上融合的特点。宋人陈善认为诗、文可以相通:"韩以文为诗,杜以诗为文……然文中要自有诗,诗中要自有文,亦相生法也。"又进一步阐释,"文中有诗,则句语精确;诗中有文,则词调流畅",陈善认为诗文相通,可以取长补短。[③] 清初吴乔对诗文关系也做了形象阐释:"问诗与文之辨。答曰:二者意岂有异?唯是体制辞语不同耳。"[④] 认为诗、文在表情达意上没有分别,仅是体制和语言上的区别。又说"意喻之米,文喻之炊而为饭,诗喻之酿而为酒。饭不变米形,酒形质尽变;啖饭则饱,可以养生,可以尽年,为人事之正道;饮酒则醉,忧者以乐,喜者以悲,有不知其所以然者。如《凯风》、《小弁》之意,断不可以文章之道,平直出之。"[⑤] 认为文和诗的区别,像饭和酒的关系,都是对"米"即"意"的"加工",只是加工方式不同,文不变形,诗则形质尽变;文为人事之正道,是一种表达常态;诗像酒为悲乐而醉,是一种表达的超常态。文可平直,诗忌平直。

吴瞻泰认为诗、文之法在章句结构上可以互通:"诗文无异法,不外宾、主、断、续四字。"(《子规》评语)"盖正者必变而为奇,诗文之理,

---

① 吴瞻泰撰,陈道贵、谢桂芳校点《杜诗提要》,黄山书社,2015,第1页"序"。
② 吴瞻泰撰,陈道贵、谢桂芳校点《杜诗提要》,黄山书社,2015,第1页"序"。
③ 陈善:《扪虱新话》卷九,上海书店出版社,1990,第99页。
④ 吴乔:《答万季野诗问》,载王夫之等《清诗话》,上海古籍出版社,1963,第27页。
⑤ 吴乔:《答万季野诗问》,载王夫之等《清诗话》,上海古籍出版社,1963,第27页。

一而已矣。"(《晦日寻崔戢李封》评语)在评《行次昭陵》时他认为"往者灾犹降,苍生喘未苏"妙用提笔,评云:"此处用力一提,便是两副叙法,即免太直此之弊,而又陡起文澜。此以作文之法,用之于诗者也。"在评《南邻》诗中引黄生《杜诗说》,认为"前将山人之品、之行、之逸韵高情,一一写出,却只是四句。后不过写一'别'字,却亦是四句。浅深繁简之间,便是一篇极有章法古文也"。他认为《南邻》的布局详略得当、气脉深浑、线索不露,有古文章法井然的特点。他在评《喜晴》中云:"喜晴不过借以起兴耳。'干戈'二句接得突兀。'商山'二句、'汉阴'二句四引古人,更接得突兀。是古文起伏扼隘处。悟此益知直序不可言诗也。"认为诗、文脉络都贵在承转和衔接,要避免"直序","起兴"和"引古"(用典)都像"古文起伏关隘",是文章起伏变化的关键,都体现文脉的走向。他甚至在评《观安西兵过赴关中待命二首》中认为:"诗有比兴,犹文之有譬喻也。文于直叙中忽插一喻,则离奇变换。诗于直序中忽用比兴,则烟云断续,使人思而不得,不独古诗然也。"吴瞻泰将诗的比兴运用和文的譬喻从结构功能上联系起来,诗的比兴就不独是兴象上的表现,还在结构上起突转变换的作用,丰富了审美空间,造就"使人思而不得"的艺术效果。吴瞻泰以文论诗,也体现在对句法的分析评价上:"凡句法不明,即不知章法所在。何也?词不达,则意不出也。唐贤最讲句法,唯老杜法无不备,而多变化,自宋以下无讥焉。故余于此集中,论句法亦不惜觊缕。"(《江阁对雨有怀行营裴二端公》评语)

  诗、文作为两个不同的文体,吴瞻泰在以文论诗的同时也注意区别诗、文的特征。他评《赠卫八处士》时认为"文必意达而后转,诗不必意达须即转。盖文惟恐不尽,诗惟恐不藏。愈转愈曲,愈藏愈深",这里包含了诗、文在表达主题意旨和语言方式上的两种差别。吴瞻泰认为,"文必意达而后转,诗不必意达须即转",说明文章意旨要点明,才能转换意脉走向;而诗歌意旨无须点明,就必须要转换。"盖文惟恐不尽,诗惟恐不藏","尽"和"藏"体现了诗和文在主题意旨表现上的根本差异:文要意旨明确,而诗意讲究含蓄委婉。他还指出诗、文在语言特点上的区别,也是诗、文在文体特征上的主要区别。"尽"表明写文章要文从字顺才能题旨鲜明,文的语言特点是语意连属、明白晓畅;"诗惟恐不藏。愈转愈曲,愈藏愈深",说明诗意要"藏",通过"转""曲"才能深。诗歌语言不能太显,有含蓄不尽的特点,借助"转"和"曲"的手法,才能"藏"意。对杜诗中的议论,吴瞻泰认为诗的议论不能像文一样直白,要遵循诗的文体特征,贵曲忌直,可以有议论之意,而不应有议论之痕。如评《写怀二首其二》"议论奇辟,妙在议论未完,即撇开,以火蛾为比。诗恶言理,以比意透之,即不觉"。评《石犀行》云:"抑扬反复,一唱三叹,悠然有余,而不见议论之迹。矫邪归正,可以羽翼六经。"吴瞻泰以"文法"分析杜诗,虽然融合了诗、文的共同特征,但是并未忽略诗歌本身的文体特征。

二 《左传》笔法、曲折隐晦

吴瞻泰认为杜诗"其旨本诸《离骚》,而其法同诸《左》《史》"[1],认为杜诗和《左传》《史记》笔法有相通之处。《杜诗提要》"以文论诗"的"诗法"首先体现在评价分析杜诗对古文史法体例的借鉴上。前人很早就注意到,杜诗布置谨严、明于法度的风格受《春秋》义法与《左传》凡例的影响。浦起龙尝云:"诗家之子美,文家之子长也。别出春秋纪载体材,而义乃合乎《风》。"[2] 杜甫以《左传》笔法入诗,不仅因"以文为诗"的诗史精神和创新意识,还和其家学渊源有密切联系。杜甫是杜预的十三世孙,杜甫曾在诗中表达过"法自儒家有"(《偶题》)、"各满深望还,森然起凡例"(《赠秘书监江夏李公邕》)、"《春秋》褒贬例,名器重双全"(《哭韦大夫之晋》)的"诗法"创作。杜预嗜好并致力于研究《左传》,对晋以前左氏学的研究进行了全面总结。贞观年间,太宗下诏撰《五经正义》,孔颖达以杜预《左传注》为底本,取杜注《左传》释《春秋》,杜注《左传》在经学发展史上占据着重要的地位。杜甫曾作《祭远祖当阳君文》祭杜预:"《春秋》主解,膏肓躬亲。呜呼笔迹,流宕何人?"[3] 可见,杜甫的史诗创作,必然会受到杜预的影响。可以说,以文为诗也是杜甫自觉的"诗法"实践,是影响千古的诗歌创新。

---

[1] 吴瞻泰撰,陈道贵、谢桂芳校点《杜诗提要》,黄山书社,2015,第3页。
[2] 浦起龙:《读杜心解》(上册),中华书局,2000,第5页。
[3] 仇兆鳌注《杜诗详注》,中华书局,1979,第2216页。

吴瞻泰在《杜诗提要》中肯定杜诗"诗法"严正如《春秋》之"法":"'诗史'二字,非徒谓其笔之严正如《春秋》书法也。如《北征》、《留花门》、前后《出塞》、《哀王孙》……《诸将》等诗,能括全史所不逮。"吴瞻泰一方面认为杜诗"诗史"不仅体现在《春秋》书法上,更具有"能括全史所不逮"的作用;另一方面肯定杜诗"严正如《春秋》书法",有"诗史"的特点。如《城上》四句"八骏随天子,群臣从武皇。遥闻出巡守,早晚遍遐荒",吴氏评云"不必言天子蒙尘,而出狩河阳,书法自见"。评《草堂即事》开篇第一句"荒村建子月",吴瞻泰解释"建子月":"上元二年,肃宗以十一月为岁首。壬午朔,上受朝贺。公诗发端,即系'建子月'三字。"又结合全诗内容分析,"而建子所谓'即事'者,不过江船之雪、竹径之风、寒鱼之藻,虚负之期,万感千愁,皆含言外,然全不出意,只以'建子月'见书法"。评《有感五首》"一篇主意在此,书法亦在此。息战归鸟,为不能用兵,而婉辞以讥之……词若赞扬,实婉讥而深惜之也"。评《冬狩行》:"命题'冬狩行',已具书法,为章刺史罪者,盖狩非刺史职也。用意深沉不露。反复层叠,词严意正,以云'诗史',宁有过乎?"评《归雁》开头两句"闻道今春雁,南归自广州",在大历二年,有雁飞至广州。通常,五岭之外,朔雁不至,对此异象,岭南节度使徐浩奏是"臣归君之象",吴瞻泰认为杜诗讥讽其"以灾为祥,谀莫大焉,'闻道'二字已具书法",是"《春秋》之笔也",又说"正与春秋之书'鹳鹆来巢'同一卓识,不徒诗法擅长"。《左传·昭公二十五年》所载"有鹳鹆来巢",是师己所引的童谣,表明对过去事迹的应验。[①] 吴瞻泰认为"闻道今春雁"与"有鹳鹆来巢"是同一笔法,都是对过去事迹的应验。又如,评《承闻故房相公灵榇自阆州启殡归葬东都有作二首》:"'房太守'三字,具《春秋》书法,隐痛蓄恨,意在题前,易太尉'即

[①] 姬毓:《从占卜到荧惑:论先秦两汉童谣生成模式的转变》,《浙江学刊》2021年第1期。姬毓认为,昭公十五年《鹳鹆谣》,乃是对该年经文中"有鹳鹆来巢"的注解。据《左传》载,鲁昭公此前因三桓干政,欲去季氏而不得,已为季氏所逐,出奔于齐鲁边境的乾侯之地。……《周礼》云"鹳鹆不踰济",而济水正居鲁境之内。因此,师己口中的童谣,乃是以鹳鹆来鲁的物候异象与昭公"出辱之""在外野""在乾侯"等失政去国的行迹一一比附。吴瞻泰认为杜诗"闻道今春雁"与"有鹳鹆来巢"是同一笔法,都是对过去事迹的应验。

失立言之旨。"指出杜甫使用"太守"不用"太尉",是为房琯鸣不平,含蓄隐恨,具有春秋笔法的特点。吴瞻泰认为杜诗"史诗"的特点,除了"引史入诗"可诗史互证,还表现为借鉴《左传》笔法,曲折隐晦、含蓄雅正,这同时是对"诗"的文体特征的契合,即"诗贵含蓄,全在吞吐间"(评《承闻故房相公灵榇自阆州启殡归葬东都有作二首》语)。

古文法度,隐而难懂,古文笔法的"微言大义",一字褒贬,尽在含蓄微婉和隐晦曲折中。微婉主于曲笔,如评《哀王孙》,吴瞻泰认为此诗运用《左传》笔法,写明皇从延秋门出,但不直书,只写鸟飞上门,曲笔回护,写明皇暗说,写达官明说,符合君臣之礼,得君臣体,他点评此诗:"赋不直陈,托兴以为赋,此以曲笔为书法者也。"而诗中的"王孙"一词一共出现四次,他认为"须看得其或隐或露,欲语欲不语,无限起伏顿挫,如生龙活虎",四次出现的"王孙"一词,体现诗歌含而不露,意脉走向隐晦曲折、起伏变化的特点,也真切体现杜甫情感的沉郁顿挫。吴瞻泰在《杜诗提要》中指出:"古有古体之法,丝绪多而益见其长……章法迷昧,线索未清,而一诗入手,即连称'佳句'!'佳句'!以此论子美,安不知为'蚍蜉撼大树'哉?"吴瞻泰认为,只有依据诗法,理解杜诗对《左传》笔法的运用,从章法脉络厘清诗歌内容,才能正解诗意,否则就会不自量力、误解杜诗。

三 《史记》章法,波澜顿挫

吴瞻泰以《左传》《史记》论杜诗"诗法",更多体现在评论杜诗的章法布局、意脉结构的变化上。和吴瞻泰同时的古文家方苞,在《书五代史安重诲传后》中认为:"记事之文,惟《左传》、《史记》各有义法,一篇之中,脉相灌输,而不可增损。然其前后相应,或隐或显,或偏或全,变化随宜,不主一道。"[1] "杜陵五七古叙事,节次波澜,离合断续,从史记得来,而苍莽雄直之气,亦逼近之。"[2] 清末刘熙载也认为诗之志通于

---

[1] 方苞:《方望溪全集》卷二,中国书店,1991,第32页。
[2] 刘熙载:《艺概》,上海古籍出版社,1978,第60页。

文,并且认为杜诗的诗法和文气都逼近《史记》。

在评《丹青引赠曹将军霸》中,吴瞻泰首先指出"凡诗文正面写不出,必以反笔、侧笔、陪笔写之,精彩倍现",再具体分析"如此诗写将军处,首即抬出一魏武,后又引出褒公、鄂公二人,反面照射","其写丹青处,先以书法陪起,请出卫夫人、王右军二人为客,后又补出画工,及圉人、太仆与弟子韩干来"。他认为诗文用"反笔、侧笔、陪笔"烘托映衬的间接写作比正面写作更精彩,并联系司马迁写巨鹿之战的手法评云:"正如史迁序巨鹿之战,极力描写楚军,却偏写诸侯从壁上观,乃显得楚军以一当百也。史公之文,杜公之诗,吾不能测其所至矣。"吴瞻泰以《史记·项羽本纪》巨鹿之战中诸军"作壁上观"的场面和杜诗相对比,认为杜诗《丹青引赠曹将军霸》如《史记》一样,擅长曲笔、间接烘托表现内容。

吴瞻泰认为杜诗善用《史记》"提笔"手法。如评《铁堂峡》"提一笔,如史迁用当是时法"。清人李德润解释"提笔":"或总领全篇,或总领一段,或先经起义,而以后文要领,突抉于前,或前说未畅,忽则变文另起,以重理旧绪,此皆文中发端也。"① 提笔是文章或段落开头部分,对后文起着高屋建瓴的作用,既可以为彰显后文而预先伏笔,也可以因文脉变化而另起笔,造成文势的波澜变化。如《行次昭陵》"往者灾犹降,苍生喘未苏"两句,吴瞻泰认为"'往者'二字,提笔,犹《史》、《汉》之'先是'字,《左氏》之'初'字也。又说:"'往者'二句,妙用提笔,盖诗恶直叙,而排律尤尚波澜,此处用力一提,便是两副叙法,既免太直之弊,而又陡起文澜。此以作文之法,用之于诗者也。"评《病橘》一诗中,吴瞻泰认为"提笔"具有《史记》笔法。开头十二句写完病橘,"尝闻蓬莱殿"是一提,"忆昔南海吏"又一提,认为"尝闻""忆昔"两层,旁发议论,乃以侧笔作正笔。借古事为言,把献贡柑橘和荔枝之事和今天的耆旧并提,借橘以感慨时事,往事借影,曲折多意。吴瞻泰指出:"《史》《汉》善用提笔,正于极平澹之时,忽然涛兴云涌,通体灵动。此诗亦两用提笔,故尔不同。"又如评《送从弟亚赴河西判官》:"以兴起,以比结,中间亦只平序。'帝曰大布衣'与'孤峰石戴驿',两峰特起,使人不可捉

---

① 李德润:《笔法论》,载余祖坤编《历代文话续编》上册,凤凰出版社,2013,第471页。

摸，司马《史》传常用此法。"吴瞻泰认为，在诗歌的平序中，在"帝曰大布衣"与"孤峰石戴驿"两处用提笔转化叙述内容，"帝曰大布衣"八句是叙述皇帝对从弟的面命之词，"孤峰石戴驿"八句是叙述从弟赴河西之旅，在整篇规勉劝励的平序中，用两处提笔改变了意脉方向，使诗歌跌宕变化。

四　余论

吴瞻泰论述杜诗借鉴古文笔法，建立在杜诗"诗史"的诗歌品格上，正如他在《自序》中具体列举了十一种杜诗"诗法"结构技巧与古文之法的相通之处："其诗之提掣、起伏、离合、断续、奇正、主宾、开阖、详略、虚实、正反、整乱，波澜顿挫，皆与史法同。"[①] 这也是传统《杜诗提要》研究的主要关注点，即分析吴瞻泰以具体"文法"的结构技巧论"诗法"，如顿挫、起伏、离合、照应、断续、烘染、错综等。侧重于章法句法的"诗法"技巧研究在《杜诗提要》相关研究中已论述详备，本文不赘。

清初文人评论杜诗受到了古文和八股时文创作的影响，金圣叹和徐增是以八股时文之法论杜诗的代表。关于诗与文"法"的相通之处，金圣叹有独到见解，他首先指出"诗与文虽是两样体，却是一样法"，认为"起承转合"是诗、文的共同"法"："一样法者，起承转合也。除起承转合，更无文法；除起承转合，亦更无诗法也。"[②] 吴瞻泰评杜诗"以文为诗"时，也以"起承转合"的结构方式论杜诗。他常常将"诗""文"并举，直接把"文"的结构技巧和"诗"的结构特点融合在一起评价，体现杜诗创作的沉郁高古、精深细微、波澜壮阔。如评《诸将五首其一》"有此一结，通首雪亮，此文家善于蓄势者，观此一诗，可当太常博士柳伉一疏"，认为杜诗和"文"一样，善于蓄势，可以和广德元年太常博士柳伉上呈代宗揭露宦官程元振罪行的奏疏相当。又如评《题桃树》"此杜公一首道学诗，平生经济，皆具于此，可做张子厚《西铭》读，然却无理学气"；评

---

① 吴瞻泰撰，陈道贵、谢桂芳校点《杜诗提要》，黄山书社，2015，第3页。
② 金圣叹：《贯华堂选批唐才子诗甲集七言律》卷二，载陆林辑校整理《金圣叹全集》第1册，凤凰出版社，2016，第109页。

《双燕》"一层语，两层意。皆古文之法，线脉极细密"；评《岁晏行》"此杂举时政之弊，托岁暮以起兴也。头绪虽繁，气脉一线……正古文离奇之妙"，认为《岁晏行》虽头绪纷繁，结构线索往复回环，各尽其妙，写人叙事，伤时忧国，慨今叹昔，抨击权贵，言志抒情，变化多端，但气脉贯通，一气呵成，有古文离合奇正之妙。

吴瞻泰将散文的结构技巧和叙事方法融入"诗法"来探讨杜诗"以文为诗"的特点。如评《十韵》的"节奏"："而节奏之安闲，线脉之起伏，从来论诗者皆未尝及。"评《对雪》的"疾徐"："古人论文，所以贵疾徐者，此类是也。"又如评《北征》的"提束""擒纵"："此作有大有小、有提有束、有急有闲、有擒有纵，故长而不伤于冗，细而不病于琐。然又须看其忽然转笔，突兀无端，尤属神化。"另外，吴瞻泰在评杜诗"诗法"时，还分析大量"以文为诗"的叙事角度和方法，如宾主变化、倒序、顺逆、正插；分析承转技巧，如过脉、关锁、转笔等；分析文章技法，如藕断丝连、草蛇灰线、错综叙事等。甚至评价杜诗"诗法"如"兵法"一样灵活多变，如评《夜宴左氏庄》："（而不知）虚中有实，实中有虚，诗文篇法，如用兵然。"在评《春日怀李白》时引严羽语："少陵诗法如孙吴。"

金圣叹以八股论杜诗的方法招致后世激烈批评，其中一个重要原因就是后世极为鄙薄八股文僵化死板的形式套路，所以后世对以八股文形式评杜诗也有强烈排斥感。吴瞻泰《杜诗提要》在"以文论诗"的"诗法"阐释中借用了某些八股形式，对"诗法"条分缕析的阐释略显繁缛，但瑕不掩瑜，吴瞻泰"以文论诗"评杜诗"诗法"，并非简单比附《左传》《史记》笔法，而是结合杜诗"诗史"特征与古文在内在意脉结构上的相通、技法上的炉火纯青全面分析评价杜诗。在"诗法"上，杜诗擅长对前人"转益多师是吾师"的学习借鉴，以及"语不惊人死不休"的冶炼和创新，独步千古。吴瞻泰根据杜诗对《左传》《史记》的史家书法和笔法技巧的借鉴，从"以文为诗"的角度评价分析杜诗，是学杜、读杜的又一门径。

吴瞻泰《杜诗提要》比兴论诗之"诗法"阐释

周鸿彦 李 鑫[*]

(西南民族大学 成都 610041)

"三百篇诗法,为诗家之祖,一变而为骚体,再变而为汉诗。自建安诸公飞腾以入,而至于六代之余波,皆无非法也,所贵寸心能领会耳。"[①]吴瞻泰在评杜诗《偶题》中认为"三百篇诗法,为诗家之祖",其视《诗经》之"法"为历代诗歌的诗法渊源。杜甫在创作中也强调"诗法",在《寄高三十五书记》中提道:"佳句法如何。"仇兆鳌对"法"的理解是:"诗有六义,三百篇为诗法之祖,嗣后作者继起,文以代新,而诸体各出,莫不有法存焉。"[②]《诗经》的创作方法,简言之,就是赋、比、兴三种手法。《毛诗正义》对赋、比、兴作了明确解释:"赋之言铺,直铺陈今之政教善恶……则诗文直陈其事不譬喻者,皆赋辞也。"可见"赋"在诗文中是铺陈其事,直陈铺叙。关于"兴"则云:"兴者托事于物,则兴者起也,取譬引类,起发己心,诗文诸举草木鸟兽以见意者,皆兴辞也。"关于"比"则云:"比之与兴,虽同是附托外物,比显而兴隐。"[③]钟嵘在《诗品序》中也认为:"文已尽而意有余,兴也;因物喻志,比也;直书其事,

---

[*] 周鸿彦,硕士,西南民族大学中国语言文学学院讲师,研究方向为中国古代文学;李鑫,博士,西南民族大学中国语言文学学院讲师,研究方向为中国古代文学。
[①] 吴瞻泰撰,陈道贵、谢桂芳校点《杜诗提要》,黄山书社,2015,第335页。
[②] 仇兆鳌注《杜诗详注》,中华书局,1979,第195页。
[③] 郑玄笺,孔颖达等正义《毛诗正义》卷一,载《十三经注疏》(上),上海古籍出版社,1997,第271页。

寓言写物，赋也。"① 他认为赋、比、兴是表达不同内容的方式，是相互关联的。并且他对比兴和赋在诗中的作用作了区别："若专用比兴，患在意深，意深则词踬。"又比较"赋"："若但用赋体，患在意浮，意浮则文散。"② 钟嵘认为诗人因不同表达内容而运用不同表达手法，赋、比、兴在各有侧重，不能偏颇。唐宋以后，比兴观念也随之变化。正如朱自清所说："（至于论诗）从唐以来，比兴一直是重要的观念之一。后世所谓'比兴'虽与毛、郑不尽同，可是论诗的人所重的不是'比''兴'本身，而是诗的作用。"③

清初以来的学者在论及比兴诗学时，推崇比兴之法的内敛，而反对赋法的直陈，重视比兴诗学"兴、观、群、怨"的诗教传统，重视美刺与风化，回归传统诗教精神。吴瞻泰在自序中认为"子美作诗之本，不可学也；子美作诗之法，可学者也"④，他将杜甫"作诗之本"和"作诗之法"紧密联系，视为一体，重视杜诗比兴的诗教传统，认为杜诗可匹追雅颂。同时他对比兴手法有了更通脱的阐释，将杜诗触物写景、引古用典视为比兴，认为比兴手法使诗歌内敛含蓄、意味深远；将"断续"与"比兴"相关联，侧重比兴的结构功能，创新性地解读杜诗。

一　比兴论诗，微婉含蓄

吴瞻泰认为诗贵曲忌直，比兴手法可以使诗歌曲折委婉，含蓄蕴藉。其评《雨过苏端》云："直书其事曰赋，而有比兴以间之，则直而婉，此三百篇及汉魏诗秘诀也。"认为"赋"直书其事，比兴增强了诗的婉曲含蓄，这是《诗经》和汉魏古风的诗家要诀。评《凤凰台》云"其蕴藉深厚，最得比兴之妙"；评《哀王孙》云"赋不直陈，托兴以为赋，此以曲

---

① 钟嵘：《诗品》，载何文焕、丁福保编《历代诗话统编》，北京图书馆出版社，2003，第5页。
② 钟嵘：《诗品》，载何文焕、丁福保编《历代诗话统编》，北京图书馆出版社，2003，第6页。
③ 朱自清：《诗言志辨 经典常谈》，商务印书馆出版社，2011，第102页。
④ 吴瞻泰撰，陈道贵、谢桂芳校点《杜诗提要》，黄山书社，2015，第4页"自序"。

吴瞻泰《杜诗提要》比兴论诗之"诗法"阐释

笔为书法者也";评《春日江村五首》云"三百篇遗法,大率因物寄情,借人形己,而少直叙胸怀者也";认为杜诗和《诗经》一样,具有委婉含蓄、温柔敦厚的特点,即"吞吐不露,此种性情,皆从三百篇来"(《无家别》评语)。可见,吴瞻泰推崇比兴的内敛含蓄,认为杜诗充分继承了比兴的"诗法"特点。

吴瞻泰和清初杜诗批评家对比兴有较为通脱的认识。他在评《雨过苏端》中认为"比兴无他,触物写景皆是也",认为在情感触动下的写景状物都是比兴。关于比兴中的情、景关系,吴乔在《围炉诗话》中说:"夫诗以情为主,景为宾。景物无自生,惟情所化。"[①]认为景物也是情感外化的表现,没有完全脱离情感的景物。又说"人有不可已之情,而不可直陈于笔舌,又不能已于言,感物而动则为兴,托物而陈则为比"[②],景物是在"兴"的"感物而动"和"比"的"托物而陈"中出现的,都是因情感而生,情感是根本,景物是情感的表现形式。吴瞻泰与吴乔的看法是一致的,认为触物写景皆是比兴。

在评《建都十二韵》中吴瞻泰认为"风断青蒲节,霜埋翠竹根"是比兴,和"永负汉庭哭,遥怜湘水魂"表达同样意思,但"同是一副说话,妙以比兴发之,便浑然不觉,而咀之有味"。对比两者的表达效果,前者"妙以比兴发之",回味深长,后者直抒胸臆,略显直白。用比兴,即写景来表现情感,则"浑然不觉",而以赋笔直言,则语显情短,韵味不足。同时代的李重华也持类似见解:"兴之为义,是诗家大半得力处。无端说一件鸟兽草木,不明指天时而天时恍在其中;不显言地境而地境宛在其中;且不实说人事而人事已隐约流露其中。故有兴而诗之神理全具也。"又说"咏物一体,就题言之,则赋也;就所以作诗言之,即兴也比也"[③]。唐代释皎然认为"取象曰比,取义曰兴,义即象下之意",认为"凡禽鱼、

---

① 吴乔:《围炉诗话》卷一,载郭绍虞编选,富寿荪校点《清诗话续编》(1),上海古籍出版社,1983,第479页。
② 吴乔:《围炉诗话》卷一,载郭绍虞编选,富寿荪校点《清诗话续编》(1),上海古籍出版社,1983,第478页。
③ 李重华:《贞一斋说诗》,载王夫之等撰《清诗话》(下),上海古籍出版社,1963,第930页。

草木、人物、名数,万象之中义类同者,尽入比兴"。① 在评《王阆州筵奉酬十一舅惜别之作》中,吴瞻泰认为"固知兴观群怨,与惨淡经营,全在善用比兴也,微此即枯涩",认为要体现诗歌兴、观、群、怨的功能,实现诗教的功能,首先要擅于使用比兴,写景状物的具体化可以使比兴表达的内涵更丰富,使其更容易被接受。

吴瞻泰还将引古和用典扩展到"比兴"的使用范围,将典故的丰富内涵运用到诗歌中,这和比兴含蓄蕴藉、意在言外的表现方式有异曲同工之处,所以吴瞻泰"引古为比"。如评《陪裴使君登岳阳楼》后四句"雪岸丛梅发,春泥百草生。敢违渔父问,从此更南征",吴瞻泰认为"后半全以比兴发其意",认为杜诗用渔父问屈原典故属于"比兴",是借古人的经历来表达情感,意蕴无穷。又如评《收京三首其二》"羽翼怀商老,文思忆帝尧"一联,吴瞻泰在诗句下注云:"商老不必指定李泌,大意在调护太子者。"认为杜诗用"商老""帝尧"的典故"望肃宗调护两宫,引古为比"。评《奉赠王中允维》"共传收庾信,不得比陈琳"两句,吴瞻泰认为"引古为喻,自为俯仰",并说明"比兴"和"引古"都可以避免径直浅率,能将难以直言的事通过间接含蓄的"引古"方式表达,并解释:"事之难序者,必用比兴,便无径直浅率之病。引古即比兴也。"李重华也以"引古"为"比"。李重华认为:"比,不但物理,凡引一古人,用一故事,具是比。"② 皎然提出:"诗人皆以征古为用事,不必尽然也。"皎然认为征古并非全都属于用事,也可用作"比"。他认为:"取象曰比,取义曰兴。义即象下之意。凡禽鱼、草木、人物、名数,万象之中义类同者,尽入比兴……时人呼比为用事,呼用事为比。"③ 皎然认为诗中比兴,固然有时是征古,但征古未必即为用事;而比兴义类,用"征古"的"象下之意",并非事类之用,所以可以把"比"的"象下之意"和"征古"与比

---

① 皎然:《诗式》,载王大鹏、张宝坤、田树生等编选《中国历代诗话选》(1),岳麓书社,1985,第45页。
② 李重华:《贞一斋说诗》,载王夫之等撰《清诗话》(下),上海古籍出版社,1963,第930页。
③ 皎然:《诗式》,载王大鹏、张宝坤、田树生等编选《中国历代诗话选》(1),岳麓书社,1985,第45页。

兴相关联。在评《述古三首》中，吴瞻泰认为"三首皆言古之君臣，曰述古者，寄慨也。一切寄慨语不下，只借物托兴"。

对于比兴的运用，王夫之认为"兴在有意无意之间，比亦不容雕刻"[①]，吴瞻泰也认为"比兴"的运用不能刻意为之，应当自然浑成："诗不可以赋陈者，必用比兴，引古亦比兴也。此篇赋处，不作一了语，俱以比兴间之，不即不离，欲吐还吞，使人悠然会与意言之表，是能以神运气者也。"（《伤春五首其一》评语）

二 比兴章法，起伏变化

传统论比兴，侧重于诗教的讽喻功能或修辞功能，吴瞻泰论比兴却发挥其"断续"的章法作用，即比兴在诗歌中的结构功能，他认为比兴不仅可以使诗歌结构发生变化，而且可以形成章法技巧，这于历代文人学者论杜诗"诗法"而言，具有独创性。如评《枯棕》："或比或兴，若断若连，极汉魏诗人之致。近人不善用比兴，乃目之为离母，而必牵强以合题。"吴瞻泰认为比兴的使用，可以使结构多变，若即若离，断断续续，烘托主题。而近人不善比兴，牵强合题，"学古诗者，能知比兴之即为断续，则三昧得矣。国风神髓"（《佳人》评语）。吴瞻泰在评《成都府》时强调比兴的"断续"作用，认为"'鸟雀'是兴，'初月'、'众星'是景，古诗断续之法，全于此处见之"。在评《雨过苏端》一诗时，吴瞻泰认为："'尽醉摅怀抱'即接'亲宾纵谈谑'，未尝不可，然直叙索然矣。故此篇用'红稠屋角花，碧委墙隅草'一联为一篇波澜。"吴瞻泰认为"尽醉摅怀抱"下句即接"亲宾纵谈谑"也可以，但诗歌就直接叙述而缺少变化，用"红稠屋角花，碧委墙隅草"一联写景，以比兴入诗就避免直叙，形成直而婉的效果，诗歌便有了波澜变化。

吴瞻泰认为比兴还可以构成诗歌的结构技巧。如评《诸将五首其五》开头"锦江春色逐人来，巫峡清秋万壑哀"两句，他认为"其蓄势全在起二句，此以兴起为扼要者"。他认为起兴也可以为诗歌蓄"势"，形成诗歌

[①] 王夫之：《姜斋诗话》，载王夫之等撰《清诗话》（上），上海古籍出版社，1963，第6页。

意脉布局的关键,这里起兴就具有结构技巧功能。又如评《晦日寻崔戢李封》,吴瞻泰云:"'草牙'二句一提,忽将前丈隔断,涛起云生;又能与令节相射,此善用比兴者,古诗秘密藏也。"诗歌前段优游闲适,后段鲸波怒浪,看似迥异的两部分内容,却以"草芽既青出,蜂声亦暖游"两句写景起兴,前后内容骤然变化,比兴在意脉结构的走向上有断续和突转的作用,承担了结构的布局功能。又如《喜晴》后半段,杜甫自述己怀,伤乱而欲远遁,用"千载商山芝,往者东门瓜""汉阴有鹿门,沧海有灵查"四个典故表达隐逸之情。吴瞻泰评云:"四引古人,更接得突兀,是古人起伏扼隘处。悟此益知直序之不可言诗也。"这里不仅说杜诗善用典故化直为曲,更强调"古人起伏扼隘处",表明"引古"的"比兴"手法是诗歌在意脉走向上形成起伏变化的关键,赋予了诗歌内在逻辑上的曲折变化,丰富了诗歌内涵,扩充了诗歌的表意空间,而直序手法是不可能有如此表现力的。吴瞻泰《杜诗提要》一书评杜诗"诗法"注重结构技法分析,注意到比兴在杜诗章法结构上的功能意义,在一定程度上扩大和创新了比兴运用的理论。

三 比兴诗学,《雅》《颂》正音

《诗经》中多用比兴手法,一方面使谏言更为含蓄委婉,使其有温柔敦厚、雅正典重的特点;另一方面也包含"美刺"标准,其诗教功能尤其体现于《雅》《颂》。吴瞻泰认为杜诗继承传统的诗教精神,重视美刺与风化,具有比兴的重要诗学功能,可匹追《雅》《颂》。如评《提封》一诗,他认为《提封》和《洞房》《宿昔》《能画》《斗鸡》《历历》《洛阳》《骊山》是一组组诗,《提封》是总结,"前七首,皆写故宫禾黍,满目凄凉。故此作极力挽回,颂祷之中,隐藏规谏。此真三百篇之遗响也"。又如评《重经昭陵》:"格整而阔大,句简而该括,具见开国气象,足以继雅颂而压三唐。"《杜诗镜铨》注也引李子德评语云:"典重高华,直追三《颂》。"[1]

《礼记·经解》将诗经的温柔敦厚解释为:"孔子曰:'入其国,其教

---

[1] 杨伦笺注《杜诗镜铨》(上),上海古籍出版社,2019,第172页。

可知也。其为人也，温柔敦厚，《诗》教也。'"又说："温柔敦厚而不愚，则深于《诗》者也。"①说明在"温柔敦厚"外，还要重视"不愚"。《诗经》中的诗也不完全是温柔敦厚的。《诗经》中的大、小雅，是在周道既衰的社会背景下产生的怨刺诗，充满忧患意识和对现实的强烈关注。如《小雅》的《十月之交》和《节南山》，就对周朝大权在握的皇父、尹氏进行直质，一点也不隐讳，直言刚谏。在比兴和"直言"的诗经传统影响下，杜诗也承续了这种关注现实的忧患意识，将"直言"和比兴融合在一起。杜甫在《同元使君舂陵行》的序中曾高度评价元结的《舂陵行》"不意复见比兴体制，委婉顿挫之词"②，但是综观元结的《舂陵行》，诗歌不尚辞藻，直抒胸臆，并没有委婉含蓄的比兴手法，可见，杜甫所谓"比兴体制"，不仅包含比兴手法的运用，也是一种反映现实、希望致君尧舜的儒家思想在诗歌创作中的体现。

浦起龙在《读杜心解》卷首云："太史公之言曰：《小雅》怨诽而不乱。《杜集》千四百有余篇，大抵皆怨诗也，变雅也，故其文为《史记》之继别，而其志则《离骚》之外篇，须识取不乱处乃得。"③吴瞻泰多处评杜诗如《小雅》，在评《诸将五首》中云："五诗叙事之体，而间以议论，如读小雅《十月之交》……其纡谋筹国之忧，敦厚温柔之旨，岂有唐诗人所能齐其项背？"《昭昧詹言》也评此诗："此咏时事，存为诗史……大抵从《小雅》来，不离讽刺，而又不许讦直，致伤忠厚。总以吐属高深……旁见侧出，不犯正实。情以悲愤为主，句以朗俊为宗，衣被千古，无能出其区盖。"④吴瞻泰评《有感五首》云"此公一生大抱负，为作诗之大本领，当与小雅诸篇并传，不可作诗人观也"；评《收京》（其二、其三）云"一腔忠君虑患之意，溢于言外，此小雅之遗音"；评《岁晏行》云"叠其词于言中，留其意于言外，一唱三叹，为忧时之大关系者。即入小雅诗，未为愧也"。吴瞻泰在总评《伤春五首》

---

① 郑玄笺，孔颖达等正义《礼记正义》卷五十，载《十三经注疏》（下），上海古籍出版社，1997，第1609页。
② 仇兆鳌注《杜诗详注》，中华书局，1979，第1691页。
③ 浦起龙：《读杜心解》（上），中华书局，2000，第5页。
④ 方东树著，汪绍楹校点《昭昧詹言》，人民文学出版社，1984，第404页。

中云:"小雅'怨诽而不乱',殆与'繁霜'诸什,轩前轾后也。"无独有偶,《唐宋诗醇》也评云:"无穷悲愤,一片忠恳,《大雅》之后,绝无而仅有……可以表乾里坤,与天地始终。求之于风容色泽之间,无以涉其藩篱,况堂奥乎!"①

明人李梦阳在《诗集自序》中曾引王叔武的话:"诗有六义,比兴要焉。夫文人学子比兴寡而直率多。何也?出于情寡而工于词多也。"②袁枚也认为:"人必先有芬芳悱恻之怀,而后有沉郁顿挫之作。……后人无杜之性情,学杜之风格,抑末也。"③吴瞻泰评《题桃树》云:"曰'题桃树',乃借桃树以起兴,非咏桃树也。"又说"然则诗三百篇中,唯吟风弄月者可存,而物则民彝皆可删。宜乎义理之销亡,而人心之陷溺也久也。此极小之题目,极大之文章"。他认为,并不是学问成就诗人,而是性情成就诗人。又如在评《石龛》中,他认为此诗分两截。前截四句写山路之险恶,后截写因采箭一事,见盗贼纵横。吴瞻泰认为"前段兴,后段赋,两两相映,而劳民伤财之意,具于言外。……冉冉征途间,不忘烝黎如此,此作诗之本怀也。"可见,吴瞻泰在论及杜诗比兴诗法时,不仅注重"作诗之法",也看重"作诗之本",与袁枚论杜诗"芬芳悱恻之怀"和"沉郁顿挫之作"是异曲同工的。

四 结语

吴瞻泰认为《诗经》的赋、比、兴是"诗法"之祖,对历代诗歌发展起着主导作用。《诗经》中的比兴传统,既是"诗法",也是一种思维方式,杜诗发扬了传统的诗教精神,将"直言"的内涵附之婉转的形式,体现了杜诗的慷慨蕴藉和忧国忧民,吴瞻泰认为杜诗可以追匹《雅》《颂》。

作为"诗法之祖"的赋、比、兴,相对于赋法的直陈,吴瞻泰论杜诗更注重比兴的含蓄内敛。含蓄内敛是中国古典文学作品审美的基本特征,吴瞻泰分析杜诗运用比兴手法是为了表意的曲折不尽、含蓄蕴藉,避免赋

---

① 爱新觉罗·弘历编《唐宋诗醇》卷十六,中国文学出版社,2000,第433页。
② 转引自郭绍虞主编《中国历代文论选》(第3册),上海古籍出版社,1980,第55页。
③ 袁枚著,顾学颉校点《随园诗话》(卷十四),人民文学出版社,1982,第480页。

笔的浅白直率；同时扩大了比兴的范围，认为"引古即比"，把用事用典和比兴功能相联系，认为引古用典可以达到和比兴同样的言有尽而意无穷的效果。吴瞻泰于文章结构上探究比兴，认为比兴为"断续"，比兴可以在结构上构成布局、扩展诗歌的内在逻辑走向和丰富诗歌内涵。吴瞻泰还认为比兴在杜诗中具有结构技巧的功能，可以突转和造势，形成文脉的变化。这些具有创新性的探讨，开拓了比兴评论杜诗的理论空间。

杜诗的日常化书写在清代的传承[*]
——以晚清郑珍诗为例

苏利海[**]

(西南民族大学 成都 610041)

日常生活的描写在我国一直有着悠久的传统，自《诗经》起，即有"女曰鸡鸣，士曰昧旦"（《卫风·女曰鸡鸣》）等关于民众日常生活的描写，在历代乐府、民歌中，此类诗歌一直为文人墨客所喜咏。文人对日常生活的关注并进行大量创作起自杜甫，杜诗一改唐诗抒写家国情怀、壮志的宏大叙述，而专注于自己与百姓在时代动荡中的诸多苦涩。杜甫后，宋代文人在优裕的时代环境下，沉浸在自己的书斋之中，对日常活动，如琴棋书画、茶禅酒……进行了多方描写，这类日常化写作具有宋人独特的文人雅趣。自清以来，因文字狱的高压、科举的酷烈竞争以及朴学的盛行，大量文人滞留在底层，视野更多集中于生活的琐细之事，并在书写中带有清人独特的学问味。晚清诗人郑珍的诗歌即是此类诗歌的代表。

学界日益重视对晚清诗人郑珍的研究，对其诗歌探索颇多，如诸多研究认为郑珍诗歌源自杜甫[①]，具有现实主义特点。学者以此为前提，多方探讨其题材、风格、语言的现实性。由于晚清盛行杜诗，杜诗尤为同光体

---

[*] 本文系四川省哲学社会科学重点研究基地"杜甫研究中心"项目"杜甫的当代价值"（DFY201814）的阶段性研究成果。
[**] 苏利海，博士，副教授，研究方向为古典诗学、词学。
[①] 龙飞：《郑珍诗歌与杜诗的渊源关系研究》，《贵阳学院学报》（社会科学版）2012年第1期；周芳：《郑珍诗歌之诗史品格新解》，《中国石油大学学报》（社会科学版）2016年第1期；李洪连：《论郑珍与杜甫诗歌的悲剧意识》，《和田师范专科学校学报》2015年第1期。

所重，郑珍又与同光体的核心人物程恩泽有师承关系①，在此背景下，探讨杜诗对郑珍的影响也是必然的，但学界在论述此影响时，集中于郑、杜二者的同，忽略了二人的差异性以及对此差异性的梳理。有学者将这种差异性归因于郑诗具有学人化特征②，但学人化只是郑诗的一个表象，其尚未准确提炼出郑诗主体内涵。近年海外学者亦关注郑诗，如加拿大学者施吉瑞在其专著《诗人郑珍与中国现代性的崛起》一书中专门探讨郑诗的异质——现代性，他认为郑诗在对传统自然山水的描写中具有颇为瞩目的"现代性"，并举其诗中呈现的对数学、天花、农具等的兴趣为证。这个结论类似于美国学者王德威提出的"没有晚清，哪来五四"的学术观点，即试图在中国传统内部寻找现代性，施吉瑞亦承认自己写作的目的是："借此发掘中国现代化进程的内部源头。"③ 该书思路新颖，也为郑珍诗的研究开辟了一条重要的方向，但由于作者过于专注郑珍诗的现代性，反而未能有效释放郑诗的传统价值，故其观点虽然新颖，但片面，不过这种认识到郑诗独特性、异质性的思路、方法，无疑对我们有很大的启示。

本文则以郑诗的"日常化"书写为其主要特质进行阐释，同时在与杜诗的差异性比较中，捕捉郑诗碎片化书写的异质。众所周知，杜甫被称为"诗圣"，其诗虽大量描写了自己以及周边百姓的日常生活，但由于他始终以天下苍生为念，其诗具有恢宏壮阔的诗学特征。相比杜甫，郑珍一生痴迷于经籍碑帖，除曾短暂赴京应试、拜访师友外，人生大部分时间在贵州度过，如其所说"非居盛文之邦，或游迹遍各会，或膺朝省硕官……家赤贫，不给饘粥，名闻不到令尉，相过从不出闾里书师"④（《巢经巢记》）。可见，郑珍就是一个清代乡间苦读经书的老经师，与杜诗的宏大相比，其诗在书写上显现出碎片化的诗学特征。当然这种碎片并非指其具有现代性，而是指诗人的书写呈现日常化特点，具有日常生活审美化的特征。其

---

① 周芳、孙之梅：《论郑珍对程恩泽的继承与超越》，《苏州大学学报》（哲学社会科学版）2011年第1期。
② 易闻晓：《郑珍"学人诗"的学韩路向》，《文学遗产》2012年第1期。
③ 曾江：《郑珍思想中的现代性——访加拿大英属哥伦比亚大学教授施吉瑞》，《中国社会科学报》2018年第1473期。
④ 本文所引郑珍的相关诗文均出自郑珍著，黄万机、黄江铃校点《巢经巢诗文集》，上海古籍出版社，2016。

诗详细而琐碎，宛如日记，从青少年的乡间苦读到中年的科考谋生，直至老年的乱境悲歌，一生的酸甜苦乐，诗人均一一呈现在读者面前，具有鲜明的个体性、日常性、写实性。虽然杜诗已然有大量捕捉日常生活的作品，但杜甫在书写日常时总是将其与国的安危联系在一起，彰显家与国的统一，他以士大夫的视野对唐朝的政治、经济、军事进行宏观描述，视野所及上至皇帝后妃、宰相将军，下至僧道商贾、役卒胡人，画面恢宏磅礴，充满史诗的壮丽。郑诗则以一个乡间老儒——"我"的视野为聚焦点，目力所及则是我母、我女、我儿、我孙、我族、我里、我乡、我山、我书……聚焦于亲人、族人、乡人。相比杜诗的宏大深广，郑诗则带有浓郁的日常生活的美，尤其体现在对母亲、子女、兄妹、朋友等诸多亲友的书写中，诗歌饱含无限深情。可以说，正是在亲情、友情的感召、刺激下，诗人方能将战乱的凶险、生计的艰难、一生的失意等诸多痛苦一一化解，并对其进行审美化书写。他对仕途、政治也是漠视的，没有杜甫强烈而自觉的改变乱世的意识，虽然他在诗中或直斥贼的残忍、贪官的污浊，或赞美官员的殉职，有着浓烈的现实关怀，但总体上来看，郑氏是一个"笃信谨守""闭户著书"的"狷者"（杨恩元《巢经巢集跋》），这让他的思想呈现"穷则独善其身"的内敛性，与杜甫"达则兼济天下"的外向扩展正好互补。从本质上看二者都笃信儒家，但因时局，尤其是政治环境的变化，二人在践行儒家的方向上分别产生了向外、向内的互反互补现象。这种思想观念、人生出处的差异直接决定了二人诗的主题、风格、语言上的若干不同。对此，我们以郑珍、杜甫诗集中的战乱诗、亲情诗、咏怀诗为例，梳理相似题材下二人书写的异同。

在战乱的描写上，杜诗有着史官书写的特质，即以上层俯视底层、底层折射上层的双向视角，全方位扫描安史之乱等重大事件中朝廷上下，帝、官、民、贼不同阶层的生存景观，视野所及，天下大事与身边琐事一一收录笔下，虽繁多但整饬有序，国与家的苦难仿佛纵、横两条线，被杜甫编织成一幅宏大的史诗长卷，在实录的同时更有强烈的爱（忠君）、憎（恨贼）批判。相比杜诗，郑诗的史诗性则具有底层书写的特征，其视野聚焦于自我、家庭、亲友，空间上只限于贵州、广西周边地区。在思想的深度和广度上，杜诗的视野是苍生社稷，甚至对于贼，杜甫也给予同情，

杜诗的日常化书写在清代的传承

认为"盗贼本王臣"(《有感》之三),斥责帝王不施"俭德",造成民众反抗。郑珍思想情感则较单一,其战乱诗以诉苦情、斥贪官、骂滇贼为主,在他的思想世界中,非民即匪,非亲即疏,这让他的视野执于一己生活,缺乏杜诗沉郁的厚度,例如他对太平军就一味痛骂,流于表象和片面,这要归因于清廷长期对士大夫阶层的思想专制,其精神世界狭隘与片面。

以郑珍诗《三月初四挈家自郡归抵禹门寨拟留十日即避乱入蜀旋以道梗勾留因迁米楼于寨四月朔入居之读元遗山〈学东坡移居诗〉八首感次其韵》为例:

举室赴蜀都,过家虽荒莱。踯躅旧山堂,赭基长莓苔。茫茫风尘内,何处安吾斋?里寇诚可畏,先茔尤可怀。颜生务传业,不欲顾朽骸。我意殊不然,渔者终恋隈。四方谁乐土,矧乃气寡谐。本拟哭墓行,却仍守墓来。播迁吾惫矣,天眼何时开?

苍苍禹门山,已家二千余。买屋我无钱,编茅我嫌居。午山池上楼,读书之所于。劫火爇不到,宽洁无此如。移既省工费,成亦几朝晡。我西即妹东,中间地颇舒。因之置厨灶,建除宁复拘。寝处良已适,一笑儋石无。菽麦秀未实,稻田待犁锄。我怀王孝孙,杀牛而煮车。未必遽至此,忍饥且排书。

我亦书满床,我亦物满箱。惜我非遗山,照世有文章。画祖爱楼居,历劫同金刚。海岳《木兰辞》,一字一玉瑛。堂堂小韩子,万古神鸾翔。更有云林倪,复得漳浦黄。浩气洒元精,烟墨何琳琅。阿房剩秦瓦,曾见无且囊。商鼎铭父巳,恍闻和羹香。高楼风雨来,牙签动铿锵。左右尽古人,坐我于中央。若非值乱况,容易此年光。

念自西徂东,我年方舞勺。菜畦争母锄,花援助爷缚。圭湾廿载余,快于金满橐。一从两亲失,恍若无依托。营成子午山,儿长头渐鹤。誓言守松楸,庶免填沟壑。岂知世倏变,乱况削日薄。只求全性命,未暇怨藜藿。回忆太平日,方知穷贱乐。伤怀虎般彪,远逝意已悫。安见非鬼神,暗怜为所却!大海摇黑风,藏身且潜泊。不少古之贤,几曾乐天虐?

黄九与唐四，冬来书屡饷。促我赴浣溪，勿及桃花浪。群贤正相待，星聚井络上。昨日又书来，已作半途望。岂知徒两思，女怨夫亦旷。殷勤良友心，感激不能忘。独怪岷峨缘，如海求方丈。几度风引却，春江空盎盎。终寻祖师迹，此誓故不妄。□南侯氛静，或当勇秋鞅。明月平羌水，胜具老犹强。拟携媚学子，先访可龙葬。此屋聊小住，苟且非垂创。

黔贼如乱流，愈治愈无归。岂无开塞法？劣吏安得知！书生敢妄言，出口即怒讥。我里苦湄贼，湄贼实由饥。舍田食人田，可恶亦可悲。斯寨聚残破，黎弟为之尸。能使毒攻毒，讵非忠信资。纷纷功利徒，误国以营私。肯信束长生，竟致甘雨诗。祭彤不去墓，所望赖有兹。世道岂长乱？良臣诚可思。王官既难恃，庶人可为之。百端系我肠，终日撚我髭。少微方照人，此世岂易辞！

三日上松崖，五日过团湖。朝往日落还，夫妇相为奴。回首廿年事，处处增感欷。青山不易居，白发不可锄。休夸樗里智，漫恨北山愚。惟有头上翁，处置吾不如。东坡处承平，得祸福亦随。江山与朋友，天固纵所为。遗山历丧乱，晚岁思有贻。筑成野史亭，著述自娱嬉。我今视两公，余绪未敢窥。累累《移居》篇，一读一再疑。天生独角麟，珍护在不移。如何投九死，不独冻与饥？信有万里姿，必加千丈羁。而我何为者？尺鷃不过篱。亦复逢百凶，将老无所归。岩栖傍佛日，泛舟宁久维？安得回道人，示我石榴皮。寒饿料不免，苟全良所期。多见几回墓，外此不必知。

在这组诗中，诗人详细描述了一家人从遵义避难，因路阻而不得不滞留于米家寨的情形。八章分别以"别家"、"播迁"、"惜书"、"忆山"、"友邀"、"拟住"和"劳作"为主题①，实录一家人一路逃难的艰辛。第一章写为避"里寇"，一家人不得不弃"先茔"而播迁异地的情形，字字辛酸，所谓"茫茫风尘内，何处安吾斋？""播迁吾急矣，天眼何时开？"将一个文弱书生在乱世之中无奈乃至绝望的心情尽情彰显出来。第二章写一家人

---

① 八章实则只有七首。

逃难至米家寨无屋无食的艰难场景，其中"忍饥且排书"，写诗人忍饥挨饿，一旦安稳下来，即忙于整理图书，以细节呈现一个老书生的嗜书本色，真实而感人。第三章叙写整理好图书后，诗人立即展卷把玩，沉浸于碑帖字画的世界里，"左右尽古人，坐我于中央"，貌似写文物典籍给作者带来的至乐，言外则不乏自嘲与自悲的平静。第四章回忆儿时在父母身边的快乐，"我年方舞勺。菜畦争母锄，花援助爷缚"，诗人回忆小时在田野上挥舞小勺玩耍，还不时帮助父母种菜、种花的场景，画面温馨感人，不乏童真与童趣。因此，在连遭父母病亡和举家逃难后，"回忆太平日，方知穷贱乐"，此语尤其痛切，战乱将诗人最基本的安贫乐道梦想都击碎了，文人处境之凄惨可谓达到极致。第五章写应友人黄彭年、唐炯之邀①，拟入川避难，但终因路上战乱弥漫，被阻后不得不俟乱后再去的场景。第六章写诗人面对"黔贼如乱流"的乱局，思考如何寻找"开塞法"。"我里苦湄贼，湄贼实由饥。舍田食人田，可恶亦可悲。"虽然诗人在诗集中一直痛骂起义的太平军，但在逃难路上的所见所闻让其不得不承认百姓因饥而起义的"可悲"性。受限于理学，他仍不能接受底层民众造反的合理性。诗人认为摒弃那些"纷纷功利徒，误国以营私"的贪官污吏，而重用"良臣"是解决之道。可见诗人对战乱的认知还停留在表面，未能如杜甫那样从帝王施政、边臣跋扈、武将酷虐等大处着笔，写出战乱时局的必然性、复杂性。第七章则写诗人试图学习苏轼，"东坡处承平，得祸福亦随"，以一种随遇而安的心态化解苦难。但在避难时，郑氏念念不忘著述，以元好问自比，渴望以诗续史，"遗山历丧乱，晚岁思有贻。筑成野史亭，著述自娱嬉"。著述的理想经战乱而未泯灭，反而更增添了其著史的决心，足可见其痴迷学术及执着而坚韧的毅力。

该组诗拉拉杂杂，与《八哀》等有核心主题和精心谋篇的杜诗中的组诗相比，郑诗并无刻意安排的主题，只是就避难路上的所见所感，忽而朋友、忽而贼、忽而著书，更多是一种意识流的写法，郑珍以战乱为主题，辐射周边的景与事，有所思、有所见，即有所写，虽拉杂琐碎但细腻真实，具有平民化书写特点。读其诗，如同亲历作者的逃难历程，其诗从路

---

① 参见白敦仁先生在《巢经巢诗钞笺注》中的相关注释，巴蜀书社，1996，第1390页。

径、早晚、饮食、起居等诸多生活细节一一述之，语言朴实直白，整组诗如同诗人的口述史，逼真而翔实。

杜甫后半生都在战乱中度过，对战乱之苦体验之深，描写之广，可谓前无古人，下面以其著名的《北征》为例进行分析。该诗写于唐肃宗至德二载（757年），诗人因上疏救房琯，触怒唐肃宗，被放还鄜州探亲，此诗即写其回乡路上所经历的凶险。起首"皇帝二载秋"至"忧虞何时毕"，写回家探亲的时间、地点、起因，这些本是细琐不堪入诗之事，但杜甫下笔不凡，以天下视野来反观一己之苦难，如其中"顾惭恩私被""恐君有遗失""臣甫愤所切""乾坤含疮痍"诸语，我们感受到的不再是诗人一己之苦难，迎面而来的是诗人对天下社稷的深沉忧虑，起笔即大气磅礴，充满悲愤与浩然之气。中间从"挥涕恋行在，道途犹恍惚"，至"况我堕胡尘，及归尽华发"，写一路上的波折，其中亦穿插大量细节描写，如"猛虎立我前，苍崖吼时裂"写夜路上景物的狰狞之貌，凸显路途的艰苦凶险。"所遇多被伤，呻吟更流血"，诗人通过对大量民众伤亡的白描，展现时代的动荡、生命的脆弱。在笔墨之外，处处可以看出杜甫无限的焦虑与痛苦。"经年至茅屋，妻子衣百结"至"新归且慰意，生理焉能说"则是写归家后的情形，家中娇女"学母无不为，晓妆随手抹。移时施朱铅，狼藉画眉阔"，诗人对爱女嬉戏玩闹的描写，充满了诗人带泪的微笑。在诗中，杜甫因"那无囊中帛，救汝寒凛栗"愧疚自责。诗至此本应结束，但杜甫诗笔一转，"至尊尚蒙尘，几日休练卒"，突而将视野陡升到天子社稷，思"回鹘"，想"官兵"，恨"褒姐"，感"忠烈"，最后以"煌煌太宗业，树立甚宏达"作结，对未来朝政的中兴充满了无限期待和信心。这些思想情感可谓百转千回，气势宏伟，真正有着"群山万壑赴荆门"（《咏怀古迹五首》）的壮美，也彰显了杜诗沉郁的诗学本色。整首诗叙述清晰，结构整饬，宏大广阔，虽写自己一路历经的苦难，以及家人生活的穷困，但整首诗的出发点却是"君诚中兴主，经纬固密勿""乾坤含疮痍，忧虞何时毕"，字字充满对宇宙乾坤、山河大地、君国社稷的无限焦虑，这是杜诗的重要特征，即虽以小处起笔，但其落笔却始终放在对社稷苍生的关注上。对此种结构，清人浦起龙捕捉得最准确："首段之自叙，振起国是；末段之自叙，收到国恤。以此知叹已轻,忧国切也。"①

杜甫的这种小我中见天下的写法与郑诗始终以自我书写为中心形成反差,郑诗多以"我"为开头,上引组诗中"我"字出现了十七处之多,显示出作者目力所及,心思所在,正是我屋、我书、我山、我里、我物、我年……内容决定风格,由于杜甫与郑珍关注点不同,二人在书写风格上存在差异:杜诗沉郁浑厚,虽悲凉但坚毅,虽苦难但光明,始终张扬着一种儒家救世、济世的博大光辉;郑珍的诗则单纯许多,虽真实感人,但由于执于一己一家的安危,没有更宽广深厚的背景疏散这种苦难,其诗在书写苦难时,只有悲叹无奈,缺乏更光亮的背景照射,只有偶然折射出的亮光,如书籍、亲人、朋友的温情,这些事物让该组诗多了些温暖与亮色。杜、郑之诗在写实上均擅于在细处着笔,且在细节处理上均逼真感人。相比郑诗的句句实写,杜诗则虚实结合,尤其是在时间上,将当下的朝政与千年前的尧舜相比,内涵更为深远复杂;在空间上,想象远在万里的边关、士卒,不仅拓宽了诗境,更为诗歌增添了不少言外的韵味。郑诗以个体起,以个体终,重在刻画普通民众的生死离别,充分展现了乱世之中家人予以诗人的巨大温暖,这与杜诗的大开大合、以家为起始、以国为曲终明显不同。

此外,在诗歌的批判性上二者亦有区别。如果说杜诗的沉郁深厚源自唐代独特的士大夫文化,张扬的是家国一体精神,始终能以天下社稷、生民苦难为关注中心;那么郑诗显现的更多是清代独特的家族文化,彰显的是地方宗族血缘亲情。且郑氏以经学家著称,在思想上一方面受清代统治者所宣扬的理学影响,谨守忠孝;另一方面又醉心于考证之学,勤于著述,传世即有《遵义府志》《仪礼私笺》《轮舆私笺》《说文新附考》《汗简笺正》等诸多注疏。这些都决定了相比杜甫,他的视野理学色彩更为浓厚,例如杜诗中有大量对皇帝、朝政的抨击,郑诗则较薄弱,虽然他在诗中亦痛斥当地官员、将领的贪婪、怯懦,但郑氏的斥责只限于对自己所见的若干官员的腐败、无能,流于表象,尚缺乏对清朝上到帝王下至官吏整体颟顸无能的批判。这也折射出清帝统治下的民众,尤其是士大夫阶层

---

① 转引自杨伦笺注《杜诗镜铨》,上海古籍出版社,2011,第711页。

在专制的迫胁下，不敢妄议朝政的心理特征，如他所说："书生敢妄言，出口即怒讥。"杜甫则勇于揭示君主的失德、大臣的逢迎、武将的跋扈，如唐玄宗在天宝八年（749年）和天宝十年分别派哥舒翰、鲜于仲通攻打吐蕃、南诏，造成大量士兵伤亡，杜甫则直斥为"边庭流血成海水，武皇开边意未已"（《兵车行》）。这样的批判锋芒，是郑诗缺乏的，也是不同时代背景下，政治体制、思想文化的不同导致的文人精神世界的差异。

比较其咏怀诗。在志向上，郑、杜二人的书写亦有明显差异。在战乱前，郑诗多是以花鸟山水、日常饮食、怀亲念友、应酬朋僚为主，语调闲适，其早期诗亦多以"闲"为主题，如《闲庭》《闲眺》等诸多诗篇写午起、晚睡、望远、夜归、观雨、垂钓，如《安步》一诗所云："安步踏暄阳，松冈更柳塘。溪山为我好，花鸟使春忙。欲就观垂钓，因行过石梁。问鱼浑不应，心迹两茫茫。"展示出书生读书之暇，漫步乡间的悠闲。郑珍一生专注于著书考证，以著述为第一志向，而"不肯以诗人自居"（莫友芝《巢经巢诗钞序》）。他写诗则是余事所为，其诗早期崇尚质朴，多带陶诗山水诗的痕迹。这种乡间老儒的生活贯穿其一生，他周围的山水、家人才是他真实的诗歌来源，而天下朝政并未进入他的视野中心。通过分析他的咏怀诗，可见他的世界始终聚焦于两大块：读书著述与养亲教子。我们以其临终前的《病终叹》为例：

> 朝朝暮暮念山樊，丙舍虽烧竹树存。径作牧场宁盗贼，敢伤墓地定儿孙。吾身尚在犹徒慨，后日悬知更忍言。易败难成古今事，却思仁孝出衰门。

作者在临终前念念不忘的是故土与子女。所谓"朝朝暮暮念山樊"，其对故土的热爱一生未尝减弱。此外"后日悬知更忍言"，诗人临终前担心的是穷困潦倒的家境以及子女的生存问题，"易败难成"说明诗人已经预感到在这乱世之秋家人的生计一定会更加艰难。唯一让他可以宽慰的是儿孙尚且仁孝，家风端正，诗人相信子女在将来一定会将这道德品行传承下去。整首诗朴实哀婉，将悲情与真爱、家风与世情融合在一起，在中国古典诗歌史上开创性地塑造了一个忠厚笃信、对子女无私关爱的父亲形象。

再比较一下杜甫临逝前一年写的《咏怀》：

> 人生贵是男，丈夫重天机。未达善一身，得志行所为。嗟余竟辗轲，将老逢艰危。胡雏逼神器，逆节同所归。河洛化为血，公侯草间啼。西京复陷没，翠盖蒙尘飞。万姓悲赤子，两宫弃紫微。倏忽向二纪，奸雄多是非。本朝再树立，未及贞观时。日给在军储，上官督有司。高贤迫形势，岂暇相扶持。疲茶苟怀策，栖屑无所施。先王实罪己，愁痛正为兹。岁月不我与，蹉跎病于斯。夜看丰城气，回首蛟龙池。齿发已自料，意深陈苦词。

杜甫在生命的终点，仍不断感叹的是"未达善一身，得志行所为"，志向失落是他悲叹的原因。身处乱世，在老病之中，只能无奈面对朝廷内外"胡雏逼神器""奸雄多是非"而不能有所作为。诗人一生渴望助明君，开盛世，安社稷，这是他在临终前仍念念不忘的。对此，前人评曰："所谓悲往事，日衰老，岂为一身计耶？"[①] 弃置一己苦难而不问，一心只念苍生社稷，这是杜甫被称为"诗圣"的重要原因。

通过对其咏怀诗的比较，更能直接看出杜、郑二人的差异，一个心系天下，一个心系家人，眼界自是不同。如果说杜诗留给后人的是凛凛正气，充满家国天下的责任感，那么郑诗大写人间亲情，弥漫着家庭温暖的脉脉真爱。

在亲友题材的书写上，郑、杜二人有相似之外，又有相异之处，郑珍创作大量亲情诗，被誉为"我国历代诗人之冠"[②]。对亲人、朋友的书写是郑诗精彩的部分，诗歌真挚动人，尤其体现在对父母的挚爱上，彰显了中国传统孝亲的美德。作者对其母亲的赞美、思念之作颇多，如《系哀四首》通过对园中桂、枣、石、竹的描述，表达对母亲的切切哀思，絮絮而谈，多是家常话，如其中一首云："辛勤我母力，十年拥粪渣。秋分摘番

---

① 萧涤非主编《杜甫全集校注》，人民文学出版社，2014，第1131页。
② 郑珍著，黄万机、黄江铃校点《巢经巢诗文集》上海古籍出版社，2016，"前言"第2页。

椒，夏至区紫茄。小满拔葱蒜，端阳斩头麻。"字字充满了对母亲这位乡间普通劳动女性的无限赞美和思念之情。又如《子午山诗七首》抒发对母亲的伤悼之情："生兮依母居，死也旁母厝。"诗人思母之深，哀痛之切，唯有以想象死后尚可葬在母亲身边来宽慰自己，苦语酸辛，令人不忍卒读。除父母外，郑氏亲情诗中写得最多的是子女，如《三女矗于以端午翼日夭越六日葬先妣兆下哭之五首》之二、三首：

> 买山种竹已堪箱，十七年中梦一场。过眼诗书成记诵，借灯针黹足衣裳。但为女子犹深惜，复托穷爷尽可伤。父德母恩全不负，白头空欠泪千行。
>
> 自小偏怜慧亦殊，女红辍手事充奴。指挥才念身先到，缓急常资债易逋。细数劳生宁早脱，时忘已死尚频呼。雏孙不解酸怀剧，啼绕床前索阿姑。

郑珍对亡女的描写感人至深。他将亡女的品行、勤劳、孝行一一现于笔端，在不间断地追忆中，传达出对女儿的缕缕疼爱。悲痛之下，"复托穷爷尽可伤"，则是因爱而自责，为自己无力为女儿提供富足的成长环境致其早夭而悲痛不已，思女之痛与自身失意穷困之痛联系，让该诗情感更显深厚悲婉。

相比郑珍大量的亲情诗，杜甫在诗中对父母的描写不多，对弟妹、妻子、子女的描写较为生动，如《遣兴》：

> 骥子好男儿，前年学语时。问知人客姓，诵得老夫诗。世乱怜渠小，家贫仰母慈。鹿门携不遂，雁足系难期。天地军麾满，山河战角悲。傥归免相失，见日敢辞迟。

这是杜甫安史之乱时困在长安，思念儿子宗武的诗。通篇显示出杜甫对子女的慈爱之情，语言朴实自然。可以说在对子女的关爱、思念上，郑、杜二诗并无明显差异。但郑氏在对子女的爱护上，相比杜甫，还多了一层伦理教化、读书中举的世俗教导，如《端午念阿卯》："入户桃阴夕照移，久看蒲粽念娇儿。《鲁论》半部应成诵,渠母前朝早任嬉。嫩绿胡孙高蹋臂,雄黄王字大通眉。凤仙篱侧瓜棚畔,料尔行吟新寄诗。"对儿子的思念化为逼真的写实,"嫩绿胡孙高蹋臂,雄黄王字大通眉",对儿子嬉戏打闹场景的描绘,以及对眉宇上涂抹"雄黄"的细节处理,处处流露着诗人对儿子的关爱。郑珍在关爱子女的同时,更渴望其能饱读诗书,继承家业,他在《次昌黎〈符读书城南〉韵示同儿》一诗中千叮咛、万嘱咐:"自解勤读书。惟其勤读书,道德充太虚。……不学复何事?人顽岂诚猪。尔母生尔来,宝于月中蜍。不肯就外传,恐为人所蛆。车旁一卷经,纺读同起居。尔年十四五,此意不念与?"对儿子的教育可谓苦口婆心,既有温和的规劝,又有严厉的斥责,核心思想则是让其多读书,勿浪费时光。当儿子仍贪玩不知苦读时,诗人则不惜笞打,如在《和渊明〈责子〉示知同》一诗中,诗人因儿子"如何好弄心,不移著纸笔"动怒,不惜笞打儿子,"笞詈非我怀,骏蠢宁汝实"。总之,父子真情在爱与恨中彰显。在对亲情的描述上,郑诗精彩动人,彰显了家族文化下的血缘亲情,也凸显了科举文化下父子关系的紧张与无奈。郑氏对之进行的审美化书写不仅在清代,在中国传统诗歌史上也是一个创新。

整体来看,郑珍诗的日常化内涵尤其明显,虽然有着学杜诗的痕迹,但与杜诗相比,视野下移,尤以亲情家事的描写为重。在对日常的描写上,杜诗的宏大与郑诗的琐细正好形成对比,二者的差距颇像法国著名史学家雅克·勒高夫概括的古代与现代的区别:"实际上,'古代'精神崇尚的是英雄、丰功与伟绩,而'现代'精神则基于日常琐屑、大众和普及,这才是根本。"① 可见,施吉瑞对郑诗现代性的判断有其依据,不过这个依据建立在西方现代性的理论基础上,而忽略了中国本土文化的实质因素。杜甫、郑珍诗歌书写上的差异实则是传统文化发展到不同阶段的产物,并无古今的实质性差异。具体来说,杜诗是唐代盛世下的产物,总揽宇宙天下的时空观让杜诗恢宏大气;高涨的士大夫文化则让杜诗具有强烈的"再使风俗淳"的入世精神,在写实的基础上,杜诗更有鲜明的史官批判性。

---

① 雅克·勒高夫:《历史与记忆》,方仁杰、倪复生译,中国人民大学出版社,2010,第41页。

相比杜诗，郑诗则是清代独特的家族文化、考据盛行、"以理杀人"背景下的产物，更关注日常生活、亲情伦理。为此，郑氏开辟了一条新的写实方向——日常生活的诗意化。他的诗在现实性上虽继承了《诗经》、汉魏乐府、陶渊明诗、杜甫诗等，但亦有通变之法，即专注于底层文人的日常生活起居，彰显伦理化的人情世界，虽然他的诗没有杜诗磅礴大气，对历史重大事件的描述也限于局部与表象，但不可否认，由于突破了传统士大夫写作中的宏大叙事性以及观民情、知得失的政治教化性，而专注于对日常生活的点滴之美、对家人宗族无限温情的描写，郑诗无疑在杜诗外开辟了一条新写实主义之路。相比杜诗在日常生活的描写上尚带有"处分极细，不免迂腐"的不足①，郑珍开辟的这条道路则更为成熟、深厚，它虽非现代性之路，但同样是对传统诗意的有限突破与创新。

---

① 萧涤非主编《杜甫全集校注》，人民文学出版社，2014，第 3675 页。

现当代文学研究

论《死水微澜》小说、川剧、话剧互文性文本中的成都形象

王小娟[*]

(西南民族大学 成都 610041)

四川乡土文学的代表、长篇小说《死水微澜》曾被郭沫若誉"小说的近代《华阳国志》"[①],巴金也赞叹说,"只有他(李劼人)才是成都的历史家,过去的成都活在他的笔下"[②]。李劼人先生出生并生活于成都,他始终眷恋着成都及川西平原这块热土。浓郁的成都情结,成为李劼人小说独具艺术魅力及吸引众多读者的主要原因。

社会快速发展,成都的城市化进程加快,以至于今日身居其中的人们都有新老两个成都之叹。我们可以很清楚地感受到,李劼人所描写的那部分成都图景正在逐渐消失或者已然消失。

所幸的是:继小说出版近半个世纪之后,《死水微澜》的多种跨媒介改编文本,特别注重和凸显了川西与"成都"地域特色,这或多或少弥补了当下受众的几分遗憾。所以,无论小说原著还是跨媒介改编作品,《死水微澜》对"成都"形象的凸显、重构、阅读想象以及跨时代追忆,都是近年来人们在文化价值感失落与回归的碰撞缠绕中文化乡愁被激活的反映。文学在介入城市文化生活的同时,也成为想象和反哺城市的一种重要方式,它们之间形成了某种"共同的文本性"。那么,小说原著与跨媒介改编作品构成的互文性文本为受众呈现了怎样的成都,又是如何建构这样的成都形象的呢?本文试图对此进行分析。

---

[*] 王小娟,博士,西南民族大学中国语言文学学院副教授,研究方向为文艺与传媒。
[①] 郭沫若:《中国左拉之待望》,《中国文艺》1937年第2期。
[②] 谢扬青:《巴金同志的一封信》,《成都晚报》1985年5月23日。

一 《死水微澜》的跨媒介传播

李劼人小说《死水微澜》于1936年出版发行，但这部小说却经历了近半个世纪的"冷遇"，随时间推移才又重放光芒。可以说，《死水微澜》重回大众视野，与近30年来小说原著被不断地改编、再创作为影视和戏曲作品并进行跨媒介传播有很大关系：1987年，《死水微澜》第一次被改编为川剧《邓幺姑》呈现在观众面前；1988年，被改编为12集同名电视剧；1990年，查丽芳把《死水微澜》改编为同名四川方言无场次话剧在各地演出；1991年，由小说《死水微澜》改编而成的电影《狂》，被当作香港国际电影节开幕式首映片；1995年，由徐棻改编并执导、田蔓莎主演的川剧《死水微澜》正式公演；2004年川剧《死水微澜》又被陇剧移植上舞台；2007年，由朱正执导、方涛等成都本土演员出演的电视剧《死水微澜》开拍，2008年在各电视台播出；2009年由田蔓莎导演，上海青年京昆剧团创排的京剧《死水微澜》首演；2009年由徐棻、谢平安等主创，四川艺术职业学院重排的青春版川剧《死水微澜》公演；2010年，青春京剧《死水微澜》在北京上演；2017年，重庆芭蕾舞团团长刘军导演的芭蕾舞剧《死水微澜》登上舞台……

其中，查丽芳编剧导的四川方言无场次话剧（以下或简称查丽芳版方言话剧），由成都话剧院编排演出，受到专家、观众好评，1990年荣获首届西南话剧节优秀演出奖；1991年参加文化部举办的全国话剧交流演出，荣获中宣部精神文明建设"五个一工程"奖、文化部"文华大奖"、第九届中国戏剧"梅花奖"、成都市第三届戏剧节"特别演出奖"；1992年荣获上海"白玉兰"戏剧表演艺术奖；1993年代表中国话剧应邀参加英国第七届伦敦国际戏剧节公演。

1995年，徐棻改编、田蔓莎主演的川剧《死水微澜》（以下或简称徐棻版川剧）"获得了'文华大奖'等多个国家级奖项……为中国剧坛催生了一部川剧改革里程碑式的作品"。① 1998年，川剧《死水微澜》VCD公

---

① 罗松：《〈死水微澜〉——从川剧到京剧的"跨界"》，《人民日报》2011年1月20日副刊。

开发行;该剧成功演出后,徐棻又应邀将该剧本结合京剧唱腔和表演特点进行修改,2010年末在北京举办的全国京剧优秀剧目展演活动中,"青春京剧"《死水微澜》成功上演。

《死水微澜》跨媒介改编,各版本在人物设置、情节取舍、叙事角度等方面虽有所不同,但其共同之处是在讲述一女三男间情爱纠葛的同时,塑造了典型的川西文化符号,展现了成都平原浓郁的地域特色和波澜雄奇的乡土史诗。所以,对于《死水微澜》这部极具成都平原文化品格的小说而言,在其经典化的过程中,小说及其跨媒介改编文本中成都形象的塑造与传播是功不可没的——这正是地方文化对文学的深层滋养。

二 《死水微澜》互文性文本

当下对文学作品进行改编并予以传播的现象非常普遍,虽有良莠之分,但对文学的传播和影响力而言,当是有助推之力的。正如王兆鹏先生所说:"将文学传播的视野放大到整个艺术领域。古人的一篇诗文,被画家绘成图画,被书法家写成书法作品,被音乐家谱成歌曲,其传播效应要比单纯的纸本传播大得多。"[①] 所以文学以图画、书法、歌曲、影视剧等艺术形式进行的"跨文本传播"现象值得肯定与重视,亦值得研究。

当然,对文学作品的跨媒介改编形式是多样的,有的追求忠于原著,有的则仅止于取"材"引用,对于《死水微澜》的众多影视、戏剧、舞台表演改编作品而言,亦是如此。小说原著也在跨越时代、文化背景和传播渠道的各种改编文本中,不断生成新的意义和内涵。跨媒介文本的互文性研究也就理应成为探讨的话题。

当代法国著名文学理论家克里斯蒂娃提出:"任何文本的构成都仿佛是一些引文的拼接,任何文本都是对另一个文本的吸收和转换。"[②] 所谓互文性,就是文本与文本间的互动。不同时代、不同作家,甚至跨媒介的文本之间,总会有意识接受其他文本与自身产生互动性的影响,由此使多文

---

① 王兆鹏:《宋代文学传播探原》,武汉大学出版社,2013,第138页。
② 朱莉娅·克里斯蒂娃:《符号学:符义分析探索集》,史忠义等译,复旦大学出版社,2015,第87页。

本联系，化用其他文本或被其他文本化用。热耐特的"跨文本关系学说"就特别关注电影与小说在主题与艺术方面的转换过程。学者焦亚东提出："互文性（intertextuality），也译'文本间性'，指的是通过引用、借用、拼贴、组合、仿写等借鉴、模仿甚至剽窃的手法所确立的或通过阅读活动的记忆与联想所确认的不同文本之间的关系属性。"① 因此，互文性文本在叙事上，"既反映自我的话语指向，也反映他人的话语指向"。②

《死水微澜》小说原著与以之为蓝本的各种跨媒介改编文本彼此联系，已然形成互动影响，其受众在对不同形式的艺术作品进行接受时形成主动勾连和联想，由此加深互文性关系。受众在互文性文本的接受活动中，对成都形象形成更加丰富的意蕴建构与读解。

本文选择由查丽芳改编的四川方言无场次话剧、由徐棻改编执导的川剧，与《死水微澜》小说原著进行互文性研究，探讨跨媒介文本对成都形象的塑造。做此选择的原因有四。一是所选的川剧与方言话剧两部改编作品均有较大范围的传播和较大影响力，有对小说原著和川西、"成都"文化符号进行对内对外传播的指向和价值，对其进行探讨有代表性和典型性。二是此三部同名的方言话剧、川剧、小说文本，创作主体均为川籍（在川）人士，在作品中更自觉、更明显地保留、扩大和凸显了成都平原的文化符号和地域特色，即使为文本容量、艺术形式和舞台展演所限，也尽可能在空间格局、人物性格、民间艺术、风俗仪式、地方语言、物资物产等方面进行区域文化特色的呈现。三是川剧与方言话剧两部作品，不仅仅停留于"忠实性"改编的层面，删减的同时也刻意对原著进行有地域特色的增补，与原著相互关联，有意识地再创作文本。Dan Hassler-Forest 提出"跨媒介世界建构"概念，他认为在跨越媒介的过程之中，故事的终点一直被延迟到来。③ 这种基于互文性心理建构的跨媒介故事文本，共同生产新的意义，成为跨媒介叙事的理想状态。四是互文性就是要探讨不同艺术门类或传播媒体间的转换、互动，考察相同或相似的内容经过不同艺

---

① 焦亚东：《中国古典诗歌的互文性研究》，上海三联书店，2018，第1页。
② 王瑾：《互文性》，广西师范大学出版社，2005，第15页。
③ D. Hassler-Forest, *Science Fiction, Fantasy, and Politics: Transmedia World-Building beyond Capitalism* (Rowman & Littlefield International, 2016), p. 14.

种类、传播媒体而产生的联系和差异。小说《死水微澜》公开出版之后近半个世纪的境遇，如郭沫若所感叹，"像李劼人这样写实的大众文学家，用大众语写着相当伟大的作品的作家，却好像很受着一般的冷落"[1]。但小说在经过影视剧改编之后，不仅重回受众视野，重放异彩，而且逐步经典化。不得不说，多文本互补产生的新期待视野和阅读方式，以及互文性文本不断生成的新意义和读解，功不可没。这一成功案例，理应作为互文性文本的典型进行研讨。

三 跨媒介互文性文本对成都形象的建构

"互文性是一个文本（主文本）把其他文本（互文本）纳入自身的现象，是一个文本与其他文本之间发生关系的特性。这种关系可以在文本的写作过程中通过明引、暗引、拼贴、模仿、重写、戏拟、改编、套用等互文写作手法来建立，也可以在文本的阅读过程中通过读者的主观联想、研究者的实证研究和互文分析等互文阅读方法来建立。"[2]《死水微澜》小说原著、查丽芳版方言话剧、徐棻版川剧三个文本间存在明显的模仿、重写、套用、改编，其在增添删减拼贴中，在互文性创作与阅读中，不断生成新的文本意义。

互文性是文本间的联系和转化、引用和改造的关系和过程。德国学者泼利特分析论述了五种互文转化形式，包括替换、添加、缩减、置换与复化。[3] 所谓添加，通常是在源文本基础上进一步发展出新文本，新文本的阐释必须依据与源文本的互文性解读。缩减是针对文本做整体或部分改动。方言话剧和川剧《死水微澜》与小说原著之间的互文转化，形式多样，但以添加和缩减为主。以下，将从两种跨媒介文本增删及其与源文本共同建构的"故事世界"出发，探讨其对成都形象的建构。

---

[1] 郭沫若：《中国左拉之待望》，《中国文艺（上海）》1937年第1卷第2期，第265页。
[2] 秦海鹰：《互文性理论的缘起与流变》，《外国文学评论》2004年第3期。
[3] 转引自李玉平《互文性：文学理论研究的新视野》，商务印书馆，2014，第1页。

(一) 空间地理的对比中烘托成都优势：人间天府

"空间环境的营造是李劼人'地域主义'小说中一个非常重要的方面。""小说中处处充满了与川西地域空间环境有关的'审美'和'话题'……那昔日川西坝人生活的舞台及独特的川西坝子的空间情致就活现在了李劼人的笔下。"①

《死水微澜》以天回镇为主要空间环境展开叙事。然而，天回镇虽为演绎邓幺姑与三个男人情感纠葛的主舞台，但这个主舞台却一直深嵌在另一个更大空间的背景之下——四川省会成都和成都平原，或者说这个主舞台始终作为省会成都的近郊和成都平原的小小缩影出现。《死水微澜》小说原著第二部分《在天回镇》，给了天回镇隆重的出场仪式，"由四川省省会成都，出北门到成都府属的新都县，一般人都说有四十里，其实只有三十多里"。"就在成都与新都之间，刚好二十里处，在锦田绣错的广野中，位置了一个不算大也不算小的镇市。""这镇市是成都北门外有名的天回镇。志书上，说它得名的由来远在盛唐。因为唐玄宗避安禄山之乱，由长安来南京——成都在唐时号称南京，以其长安之南也。——刚到这里，便'天旋地转回龙驭'了。"②由此，既可见天回镇之"荣耀"历史，也可见其得天独厚的位置优势，而其之所以有如此地位，则全因其作为省会成都的毗邻镇市，始终离不开"成都"这个强大的靠山。李隆基从长安入蜀避难，虽说在天回镇"回龙驭"，但其原本是奔着"南京"（成都）来的。小说文本交代天回镇的状况，"你从大路的尘幕中，远远的便可望见"街巷、市集、客栈、店铺、楼宇、庙观、殿台，一应俱全。一个小小"天回镇"的历史与现状尚且风光如此，那么其所代表的成都平原众多镇市及其背后的省会"成都"，优越性便不言而喻了。

在《死水微澜》小说源文本与跨媒介改编文本构成的互文性文本中，对成都平原的衬托，更是通过众星拱月般的空间对比来完成的。罗德生是

---

① 万征：《李劼人笔下的川西乡土空间研究：以〈死水微澜〉中的五个典型空间为例》，《当代文坛》2013年第3期。
② 李劼人：《死水微澜》，四川人民出版社，2017，第4~249页。

论《死水微澜》小说、川剧、话剧互文性文本中的成都形象

个习惯了"打流跑滩"的袍哥,从加入哥老会,"十几年只回来过几次"①,"时而回到天回镇,住不几天……又走了,你问他的行踪,总没有确实地方,不在成都省城,便远至重庆府",足可见其是个久跑江湖、见过世面、眼界开阔的人物了。就是这样的人物,带着心爱的女人唯一出过的两次"远门"——正月看花灯和三月初青羊宫烧香,逛的都是省会成都。另外,在源文本中,"罗歪嘴又因为一件什么事,离开了天回镇",直至"过了好几个月,到秋末时节",才带着妓女刘三金回到天回镇,源文本对罗德生此次远行的原因和离开期间的行踪都未做交代;而在徐棻版川剧和查丽芳版方言话剧中,罗德生突然离开的原因是相同的,即是罗德生一时无法面对表弟媳邓幺姑传递出的爱慕之情和内心对这份情感难以取舍的纠结,只能选择逃避;对这"好几个月"的经历,徐棻版川剧中特地做了增补——唱词道"跑江湖,走四方:翻龙泉,过简阳、资阳、资中,到内江……"② 剧中,特意细致展现了罗德生纵情柳巷的声色生活,"姐儿妹子味道长","娇滴滴""泪汪汪""刁蛮""妖娆"的女子来去匆匆,这一切似乎让罗德生将天回镇忘得一干二净,乐不思归。然而剧情突转,"难得思亲念故乡,却为何,如今常想天回镇,似觉挂肚又牵肠,身不由己踏归路"。高腔"鬼使神差意惶惶"一句骤起,转眼已是"罗哥回来了"。"意惶惶"的罗德生,"身不由己"转回故里,只能说其潜意识在起着绝对的支配作用,一来是对表弟媳邓幺姑的爱恋和思念,二来便是阅尽千般,与外州府的各处相较之下,只有天回镇和成都才是灵魂和肉身最佳的安顿之所。

另外,《死水微澜》小说第二部分《在天回镇》,介绍了交通便利的川北大道:"由四川省省会成都……一直向北伸去,直达四川边县广元,再过去是陕西省宁羌州、汉中府,以前走北京首都的驿道,就是这条路线。并且由广元分道向西,是川、甘大镇碧口,再过去是甘肃省的阶州文县,凡西北各省进出货物,这条路是必由之道。"③ 在小说、方言话剧、川剧

---

① 李劼人:《死水微澜》,四川人民出版社,2017,第4~249页。
② 《现代川剧 死水微澜》,哔哩哔哩网,https://www.bilibili.com/video/av15403337/。
③ 李劼人:《死水微澜》,四川人民出版社,2017,第4~249页。

的互文性文本中，多次呈现成都与远近不同的空间的对比：无论与资中、资阳，还是与内江、重庆、陕西、甘肃各地相较，成都平原都占有得天独厚的优势，尤其是平原中心的省会成都，更是一颗熠熠生辉的"天府明珠"。

如在徐棻版川剧中，剧幕一开，便是川剧集体唱腔"川西平原一方土，土生土长邓幺姑，朝夕漫游田间路，满怀春情望成都"。对于深刻明白"农妇苦"的邓幺姑而言，要摆脱日复一日割草养猪、生儿育女直至死不瞑目的生活，"只盼有人把媒做，花轿抬我上成都"！而好不容易盼来了"成都来的"媒人，婚事却终因被嫌弃"门不当户不对"而告吹。最终，幺姑母亲好说歹说，"天回镇离成都只有二十里路""取个中间""也算半个成都人"，幺姑才下定决心嫁给天回镇蔡兴顺。剧中婚礼一场，送亲队伍高亢嘹亮的唱腔"邓幺姑做了半个成都人，半喜半恨半个成都人，半个成都人"响彻全场。① 一桩折中的婚事，背后是邓幺姑终究没有嫁到成都的遗憾，也促成幺姑终其一生对成都永无尽头的美好想象。这座"成都"城是乡下人的神往所在，是女子改变命运的救命稻草和最好归宿，是高高在上的理想圣地。

（二）物资物产的渲染中呈现成都风范：物华天宝、安逸快活

李劼人《死水微澜》对成都平原的展现，对今天的受众而言，是陈列了无数被精挑细选出的、能代表一个时代一座城市一个地域的独特物质文化与非物质文化精髓的博物馆，它是一份历久弥香的历史记忆，也是体现富庶、休闲的成都文化的珍贵资料。

交通能反映一个区域的经济状况，小说文本在交代成都北上要道川北大道时说："路是如此重要，所以每时每刻，无论晴雨，你都可以看见有成群的驼畜，载着各种货物，掺杂在四人官轿、三人丁拐轿、二人对班轿，以及载运行李的杠担挑子之间，一连串来，一连串去。"② 熙来攘往的人流和物资，显示出成都的交通优势和繁华经济。

---

① 《现代川剧 死水微澜》，哔哩哔哩网，https: //www.bilibili.com/video/av15403337/。
② 李劼人：《死水微澜》，四川人民出版社，2017，第4~249页。

论《死水微澜》小说、川剧、话剧互文性文本中的成都形象

而成都之富庶,还直接体现在市集的贸易往来之中。小说在叙说"天回镇赶场的日子"中详细渲染了市集交易的火热,光是对猪的养殖、交易与猪肉菜式的做法便洋洋洒洒铺开,"川西坝——东西一百五十余里,南北七百余里的成都平原的通俗称呼。——出产的黑毛肥猪,起码在四川全省,可算是头一等好猪……顶壮的可以长到三百斤上下;食料好,除了厨房内残剩的米汤菜蔬称为潲水外,大部分的食料是酒糟、米糠,小部分的食料则是连许多瘠苦地方的人尚不容易到口的碎白米稀饭……它的肉,比任何地方的猪肉都要来得嫩些,香些,脆些,假如你将它白煮到刚好,片成薄片,少蘸一点白酱油,放入口中细嚼,你就察得出它带有一种胡桃仁的滋味,因此,你才懂得成都的白肉片何以独步……活猪市上的买卖……多是闲场时候,从四乡运来,交易成功,便用二把手独轮高车,将猪仰缚在车上,一推一挽的向省城运去,做下饭下酒的材料"。[①] 墨子有云:"食必常饱,然后求美;衣必常暖,然后求丽;居必常安,然后求乐。"川西坝人养猪食料之精细,白肉片制作方式之讲究,足可见这里百姓追求的生活质量之高,生活优越感之足。在小说原著中,提到的食物种类在60种以上,"吃"字被提到超过300次,生活所求就是一个"快活":"连讨口子都是快活的!你想,七个钱两个锅盔,一个钱一个大片卤牛肉,一天那里讨不上二十个钱,那就可以吃荤了!四城门卖的十二象,五个钱吃两大碗"[②]。

小说文本还写到天回镇的米市、家禽市、杂粮市、家畜市,"天色平明,你就看得见满担满担的米……由两头场口源源而来,将火神庙戏台下同空坝内塞满",鸡鸭鹅兔"一列一列的摆在地上","小麦、大麦、玉麦、豌豆、黄豆、胡豆,以及各种豆的箩筐,则摆得同八阵图一样","大市之外,还有沿街而设的杂货摊,称为小市的","小市的主要货品,是家机土布……近来已有外国来的竹布,洋布……小市摊上,也有专与妇女有关的东西。如较粗的洗脸土葛巾,时兴的细洋葛巾;成都桂林轩的香肥皂……","千数的赶场男女,则如群山中野壑之水样,千百道由四面

---

① 李劼人:《死水微澜》,四川人民出版社,2017,第4~249页。
② 李劼人:《死水微澜》,四川人民出版社,2017,第4~249页。

八方的田塍上、野径上、大路上,灌注到这条长约里许、宽不及丈的长江似的镇街上来"。"赶场是货物的流动,钱的流动,人的流动!"①

"成都平原,寒燠适中,风物清华"②,小小天回镇的市集交易尚且如此热闹,相较之下,省会成都的经济状况就更是可以想见了。一条东大街,在李劼人笔下,是何其繁华:

> 凡是大绸缎铺,大匹头铺,大首饰铺,大皮货铺,以及各字号,以及贩卖苏、广杂货的水客,全都在东大街……所有各铺户的铺板门坊,以及檐下卷棚,全是黑漆推光;铺面哩,又高又大又深,并且整齐干净;招牌哩,全是黑漆金字,很光华,很灿烂的……街面也宽,据说足以并排走四乘八人大轿。街面全铺着红砂石板……两边的檐阶也宽而平坦,一入夜,凡那些就地设摊卖各种东西的,便把这地方侵占了;灯火荧荧,满街都是,一直到打二更为止……据说从北宋朝时候就有了这习俗……从上九夜起,东大街中,每夜都是一条人流,潮过去,潮过来……③

如果说,这般地渲染天回镇和成都市集的交易,是热爱故乡的李劼人对成都辉煌过往的倾情刻画的话,那么他同样意识到成都不仅仅有古老不变的容貌,也跟随发展潮流经历各种变化。因此,在小说中,我们看到了洋布、洋线、洋葛巾的身影,也看到了对郝公馆中的大保险洋灯、合家欢大照片、八音琴、留声机等时髦洋货的详细描写。

对于成都这座具有悠久历史的城市而言,戏曲表演囿于舞台展现的局限性,无法对其繁华进行充分展示,但可以通过各种以虚代实、比较衬托的方式予以补救式表现。如徐棻版川剧中,对"自然不能与城内一般大杂货店相比,但在乡间,总算齐备"的兴顺号杂货铺④,就不惜笔墨地进行了一番渲染。新婚夜宾客散尽,邓幺姑独自一人掌灯将兴顺号店铺进行细

---

① 李劼人:《死水微澜》,四川人民出版社,2017,第4~249页。
② 李劼人:《死水微澜》,四川人民出版社,2017,第4~249页。
③ 李劼人:《死水微澜》,四川人民出版社,2017,第4~249页。
④ 李劼人:《死水微澜》,四川人民出版社,2017,第4~249页。

论《死水微澜》小说、川剧、话剧互文性文本中的成都形象

致查看,"静悄悄,四下无人;羞怯怯,偷偷来到殿堂里,喜滋滋,把蔡家铺子看分明。只见那,金字招牌黄灿灿,雪花粉墙白生生;双间铺子多宽敞,三张方桌品字形;几排木架靠墙站,各色杂货满柜陈,柜台内外分宾主,主人的座椅油漆新;油漆新,亮铮铮,雕花刻朵带描金,这么高的脚脚这么高的背,这么宽的扶手这么大的身;稳当当,重沉沉,不动不摇如生根;生了根的宝座归了我,我高坐宝椅收金银"。①天回镇上经营了五十年的小小杂货铺,"它的房舍,相当来得气派",那么成都大商号的热闹繁华便可想而知了。

查丽芳版方言话剧中,也是通过人物对话展现成都在物资方面的应有尽有。省城来的媒婆高大娘,在田间遇到邓幺姑:"邓幺姑,你看这个开的是啥子花哦?""那是茄子花。""茄子花?""啊。""哎呀,我们成都啊,哪阵就在吃新鲜茄子了。你们这儿,茄子才开花。"——高大娘虽也是底层百姓,但仅这一句,相较于物资还不算匮乏的乡村,省会成都底气十足的优越感和舒适安逸跃然纸上。"那不是啥子嘛,吃白菜呀就尽吃白菜,吃萝卜呢就尽吃萝卜,哪儿像人家成都嘛,青石桥有温鸭子,都益处有肉包子,淡香斋有好点心……"——因听了韩二奶奶的叙说,加上日思夜想而得来的成都,邓幺姑对之早有了万分的赞美和向往。"你到成都去过啊?""没有。""那么,你又想不想去嘛?""想!我想去!"②虽说邓幺姑心中之成都,少不了几分美化与幻想的成分,但从源文本中,我们依然可见邓幺姑之想象,也并非没有现实依据。如小说文本中,提到"我"回忆小时候在清明节随家人到乡下坟园祭祖,"我们带来了几匣淡香斋的点心"③;顾辉堂五十整寿,侄儿顾天成的礼单中,首先提及的也是"一匣淡香斋的点心"④,这些与改编文本形成互文性印证,邓幺姑之想象也并非没有来由。所以在这虚虚实实之间,每一个读者或受众,自然能解读出自己心目中一个富庶、安逸、活色生香的成都形象来。

---

① 《现代川剧 死水微澜》,哔哩哔哩网,https://www.bilibili.com/video/av15403337/。
② 《查丽芳〈死水微澜〉》,腾讯视频网,https://v.qq.com/x/page/w0316f62wkz.html。
③ 李劼人:《死水微澜》,四川人民出版社,2017,第4~249页。
④ 李劼人:《死水微澜》,四川人民出版社,2017,第4~249页。

（三）风物风俗的展现中淬炼成都性格：敢爱敢恨、自在随性

成都平原本就物产丰富，天南地北的各种物资也尽流通于此，其中的特色风物自然很多，并由此孕育滋长出不同的风俗。源文本和各种改编文本也特别注重对这些特色风物和风俗的呈现，并由此塑造出这方水土及其人民的独特性格。

如小说在开篇序幕中，便展现了极具川西特色的图景："一班载油、载米、载猪到杀房去的二把手独轮小车——我们至今称之为鸡公车，或者应该写作机工车，又不免太文雅了点。——从四乡推进城来，沉重的车轮碾在红砂石板上，车的轴承被压得放出一派很和谐，很悦耳的'咿咿呀呀！咿呀！咿呀！'"①鸡公车的咿呀声似乎穿越千年，将读者瞬间引入安土重迁、古老守旧而充满神奇的川西坝子。这个相传由诸葛亮为伐魏而发明的"木牛流马"，既能驮物也能载人，在小说中多次出现，它不单单是交通工具，更是这方水土风物特产的代表，也是川西人民智慧结晶的缩影。"路是如此平坦，但不知从什么时代起，用四匹马拉的高车，竟自在四川全境绝了踪，到现在只遗留下一种二把手推着行走的独轮小车"，"镇上的街，自然是石板铺的，自然是着鸡公车的独轮碾出很多的深槽，以显示交通频繁的成绩"。②独轮小车世代传承并得以保留，不只因这一交通工具适应了四川的道路条件，其中亦不乏对老祖宗智慧的肯定、自豪、传承与炫耀吧。

源文本中，对从省城来的媒婆高大娘，如此描述："……忽见走向韩家大院的小路上，走来两个女人……"而在查丽芳版方言话剧中，媒婆的出场被改编为由吱吱嘎嘎的鸡公车推上舞台。又如，源文本中，对邓幺姑一行人赶青羊宫看花会一事，只提到"当蔡大嫂偕同罗歪嘴几个男子，坐着鸡公车来到二仙庵时，游人已经很多了"；而在查丽芳版方言话剧中，被郑重地安排为极具仪式感的一幕：邓幺姑与罗德生发誓相守一生，"我们不要辜负人生的好时光"，"今天，我们去赶青羊宫、看花会"，"幺姑，

---

① 李劼人：《死水微澜》，四川人民出版社，2017，第4~249页。
② 李劼人：《死水微澜》，四川人民出版社，2017，第4~249页。

论《死水微澜》小说、川剧、话剧互文性文本中的成都形象

今天是我们的好日子,我们坐鸡公车去!我来推你!"①邓幺姑被罗德生情意缱绻地牵着坐上鸡公车,邓幺姑缓缓撑开红色油纸伞。二人对视、深情绵绵绕舞台一圈的情景,被化作多情男女鄙弃世俗、敢爱敢恨的动人画面。因此,鸡公车不仅仅是成都平原特有的风物,更是投射和承载着老百姓爱恨情仇、喜怒哀乐、百味人生的审美意象。

要说川西坝子的风物特产,在《死水微澜》跨媒介文本中得以突显的,还有竹子。小说文本中,"成都平原的冬天,是顶不好的时候……田野间……常绿树是很多的,每个农庄,都是被常绿树与各种竹子蓊翳着,隔不多远便是一大丛。假使你从天空看下去,真像小孩们游戏时所摆的似有秩序似无秩序的子儿,若在春夏,便是万顷绿波中的苍螺小岛,或是外国花园中花坛间的盆景"。②小说文本的序幕中,也写到"我"儿时在清明节与家人回乡祭祖的所见:"天那么大!地那么宽平!油菜花那么黄,香!小麦那么青!……并且那么多的竹树!"成都平原的气候条件孕育出独特的自然物产和生活方式,乡间的农庄与竹树相互依存,似乎凡有人家处,便一定有竹子的存在。查丽芳版方言话剧中,媒婆高大娘来到乡间,打听邓幺姑家所在,"大姑娘儿,我问你,邓家的林盘在哪儿啊?""你爹妈在屋头不?""在。我们屋就在那个林盘头。"话剧表演主舞台的布置上,虚实相生,舞台左右两侧均以竹子搭建的框架来代替川西平原的一丛丛林盘和林中人家。③邓幺姑站在家门口和田间望媒婆时,倚靠竹竿;妓女刘三金与邓幺姑谈论女人的情爱和幸福时,幺姑手扶一株翠竹感叹落泪。百姓人家生活中多少的欢笑洒落在林间,多少的情话与热望在竹丛里发生,亦有多少说不尽的辛酸只能向默默无言的竹子倾诉!因此,竹林不只是川西坝的特色风物之一,也是成都平原为乡土文学世界奉献的经典审美意象!

而正因为出产竹子,所以竹制品也成为成都人生活中不可缺少的一部分。竹制的桌椅板凳更是普通人家的必备用品。在徐棻版川剧中,尽管舞台表演具有虚拟性,道具使用受限,但剧中使用的唯一实物道具仍是一把

---

① 《查丽芳〈死水微澜〉》,腾讯视频网,https://v.qq.com/x/page/w0316f62wkz.html。
② 李劼人:《死水微澜》,四川人民出版社,2017,第4~249页。
③ 《查丽芳〈死水微澜〉》,腾讯视频网,https://v.qq.com/x/page/w0316f62wkz.html。

高背竹椅。查丽芳版方言话剧中，顾天成因赌场受欺挨打，连夜赶回两路口家中，顾三娘子开门后，搬出的高背竹椅发出咿咿呀呀的声音，划破夜的宁静。罗德生、邓幺姑与蔡傻子三人在院中吃鱼共饮，配上竹制的桌椅凳子，成为最典型的成都百姓生活场景。邓幺姑一行人赶青羊宫看花会一节的热闹场面，更成了成都平原各种竹编竹制品的集中展示。

《宋史·地理志》曾记载川人"民勤耕作，无寸土之旷，岁三四收。其所获多为遨游之费"。得天独厚的自然条件，给成都平原带来优越的生活，促使人们在生产之余重游乐，劳动与游乐又共同孕育出蚕市、花市、药市、灯会等。"踏春、药市之集尤盛焉，动至连月。好音乐，少愁苦，尚奢靡，性轻扬，喜虚称。"[1] 因此《死水微澜》对成都形象的建构，在节日习俗的表现上也颇下功夫。郭沫若便说过："青羊宫看花会，草堂寺喂鱼，劝业场吃茶，望江楼饮酒，铁路公司听演说流泪，后院讲堂骂土端公……都由他（李劼人）的一支笔替我复活了转来。"[2] 从《死水微澜》小说、方言话剧、川剧互文性文本对节令风俗与物产的展现中，我们也能看到由富庶经济与辉煌历史的优越条件而滋长出的成都平原人民的许多爱好。

罗德生是"本码头舵把子朱大爷的大管事"，管理着云集栈后院一个常开的赌博场所。这里"摆宝、推牌九"，"由右厢便门进出的人，已很热闹了"。[3] 而对这热闹场景的展现，主要通过顾天成流连天回镇云集栈、三天之内输个精光一事来表现。在源文本中，此事所占篇幅并不大，来龙去脉仅做简笔带过。但到了徐棻版川剧中，却特别增补了极富川剧表演特色和川人幽默感的表达：顾天成被人设计、贪恋赌场，"你娃子输了"，"小输无妨，我们再来"，"牌打精神骰掷劲，饭吃热烙汤喝鲜，开庄啰"[4]，紧接着，聚光灯下全身白衣的小演员扮作骰子在舞台上各种滚动翻腾，反复来回，好不热闹，将聚赌者的语言、表情、动作、心理以及赌场热闹情景予以经典化体现。

---

[1] 脱脱等：《宋史》，中华书局，1977，第2230页。
[2] 郭沫若：《中国左拉之待望》，《中国文艺》1937年第2期。
[3] 李劼人：《死水微澜》，四川人民出版社，2017，第4~249页。
[4] 《现代川剧 死水微澜》，哔哩哔哩网，https://www.bilibili.com/video/av15403337/。

论《死水微澜》小说、川剧、话剧互文性文本中的成都形象

查丽芳版方言话剧也将源文本中原本没有的细节——如何引诱顾天成进赌场、掷骰子比大小等进行了增添和刻意放大,"拿骰子来","要单要双快下注喽","顾三贡爷要双,罗五爷要单","双!顾三贡爷赢了","罗五爷赢了"①,一群演员手持标注骰子点数的棋面在舞台中来回穿插与变换,将赌场的热闹与惊心动魄表现得淋漓尽致。对赌博场合的放大呈现,是对成都平原优越物质生活的侧面描写。

无论是源文本还是改编文本,都非常注重对川西风物特产的呈现,因为这些不仅是成都平原特有的自然物产,更是承载了千百年来老百姓百味人生、熔铸了地方性格的审美意象。即便如竹制桌椅和鸡公车,已随社会的发展退出人们的视野,但它们依然成为"老成都"的一部分,成为一种文学记忆和浓烈乡愁。这些风俗风物的背后,包含着成都平原人民的智慧,讲述着保守持旧的意蕴,也展现了这方土地上人们的善良多情、敢爱敢恨、自在随性。

《死水微澜》小说、方言话剧、川剧的互文性文本彼此印证和呼应,都蕴含浓郁的成都情结:它们通过空间地理对比,众星拱月般烘托出令人向往的具有悠久历史文化底蕴的天府之国形象;通过对物资物产的渲染铺陈,展示一个物华天宝、安逸快活的神仙世界;通过对鸡公车、林盘等特色风俗风物的选择,呈现了成都平原及其人民爱恨随心、自在随性的性格特点。

---

① 《查丽芳〈死水微澜〉》,腾讯视频网,https://v.qq.com/x/page/w0316f62wkz.html。

现代四川文学史家的再发现*
——华忱之先生生平与教学研究述略

康 斌**

(西南民族大学 成都 610041)

  四川是 20 世纪中国涌现作家最多的省份之一。数量众多的现代四川作家，既是彰显巴蜀历史文化传承的重要资源，也是提升四川现实魅力的重要软实力。然而近年来，以四川大学李怡教授为核心的研究团队，却发现这样一个问题：长期以来，现代文学研究界对现代四川作家的挖掘和阐释还很不充分；许多有创作成绩、特色鲜明或者对地方文化事业贡献突出的作家，却成为主流媒体和主流文学史中的"边缘作家"。[①] 其实，现代四川文学史家也面临着类似的境地。

  究其原因，我们一般将其归于"著名文学史家单点研究范式"。比如学界在研究中国现代文学第一代学者的时候，往往更注目王瑶、唐弢、李何林、贾植芳等人的学术成果，四川现代文学史家基本不被纳入考察对象。这一现象甚至广泛存在于巴蜀学者撰写的学术史研究论著中。现象只是表象，真正的问题其实是我们太习惯于紧跟京沪文化中心的"学术问题附议范式"。即我们常常以所谓京沪中心的研究热点，来寻找地方文学研究议题；以所谓中心的理论话语和判断标准，来衡量地方文学及地方研究

---

 * 本文是西南民族大学中央高校基本科研业务费专项项目（2022ZHY04）的阶段性研究成果。

 ** 康斌，博士，西南民族大学中国语言文学学院副教授，研究方向为现代四川文学、新中国历史文化与文学。

 ① 参见李怡的论文《成都与中国现代文学发生的地方路径问题》（《文学评论》2020 年第 4 期）、著作《现代四川边缘作家研究》（巴蜀书社 2020 年 6 月版）以及在《当代文坛》主持的"地方路径与文学中国"栏目。

者的质量和水平。于是蕴含着特定历史地理空间中的生命体验、本应对京沪"中心"起到丰富、调整乃至批判作用的"地方路径",不仅没有得到重视和挖掘,反而变成低评、忽略地方文学研究的理由。

比如,早在十多年前,钱理群、王富仁等知名学者就曾在总结中国现代文学学科学术传统时,描绘过一幅"多点共生""众声喧哗"的80年代研究地图:除了北京的李和林、王瑶、唐弢,上海的贾植芳、钱谷融外,还有南京的陈瘦竹,山东的田仲济、孙昌熙,河南的任访秋,陕西的单演义和四川的华忱之等。[1] 但是对新中国四川大学现代文学学科重要奠基人华忱之先生的生平及研究成果,我们其实相当陌生。针对此种情形,本文将依据现有材料与学界最新研究成果,对华忱之先生的生平详加介绍,并概述其现代文学教学和研究特色。

华忱之,原名华恂,字忱之,后以字为名。1914年4月24日(农历三月二十九日)出生于北京一个满族大家庭,家距王府井大街东安市场不远。其父工诗文、善书法、精于文物鉴定。华忱之没有上过小学,七岁入家塾,通读了四书五经等正典,也迷恋过《红楼梦》《金瓶梅》《水浒传》《三国演义》《西游记》《封神榜》等"闲书"。少年华忱之极欣赏京剧表演,大学前后足迹更是遍布北京各大剧院,"特别喜看当代京剧表演艺术大师梅兰芳、杨小楼等人的演出"[2]。他也喜看外国电影,对瑞典影星葛丽泰·嘉宝主演的《安娜·卡列尼娜》《复活》等作品青睐有加。

1931年,华忱之与清华意外结缘。这一年,他考入沈阳东北大学中国文学系,入学不久,就因为"九一八事变"爆发,随学校迁至北平,借读于清华大学中国文学系,很快被改成正式学籍。本应于1935年毕业,后因病休学,直到1937年"七七事变"前才完成学业。

华忱之就读清华期间,深受陈寅恪、闻一多、刘文典、钱穆、赵斐云等先生影响,对考证、校勘、考据和唐诗、清代朴学产生了浓厚的兴趣,

---

[1] 参见钱理群、杨庆祥《"二十世纪中国文学"和80年代的现代文学研究》,《上海文化》2009年第1期;王富仁《单演义先生与中国现代文学研究学科的建立与发展》,《西北大学学报》(哲学社会科学版)2010年第1期。

[2] 华忱之:《曹禺剧作艺术探索》,四川文艺出版社,1988,第334页。

过着"在学问里找到了非常的愉快"的"学生派生活"①。其间，华忱之受到刘文典、钱穆的启发，关注到顾亭林的《蒋山佣残稿》；其致力于版本校勘之学，则得到了赵斐云的引路；其致力于开拓新的研究方法，则与陈寅恪、闻一多的综合影响密切相关。②华忱之在大三、大四选修了陈寅恪为高年级开设的"隋唐史""《世说新语》研究""白居易研究"等三门课程，课上的笔记珍藏多年，仍有"白居易研究"笔记存留。③四年级时，清华中文系试行导师负责制，即在每位教授名下分配几名学生，由教授担任导师，专门指导。华忱之被分配在陈寅恪名下，颇多问难请益。此后，他的大学毕业论文《孟郊年谱》也在陈寅恪、闻一多两位先生共同指导下完成。其论文取材广泛，引用文献书目达一百二三十种，考证方法不拘一格，深受闻一多先生称许："本系历届毕业论文，用力之勤，当以此为首屈一指。"④

杨振声担任中文系主任（1928~1930年）期间，曾确定以"创造我们这个时代的中国新文学"为办系的宗旨，引导学生从事白话文学的创作研究，还提出"注重新旧文学的贯通与中外文学的结合"的教学方针。⑤中文系开始为学生开设"中国新文学研究"（朱自清主讲）、"当代比较小说"、"高级作文"等课程。加之，清华大学戏剧教育和戏剧活动相当活跃，华忱之耳濡目染，对新文学产生了极大的兴趣。一直醉心于欣赏京剧表演艺术的华忱之，也开始关注起话剧这一现代戏剧样式，如其所说："在清华就欣赏过田汉剧作的演出和曹禺参加演出的《最先的和最后的》等剧，激发了我对话剧文学的兴趣。"⑥

清华毕业后，他曾赋闲家居一年，1938年起在北平辅仁大学附属中学

---

① 《清华周刊》（第228期，1921年12月2日）曾刊文《清华学生生活的派别》，将清华学生生活分为学生派生活、文人生活、编辑生活、领袖生活、美术家生活、运动员生活等12种类型。"学生派生活"的特点是：具备"'学者'的特点，不但用功读书，不但成绩好，并且能求真正的学问"。
② 华忱之：《世纪留痕》，自印书，2001，第5~17页。
③ 华忱之：《绛帐春风忆旧年——记陈寅恪师讲学二三事》，《文史杂志》1987年第2期。
④ 关纪新编《满族现代文学艺术家传略》，辽宁人民出版社，1987，第184页。
⑤ 《清华大学一览》（1929年）曾刊文介绍《中国文学系的目的与课程的组织》。转引自黄延复《水木清华：二三十年代清华校园文化》，广西师范大学出版社，2001，第315页。
⑥ 华忱之：《曹禺剧作艺术探索》，四川文艺出版社，1988，第335页。

等校任教，编撰了《孟东野诗文系年考证》《书林余话之余》《佣书杂录》等资料性论著。1943年，他从北京至洛阳，受闻一多先生函邀赴昆明西南联大中文系任教，因旅费不足作罢。后经西安至成都，任职四川省政府统计处，并在成都清华中学兼课。1948年元旦创刊于云南的《云南论坛》曾分两期登载了华忱之编撰的《孟东野年谱》。① 1945年，陈寅恪执教于内迁成都的燕京大学，居住于华西大学广益学舍。华忱之当时住在成都金牛坝，虽交通不便，仍曾前往探视两次，并以其校录的顾亭林《蒋山佣残稿》初稿请正。1947年，华忱之任四川乐山技艺专科学校副教授、教授兼图书馆主任，直至1949年乐山解放返回北京。② 当时华忱之工作尚未落实，与之交情颇深的师长蒲江清曾推介他去厦门大学任教。1950年，华忱之赴闽任厦门大学中文系副教授，同年5月加入中国民主同盟。1951年调任成都华西大学（原华西协和大学）中文系教授。时值"三反五反"运动，华西大学各学院成立了思想改造委员会，华忱之担任文学院分会的委员。

华忱之之所以进入中国现代文学研究领域，最重要的外部原因是新文学史课程的设置和高等院校的院系调整。1950年5月，教育部召开全国高等教育会议，并成立课程改革小组。③ 此次会议的主要目的是推动国家统一编订教材。会议还通过了《高等学校文法两学院各系课程草案》，将"中国新文学史"设置为各大学中国语文系的必修课程，"运用新的观点，新的方法，讲述自五四时代到现在的中国新文学的发展史，着重在各阶段的文艺思想斗争和其发展状况，以及散文，诗歌，戏剧，小说等著名作家和作品的评述"。④ 学科创建之初，专任教师奇缺，许多学者从古典文学研究转向中国现代文学研究，华忱之与同学挚友王瑶、刘绶松等人在不同地

---

① 参见华忱之《孟东野年谱》，《云南论坛》1948年第1卷第5期；华忱之《孟东野年谱（续）》，《云南论坛》1948年第1卷第6期。

② 华忱之：《绛帐春风忆旧年——记陈寅恪师讲学二三事》，《文史杂志》1987年第2期。

③ 华北高等教育委员会于1949年10月12日颁布《各大学专科学校文法学院各系课程暂行规定》，其中作为基本课程的文学史已经明确要求包括"历代及现代"。参见《华北高等教育委员会颁布各大学专科学校文法学院各系课程暂行规定》，《人民日报》1949年10月12日。

④ 王瑶：《中国新文学史稿》（上册），新文艺出版社，1951。

域"顺"势而动,构成了中国现代文学学科的第一代。

　　而华忱之之所以进入四川大学,则归因于1952年的全国高等院校的院系大调整。这一年,四川大学原有的文、理、法、工、农、师范六大学院的设置发生变动,接收了其他院校的一些系科。其中华西大学的中文、历史等系调入四川大学。① 华忱之与蒙文通、蒙思明、缪钺等学者一道,由华西大学调入四川大学。其后与林如稷、陈思苓、易明善等成为现代文学教研室的第一批成员,并担任"中国现代文学史""中国现代文学名著选"等课程的主讲教师。虽然晚年华忱之认为从古入今的学术跨界,在某种程度上使得自己"成了'杂家',是并不可取的",但是他在新的研究领域却投入了巨大的精力,想方设法获得了许多重要研究资料,"一方面夜以继日地阅读所能找到的现代文学书籍和有关资料;另一方面通过介绍,曾向冯雪峰同志借抄珍贵的原始资料;并在京访问钱杏村(阿英)同志,咨询和核实现代文学的史料问题;还多次参观访问北京鲁迅博物馆和鲁迅故居,以增强教学实感"。② 他的工作得到了院系和同事的认可,他曾代表四川大学参加了1954年由教育部组织的"中国现代文学史大纲讨论会"。

　　总的来说,20世纪50年代初的华忱之不是社会政治运动的热衷参与者。在历次运动中,华忱之始终游离在中心之外。③ 这在华忱之50年代的教学研究上也可以窥见一二。华忱之在时代气息浓厚的现代文学教学和强调史料沉潜的古典文献研究两方面并行不悖,但后者的成绩更为明显。他先后发表了《张籍及其乐府诗》《关于孟郊的生平及其创作略谈》《论顾炎武〈蒋山佣残稿〉》等论文,此外还出版了整理校订的《阮步兵咏怀诗注》《孟东野诗集》《顾亭林诗文集》等。这与现代文学作为一门新学科起步维艰、难出成果有关,也是华忱之个人性格和学术积累的惯性发展使然。

　　1958年的"双反"运动毕竟采取了相对和风细雨的方式,所以华忱之

---

① 党跃武主编《四川大学校史读本》,四川大学出版社,2013,第51~53页。
② 华忱之:《世纪留痕》,自印书,2001,第21页。
③ 华忱之的名字第一次出现在上四川大学校报上,是在1956年7月13日举行的纪念鲁迅先生诞辰75周年和逝世20周年的全校性大会上作了关于"鲁迅生平及其作品"的报告,强调鲁迅的战斗精神。

在60年代初政治气氛相对缓和的间隙里，不仅当选了经教育部批复同意的四川大学学术委员会成员，还改变了学术研究乏善可陈的状况。1959年7月人民文学出版社出版了他的《孟东野诗集》校订版，收入了其编撰的《孟郊年谱》和《孟郊遗事》。1959年8月中华书局出版了他的《顾亭林文集》点校版。此外，他还在《四川大学学报》（哲学社会科学版）、《四川文学》、《成都晚报》等各类报刊上发表文章，如《论顾炎武〈蒋山佣残稿〉》（1960）、《鲁迅论题材问题》（1961）、《鲁迅在文学研究和创作上的民族化群众化方向》（1961）、《继承民族传统，发展诗歌批评》（1962）。

学术研究之外，华忱之及现代文学教研室同人在新中国近20年间的教学实践也颇有成果。20世纪50年代初，一些新文学课程纷纷开设，如林如稷的"鲁迅研究"、陈炜谟的"现代小说""现代文学名著选"等[①]。1958年中文系修订教学整改方案时，又拟新开出"现代小说散文选"、"现代文学"、"开国以来的文学"、"现代诗歌"、"现代小说"和"现代戏剧"等现当代文学专业相关课程。[②] 这些新课中也包括华忱之于1962年秋开设的选修课"鲁迅杂文研究"和"曹禺剧作研究"。按照他自己的说法，"这可能是在全国高等院校中开设这门课程比较早的一次。……开课后，按时来旁听的同学竟比正式选选修的同学还多，甚至发生上课时争抢座位的现象"。[③] 在教学中，华忱之非常重视对作品本身的分析解读，反对用思想性分析代替艺术性分析，提倡像作家深入生活和舞台演员深入角色那样，深入理解人物形象的内心世界和他们所处的时代和生活。所以他在课堂上，用了很多时间对闻一多、臧克家前期的诗作，从题材的选择到字句的推敲，作了仔细的讲解。华忱之的学生从三个方面解释为何他的课程会成为中文系最受欢迎的课程之一：其一，"上课时，面带微笑，与学生有一种情感上的交流"；其二，"一开讲，那一口纯正的北京话，抑扬顿挫，字正腔圆"；其三，"多年研究的专长，确有真知灼见"。[④] 只是没想到在特

[①] 程骥：《四川大学与中国现代文学》，《现代中国文化与文学》2008年第1期。
[②] 《中文系初步订出教学整改方案》，《人民川大》1958年3月4日。
[③] 华忱之：《曹禺剧作艺术探索》，四川文艺出版社，1988，第335~336页。
[④] 陈厚诚：《缅怀恩师华忱之先生》，载《濯锦录——名宿与旧事中的百年川大》（第二卷），四川大学出版社，2016，第56页。

殊年月，这竟然使得华忱之受到了一些激进学生的"批评"，还使其成为中文系"偏重作品的艺术技巧，忽视作品的政治内容"的代表。①

动荡年代，华忱之厕身牛棚，绝迹讲坛，十年搁笔，《中国现代文学史》（1951~1960）、《鲁迅杂文研究》（1962）、《曹禺剧作研究》（1962）等重要文稿荡然无存。"文革"结束后，华忱之又焕发了现代文学研究的热情。1979年，他参与筹备高校中国现代文学研究会，并当选为学会理事。此外，他还担任了四川省高等学校教授副教授职称评审委员会委员兼学科评审组组长、中国郭沫若研究学会理事、中国茅盾研究学会常务理事、四川省郭沫若研究会副会长等。此时期，华忱之的文学研究成果也有很多，不仅写出《曹禺剧作艺术探索》（四川文艺出版社1988年版），于1983~1984年修订重版《孟东野诗集》《顾亭林诗文集》，带领四川大学郭沫若研究室完成了《郭沫若全集·文学编》（人民文学出版社1982年版）中部分篇章的注释，还先后在《四川大学学报》（哲学社会科学版）、《四川大学学报丛刊》、《社会科学研究》、《中国现代文学研究丛刊》、《抗战文艺研究》、《鲁迅研究年刊》、《江西师范大学学报》（哲学社会科学版）等刊物上发表了《"八千里路赴云旗"——读郭沫若同志〈归国杂吟〉及其他》（1979）、《记郭沫若同志的几篇佚作》（1980）、《论曹禺解放前的创作道路》（1981）、《鲁迅后期杂文的思想深度》（1981）、《关于〈黑字二十八〉和〈编剧术〉——记曹禺抗战初期的一些创作活动》（1981）、《论郭沫若抗战时期的杂文》（1982）、《重评曹禺的〈原野〉》（1983）、《夏志清〈中国现代小说史〉评析》（1983）、《管窥蠡测》（1983）、《田汉同志与〈抗战日报〉》（1983）、《我对抗战文艺的基本估计》（1983）、《鲁迅与徐懋庸》（1984）、《继承传统，借鉴国外》（1984）、《结构的艺术，抒情的诗意——论曹禺〈家〉的创作成就》（1984）、《鲁迅对中外文化的理论主张与批评实践》（1986）、《评〈小说与戏剧〉曹禺剧作专章》（1985）、《高歌吐气作长虹——论郭沫若抗战时期的旧体诗》（1985）、《在中外文化交融中的鲁迅创作——简论鲁迅作品对外国文学的借鉴》（1993）、《爱国精神照肝胆——读茅盾同志的诗词》（1996）等一批有分量的文章。

---

① 《立场问题不解决，就无法教好学生》，《人民川大》1958年6月18日。

将华忱之的现代文学研究置于50年代到80年代前期的历史视野中，我们会发现以下特征。①

其一，在研究对象上，其主要集中在代表性现代作家上，如其自道："我对中国现代文学的研究，无所师承，不主一家，其中对鲁迅、郭沫若、茅盾、曹禺几位的钻研，用力较勤，特别对鲁迅的小说杂文、曹禺的戏剧深所喜爱。"②而他对抗战文艺研究的大力呼吁，则对现代文学学科发展有更大的促进作用。他以新中国成立后出版的几部《中国现代文学史》为例，认为它们对国统区的文学创作论述不够、评价不足，对"孤岛"文艺和沦陷区抗战文艺的研究不足。③华忱之对郭沫若、茅盾、曹禺、田汉等人在抗战期间的文学研究和史料挖掘，即是对抗战文学研究呼吁的躬身实践。今天，抗战文学研究成果依旧偏少，这背后隐含着"价值估计不足""正面战场关注不够"等一些深层问题。④由此可见，华忱之的忧虑在今天仍然具有极强的现实意义。

其二，在研究视野上，其将古典文化与文学、外国文化与文学的视野置入现代文学研究，如其强调"立说著书，必须在继承借鉴，批判吸取中外古今研究成果的基础上，别辟蹊径，独创新机"⑤。华忱之能迅速洞悉经典作家如鲁迅、郭沫若、曹禺等人的作品中的中国民族特色和外国文化影响，并将能否批判性地吸收古今中外文艺经验作为评价作家成就的重要标准。华忱之对茅盾、郭沫若等人的古典诗词研究，既展现了他作为一个资深的古典文学研究者的学术素养，同时拓宽了以往仅仅局限于"新文学"的现代文学研究的考察视野和研究道路。华忱之的这一特色显然受到了其在清华大学中文系所受之"融贯中西"专业教育的深刻影响，也可以视为一名包容性学者在沐浴改革开放春风后的内心展露。

其三，在研究方法上，其强调细读文本，对作家和作品报以理解之同情。这首先体现为开展研究前必定反复研读文学文本，比如着手展开曹禺

---

① 笔者曾撰文《华忱之的现代文学研究》概括其学术特色（参见《中国现代文学研究丛刊》2015年第9期），现根据最新材料与研究成果进行充实和修正。
② 华忱之：《世纪留痕》，自印书，2001，第24页。
③ 华忱之：《管窥蠡测》，《中国现代文学研究丛刊》1983年第4期。
④ 秦弓：《抗战文学研究的概况与问题》，《抗日战争研究》2007年第4期。
⑤ 关纪新编《满族现代文学艺术家传略》，辽宁人民出版社，1987，第183~184页。

研究的前期工作，就是"一遍又一遍地通读了他的每一部剧作，咀嚼着剧中的每一句台词，体味着剧中人物的酸甜苦辣"，陶醉于"他剧中抒情的诗意，语言的动作性和节奏感，刻画人物心灵的复杂性等等高超的艺术本领和美学风格特色"。[1] 同时体现在其对左翼文学和抗战文学的客观评价上，他勇于批评左翼文学作品为了政治诉求而影响了艺术性探索，指出抗战初期的作品"由于政治任务迫切，作家们廉价的热情的发泄，因而往往写的不深刻"[2]。但他并不迷信海外现代文学研究所谓的"文学性"标准，反而尖锐地指出他们看似中立客观的"以作品的文学价值为原则"的文学研究，其实背后深藏着自觉或不自觉的意识形态偏见。[3] 这是华忱之的个人研究特质之体现，可以将其视为巴蜀地区学人"独特的生存体验与文化个性"之于现代文学研究批评的独特风格和价值，也是建立中国文学研究领域的"四川学派"的重要传统和资源。[4]

---

[1] 华忱之：《世纪留痕》，自印书，2001，第52页。
[2] 谭兴国：《批判华忱之先生的修正主义文艺观》，《四川大学学报》（社会科学版）1958年第1期。
[3] 华忱之：《夏志清〈中国现代小说史〉评析》，《四川大学学报》（社会科学版）1983年第4期。
[4] 梁仪：《"探路者"的启示意义——回顾华忱之的治学之道与现代文学研究》，《现代中国文化与文学》2021年第1期。

网络文学的"虚"与"实":
《商藏》中的商业传奇与现实逻辑

刘虹利[*]

(西南民族大学 成都 610041)

改革开放以来,社会主义计划经济向社会主义市场经济的转型带来了社会生态的根本性变化。在以农耕为主的中国古代社会里,"士农工商"的排序几千年来牢不可破,如今,商业活动的空前活跃使得社会文化与精神生活随之嬗变。当种种情形反映到文学创作之中后,我们看到,通俗小说讲述商业时代的成功故事,严肃文学拷问个体精神世界的困顿与迷思,前者容易因追捧成功而丧失立场,后者则时常因单向度批判立场而制造新的遮蔽。显而易见的事实是,即便伴随经济全球化带来的"脱序"眩晕,发展经济的好处也是不容忽视的。百姓物质生活水平有了提高,大众文化勃兴带来文化的普惠效应,社会伦理与精神向度改易的同时,也为"草根"文化提供了营养基础。面对如此生机勃勃的时代,任何问题的提出和解决既需要具备总体性方法和视野,更需要贴近言说对象的运行轨迹进行观察和分析,文学的表达同样如此。因此,庹政的《商藏》可以说是应时而生、应运而生,这部网络小说野心勃勃地要为在商海中浮沉的时代之子立传,要为日益壮大的民营经济寻路,更要为奔涌激荡的改革浪潮谱写旋律。作品显示出网络文学可以肩负起现实题材表达的重任,它既具备"好看"的叙事优势,又坐拥网文粉丝群的数据优势和未来 IP 转化的潜力,其意义不容忽视。

---

[*] 刘虹利,西南民族大学中国语言文学学院讲师,研究方向为中国现当代文学。

一

《商藏》几乎完整地讲述了主人公叶山河大学毕业后从下岗创业到跻身西川（四川）顶级商圈的奋斗历程。《商藏》150多万字的篇幅，对于纸质文学而言已然是皇皇巨著，但这个体量置于网文界，即便不算短小，也堪称精悍。小说之"大"在于庹政以宏大而又稳固的架构，通过叶山河一人的经历将商界、政界与黑道串联起来，将20世纪90年代以来极具代表性的行业以及发生在西川的典型商业案例讲述得精彩纷呈，也将经济社会不同阶段的商业氛围、文化气息和世道人心都熔于一炉。庹政接受橙瓜专访时将《商藏》概括为"一个男人的商业传奇；一些关于商业的思考；一部西川改革开发的商业史诗。……做为一个七零后，跟着国家一起经历诸多波折变迁，伴随着改革开放一起成长，国家发展的历史也是个人的成长史，最后反映在小说中，就是三十年西川商界的风云激荡史。选择这样一个时代背景，几乎是一种必然"。[①] 小说从一人着笔，却实现了小中见大、为巨变时代"立此存照"的文学野心。

小说主人公叶山河出生于西川商贾世家，毕业于重点大学，既有才华心性，外表还帅得不像话，这些要素基本符合霸道总裁的人设，小说行文尽可以在霸道、腹黑、甜宠、虐的思路上纵马狂奔。然而，也仅仅是开篇部分和徐朵朵的办公室地下情有这个苗头，很快，作者便悬崖勒马，认认真真讲故事、扎扎实实上"硬菜"。没有"开挂人生"的模式，只有一条"路漫漫其修远兮，吾将上下而求索"的道路，主人公只能在一次次进取和摔打中获取"战力"，最后符合逻辑地走上人生巅峰。

小说一开始就将成功人士叶山河置于内忧外患之中：内部有高层管理团队的异动，外部有"惊险一跳"的巨大压力，更不用提强劲竞争对手的窥伺。至于他早期的创业之路，更是曲折跌宕，令人叹服：他从白石印染厂的一线工人，经历企业破产，到与人合办校服厂，再到承包扬子江宾馆，此后

[①] 庹政：《我是一怒之下决定写主旋律官场小说的》，网易网，http://dy.163.com/v2/article/detail/DQ09N23R05149LTR.html。

网络文学的"虚"与"实":《商藏》中的商业传奇与现实逻辑

经营书吧,投资夜总会、燃气公司、塑料厂,涉足汽车美容行业,开网吧。生命不止折腾不休,在一番"广泛撒网"的操作之后,他的创业生涯再度归零。很快,重整旗鼓的他进军省城,进入装修、纺织、地产行业,最后参与西川最大的城南地产项目,实现了"与伟大同行"的人生目标。

小说跨越如此迥异的领域令人惊叹,这得益于庹政本人的真实经历,叶山河前半段的经历是作者生活的真实写照,他写来得心应手,将各个行当之中的关窍与用心、得失与甘苦写得流畅自如。后半段的地产案例,也可见出庹政研究得深、了解得透,既能坐实商业细节,又充分制造悬念,并通过合理想象使人物和故事"立"起来。所以,《商藏》并非投机取巧地玩概念,或是浮光掠影地玩花巧,相反,小说经得起推敲,说它是非常好看的创业者的商战教科书也不为过。比如叶山河初次创业与朋友合办校服厂的经历,其中的啼笑皆非,若没有相应的生活体验很难写得如此细致生动。

庹政叙事时非常有层次感,能充分考虑不同人物的不同行为逻辑,从初出茅庐的叶山河到更有经验的女业务员,再到商界名宿叶家老爷子,不同的视角富有层次感地展示了生意的复杂与奥妙。作者为叶山河的进阶之路做了"顶层设计",一是实践出真知,亲自扑腾、摸爬滚打,二是"三人行必有我师",不同阶段有不同的朋友和不同的格局,三是资质出众外加高人指点。这使故事情节的推动既不乏飞扬的浪漫想象,又能使"大男主""大女主"的戏码真正落地,遵循现实逻辑。众所周知,"见招拆招"是网文阅读最基本的快感模式,而《商藏》主人公"升级通关"不靠巧合靠实力,总是在具体处境中解决具体难题,"三分天注定、七分靠打拼",这就大大地脱离了网络小说惯常的传奇式写法。当然,这也比天马行空的蹈空叙事更需要作者具备深厚的生活积累和活跃的想象力。比如,在写竞争蜀都饭店项目的情节时,庹政的黑道书写经验就派上了用场。叶山河派出"卧底"从内部分化瓦解对手的阵营,又因势利导、借力打力,最终四两拨千斤地摧毁了强敌。其中自然也有"偶然""巧合"的因素——所谓"天时地利人和",前两项都与"偶然"或"巧合"有关——但能在看似铁板一块的对手中找到内在诉求的差异性,从而实现各个击破、招招制敌,这也是作者深入研究人性之后才得到的方案。再如写城南项目的"惊险一跳",整个过程也是波澜起伏、险象环生,这些故事几乎可以当作经典案例写入商学院的教科书,其情节设计由于有扎实的生活体察而精彩不已、令人叫绝。

当然,在一部"大男主"的小说里,不断上升的人生态势固然引人入胜,但通往成功的道路也并非畅行无阻,这既是阅读快感之来源,同时更得益于作者的现实主义精神指引,叙事遵从了事物发展的现实逻辑。在叶山河的奋斗之路上,办校服厂的失败教训并非绝无仅有,相反,大大小小的失败接踵而至,读者能够真正体味到主人公所经历的甘苦辛酸:印染厂的磨炼、校服厂的煎熬、江州创业归零的苦涩……"人生好像一个巨大无比的莫比乌斯环,他就像那只可怜的小蚂蚁,永远也爬不到头,看不到头。"[①]"我是谁""我从哪里来""要到哪里去",庹政在作品中发出古老的灵魂三问,将消费时代的消遣式"浅阅读"引向深入。

学者邵燕君将网络小说归入"拟宏大叙事"的类型,认为网络小说在中国兴起的时候正值社会转型期,"对于北、上、广、深等大城市而言,可以说正发生着从现代社会向后现代社会的转型,从整体社会的价值结构而言,正发生着从启蒙时代向'后启蒙时代'的转型。网络文学的'第一世代'以'70后''80后'为主,他们是启蒙文化哺育长大的,或许在具体的价值观上与父兄辈有代沟,但价值模式和心理结构上仍然具有延续性。'第一世代'是'传统网文'的主要创作和阅读群体,所谓'屌丝的逆袭'就是一种'拟宏大叙事'的变体——以升级模式代替了深度模式,以成功模式代替了成长模式"。[②]

网络文学的"拟宏大叙事"为自己的供养人提供精神代餐,让他们品尝到生活中缺少的欣悦和满足,但网文的功能却不应该永远陷在贩卖精神麻醉剂的泥沼之中。对于笔力雄厚的作者来说,现实主义精神可以从根本上提升网文的品相,为它注入更多的高级感。庹政很清楚自己的商业写作者身份,他恪守职业道德,勤写勤更,从不讳言自己对名利的喜好,但重要的是他不降低自己的写作品质,去屈从于那些尚未成熟的味蕾的偏好,

---

① 庹政:《商藏》,咪咕网,http://www.migu.cn/read.html。
② 邵燕君:《网络文学是否可以谈经论典》,《中国文化报》2019年2月27日,第3版。

网络文学的"虚"与"实":《商藏》中的商业传奇与现实逻辑

因此,他才能以现实主义精神和手法真正在网文中肩起书写现实题材的重任。在《商藏》中,作者突破网文的"成功模式",着力建构"成长小说"的叙事,突出叶山河在奋斗之路上从实力、眼界、心胸到格局的逐渐提升,以及对他内在情感层次丰富性进行描摹,既写主人公外在社会身份的变更,也写他内在心性气度的养成,而始终如一的则是他"有底线""不作恶"的基本道德准绳和核心品质。作者所写的种种挫折与失败,一次次尝试与归零,每一个重大决策的惊险与刺激,都意在给主人公提供充分的时间、空间来揣摩为人之道、体悟经商之道,而追更的读者也能从中共享这些经验和成长。应该说,庹政的创作不虚浮,能够沉潜到人物的境况中去揭示他们内心的真实状况,所以能写出《商藏》这样厚重的作品。

二

当然,所谓的"厚重"还体现在作品不仅仅局限于个人史的撰写上。从川棉一厂、晶体管厂到蜀都饭店、东郊记忆和城南项目,这些都是当地足以载入史册的重大项目,也是西南地区城市化进程中颇具代表性和影响力的商业案例,小说也可以说是一部城市商业进化史的全记录,同时还见微知著地记录了中国改革开放以来不同历史时期的商业风貌。小说中所有与个人有关的情节始终是深嵌在中国改革开放的历程之中的,比如叶山河第一次创业合办校服厂的经历,就是改革初期"下海潮"所激起的一朵浪花,时代的风貌和节奏,就这样在具体人物的人生抉择中得以体现。改革开放后不同时期所特有的经济现象也引发了庹政的思考。在作品中,他以山河集团兼并川棉一厂后的种种情状入手,探讨国企改制刚刚铺开后的一些富有争议的现象,回顾中国经济制度在摸索阶段的一些典型案例,对此,庹政从《公司法》到国资委的《职工董事管理办法》,从中华全国总工会制定的《企业工会工作条例》到国资委颁发的《董事会试点中央企业职工董事履行职责管理办法》,都做了研究。

在小说中,作者还展开了对商业与权力之关系的思考,如晶体管厂一波三折的收购过程,就是一场与权力缠斗、博弈的过程。这得益于庹政写官场小说的经历,它成为作品商业史版图中不可或缺的部分,一幕幕始料未及的变化,将权力、资本、欲望三方缠斗的复杂局面呈现得淋漓尽致。作者塑造了几个性格鲜明的官员形象,特别是市委书记陈哲光。他是一个颇有性格和手腕的官僚,能力足够,也独断专行,有头脑,也有执念,善于自我造势宣传亮点,却也无法摆脱权力投下的阴影。对高官的近距离书写,一方面,取材于当地官场"地震"中的真实事件,给读者带来索隐、考证和窥视的乐趣;另一方面,作者也不断从叶山河的角度来思考商业与权力的关系。在晶体管厂改制和蜀都饭店的故事中,作者展示了如何在权力的光芒之下去看清真相的过程。实际上,在中国古代社会的皇权专制结构与官本位文化土壤中,权力与商业之间更是存在犹如本与木、血与肉一样的关系。作者以局外人的冷眼洞悉世相、揣摩真相,"从吕不韦开始,任何商人都知道做官员的生意一本万利,但有的官员是黑洞,过于接近会被其吞噬"。① 并且作者令主人公反思自己对权力的亲近和媚态:面对权力居高临下的威压,是否能泰然处之?面对权力调配资源的巨大势能,能否抑制住过于强烈的渴念?面对狐假虎威者利用权力进行的胁迫勒索,是否敢于断然向狐甚至虎说不?这是以叶山河为代表的中国商人都需要思考的问题。当然,叶山河通过了考验,时代支持了他的选择。新时代"把权力关进笼子",官场在一系列整饬行动中是非立判,政府转变职能和角色之后,商人群体的自我身份和价值进一步得到确认,从叶山河的选择中,我们感受到一种敢于与权力保持距离的信心,应该说这的确是时代的赋能,作品恰如其分地描摹了今天商人的精气神。

在作品摆脱"成功模式"走向"深度模式"的过程中,作者有一个核心的"问题意识":大时代中商人为何?经商何为?中国古代社会几千年的农耕文化、农业立国,资本与市场未能得到充分的培育生长,20世纪现代西方社会的资本全球扩张和血腥殖民,给古老的中国带来的伤痛记忆至今犹在。可以说改革开放40多年,中国人从改革初期破冰之难的暗潮汹涌、计划经济向市场经济转变的历史阵痛,到摸着石头过河的探索之苦,从掘金时代创业者与投机者同台竞技,到经济全球化时代在国际竞争中与狼共舞,再到如今简政放权的轻装上阵,是时候做一个阶段性的总结,也

---

① 庹政:《商藏》,咪咕网,http://www.migu.cn/read.html。

网络文学的"虚"与"实":《商藏》中的商业传奇与现实逻辑

是时候展望未来、考虑中国经济如何延续辉煌的问题了,这是"革命胜利第二天"的问题,是"打江山"后"守江山"的问题,也是仅有40多年改革经验的中国企业家亟须思考的新问题。

小说中,作者对此给出了精确的数据:"中国民营企业的平均寿命是多少?统计数字说是3.7年,中小企业平均寿命更是只有2.5年,而在美国和日本,中小企业的平均寿命分别是8.2年、12.5年。中国大公司的平均寿命是7到9年,欧美大企业平均寿命长达40年,日本大企业平均寿命有58年……为什么我们的企业这么短命?大环境不说,我们内部,我们每个人是不是也有很大的责任呢?"[①] 经商不是挣快钱,不是打一枪换一个地方,企业的长久发展是商业环境成熟的标志,也是企业社会责任感日益增长的标志。当外部具备稳定的、良性的经济环境时,现代企业的生存与发展就是一个商业伦理的问题了,也即如何处理"利"与"义"的问题。小说中山河集团做大做强后,接踵而至的是核心成员的不断剥离,是"独乐乐"还是"众乐乐",是逐"利"还是取"义",是垄断还是共享,这不是单单依靠契约精神就能解决的问题了。叶山河面临着商业追求的根本性问题,即如何处理人与人的利益关系、人与自我欲望的关系问题。孔子早就说过:"富与贵,是人之所欲也。"(《论语·里仁》)"富而可求也,虽执鞭之士,吾亦为之。"(《论语·述而》)同时他也提出"义以生利",强调二者不仅不会冲突,反而"义"会对"利"产生促进作用,也就是说,遵循合理的道德规范,有利于利益的获取或增长。主人公最终把握住了取舍予夺之度,克服了个人欲望的膨胀,厘清了个人与企业及合作者的关系。这正是作者所赞赏的古典商业理想和商业伦理,它绝对不是掠夺式发展和丛林法则式竞争。

三

小说主人公深谙韬光养晦之道,藏器待时,最终开辟出豁然开朗的人生新境界,中国网络文学也经历了藏器待时的发展阶段,同样来到了一个

---

① 庹政:《商藏》,咪咕网,http://www.migu.cn/read.html。

195

新的历史节点。20年前,网络释放出无边无际的文学表意空间,为启蒙传统培育出来的大批文学青年提供了理想的飞地,让他们在印刷文学包含的严肃创作和通俗读物之外,体验到了自由的狂想,网文作者偏安一隅、自甘边缘的身份也由此确认。然而,当一代网文作者生活阅历更为丰富,所承担的社会身份和社会角色更为多元,对时代的体认更为深刻时,他们必定会回应时代的召唤,承担起进行主流表达的责任。在商业时代,这个转换意味着挑战,但并非不可能完成的任务。

"今天网络文学十分发达,需要很多写手。我们说网络文学很新,它只是介质新,就是通过网络来发表作品。内容新不新呢?从某种程度上说,网络文学是很旧的,比'五四'以来的文学还要旧。它的题材、它的处理方式在明清时期、民国时期的传统文学就已经出现,有的甚至是被当时的主流忽略的。现在出现了这样一个现象:很新的介质上出现了很旧的东西。但中国人从'五四'以来,不敢说新的东西不好,网络文学用新的介质来标榜自己的新。我并不是说反对网络文学,而是今天的年轻人缺乏在审美系统中用新的语言和观念来处理当下生活的能力。所以我们只好回到熟路上去,最熟的路就是语言。表面上看是新的东西,内在却很旧。为什么?我们的教育没有向他们提供一种面对新世界、新问题,寻找新方法的可能和勇气。在文学史、艺术史上,每一个真正在时代潮流上作出巨大贡献的艺术家,文学家往往不是这样的情况。创新伴随新生和勇气。"①

作家阿来的判断应该说在很大程度上揭示了网络文学的真相和未来的可能性。的确,从渊源上梳理,中国网络小说与明清白话小说、现代通俗小说有着一脉相承的亲缘关系,后者植根于市民生活的勃兴和大众传播媒介的革新,而网络小说则主要借助信息革命之"好风"扶摇入青云。网络对网文而言最初是纯然介质性的存在,但随着相应的运营机制走向成熟,网络也成为网文写作的一种方法论默认设定,也就是说网文写作与纸质作品写作,具有两套不同的话语生产机制,但这并不是限制网文从量变到质变的绝对戒律。

今天的网络作家绝大多数接受了20世纪八九十年代大众文化尤其是影

---

① 阿来:《我的写作道路与创意写作教学》,《写作》2019年第2期。

网络文学的"虚"与"实":《商藏》中的商业传奇与现实逻辑

视文化的熏陶,而这背后包含了西方文化产业对"把退稿信变成支票簿的路径"的探索、对写出好故事/畅销故事的方法的探索,以及对更深处的阅读/观赏快感机制的探索。"如何写作、如何设计情节、如何塑造人物、如何诱导读者以及如何熟练地使用上百种工具。这本书将告诉你这些基本的技巧和诀窍。"① 这是俄克拉荷马大学职业写作教练德怀特·V.斯温 20 世纪就倾囊相授的秘诀。因此,八九十年代大众文化的表意方式、叙事策略潜在地影响了"70 后""80 后"的网文写手(至于"90 后""00 后",根本就是读图/影像的代际),他们也会更本能地在人物设定、情节驱动、叙事节奏、情感类型等方面开展实践,使之与市场需求和阅读需求相契合。因此,不管是写"旧"的内容,还是写"新"的话题,他们都有更大可能性把作品写得更"好看",甚至更"好"。现代通俗叙事大家张恨水在抗战时期也写过许多现实题材,但不管是写正面战场的《虎贲万岁》,还是写大后方生活的《巴山夜雨》,都未能将通俗的形式与主流的内容完美结合,这与写作技艺与理论尚未充分发展起来有很大的关系。而今天的网文作者则将享受时代的利好,即在不脱离网络的介质和方法论的前提下,将阅读消费的快感机制移植进主流题材和价值观的表达之中,创作出真正"叫好又叫座"的作品。

从阅读者的角度来看,"随着'入网'门槛的降低,大量农民工和中小学生的涌入,造成'阅读下沉'、'小白当道';但另一方面,'70 后'以上的'传统读者'也越来越多地加入网文阅读,随着'媒介革命'的深入,'精英圈'的实力也会逐渐增强"。② 可见,在既有的快感机制基础上探索主流表达的途径,与读写两方面都存在着需求的内在一致性。因此,《商藏》具有一定的代表性,代表着网文在叙事技巧、细节呈现、思想深度、历史叙述和社会责任上可以达到的高度,是网文写手从"大神"向"大师"迈进的案例之一。这当然取决于作者的个人实力,也意味着网文现实主义写作的新风口。

当然,《商藏》中的传奇性人造景观也是存在的,如西川商界传奇人

---

① 德怀特·V.斯温:《畅销书写作技巧》,唐奇、上官敏慧译,中国人民大学出版社,2013,第 3 页。
② 邵燕君:《网络文学时代中国"主流文学"的重建》,《艺术评论》2014 年第 12 期。

物叶盛高的人设、叔叔陆承轩的神秘助推等,不免有几分刻意,但总体而言,作者在"虚"和"实"之间寻找到了一个适当的平衡点,恰如小说中叶山河的一段独白:"生意做到一定地步,需要把实的问题虚化,把虚的问题实化,要看得更远,也看得更近,既要看到夜空的月亮,也要看到脚下的沟渠,同时,也是对自己以前的行为,情感,思想做一个总结,如同一个著名的作家,不应该总是量的重复,是该留下一些东西的时候了。从大的方面来说,是回报社会,从个人角度,是留得身前身后名……"① 这也是作者的剖白,商业写作并非天生与经典绝缘,大众文化产品中已有无数经典之作被后人津津乐道,不管流俗如何呼啸扑面,网文大神们若能继续坚持对写作品质的追求,在网络文学新风口上,有实力的写作者一定会飞得更高。

---

① 庹政:《商藏》,咪咕网,http://www.migu.cn/read.html。

民族文学研究

重返历史现场：20 世纪 80 年代少数民族题材电影的多元表述和美学新变[*]

邹华芬[**]

（西南民族大学　成都　610041）

1978~1979 年，标志着新中国少数民族题材电影艺术高峰的《五朵金花》和《阿诗玛》相继解禁[①]，之后中国四大少数民族地区的电影制片厂相继改建成立[②]，少数民族题材电影拍摄上映数量逐渐增多。陈昊苏曾在 1989 年 4 月召开的少数民族题材电影创作会议上指出："10 年间拍摄的少数民族题材的电影共 124 部，大约占影片总数的 7%，大体上与少数民族人口的比例差不多。"[③] 尤其是 80 年代中后期，形成了"十七年电影"少数民族题材创作高峰后的又一个高潮，1984~1988 年，每年投拍上映的少数民族题材电影都在 10 部以上。这一时期的少数民族题材电影，呼应时代多元变革思潮，形成了生机勃勃却又纷繁复杂的多元面向。在当前"铸牢中华民族共同体"的现实语境下，重返历史现场，研究 20 世纪 80 年代少数民族题材电影的生产语境、叙事表征以及美学新变，或可形成对当下建设新时代各民族共有精神家园这一重大课题可资借鉴的思路。

---

[*] 本文系西南民族大学 2020 年中央高校基本科研基金（2020SYB26）的阶段性研究成果。
[**] 邹华芬，博士，西南民族大学中国语言文学学院副教授，研究方向为影视艺术、视觉美学等。
[①] 徐庆全：《电影〈阿诗玛〉的解禁》，《中国新闻周刊》2006 年第 40 期。
[②] 1978 年 11 月，广西电影制片厂成立，1979 年，原少数民族地区的译制片厂相继改制，开始故事片的制作：新疆电影译制厂改建为新疆电影制片厂（后改为天山电影制片厂），内蒙古电影译制厂改建为内蒙古电影制片厂，云南民族译制片厂改建为昆明电影制片厂（后改为云南民族电影制片厂）。
[③] 陈昊苏：《努力繁荣民族题材电影创作》，《电影》1989 年第 6 期。

（一）伤痕记忆

1979年，以《苦恼人的笑》《生活的颤音》为开端，中国电影人以知识分子强烈的责任感，兴起伤痕反思的潮流。这一伤痕反思潮流也体现在少数民族题材电影的创作上，从1981年的《舞恋》开始，相继有《初春》（1982）、《叶赫娜》（1982）、《甜女》（1983）、《不当演员的姑娘》（1983）等影片出现。

这一时期的少数民族题材影片中的"伤痕记忆"叙事较为谨慎，兴起晚，结束早，整体叙事重心仍然在中华民族共同体的构建上。《舞恋》中，在展现彝族舞蹈演员曲木阿芝在"文革"期间受到不公正的待遇时，影片并没有像《芙蓉镇》《巴山夜雨》那样，用大量的影像表现"文革"的苦痛，而是让受到不公平待遇的曲木阿芝重回自己的家乡，疗治伤痛。《不当演员的姑娘》中，维吾尔族舞蹈演员阿米娜在"文革"期间也受到了冲击，在恢复工作的阿米娜的回忆中，这样的冲击虽然苦痛，但并不漫长，正如导演广春兰所指出的那样，"我们努力表现她那炽热的事业心和高度的责任感。因为，不这样，影片很容易沿着寻找女儿这条悲欢离合线陷下去，以致把这个人物推到计较个人恩怨得失和清算文化大革命旧帐的路子上去"①。影片整体的轻喜剧风格更是冲淡了原有的伤痛。影片《甜女》虽然以上海知青孟甜女在朝鲜族地区生活的经历为主要内容，但影片中的朝鲜族人，即使在"文革"期间，也都善良宽厚，让孟甜女备尝关爱。《叶赫娜》中，首先受到冲击的是汉族干部陆南平，佤族群众只是受牵连的对象，而叶赫娜逃进山林仍然坚信一定会被"拯救"这一情节的设置，则明显延续了一种"十七年少数民族电影"的经典叙事，即受苦的群众对必将被拯救的期待和信心。而影片中境外匪徒的设置，使得故事再次指向了"十七年电影"中的"他者"威胁，影片的重心也又一次回到了"十七年电影"中反复出现的身份认同构建，即基于阶级认同的国家共同体构建。

可以说，20世纪80年代的少数民族题材影片中的"伤痕记忆"表

---

① 广春兰：《努力塑造少数民族的动人形象——〈不当演员的姑娘〉导演总结》，《电影》1984年第2期。

重返历史现场：20世纪80年代少数民族题材电影的多元表述和美学新变

述，大都被有意模糊和淡化，影片较少同时期主流电影中对"文革"的深刻反思和控诉，而是借由"伤痕反思"的时代主流表述结构，在重返"十七年电影"中身份认同的经典构建路径的同时，突出基于新生活而展现出来的强大召唤力。

（二）娱乐探险

少数民族地区的边远和习俗的神秘，无形中给少数民族题材影片提供了奇观、悬念等多种可能性。80年代的少数民族题材影片也开始有意识运用娱乐元素，追求娱乐效果。《黑面人》（1980）的序幕就较好地营造出强烈的悬念："头戴黑纱、面涂黑墨、身着哈尼族男装的黑面人跃马横枪，抓走了土司的管家曹老五，抢了大批物资，并且神速地撤走了。在'大哥'宗妮跃马转身时，突然'停格'拍摄，以半掩黑纱的宗妮面容为衬底，拉出片名《黑面人》。"[①] 尽管影片后来的情节拖沓，内容老套，影响到影片整体效果，但序幕所体现出来的强烈的悬念色彩，仍可视作对娱乐元素的有意识运用。1981年上映的《奇异的婚配》和《幽谷恋歌》，在娱乐因素运用方面则更为大胆。片名《奇异的婚配》就有以奇观异俗吸引眼球的明显意图，《幽谷恋歌》则是一部因为内容猎奇而引起较多批评的影片。影片讲述了女游击队长阿鹰女扮男装获得乡长独生女儿达丽的爱情后，利用和达丽谈情说爱的机会摸清山寨地形，带领解放军解放山寨的故事。引起非议的重要方面就在于影片中多次出现女扮男装的阿鹰和达丽含情脉脉的场面，尤其是阿鹰对达丽的行为，被认为有"故意挑逗"、表现"同性恋"之嫌。但无论如何，有意从"奇"字出发构思情节，确实是娱乐精神的重要方面。1983年的《熊猫历险记》和1984年的《神奇的剑塔》都是儿童题材，但也融入了娱乐探险元素。《熊猫历险记》是峨眉电影制片厂和香港综艺的合拍片，在利用熊猫和九寨沟作为视觉冲击之外，加入了很多不太合乎常理的探险情节，藏族小朋友平平护送熊猫去熊猫的故乡，经险滩、天堑、遇毒蛇、猛兽，还碰到巨大的吃人花和食人藤，电影有意制造情节的惊险离奇。1985年的《黑林鼓声》还曾因为其中的一些

[①] 周文虎：《"黑面人"为何不感人？》，《电影评价》1980年第4期。

镜头过于血腥和暴露而遭受非议。即便是这样，少数民族习俗的神奇和地理空间上的神秘，仍然是娱乐片屡屡涉足的领域。1986年到1988年间，中国少数民族题材娱乐片趋近高峰。在这三年间，国内共摄制上映了约24部有关少数民族题材的娱乐片，大部分属于合拍片。

80年代中后期的娱乐片因为获得了舆论和政策的支持，娱乐因素运用得更加直接，内蒙古、天山、广西等少数民族电影制片厂也开始大幅投拍娱乐片。[①] 影片大多利用少数民族地区的边远空间，尽力营造离奇曲折的情节。《少女·逃犯·狗》和《雪狼》甚至以展露性、裸体为重要看点，审美和娱乐脱离，影响了影片的艺术成就。

（三）先锋探索

少数民族题材领域内的探索片热潮起源于1984年广西电影制片厂郭宝昌摄制的《雾界》，以后陆续有《青春祭》（1985）、《猎场扎撒》（1985）、《盗马贼》（1986）、《鼓楼情话》（1987）以及《神女梦》（1989）。这些少数民族题材的探索片，几乎引领了20世纪80年代探索片潮流。这里需要注意一个经常为理论界所忽视的事实：电影语言的现代性实践最集中的领域其实是少数民族题材电影。由此同样被忽视的还有现代性与少数民族题材电影之间的复杂纠葛。

《雾界》是继广西电影制片厂1983年《一个和八个》后推出的又一部探索电影语言的影片。影片以"墨绿、棕黄、黑褐、雾灰"为整体色调，色彩和构图都颇为考究。和同时期的一批探索片一样，影片打破了戏剧化情节设置的传统，极力通过影像本身展现意义，表现出了平淡的情节、开放的结局、缓慢的节奏、较少的对白等重要特征，是中国电影探索电影语言现代性转型的重要一环。

相对于《雾界》来说，祭奠一个时代的《青春祭》引起了更多人的共鸣。汉族少女李纯来到傣乡，被傣乡人自然、追求美丽的古朴民风所打动，曾经被压抑的天性苏醒。在李纯的回忆中，美丽的傣寨像一场在真实与虚幻之间的梦境。主观化的影像风格、散文式的结构、长镜头和蒙太奇

[①] 《内蒙厂今年投拍多种题材娱乐片》，《文汇电影时报》1988年12月10日。

重返历史现场：20世纪80年代少数民族题材电影的多元表述和美学新变

的交替运用以及恍若世外桃源般的傣寨，都成为当时观众热议之处。

田壮壮的两部探索片《猎场扎撒》和《盗马贼》继续将目光投向了少数民族的古老文明。在《猎场扎撒》中，一次次的围猎追逐使成吉思汗制定的法令有着至高无上的约束力。广阔的草原、翻飞的马蹄、古老的法令已经融进年轻猎手们奔腾的血液，没有任何美化的草原风光，沉默的猎杀中却有一种深沉的力量。继草原文明的探讨之后，田壮壮将目光投向了雪域。同样是极少的对白和极淡的情节，导演有意拉大观众与影片之间的距离，甚至刻意阻碍观众对影片人物的认同，呈现了一种偏离大众审美趣味的影像风格。借由主人公罗尔布徘徊于生存与信仰之间的纠结，《盗马贼》着意探讨的是"神的皈依和背叛"这一普遍而又深刻的主题。相对于其他探索片而言，田壮壮的这两部有关少数民族题材的探索片对传统的审美趣味和观影心理提出了更大的挑战。

李小珑执导的《鼓楼情话》以民族学院学生苏娜进入侗族山寨为线索，以外来者的眼光审视这个古老民族的文化与历史。作为探索片，影片仍然在形式上体现出创新，"影片有意识地以沉重的黑色为主要基本色，利用寨老红色的披毯以及少女的红色雨伞作为补充色块，使整部影片形成了红、黑、白相间的既对比又和谐的总色调"[①]。

80年代的这一批少数民族题材探索片，和同时代的其他探索片一样，表现出对电影语言、形式探索极大的热情，都较为排斥前因后果的故事情节，往往采用块状式的非线性结构，探索独特的色调和构图，有着极致的美学追求。这些影片注目多元族群文化，是新中国电影界又一次大规模的对少数民族文化的集体表述，可以视之为"寻根思潮"的另一种表现形式。值得注意的是，在"新启蒙"的知识视野下，这批探索片开始超越经典的拯救模式，在某种程度上形成了对"十七年电影"中落后/先进的反转，边地的少数民族文化以其神奇和古老的智慧丰富了中华民族文化共同体，足以成为文化反思和时代创新的动力源泉。

[①] 黄术：《〈鼓楼情话〉的画面造型》，《电影艺术》1988年第12期。

(四) 改编族群传说

自 1980 年的《阿凡提》开始,少数民族题材影片中出现了大量改编自民间传说的故事,主要有《玉碎宫倾》(1981)、《艾里甫与赛乃姆》(1981)、《孔雀公主》(1982)、《神奇的绿宝石》(1983)、《卓瓦桑姆》(1984)、《森吉德玛》(1985)等,这种改编少数民族民间传说故事的热潮从 1980 年开始,大致在 1985 年结束。之所以会出现这种改编热潮,应该在于当时理论界热烈进行的"电影民族化"的讨论,刚刚从"文革"伤痛中走出来的创作者,急需新的文化资源,少数民族民间特有的传说作为民族化的重要标志自然成了关注的热点。

经由改编的影片,永远伴随是否忠于原著的问题。改编少数民族题材的民间传说和神话,则还必须考虑忠于原族群文化的问题。80 年代前期的这股改编少数民族传说和神话的热潮,就一直伴随观众对改编后影片的热议。当时这一批少数民族民间传说神话的改编,都或多或少地在流传的基础上,进行了主题的"升华"和"提炼"。《孔雀公主》上映后,就遭到云南观众的批评,他们认为影片语言风格、细节和傣族的民间传说都有很大出入,更重要的是,影片在传说的基础上,"牵强地塞进些反封建、反神权、反个人迷信的思想内容,使整个影片很不协调,使人看了很不舒服"。[①] 编剧白桦在回应《孔雀公主》批评的时候则明确表示:"正因为《故事》反映了傣族整个封建领主制时期的社会生活(包括阶级压迫、封建迷信)和人民的愿望,它才具有生命。否则它有何可取之处呢?从质的意义上来说,我并没有用今天的生活来修改'古代'的生活。我只是去掉了它的佛教色彩的'包装'。"[②] 很明显,编创人员强化了当时流行的反封建、反神权以及阶级斗争的思想,而这些思想,又在某种程度上违背了少数民族文化的信仰,因而影片遭到了批评。

这一时期少数民族题材影片对族群民间传说的改编,从集体记忆的层面确认了族群身份,加强了族群的情感维系,而影片对族群传说基于现实

[①] 张维:《不能把古代神话现代化——对影片〈孔雀公主〉的意见》,《电影艺术》1983 年第 6 期。
[②] 白桦:《关于〈孔雀公主〉》,《电影艺术》1983 年第 10 期。

语境的"升华"和"提炼",则引发了新的语境下族群文化如何呼应时代精神的重要问题。

(五) 重述革命历史

对少数民族地区革命历史的重现,一直是"十七年电影"少数民族题材的经典表述。1980~1989年,少数民族题材影片中的革命历史故事为21部左右。但在1983~1984年两年上映的18部少数民族题材电影中,仅有一部讲述革命历史故事的影片——《骑士的荣誉》。主要原因可能在于80年代前期,电影界新的思潮不断出现,占据了电影创作者和观众的大部分空间,革命历史叙事遂逐渐淡出。80年代中后期,少数民族题材影片的革命历史叙事借由娱乐片的高峰重新出现,尤其是1987年至1988年间,国家电影局和财政部设立重大革命历史题材影片基金,对少数民族题材影片中的革命历史叙事有所推动。这两年共出现8部讲述革命历史故事的少数民族影片,是80年代少数民族题材影片革命历史叙事的高峰。但是,即便是高峰,少数民族革命历史叙事题材影片也始终不再像"十七年电影"时期那样成为占据少数民族题材影片数量的主体。

进入80年代的少数民族题材革命历史片,更关注情节的曲折和离奇。《黑面人》和《幽谷恋歌》就以悬念和奇观成为新时期少数民族题材娱乐片的开端。之后的革命历史题材片如《戈壁残月》和《黑林鼓声》,在常规的革命叙事之中添加了更多的娱乐元素。悬念、神秘、私情、爱恋、裸露、血腥等等,都在少数民族题材革命历史片中渐次呈现。

(六) 现实叙说

反映现实生活尤其是改革开放后各行各业新面貌的现实题材一直是国家鼓励扶持的重要创作方向。从1981年到1989年间,从现实生活出发叙述故事的少数民族题材影片达到了36部,和娱乐片一起占据了80年代少数民族题材影片数量上的主体。

这一时期少数民族题材影片对于改革开放后的现实叙说是在"文革"记忆和新生活的召唤中同时展开的,有意思的是,1981年的《舞恋》和《幸福之歌》正好代表了改革开放后现实叙说的两种类型。《舞恋》通过汉族青年向锋的视角，讲述了彝族舞蹈家曲木阿芝从"文革"至今从事民族舞蹈事业的苦难与坚贞，既展现她"文革"期间备受打击的艰难，也表现她在改革开放后投入民族舞蹈事业的激情奋发。《幸福之歌》则褒扬了主流价值体系下的一心为公、诚实努力的品质，影片的轻喜剧风格蕴含着编导人员对于新生活的期待。之后的《喜鹊岭茶歌》（1982）、《绿野晨星》（1983）、《相约在凤尾竹下》（1984）、《冰山脚下》（1984）、《姑娘寨》（1987）和《买买提外传》（1987）更是直接展现了党的十一届三中全会后少数民族投身社会主义现代化建设的热潮。影片基本上都以年轻人为主角，他们崇尚科学、热爱知识，勤劳致富，对现代化建设充满热忱。与现代化建设热潮同步的还有婚姻观念的变化。由天山电影制片厂摄制的《热娜的婚事》（1983）、《边乡情》（1983）、《奴尔尼莎》（1984）和《醒来吧，妈妈》（1986）都是有关婚姻观念更新的故事。影片往往以包办婚姻造成的痛苦开始，以主人公在勤劳致富的过程中收获自由爱情结束。各族人民投身现代化、紧跟时代自由民主的新思潮，无疑显现了社会主义中国强大的召唤力，足以构建一个更具时代气息的中华民族共同体。

80年代的少数民族题材电影还通过展现少数民族投身祖国体育事业来表现祖国大家庭的凝聚力，主要有《第三女神》（1982）、《伞花》（1983）、《一个女教练的自述》（1984）和《现代角斗士》（1985），涉及登山、跳伞、曲棍球、摔跤等体育活动，主要讲述少数民族发挥特长、为国争光的故事。

毋庸置疑，在20世纪80年代，少数民族题材电影在质和量上都取得了突破性的进展。改革开放以后的少数民族题材影片开始有意识展现少数民族文化特质，大都选用少数民族演员本色演出，体现出创作人员对族群气质的自觉探寻。这个时期的少数民族题材探索片更是把镜头直接对准少数民族文化，力图挖掘其文化特质，可以肯定的是，这些努力都将少数民族题材影片对少数民族文化的深入展现向前推进了一大步。

可以说，80年代的少数民族题材电影正是在反思、创新、改制等多元变革思潮的推动下，呈现出伤痕记忆、娱乐探险、探索创新、族群传说、革命历史以及现实诉说等多元表述。这些表述与主流电影史形成了复杂暧昧的对话，值得认真探讨辨析。

范畴厘定、方法选择与理论基础[*]

——从网络文学到少数民族网络文学

徐 杰[**]

（西南民族大学 成都 610041）

中国网络文学成长为中国甚至世界的文学奇观。2015年10月，《中共中央关于繁荣发展社会主义文艺的意见》明确指出"大力发展网络文艺"[①]。因此，网络文学的创作和批评是当下和未来中国文学实践的重要方向。作为中国网络文学的组成部分，少数民族网络文学的创作与批评处于遮蔽的状态。虽然前后有姚新勇对其"独特性"的发现[②]，马季对其"现象"的担忧[③]，刘大先对其"格局的扩容"[④]，龚举善、张鸿彬对其文学史的"意义建构"[⑤]，欧阳友权对其"总体性巡礼"[⑥]，欧阳文风、石曼婷对其"发展意义"的思考[⑦]，周兴杰对其"新部族"身份认同的研究[⑧]；也有2017

---

[*] 本文系教育部人文社会科学研究青年基金项目"少数民族网络文学批评的学理研究"（17YJC751043）的阶段性研究成果。

[**] 徐杰，博士，西南民族大学中国语言文学学院副教授、硕士生导师，研究方向为新媒体文艺理论。

① 《中共中央关于繁荣发展社会主义文艺的意见》，《人民日报》2015年10月20日，第2版。

② 姚新勇：《网络、文学、少数民族及知识——情感共同体》，《江苏社会科学》2008年第2期。

③ 马季：《网络时代的民族文学生态》，《民族文学研究》2009年第1期。

④ 刘大先：《新媒体时代的多民族文学：从格萨尔王谈起》，《南方文坛》2012年第1期。

⑤ 龚举善、张鸿彬：《少数民族网络文学的文化生态价值论》，《中南民族大学学报》（人文社会科学版）2016年第1期。

⑥ 欧阳友权：《中国少数民族网络文学20年巡礼》，《福建论坛》（人文社会科学版）2018年第10期。

⑦ 欧阳文风、石曼婷：《少数民族网络文学的发展及其意义》，《湖南人文科技学院学报》2017年第1期。

⑧ 周兴杰：《当"民族"遇见"新部族"：少数民族网络文学中的身分认同问题》，《民族文学研究》2018年第4期。

年内蒙古呼伦贝尔①和贵州贵阳②分别召开的少数民族网络文学学术会议。但是，相对于整个中国网络文学创作和批评的兴盛状态来说，少数民族网络文学还未受到足够重视。面对少数民族网络文学这样的全新对象和现象，笔者试图将概念建构、方法选择和理论适配三个角度作为批判理论建构的起点。

一　关系性的区别："少数民族网络文学"概念的"使用"

一个现象或领域的学术研究必然起于其对象命名、概念界定与范畴厘清，围绕此稳健的磐石产生相关的问题域与研究方法。如果这个基石尚未搞清，后续的逻辑判断和推理思考便不合情理。这秉承的是自然科学思维方式：理论源于概念确定性和明晰性。自然科学的基础概念一般包括事实、规律、实验、客观、原因等；人文学科的基础概念常常是人性、现象、善良、美、价值、自由意志等。自然科学的元概念是对世界事实判断的结果；人文学科的基础概念是一种价值判断的产物。因而，人文学科的核心概念常常是模糊的，其根源在于"不可实验"、"非量化性"和"现象复杂性"③。甚至在伊格尔顿看来，连"文学"这个概念的含义都是不清晰的。他认为文学就像杂草一样："杂草并不是一个具体的植物，而只是园丁出于某种理由想要除掉的任何一种植物。……'文学'和'杂草'不是本体论意义上的词，而是功能意义上的词：它们告诉我们的是我们的所作所为，而不是事物的确定存在。"④自然科学往往遵循笛卡尔式的数学逻辑；人文学科则遵循维柯式的"诗性逻辑"。人文学科的概念常常在"轭式搭配"基础上以隐喻和类比的方式使用，因而具有多义性和模糊性。

---

① 郑涵：《建设少数民族网络文学的广阔空间——2017 中国少数民族当代文学论坛综述》，《文艺报》2017 年 9 月 15 日，第 5 版。
② 刘晓闻：《网络文学：构建新的少数民族文化空间——大数据背景下少数民族网络文学高层论坛在贵州举办》，《文艺报》2017 年 8 月 2 日，第 5 版。
③ 让·皮亚杰：《人文科学认识论》，郑文彬译，中央编译出版社，2002，第 43 页。
④ 特雷·伊格尔顿：《二十世纪西方文学理论》，伍晓明译，北京大学出版社，2007，第 9 页。

研究中，学者们（如马季、欧阳友权、石曼婷、周兴杰等）常常直接使用"少数民族网络文学"这个词，并未反思和审视此概念的合法性和学理性依据。我认为对原点的厘清和范畴的界定，可以对之后的研究起到"灯塔式"的定位作用：灯塔并非我们的方向，但是以灯塔为参照，我们可以走上正确的航线。"少数民族网络文学"概念的形成，按照日常经验的想象，应该是有一类少数民族身份的作者在网络上创作和发表的文学作品。我们在穷尽其作品之后，以"属加种差"的方式得出一个普遍性的概念。逻辑学意义上，一个概念的形成确实需要经过以下过程：对对象的现象性"陈述"、通过"次概念"与周围对象进行"对比"、"分离"或"搁置"性地"抽象"、普遍化地"概括"和标记式地"命名"[①]。也就是说，这个概念在理论上，应该是内在地具有共同的和一致的属性，从而与其他对象区别开来。但这种本质主义的思维方式默认了少数民族网络文学有一个内在固定的，并且从深层指向表层的概念关系系统。就像维特根斯坦探讨"游戏"这个概念的含义一样，棋类游戏、纸牌游戏、球类游戏、奥林匹克游戏等都叫"游戏"，那么，我们就认为它们之所以都被称为"游戏"，内在"一定有某种共同的东西"。但是，棋类游戏与纸牌游戏有多少共同之处呢？"输赢性"和"技巧性"。可单人纸牌没有球类游戏的"输赢性"，转圈圈游戏就不需要下棋和网球那样的"技巧"。因此，一个概念所包含的要素和类别之间并不具有一种本质性的共同性，而是一种"家族相似性"：家族成员之间总有体型、步态和性格等相似之处，甚至重叠和交叉的方式都类同。[②] 构成"少数民族网络文学"领域的一切文学作品、作家、现象和活动等是以"相似性"方式互相聚合的。这种"家族相似性"在少数民族网络文学之中表征为"边界的模糊性"和"内质的动态性"。

在少数民族网络文学和传统少数民族文学之间划出明晰界限，并无现实价值也无理论意义。以"藏人文化网"为例，其中的"藏人文学"频道主编刚杰·索木东既是诗人也是小说家，既是传统作家也是网络作家。他

[①] 威廉姆·沃克·阿特金森：《逻辑十九讲》，李奇译，江苏人民出版社，2018，第13~19页。
[②] 维特根斯坦：《哲学研究》，陈嘉映译，商务印书馆，2015，第47页。

的诗歌、散文、小说发表于传统文学杂志《诗刊》《十月》《民族文学》等上，同时于四川民族出版社出版诗集《故乡是甘南》。在"藏人文学"频道可以读到他大量的网站首发作品，如《一把钥匙的灵感来自蝎子》（组诗）、《八月，途中的秋天》（组诗）、《七月，是一个隐喻》（组诗）等作品；也可以读到在传统文学刊物发表然后放在频道中的作品，如《民族文学》发表的《泥土的赞誉》（组诗）、《清晨，突然想到甘南》和《南湾，和一只猕猴安静地对视》，《散文诗》发表的《在甘南，静候一季葳蕤》，《黄河文学》发表的《抱残，或者守缺》（组诗）等诗作。所以，在"全媒体"时代，生硬地区分少数民族网络文学与传统少数民族文学并非明智之举：一方面，纸媒上的少数民族文学逐渐向新媒介迁移；另一方面，网络平台上少数民族网络文学正在实现"网络原生"。由于文学媒介生态的革命性变化，文学现象和文学事实处于交织混融状态，同时伴随无数异质、冲突的文学现象和每天更新或涌现的新作品。因此，少数民族网络文学只能是一个动态的概念，其定义必然具有摇摆性："今天被当作现象 A 的某种经验上的伴生现象，明天就会被用来定义'A'。"① 因此，试图寻找到少数民族网络文学内在的、超历史的"实体性"本质，这是一种虚妄。更别说，让这种本质成为先在的并为无数具体文学文本所"分有"的含义。因此，我们不能按照本质主义思维方式来面对少数民族网络文学：视之为静态的、既定的、先于具体文学经验而存在的范畴或对象。相反，我们须将少数民族网络文学还原到形成此文学现象的各种共力型语境中去，将"少数民族网络文学"存在方式视为生成主义意义上的。生成性和动态性所带来的未完成性，是我们建构少数民族网络文学概念及其本质的根本思维方式。因此，并没有一个既成的、固定的本质概念供我们对文学材料进行区别判断。我们通过历史性的文学材料将多样性的、异质性的现象整理进此动态型概念。

　　文学并非一种本质主义，而是关系主义的存在。② 我认为少数民族网络文学也是一种功能性和实用性的概念，而不是实体性和物质性的概念。

---

① 维特根斯坦：《哲学研究》，陈嘉映译，商务印书馆，2015，第 56 页。
② 南帆：《文学研究：本质主义，抑或关系主义》，《文艺研究》2007 年第 8 期。

它是在与这个场域中各个要素的关系中得以呈现的。要探讨何谓少数民族网络文学，其背后意味着我们在为其作区隔：少数民族网络文学不完全是少数民族文学，不完全是网络文学，不完全是少数民族网络民族志。其概念、性质、特点等一定是在关系性的语境之中完成自我定位的。我们将"少数民族网络文学"视为结构语言学意义上的概念，即少数民族网络文学并非从内到外地拥有本质支撑的表征；它仅仅是区别于周围近似对象（"民族文学"和"网络文学"）的指称符号而已，其内涵边界随着周围"区别性"对象范围的变化而变化。也就是说，"少数民族网络文学"只是一个语境性和关系性的现象存在。在这种文学现象之中，我们确实可以看到文学作品之间的"家族相似性"，但这并不足以认为它具有某种共同性的和固定性的本质。我们是在一个边界不明晰的状态下，以维特根斯坦"使用"的哲学思维来面对"少数民族网络文学"这个概念的。

少数民族网络文学并非自在的物理性对象，而是动态建构的产物；不是面向过去的本质规定，而是面向未来的开放性概念。少数民族网络文学作者众多，其作品每天都增加。作品并非同质的文本，新作品的加入改变和突破着已有概念的界定，因此，试图归纳一个定义，一劳永逸地躲在其中，只会阻碍少数民族网络文学的发展，甚至产生一种理论幻象。生成主义意义上的少数民族网络文学研究，也并不意味着所有的文学对象都可以被纳入其中。当一个概念无所不包的时候，就是此概念被取消的时候。"家族相似性"的概念背后是家族成员的"原型"。概念就是以对象原型作为参照点构成的，比如"高级动物"这一概念，"人"可以作为高级动物原型，"海豚"虽然属于高级动物，但不是典型的原型。我们便以"人"为参照点来建构"高级动物"这一概念。

但是问题来了，对"少数民族网络文学"概念没有明晰的实质性界定，怎么能进行理论研究呢？维特根斯坦认为模糊的概念并不妨碍我们对对象的思考和研究，就像"这片土地上长满了植物"，即便我没有给出植物的定义，你依然知道我谈论的是什么。弗雷格认为边界含混的概念是不能被用来做任何事情的，维特根斯坦却认为我们使用概念的时候往往都是在"模糊概念"的基础上进行的，"任何一般性的定义也都是可能被误解的。我们正好就是这样来玩游戏的（我指的是使用'游戏'

一词的语言游戏）"。① 与其说，研究是通过无数的具体作品归纳出一个明晰的"少数民族网络文学"概念，还不如说，具体面对一部少数民族网络作品时，我们只不过是用具有模糊性的"少数民族网络文学"概念来看待它而已。用什么样的方式来看待对象，就意味着用什么样的方式来使用它。"如果你把一个立方体的示意图看作由一个正方形和两个菱形组成的平面图，那么，当你执行'给我拿一个这样的东西来'的命令时，就会同那个把图形看成三维立体图的人大不一样。"② 使用一个含义不清晰、意义不固定的概念作为学术的起点，是否会影响学术研究的效果呢？答案是否定的。就像三条腿的桌子不如四条腿的稳，但是并不损害其用途一样，使用一个尚未被清晰界定的概念，并不意味着是在"说无意义的话"，只要不妨碍你看到事实。我们从传统的民族文学范式出发，结合网络文学范式，在交叉中寻找概念的"原型"，并结合动态的文学事实（"正在发生的未来"），形成广义上的概念。少数民族文学研究有两种重心不同的理解与研究："民族文学"和"民族文学"。前者将"文学"作为重心，民族文学只是一种作品分类学的存在，不承担民族认同的实质化功能，只要具有民族身份的作家的作品都划归为此类。后者以"民族"为关键，民族文学就是从民族精神内部生成的艺术形式，具有实质化的民族内义，"一直作为民族内部认同的手段而存在"。③ 在少数民族网络文学研究之中，我们将两种不同的概念指向都统括进来。"少数民族网络文学是具有少数民族族裔身份的创作者通过网络新媒介在赛博空间创作的文学作品。其题材可以是关于本民族的，也可以是一般网络文学题材文学；写作语言上可以是本民族语言也可以是汉语；创作者一定是属于中国的某个少数民族；创作的文学作品可以是小说、诗歌、散文，还可以是超文本。"④ 其实这就是以"家族相似"式的思维方式将"民族"、"网络"和"文学"模糊地统摄到一起，将"少数民族网络文学"作为一种整体对象进行观照和使用。

---

① 维特根斯坦：《哲学研究》，陈嘉映译，商务印书馆，2015，第51页。
② 维特根斯坦：《哲学研究》，陈嘉映译，商务印书馆，2015，第53页。
③ 刘伟：《文化翻译视野下的"少数民族文学"》，博士学位论文，南开大学，2010，第115页。
④ 徐杰：《现状、界定与研究方法：少数民族网络文学批评基本问题》，《民族文学研究》2014年第3期。

二 反思型研究模式：少数民族网络文学
研究方法的选择

文学理论是对文学的宏观概括和抽象反思，还是对具体作品的鉴赏和分析，学界意见不一。文学理论有两种翻译："theory of literature"与"literary theory"。"theory of literature 是对一般概念、原理和标准的反思；literary theory 则是对良好文学感的批评，是指形式主义。"[1] 这两种不同的翻译恰好对应着文学理论两种面向：文学理论到底是一种从下至上的、审美感受的感性言说与归纳，还是一种自上而下的知识演绎？少数民族网络文学的研究也有类似的两种模式：一种是从具体作品的鉴赏和分析的微观层面走向理论建构，偏向于文学事实，注重归纳思维；另一种是从理论的他者视角，或者总体性文学角度审视少数民族网络文学的新现象特质，偏向于文学逻辑关系，强调演绎思维。

从少数民族网络文学批评的角度来看，网络评论者面对作品时，其阐释总是徘徊在具体和抽象、作品先行和概念先行之间。我们以两个案例加以说明：史映红对仁谦才华诗的评论和白姆措对扎西才让小说的评论。其一，史映红以细察式的阅读方式面对仁谦才华的诗《经过村庄》。"豁开的石圈里/三头牦牛在反刍夕阳/我经过时，它们抬头看了看/又在草垛上撕了把黄草/没有亲近，也没有疏远//院墙，是粪块垒砌的/是露水，雾雨，花草兴衰的时光和/阳光的籽粒垒砌的//在牧场/那月亮的清泠/一只蝴蝶高过花枝的孤独/……"史映红认为乡土写作有三种方式："丑化式写作"、"采风式（美化式）写作"与"实事求是式写作"。史映红对诗人的诗句极为敏感，从诗中他读出了"诗人经过村庄的时候，脚步多么缓慢，目光多么柔软，应该闪动着露珠的清纯"[2]。同时，他以细腻的心灵触及文字，通过诗歌横向比较，才得出诗人的写作属于"实事求是"型的姿态。这种评论不是自然科学式的客观，但是绝非主观任意说辞，而是通过有理有据的鉴赏

---

[1] 周宪：《文学理论、理论与后理论》，《文学评论》2008 年第 5 期。
[2] 史映红：《简析仁谦才华组诗〈大野奔跑〉》，藏人文化网，http://wx.tibetcul.com/xrxz/qt/201705/42501.html。

判断得出合情合理的批评结论。这不同于网络文学"草根"批评的个人化、随意性和碎片化的"吐槽"。其二,白姆措认为扎西才让小说中带着对故乡矛盾的心理和对藏汉文化切片式的分析,这构成其作品的"地方性叙事"。[①]"地方性叙事"反抗着民族国家叙事。它作为一种理论话语其实来自"地方性知识"对普遍性知识的反抗。按照吉尔兹的说法,西方话语的"普遍性"并不意味着它的真理性,仅仅是西方对自己的价值观的反复确认而已。这种话语"从根本上是一种价值的选择与辩护,是西方对自己生活世界的生产和不断的再生产。就算与真理有关,也不是绝对真理,而是权力意志塑造出来的。真理(它伴随有强烈的宗教信仰成分),毫无普遍性可言"。[②] 从话语权力角度将人类学概念"地方知识"转化为文学概念"地方性叙事",这对于传统的国家宏大叙事来说,是一种新的审视视角。

第一种研究方式"作品先行":对作品和现象进行修辞学意义上甚至"草根式"的分析和阐释,然后通过归纳总结出关于少数民族网络文学的理性认识和客观知识。但这种研究方式不可能穷尽所有作品,结论的普遍性必打折扣。"长期混迹于文学网站的粉丝和'原住民'们固然熟悉网络文学",却只是"有感而发、即兴评点"。这种零散化和情绪化的感悟对于网络文学进行普遍性和一般性知识归纳生产是无助的。[③]"作品先行"式的网络文学批评面对三大问题。其一,少数民族网络文学的作品数量庞大。以"彝族人网"的文学频道为例,收录诗歌1169首,散文447首,小说60多篇,小品文240篇。一个民族文化网站收录的作品已经是巨大的数量了,更何况大型诗歌网站,如"中国诗歌网"的民族文学作品数量。其二,民族语言的"鸿沟"。自21世纪以来,藏族、蒙古族、维吾尔族和彝族等大量使用母语进行网络文学创作,比如琼迈藏族文学网。网络文学民族语言创作,对受众来说是一种语言的隔阂,必然导致接受群逐渐窄化,不利于民族文学的展示与传播。其三,网络作品创作呈现"民间化"和

[①] 白姆措:《甘肃藏族小说作家个案观察之一:扎西才让的"地方性叙事"》,藏人文化网,http://wx.tibetcul.com/zuopin/wh/201608/39790.html。
[②] 张澜、鄢玉枝:《从地方性知识角度看西方独特价值的普遍性叙事》,《江西社会科学》2006年第6期。
[③] 党圣元:《网络文学研究的当下困境与理论突围》,《江西社会科学》2017年第6期。

"草根性",这意味着创作的"群众基础"庞大,新作品的写作也层出不穷。这些在无意间将作品阅读的量扩大到未可知的程度。"藏人文学网"中"名家力作"版块主要偏传统民族文学作家,"雪域大地"版块主要是网络土著作家。这两大版块平均2~3天更新诗歌和小说等。虽达不到"日更",但呈现出来的皆为"定稿型"的高质量作品。

第二种研究方式"理论先行":将传统文学"固有的观念、理论模式和批评话语"和西方媒体理论、哲学理论的批评话语牵引到网络文学之中,以交叉视角生产新的文学知识。这种研究方法存在着结论先于材料的逻辑问题,也就说,有可能尚未进行文学文本阅读分析,其研究结论已然预存,这便走向了"强制阐释"。强制阐释并不是"前见"或"前理解",因为"前见"是隐秘的、模糊的、无意识的审美期待;理论前行则是目标明确的理论判断。[1] 同时,研究者自己的理论立场和偏好未必适合批评的对象,"真正的艺术批评家,不从自己的鉴赏趣味中引出规律,而是按照事物的自然本性所要求的规则来形成自己的鉴赏趣味"。[2]

关于两种研究模式的争议在17世纪、18世纪哲学界最为突出。经验主义哲学家认为人类的知识像搭建"积木"一样,是在"白板"心灵里积累起来的。这些"积木"就是人的经验和体验。人的先天不存在任何知识,一切都是后天经验所形成的"观念"和"知识"。而理性主义者则认为人天生具有某种知识框架,否则我们所获得的知识永远只是相对的和个别的具体经验。具体的东西不管有多少,放在一起永远也不可能成为抽象的。因此,我们可以发现,经验论和唯理论都存在各自的优势和劣势:经验论所产生的知识对于世界来说具有客观有效性,但是不具有普遍永恒性;唯理论形成的知识具有普遍性和必然性,但是不能形成对世界的新的知识。康德"哥白尼式的革命",将经验论和唯理论结合起来,提出了"先验哲学"。既保证了知识的客观有效性,又实现了知识的普遍必然性。

我们的研究并不试图以"经验主义"式的方式,匍匐于文学作品和文学经验之中。经验是有限的和局部的,只停留在具体的个别作品之中,不

---

[1] 张江:《强制阐释论》,《文学评论》2014年第6期。
[2] G.E. 莱辛:《汉堡剧评》,张黎译,华夏出版社,2017,第100~101页。

能上升为普遍性理论。同时我们不试图"理性主义"式地肆意肢解作品，用一个先在的观念和理论凌驾于文学作品和现象之上。换句话说，我们既不采用"蜜蜂采蜜"式的描述-归纳方法，也不采用"蜘蛛吐丝"式的逻辑-演绎方法，而是采取二者之外的第三种研究方式，即"反思型"文学研究模式作为知识建构的基础。王元骧认为文学经验是文学理论的基础，但是，仅有文学经验而没有主体先在的"价值判断"或"前见"，文学理论是不成立的。这是因为文学之美"不是事实属性而是一种价值属性，它不可能仅凭感觉经验而还需要评价活动才能把握"。[①] 所以，康德的批判哲学之中的"先验"的"知性范畴"和"普遍原则"，被置换成符合文学艺术的、具有先验特征的"前见"即"趣味"。同时，反思型的研究方式还是实践的和动态的，这也与康德批判哲学中的认识论和静态式思维不同。因此，我们不可能完全不顾及少数民族网络文学作品、文学现象和文学经验，自顾自进行"空中楼阁式"的玄思，也不可能毫无批判性地对具体文本和文学事实进行价值认同。在反思型的研究方法之下，少数民族网络文学必然具有两个维度。一是作为文学作品细读和审美批评方式，来面对少数民族网络文学的"修辞学"现象和问题，这是小写的"少数民族网络文学"。二是以少数民族文化认同、审美观念和宗教信仰等价值体系来审视少数民族网络文学，这是大写的"少数民族网络文学"。

三 媒介批评：少数民族网络文学批评理论的适恰性

少数民族网络文学批评理论的选择上，以纸媒文论批评居多。寓居于网络的少数民族网络文学不可能与媒介维度无涉。从媒介建构的角度看，媒介与信息的关系不是简单的载体与信息的关系，媒介还"参与信息传播过程的所有要素在一定结构或系统中进行的意义动态建构"。[②] 对少数民族网络文学进行媒介批评则是一种逻辑必然，可问题是媒介建构论式的批评

[①] 王元骧：《对于文学理论的性质和功能的思考》，《文学评论》2012年第3期。
[②] 单小曦：《新媒介文艺批评及"媒介说"文艺观的出场》，《中国人民大学学报》2017年第6期。

并非一种，它包括大众文化批评流派、政治经济学批评流派、意识形态批判流派、传媒技术批评流派、女性主义批评流派等。①其中传媒技术批评流派的瓦尔特·本雅明、伊尼斯、麦克卢汉、马克·波斯特和保罗·莱文森形成了文学批评话语的重构，从而滋生了新媒体诗学、媒介决定论和媒介生态论等思想。但是西方新媒体诗学话语适合少数民族网络文学批评吗？媒介决定论式的"网络性"是不是少数民族网络文学"第一性"？选择什么样的媒介批评才能与少数民族网络文学相适应？

第一，新媒介诗学理论与少数民族网络文学现实的错位。网络媒介确实从形式和内容上改变着我们对文学的基本认知。媒介先验具备的超文本性、互动性、数字性、遍历性和视觉化倾向，必然会将其性质深深地烙在文学之上。因此，新媒体文学研究起于网络技术话语向文学话语的延伸。比如考斯基马在《数字文学：从文本到超文本及其超越》中谈到的迈克尔·乔伊斯《下午，一个故事》的"零度视觉"、史都尔·摩斯洛坡《胜利花园》之中的"隐喻地图"结构、谢莉·杰克孙《拼缀女郎》之中的"嵌入式"多层叙事。②网络文学试图以媒介为基础实现将叙事视觉化的倾向。这对于文学的实践和理论来说都是有价值的探索。传统民族文学的"媒介迁徙"与少数民族网络文学的"网络原生"，构成少数民族网络文学的复杂性，这丰富和建构着"网络文学"的新内涵。这意味着新媒介诗学理论对于少数民族网络文学来说具有非适恰性。新媒介诗学主要是以网络文学中的实验性"新文类"为基础，比如与纸质文本线性展开相区别的层阶并置文本与网络并置文本。③具有动态性和交互性的"遍历文学"，对于少数民族网络文学实践来说，只能是极少数"先锋"创作者的文学实验和理论创新者的理想设想而已。大多数少数民族网络文学读者依然是传统的线性文学追随者。因此，媒介发挥效力的层面不是在技术表层——文本结构、故事线索和读者参与度等，而是在心灵深层——媒介所决定着人的数

---

① 刘建明：《西方媒介批评的流派》，《当代传播》2012年第1期。
② 莱恩·考斯基马：《数字文学：从文本到超文本及其超越》，单小曦等译，广西师范大学出版社，2011，第109~120页。
③ 韩模永：《网络文学"新文类"的链接形态及其美学变革》，《社会科学战线》2017年第8期。

字化生存状态，在网络文学之中表征为角色的设置及角色之间的关系。比如网络文学之中为何会随时存在一位提供建议和回答的"随身老爷爷"，这种叙事角色设置源自网络事实：活跃在网络中的"数字土著民"天生与网络搜索与问答共在。同时，穿越的剧情则是互联网提供给人们的另一扇视窗，是让网络主体寄放"孤独"的"异空间"。另外故事的重生情节让我们具有"重置"的体验，其根源在互联网的交互性，每一次的搜索不仅是在获取信息，更是在创造新的信息，从而改变这整个网络。①

第二，媒介决定论表征为文学"网络性"，这种文学话语与少数民族网络文学"人文性"追求的事实不符合。学界一种研究秉承此逻辑，认为"网络性"是网络文学第一性。邵燕君认为："'网络文学'概念的中心不在'文学'而在'网络'，不是'文学'不重要，而是网络时代的'文学性'需要从'网络性'中重新生长出来。"② 我认为这与媒介决定论有着一脉相承的关系。媒介是文学的本质性语境存在和展开。"媒介"为文学带来三个维度的决定性。其一，媒介作为一种环境影响或者决定着媒介使用者的感知偏向、价值偏向和意识形态偏向。其二，媒介作为一种环境，弥散在媒介使用者周围，无处不在。其三，媒介作用于媒介使用者不是在意识层面，而是在无意识层面；不是在媒介内容中，而是在媒介形式之中。这种来自波滋曼总结的媒介决定论，对于网络文学来说有着本质性的意义。麦克卢汉直接点明媒介其实作为康德"先验形式"内在于我们，人类的命运只能以媒介的方式展开。媒介是"我们先天的认识机能或主体性。媒介是我们'内在的尺度'"。③ 文学媒介的变化、对于主体审美感知比例的分割是显而易见的。麦克卢汉认为当文学从语音时代的诗歌走向以"古登堡技术"为代表的印刷文学时，它已经从耳朵的、热烈的超级感性世界，走向冷漠和中立的眼睛的世界。当文学不是来自声音的诗"歌"，而是来自"文字"时，"创造一种'文学'也就是将感性从其原始状态中

---

① 黎杨全：《虚拟体验与文学想象——中国网络文学新论》，《中国社会科学》2018年第1期。
② 邵燕君：《网络文学的"网络性"与"经典性"》，《北京大学学报》（哲学社会科学版）2015年第1期。
③ 李西建、金惠敏主编《美学麦克卢汉：媒介研究新维度论集》，商务印书馆，2017，第2~3页。

强行抽取出来，置之于冰冷的'文字'铁范"。① 文学媒介的变化彻底改变了审美感性比例，从而改变了整个文学创作。语音时代的文学，其媒介基础就是声音，声音的高低、长短，节奏的快慢，韵律的和谐等都成为文学最为根本的属性。这个时代的文学受媒介影响是整一的、现场感的和听觉的。到纸质印刷媒介时代，文学的媒介基础就是文字。文字本身所具有的视觉的、切割的、理性的和线性的性质，带给文学更多的是将理性逻辑置于感性的底层，比如诗歌之中的词和乐的分离，小说中的叙事视角和绘画中的透视法。电子媒介时代，文学艺术从视觉的再现走向强调整体通感的"图像艺术"，比如塞尚的立体派绘画，其审美感知方式正是电子媒介的属性所导致的。② 如果说，传统文学理论将媒介和文学视为身体和衣服的关系的话，媒介决定论带来的视角就是将衣服视为身体的一部分；不是身体条件决定了衣服的穿着，而是衣服决定了身体的价值。如果说网络是网络文学的"语境"的话，我们还不如说，网络是这个时代万物的"语境"，"互联网+"到"万物+"等正是互联网成熟和升级的标志。

第三，从媒介决定论文论走向媒介环境论文论。如果要深究"媒介"的话，少数民族网络文学经过三重媒介（"本族语言"、"汉语言"和"互联网"）"过滤"。所以，照此追溯下去，网络文学研究必然回到语言本体论思路。然而必须厘清一个文学事实：少数民族网络文学与"网络文学"并非上下级关系，而是对等和交叉关系。汉族网络文学意义上的少数民族网络文学肯定是以血红、金子等为代表的网络小说。少数民族网络文学生态是一种传统民间文学、近代作家文学和当下作者文学多元共存、融合的状态；同时少数民族网络文学体裁主要是语言精练性强的诗歌和叙事技术性高的短篇小说，而非巨篇小说。故而，以媒介决定论的"网络性"维度来对少数民族网络文学进行批评不适合。真正的研究方法必然是从研究对象的秉性生发出来的，而非外在硬性植入的。诗歌和短篇小说作为主要体裁决定其逻辑原点的"文学性"而非"网络性"。少数民族网络文学从诗

---

① 李西建、金惠敏主编《美学麦克卢汉：媒介研究新维度论集》，商务印书馆，2017，第101页。
② 李西建、金惠敏主编《美学麦克卢汉：媒介研究新维度论集》，商务印书馆，2017，第133页。

歌、短篇小说、散文到长篇小说，审美性依次递减，通俗性递增。其文学价值在于"民族性"而非"娱乐性"；其文学写作追求民间性、自由化与个性化而非类型化、流水化与同质化；其文学接受追求阅读的"意味"而非消费的"快感"。少数民族网络文学的文学特质决定了"网络性"技术话语的边缘化，相反，审美性和民族性在其文学实践中最为突出。因此，媒介环境论恰好与少数民族网络文学的气质具有融洽性。在媒介观念上，媒介环境论者莱文森不完全认可"媒介决定论"，他认为"人是媒介的尺度"。"每一种媒介都像一个生物有机体，其运动功能和生存都由我们进行选择，而不是由自然来选择。我们选择媒介的依据是：它们在多大程度上延伸我们生物有机体传播的能力，在多大程度上维持我们面对面交流的能力或前技术传播的能力。"[①] 媒介是"人的尺度"的表征。在莱文森看来，"技术在模仿、复制人体的感知模式和认知模式"[②]，媒介技术发展符合人的生物本能，具有"人性化趋势"。虽说媒介可以改变人的感觉比例和感知模式，但我们也必须看到"媒介是人体的延伸"；人对媒介和技术拥有理性的选择权，"技术的进化不是自然选择，而是人类自己的选择，是人类的自然选择"[③]。对媒介工具理性的批判，必然让我们意识到，少数民族网络文学批评的起点应该是人文主导的审美价值取向，而非技术理性。正如弗洛姆所说："是人，而不是技术，必须成为价值的最终根源。"[④] 换句话说，少数民族网络文学理论的基石不应该是"网络性"，而应该是"人文性"，关注人性真善美、人类终极关怀、人生意义等人学意义上的价值。

以技术决定论为网络文学研究的基础，必然带来文学创作之中审美自由缺失的问题。如果网络是网络文学的底层代码的话，那么我们的所有写作都必然遵循网络媒介所具有的"浅薄""碎片化""互动性""视觉化"

---

① 莱文森：《软利器——信息革命的自然历史与未来》，何道宽译，复旦大学出版社，2011，第1页。转引自郑燕《人是媒介的尺度：保罗·莱文森媒介思想研究》，博士学位论文，山东大学，2014，第84页。

② 郑燕：《人是媒介的尺度：保罗·莱文森媒介思想研究》，博士学位论文，山东大学，2014，第91页。

③ 莱文森：《手机：挡不住的呼唤》，何道宽译，中国人民大学出版社，2011，第12页。转引自郑燕《人是媒介的尺度：保罗·莱文森媒介思想研究》，博士学位论文，山东大学，2014，第182页。

④ 转引自欧阳友权《网络审美资源的技术美学批判》，《文学评论》2008年第2期。

等倾向，网络文学现实确乎如此。我们能否在这样的"枷锁"之中跳出自由的文学之舞呢？这首先要界定什么是"枷锁"。"枷锁"一定是超越束缚的人才能意识到的，"枷锁"之中的人是看不到束缚的。正如卢梭所说"人生而自由，但无往不在枷锁之中"。拿破仑被困在厄尔巴岛（Elba），但所谓的"被困"，对于一生都在岛上生活的人来说是不存在的，因为厄尔巴岛就是他们的全部。柏拉图的洞穴之喻让我们意识到身体是灵魂的束缚，然而，我们本身就依靠身体生存，离开身体，我们什么都不是，何来摆脱束缚之说。故而，我们认可"网络"是"网络文学"的"基座"，但是不一定是其"本体"。"网络"奠定网文的底色，但是不能左右其全部。西比勒·克雷默认为媒介并非一种工具，而是一种"装置"。工具被使用完后放回原位，它处于要加工东西的外部，相反，"当我们接收一个消息，这个消息则始终处在媒介之'中'。处于媒介之中的事物完全被媒介浸泡与渗透，以至于它在媒介之外根本无法生存。举例来说，若脱离了说话、文字或其他媒介形式，语言就不可能存在"。[1] 离开网络这个"先验"的"装置"，网络文学无法生成。媒介就像玻璃窗户，既是无形的，又是有形的。按照克雷默的说法，媒介是"在场的不在场"，是"中立性"的"自由隐匿"，具有一种"中间性"。[2] 但是，我们不可能指望着"玻璃"为人生赋予终极价值和意义追求。

结语 作为"中国话语"的少数民族网络文学

少数民族网络文学对于网络文学和民族文学来说都是新兴领域，其话语背景不完全是网络，更应该是全媒体和媒介融合；其话语体系不只是西方的技术话语，更应该是中国文学话语；其话语对象不完全具有汉族网络文学性，但绝对具有中国独特性。学术界已经逐渐意识到，汉族文学不等于中国文学，学科范式需要从"少数民族文学"向"多民族文学"转移。

---

[1] 刘晓：《媒介的文学化与文学的媒介性》，博士学位论文，北京外国语大学，2013，第10页。
[2] 转引自刘晓《媒介的文学化与文学的媒介性》，博士学位论文，北京外国语大学，2013，第12页。

网络文学和少数民族文学本来就是中国文学话语之中的一部分，只是在文学知识体制和话语建构中被整体性网络文学的喧嚣所覆盖了。汉族文学-少数民族文学、网络文学-传统文学、古典文学-当代文学、汉族网络文学-少数民族网络文学，它们在"对等"的地位上共同形成"中国文学"的当下性。中国文化作为整体要在世界上具有更大的影响力，必然要将少数民族网络文学纳入整个文学话语乃至文化话语之中来进行考察研究。

曩昔"龙"魂今安在

——乌雾诗歌《招阿龙魂》及其文化背景评析

吉金光[*]

（西南民族大学　成都　610041）

一　乌雾诗歌与历史文化

全世界所有的民族有两千多个种类，许多民族都有不同的显著特征：有的民族的历史及文化源远流长，有些民族的发明创造、文明承袭及其对人类的影响是惊世骇俗的；有的民族的发展历程并不为人所知。

在中国的西南方，世代居住着彝族。彝族是一个历史非常悠久、文化光辉灿烂的民族。彝族的传世经典卷帙浩繁。然而，当下彝族的道德修为、科技发明、文学艺术等细处的发展程度又如何呢？是否有人有过刨根问底的追溯？这很值得思考。更有甚者，只披着张"彝皮"（他本人是否愿意，不得而知）就已觉得羞愧难当，"人的灵魂通常都是被虚荣心和欲望支撑着的，把支撑拿走以后，人变成了什么样子"[①]。基于此，彝族诗人乌雾[②]振臂疾呼"招阿龙之魂"——此言确实来源于他的内宇深处，绝非危言耸听。

乌雾的著名长诗《招阿龙魂》（《AXLUYYRKUT》）[③]曾登载于其诗

---

[*] 吉金光，副教授，研究方向为中国现当代文学、民族文学。
① 夏志清：《中国现代小说史》，刘绍铭等译，复旦大学出版社，2005，第260页。
② 乌雾，姓阿库，名乌雾，全名阿库乌雾；又名罗庆春。下同。
③ AXLUYYRKUT，彝文拼音，下同。

集《CUXWAYYPMOP》(《冬天的河流》)①,此诗首刊于《ZANUO》②。这首诗的问世,对人们(特别是在广泛的彝区的人)具有普遍意义的震撼力:"一切美的光是来自心灵的源泉;没有心灵的映射,是无所谓美的。"③

支格阿龙,英雄乎、战神乎、领袖乎——千万年来,其在诺苏(彝人)社会中,家喻户晓、妇孺皆知。在支格阿龙英勇盖世时,整个人类社会幸福安康、和谐美满,人世间尽享太平盛世;人类的文明历程也大踏步向前迈越。神勇无比的支格阿龙被诺苏(彝族)社会一代又一代地传诵着,万世不朽。然而,我们应该有这样高蹈的、深邃的思考才是最正确的:支格阿龙是整个诺苏民族的灵魂,诺苏民族永世不能忘却且会万古千秋伴随他之"龙"魂发展壮大。我们的诗人率人之先站出来鼓呼:支格阿龙之魂是民族之魂——最最应该招回、非把其"龙"魂招回不可。

有关支格阿龙的"阿龙射日射月"、"阿龙邀日请月(唤日月)"、"阿龙求雨祈水(找雨水)"、"阿龙训诫雷公(捉雷公)"、"阿龙征服巴哈"、"阿龙得神剑"、"阿龙征服塔博"、"阿龙治欧惹乌基"、"阿龙惩艾妖婆"、"阿龙平定山岳"、"阿龙定夺乾坤"、"阿龙驯养动物"、"阿龙击挫蛇蛙"、"阿龙圈养骏马"、"阿龙智取雕王"、"阿龙灭虎王""阿龙治食人马"、"阿龙治杀人牛"、"阿龙治魔孔雀"、"阿龙迁都南国"和"阿龙统一部族"④等经典故事数不胜数,历久弥新,在广袤的诺苏居住区域里,支格阿龙为人世间所做的亘古巨献被人们广泛传扬着。

《招阿龙魂》的作者乌雾,是一位重要的诺苏文化诗人。乌雾对诺苏文化及艺术有长久而深入的研究,造诣颇深,这类诗经他打磨下来,果真不同凡响:"阿库乌雾的诗歌美学,走的是一条色彩斑斓的路,一路上展开的都是另一种迷人的风景,他的'风景'会给读者这样的美感:第一,

---

① 《CUXWAYYPMOP》,彝文诗集,汉译名《冬天的河流》,四川民族出版社,1994。本文所引用彝文详见此书第119~128页。

② 《ZANUO》,汉译《黑土地》,西南民族大学原彝学学院(内部)纯文学刊物;乌雾诗歌《AXLUYYRKUT》(《招阿龙魂》)首登其创刊号;该刊物在彝族地区及彝族文坛具有极高的声誉。

③ 宗白华:《中国艺术意境之诞生》,载《艺境》,北京大学出版社,1987,第151页。

④ 参见额尔格培讲述,新克搜集整理《支呷阿鲁》,四川民族出版社,1982。又详见沙马打各、阿牛木支编译《支格阿鲁》,四川民族出版社,2018。

'出走'而后'回归'的审视民族历史的视野。""第二,本土的克智诗与汉语诗的优秀手法与异域现代派手法的和谐统一。""第三,与自我意识同构的意象美。"①

二 文本蕴藉及诗性开掘

乌雾的诗作《招阿龙魂》由二十节铸就而成。

诗歌《招阿龙魂》第一节这样呼唤道:"NEBBYX—/GGEXNBIELIXSYMODDIXNYI/SHEPWSHEP,APWEP/NEBBYX—/HLEPNBIELIXSYMODDIXNYI/SHEPWSHEP,APWEP。"整首诗从一开始,诗人就蕴蓄着气(力),扼腕叹息地寻找着这个民族千万年来崇敬的支格阿龙的遗足遗迹、遗风遗骨——阿龙的魂魄何处有依寄、阿龙的雄风何处可归宿。当今的彝人世界正盼望着支格阿龙这样英勇的神明,正日夜等待着支格阿龙这样的慧星的降临,让它吹拂彝乡的山山水水,让它浸润诺苏人民的千万心田。

在第二节,诗人乌雾还是沿用上节的诗腔诗调,苦楚地吟哦"JOTNUOPMUGGURVOLAGGEPMIXNYI"(雄鹰翱翔天宇)② 时,"AXMOMGAPVUTYITHXIECHYPMIXNYI"(母亲檐下织布锦)时,都常常是难以遂人愿。"雄鹰翱翔天宇"喻指诗人的高远情怀及未来时运;"母亲檐下织布锦"是千辛万苦的事业,然而,"母亲"必须年年月月日日这样不辞艰辛地劳作,必须这样永不放弃地"织"下去(很久很久以前直至今日都是这样),如此至理我们大多数人都应是清楚不过的了。

在本诗的第三、四、五节里,乌雾刻意吐露本民族文化中传承着的良好意愿,诗人抛出了发自肺腑的箴言。一是"火"(DUT)不灭,人类肯定会薪火相传、人世间肯定会世代延续并定会繁荣昌盛:"对于生物圈来说,只有人类变成了至关重要的火焰的保管者。""在人类的生态史上,火所烙下的是这样一条独特的轨迹:令人恐惧、惊险不断、暴烈无常,但又

---

① 沙马拉毅主编《彝族文学概论》,山西教育出版社,2004,第395~398页。
② "雄鹰翱翔天宇",属彝文翻译为汉文,本文中所引译文,均属笔者所译,下同。

令人着迷。""火是地球上一种伟大的生物技术,它使得相互作用成为可能。"[1] 二是"水"(YY)长流。"上善若水"(老子语),水之福泽及水之源远流长,人类社会肯定会人丁兴旺、五谷丰登、六畜繁盛。我们要是仔细探究人类历史也会发现这样的真知:人类社会之所以一步一个脚印向前发展乃至走向繁荣,就是因为合理巧妙地利用好了"火"和"水"。在这首诗中,火、水二物被诗人写得活灵活现:"火"应该善放、善存、善管、善用、善传;"水"是万物的共始共祖,应该汇流成河、积蓄成汪洋大海,而蔚蓝大海平静和谐,牵引着人们亿万年的遐想。这些诗行的内核,同样蕴藉了人类对美好生活的畅想以及对锦绣前程的祈愿。

吟诵第六节至第十一节时,诗人思接千载而激情澎湃地写道,支格阿龙离去得太早了。的确,生养哺育支格阿龙的诺苏民族正年轻适时,一步一步地走向幸福光明之路。前文有所述及,支格阿龙是诺苏民族的精神脊梁。然而,不知何世何年,支格阿龙不见了,其"龙"魂也似乎无影无踪,令人扼腕裂眦!正如诗人乌雾所慨叹的,支格阿龙之"龙"魂即使是幻化成了"幸运鸟"(AXPUYOQO)[2] 飞翔起来了,即使经常穿梭于天庭人间,它也只是一只灰黢黢的小飞鸟,长年累月也就那么大,难翔寰宇;其"龙"魂融入了"圣灵草"(YYRXYYRCUP)[3] 且能郁郁葱葱地在大地上繁衍,它也只是一簇绿色草叶,似乎难撑大梁。千代万世,令人长叹至今。

写到这里的时候,诗人用了整整九节的诗语模仿着诺苏毕摩的腔调訇然叫啸起来。"魂兮……归来!魂兮……归来!(OX……LA! OX……LA!)泥土深处(ZAPBBYPWGO)英之魂归来吧,垒石墙下(HUOLURWGO)灵之魂归来吧,山巅乌鸦窠处(BBOX, O, AXJJIKE XDDE)英之魂归来吧,密林喜鹊窝巢(LOHNOT, A, ZHATKEXDDE)灵之魂归来吧。"诗歌催人激奋、

---

[1] 斯蒂芬·J.派因:《火之简史》,梅雪芹等译,生活·读书·新知三联书店,2006,第2、4、20页。
[2] AXPUYOQO,彝族史诗《勒俄特依》有记载,参见冯元蔚《勒俄特依》(彝文版),1981,四川民族出版社。另参见冯元蔚《勒俄特依》(汉文版),四川民族出版社,1986。
[3] YYRXYYRCUP,北部地区的彝人(特别是四川的彝族)都认为,此草有搭救彝人之恩,是神圣之草;之后人们在举行祭祀、招魂等仪式时,必用此草。

让人振荡！诗人所招所唤的"龙"之魂英之魂灵之魂，即使被铁链紧锁（SHEHX OXDDITDA）也可以解开，即使被天绳绑缚（MUPHX OPDITDA）也可以弛放（松），"龙"之魂在远祖先贤（AXPU，APBBO）处也该归来了，在他乡俗地（NIPMU、SHUOGGOT）处也该归来了。此情此景此怀何为乎？生养支格阿龙的诺苏民族正翘首以盼、恳切祈愿。此情此景（尤其是诗人朗诵时），让人们不得不感受到什么是身临其境，什么是惊心动魄；什么是神思驰骋，什么是意气纵横；什么是不绝于耳，什么是灵魂震颤！

  彝族民众从古到今都这样认为：毕摩是"智者"，是"知识最丰富"的"百科全书"式人物；他们识古彝文，掌握和通晓彝文典籍，是彝族民间宗教仪式活动中沟通神、鬼、人的中介。[1]"他们念诵经文，以语言的魔力赞美、教导、规劝、诅咒、影响鬼怪神灵，并通过象征性极强的祭祀、巫术等行为方式处理人与鬼怪神灵的关系，以求得人丁安康、五谷丰登、六畜兴旺。所以说，毕摩是彝族民间各种宗教仪式的主持者和组织者，又是彝族宗教和信仰的代表人物。""他们'兴祭奠，造文字，立典章，设律科'，使'文化初开，礼仪始备'。他们'知天象，断阴晴，知神鬼''占天时人事'，上通天文地理，下知世间百事，故彝族有'君识上百数，臣识上千数，毕识数不尽'之谚语。"[2] 他们受到世世代代敬仰、赢得世世代代褒赞。

  一般认为，凉山彝族的毕摩有周全的体系，即阿苏拉则、吉尼八子、勒伍阿则、杨古苏布、渣毕阿依、阿孜五子、古树二子、阿格说祖、阿克俄狄九大派系。毕摩们能日常性、长期性地司掌以下活动：主持祭祀、颂神咒鬼、禳灾祛祸、治病疗疾、占卜谶语、主持诅盟、主持神判、传播知识。[3]

---

[1] 阿牛史日、吉郎伍野：《凉山毕摩》，浙江人民出版社，2007，第63页；参见左玉堂、陶学良编《毕摩文化论》，云南人民出版社，1993。

[2] 阿牛史日、吉郎伍野：《凉山毕摩》，浙江人民出版社，2007，第63页；参见左玉堂、陶学良编《毕摩文化论》，云南人民出版社，1993。

[3] 阿牛史日、吉郎伍野：《凉山毕摩》，浙江人民出版社，2007，第63页、第66~78、103页。

巴莫阿依博士认为，毕摩文化是由毕摩们所创造和传承，以经书和仪式为载体，以神鬼信仰与宗教文化为核心的文化形态；从其内容来看，毕摩文化是一种以神鬼信仰和巫术祭仪为核心，同时涉及彝族传统文化诸多方面的一种"百科全书"式的综合性文化。①

彝族的毕摩文化，与彝族的文明历史一样源远流长，它历来是这个民族的主体文化之一。

三　尚未完结的余言

乌雾的《招阿龙魂》这首诗感人肺腑又沁人心脾，令人震颤不已。乌雾的诗思指路再明白不过了，借用诗人巴莫曲布嫫的认定就是"'第二汉语'和'第二母语'交错建构"或新的诗语滋生地："我仿佛在阿库乌雾以'第二汉语'和'第二母语'交错建构的双重文本意涵中，又听到了诗人在走出'大山'、走出'石缝'的心路历程中曾无数次引吭高歌的《招魂》②，那是千里彝山在阿嘎迪拖（云贵高原）强劲的脉动，更是诗人以母族文化精神的本质性复归而拥抱世界、拥抱人类的骞翮远翥之歌。"③

乌雾的诗歌具备了"诗歌图腾"蕴含。李锐在论述彝族诗人倮伍拉且（伍耀辉）时首次提到"诗歌图腾"的话题。熟知乌雾彝、汉双语诗歌的读者（"粉丝"）也会认同这一现象。乌雾的《招阿龙魂》是这样的，乌雾的好多诗作都是这样的："'诗歌图腾'里的诗，表达了对彝民族历史文化深深的景仰和苦恋，同时也传达出了诗人对民族的历史、人类的未来和世界的命运的审视与关怀。诗人把民族历史文化融汇在他的诗中，又把民族历史文化升华到一个诗意的全新的境界，生发出一种超越本民族的叩击震撼人心的力量。"④

---

① 巴莫阿依：《关于彝族毕摩文化研究的几个问题》，载《美姑彝族毕摩文化调查和研究》（内部资料，1996）；参见阿牛史日、吉郎伍野《凉山毕摩》，浙江人民出版社，2007。
② 《招魂》，即本文述及的《招阿龙魂》。乌雾当代诗歌《招阿龙魂》在立意上深受两千多年前屈原《招魂》一诗的影响。
③ 巴莫曲布嫫：《"边界写作"：在多重复调的精神对话中永远迁徙（代序）》，载阿库乌雾《阿库乌雾诗歌选》，四川民族出版社，2004，第21页。
④ 李锐：《"诗歌图腾"研究》，《凉山文学》1998年第4期。

乌雾的诗是具有强烈的文化穿透力的："阿库乌雾的诗力透彝族文化的深处，写出了民族生命的本源美和力量美，并在宗教文化的溯源、思考中，显示出一种元初客观真实状态及多元存在观念。"① 乌雾的好多诗具备了彝族历史的视野及其厚重感，"面对彝民族历史，每一个以曲直线条交错组接而成的彝文字，都是一首民族元文化的深沉的颂歌"。"诗是代神立言的文体，天籁的美，神思的传递，不是质白所能点亮的火把，'文质彬彬'方可成'经国之大业'的上品。阿库乌雾的诗歌美学，走的是一条色彩斑斓的路，一路上展开的都是另一种迷人的风景，他的'风景'会给读者这样的美感：第一，'出走'而后'回归'的审视民族历史的视野。"②

20世纪最有影响的思想家、哲学家、美学家、文学评论家卢卡奇对我们评价乌雾的名诗《招阿龙魂》有重要的启示意义。"知识只是揭去不透明的面纱，创作则是对可见的永恒本质的描绘，美德是对各种途经的完美认识"③，"人所考虑的世界是心灵作为人、上帝或精灵所归宿的世界；在这个世界里，心灵发现了必要的一切东西，它不需要什么东西从自身中创造出来，或使之活跃起来，因为心灵生存就是竭尽所能去发现、收集和赋形直接给予自己心灵的近似者"④。我们面前的乌雾的诗作何尝不是"知识""创作""美德""心灵""发现""收集""赋形""归宿"等的旨趣。

在进一步品评乌雾名诗的时候，思想老人卢卡奇还这样提示读者以及听众："世界广阔无垠，却又像自己的家园一样，因为在心灵里燃烧的火，像群星一样有同一本性。世界与自我、光与火，它们明显有异，却又绝不会永远相互感到陌生，因为火是每一星光的心灵，而每一种火都披上星光的霓裳。"⑤

---

① 肖礼荣、蒋登科：《原文化的审视、预谋重构及艺术拓展——阿库乌雾诗歌解读》，载罗庆春《灵与灵的对话——中国少数民族汉语诗论》，天马图书有限公司，2001，第203、204页。
② 肖礼荣、蒋登科：《原文化的审视、预谋重构及艺术拓展——阿库乌雾诗歌解读》，载罗庆春《灵与灵的对话——中国少数民族汉语诗论》，天马图书有限公司，2001，第210页。
③ 卢卡奇：《小说理论》，燕宏远、李怀涛译，商务印书馆，2012，第23页。
④ 卢卡奇：《小说理论》，燕宏远、李怀涛译，商务印书馆，2012，第58页。
⑤ 卢卡奇：《小说理论》，燕宏远、李怀涛译，商务印书馆，2012，第19、20页。

随着诗人乌雾学术、创作疆界的扩展，诗人沿袭的《招阿龙魂》的毕摩祭啸声也已响彻海内外，影响深远。

"艺术的魅力是无穷无尽的，然而艺术家不是赤裸裸地表达，而是让人探求无穷，几百年以后还有影响。"[①] 远方的客人请你留下来，彝区有美景，彝区有千万年留存下来并绵延至今的精美诗篇，乌雾的诗歌即是一景一页。

---

① 宗白华：《艺术形式美二题》，载《美学漫话》，长江文艺出版社，2008，第77页。

口头诗学视域下民族史诗演述与传承机制探究[*]

吉差小明[**]

（西南民族大学　成都　610041）

史诗作为一种叙事文学样式，具有古老而源远流长的独特韵体，在人类文化史上占有重要位置，在东西方文化传统中被广泛运用。综观东西方民族史诗，如希腊史诗、巴比伦史诗、印度史诗、中国少数民族史诗等，其承载的是一个国家和民族的历史，也成为国家和民族文化与文明的象征和丰碑。通过一个民族的史诗，我们可以更全面地了解这个民族及其文化传统，正如黑格尔指出的，史诗是"民族精神标本的展览馆"。在民族史诗的演述和传承中，口头诗学则是其中重要的载体和工具，通过口头诗学研究民族史诗的演述和传承机制，将为民族史诗理论研究提供更多理论支撑。

一　口头诗学概述

（一）口头诗学的概念

在很早以前，文字尚未被发明的远古时期，人类在没有文字使用的情况下，以及在今天一些落后的地区，世界处于"文明"状态，社会却仍然

---

[*] 本文系2019年度教育部哲学社会科学研究重大课题攻关项目"彝族古歌整理与研究"（19JZD031）的阶段性研究成果、中国博士后科学基金第65批博士后面上资助项目"彝族仪式文献与文化记忆研究"（2019M653838XB）的阶段性研究成果。

[**] 吉差小明，博士，讲师，研究方向为民族语言文学、民族古籍文献、民间文学、非物质文化遗产。

处于"无文字社会"的情况下，在这些历史时期或者现代特殊文化环境下，诗歌大都是以口头传唱的方式进行传播和传承的，我们称这种诗歌为口头诗歌，而关于口头诗歌的理论，我们就将其称作口头诗学。①

口头诗学程式理论体系有其基本的框架，根据其特点可以概括为，程式、主题或典型场景，以及故事范型或故事类型这三个结构性单元。在口头诗学中，程式的形态界定是多样的，在不同诗歌传统中，其界定方式不同，但均具有一个基本属性，即口头诗学程式必须是被反复使用的"片语"。而片语是为了构造诗行，并非单纯为了重复。所以，究其根本，口头诗学的程式是在传统中形成的，并且具有固定含义或者特定韵律格式的现成表达式。这种表达式是代代相传，具有一定传承机制的，而一位合格的歌手在口头诗学习中，则要储备大量片语。②"程式"作为"口头程式理论"演述传统中的主要研究对象，是口头诗歌的核心特征。我们研究口头史诗时，程式的出现频率，可以成为判定诗歌是否具有口头起源的一种参考指数。

另外，口头诗学的核心特征是"表演中的创作"，所以口头诗学理论研究，以及口头诗学程式、主题或者典型场景及故事形式的建设中、表演中的创作是口头诗学活态的过程，每一次口头诗的表演，都是在表演的过程中对诗歌进行创作。

（二）口头诗学产生的背景

口头诗学最早产生于西方，在18世纪西方民间文学研究中，口头诗学也被称为"口头传承"，属于民俗学范畴。随后在18世纪和19世纪西方"大理论"时代，西方学者开始关注"口头传承"的起源和理论研究，其研究成果为世界民间文学和西方文学研究提供了宝贵理论。进入20世纪后，西方口头诗学的研究则倾向于研究口头诗歌尤其是大型史诗的运行规律和创编特征与理论。这些研究不但解决了口头传承的内涵、结构和机制与功能等问题，而且对史诗"口承性"和"书面性"相关辩证关系进行了

---

① 巴莫曲布嫫：《以口头传统作为方法：中国史诗学七十年及其实践进路》，《民族艺术》2019年第6期。

② 王艳：《口头诗学理论的范式转换及理论推进》，《青海社会科学》2019年第1期。

探索，为口传文学研究提供了强有力的理论支撑。[①] 而中国关于口头诗歌最早的记录则在先秦、两汉时期的史书和杂记中，但是对口头诗学的理论和学术研究则要到五四时期及以后，在20世纪30年代，才有闻一多、朱自清等学者研究《诗经》等中国即兴创作诗歌作品，这时候口头诗学还没有成为一种理论走进中国。20世纪30年代开始，中国学者就对口头文学和口头诗歌展开研究，直到20世纪90年代，中国史诗学者尹虎彬、朝戈金、巴莫曲布嫫等专家学者将西方史诗和口头诗学理论研究成果引进到中国，口头诗学才开始改变以往研究的模式，推动民族史诗、口头文学等内容的研究步入更深入的总结和探讨阶段。

（三）口头诗学研究的现实意义

近年来，随着西方口头文学研究方法被引进到中国，中国口头文学研究获得了丰富，但口头诗学和文人作品之间的差异却还是被忽略，口头诗的特殊性没有被挖掘，民族史诗的研究也更多是表面化的，以口头文学的理论框架和思路去研究，掩盖了民族史诗更多面性的内涵。深入研究口头诗学，对中国口头文学研究、民族史诗研究等都有重要的现实意义。第一，能够促进口头诗学理论建设与反思，让口头文学从文本走向田野，从传统走向传承。第二，能挖掘民间口头文学魅力，充实口头史诗蕴藏的历史和文化。[②] 第三，能够推动中国口头文学与史诗研究进步，以田野作业的方法研究活的口头传统。

二 口头诗学与中国民族史诗研究的联系

在中国民族史诗研究中，口头诗学与民族史诗有重要的联系。因为世界各地口头程式理论的持续性发展，中国学者对口头诗学开始高度关注，并且这一关注影响了从20世纪末到21世纪初中国史诗的研究，使中国民族史诗

[①] 魏永贵、冯文开：《口头诗学视野下〈古诗十九首〉对汉乐府承继的论析》，《文艺争鸣》2018年第11期。

[②] 唐松：《古诗十九首中的口头诗学特征》，《唐山文学》2018年第8期。

研究的格局因为口头诗学的传入而发生巨大变化。口头诗学对中国民族史诗研究的几个转向和纠偏主要表现在以下方面：第一，对传统的阶段实现了从静态解读到动态涵括传承和流布的变化；第二，口头诗学导致史诗研究从以文本分析为中心到文本阐释和田野研究相互参证；第三，民族史诗特质从强调民间创作的"集体性"，逐渐走向兼顾关注歌手个人才艺；第四，民族史诗因口头诗学影响从立足局外人的"他观"转向"他观"与"自观"结合的形态；第五，口头诗学是民族史诗的聚焦，从聚焦传承人转向同时聚焦史诗受众。①

中国民俗学和民间文艺学学者总结了口头诗学与中国民族史诗之间的联系。首先，口头诗学为中国民族史诗研究提供新的理论经验。过去驾轻就熟的史诗理念、手段以及工具，不足以解决史诗研究中的新问题，口头诗学却能提供方法。在新疆、西藏等地的民族史诗研究中，很多民间史诗演述人有惊人的记忆力和灵动的艺术表达能力，其现场创编能力和故事演述能力令人叹为观止，他们为民族史诗演述和研究提供了重要素材，而口头诗学理论视域下进行的这些民族史诗演述的研究，能够让《格萨尔王传》等优秀而内容丰富的民族史诗作品得到传承。其次，史诗歌手不识字，无法借助文字手段记忆史诗，民族史诗故事就是他们的"大脑文本"。所以民族史诗的界定需要拓展，不能仅仅以文本的形式呈现，而要通过更多鲜活的，如口头诗的方式呈现，而口头诗学与中国民族史诗之间的联系就变得十分重要，成为中国给国际史诗学术研究提供东方传统的鲜活事实、田野证据和理论概括的理论基础和方法支持。比如史诗语文学的文本解析手段，口头诗学被用来更深入地剖析民族史诗句法、韵律、修辞手法和其中蕴含的其他诗学规则，形成"田野再认证"工作模型，这样通过不同视域的融合与互通，口头诗学与中国民族史诗的联系实现了古代经典与当代口头传统之间的互动，实现了人类表达文化纵深角度的通衢。② 这种用口头诗学促进中国民族史诗传承的方式，对史诗学界研究产生了非凡的影响。

---

① 张文杰：《"诗可以怨"：借以"观风俗，知得失"——论中国口头歌谣的"载道"传统及其"诗学"特征》，《语文学刊》2018第3期。
② 马俊杰：《认知口头诗学：认知诗学研究的新领域》，《中国社会科学报》2018年3月12日，第4版。

三 口头诗学视域下民族史诗演述

中国作为多民族国家,民族史诗的流传数量也较为丰富。每个民族都具有悠久历史和古老文明,在长期社会发展历程中,各民族创造了丰富多彩的史诗传统,形成了中国独特的民族史诗体系。如藏族英雄史诗《格萨尔王传》、柯尔克孜族英雄史诗《玛纳斯》、蒙古族英雄史诗《江格尔》、彝族英雄史诗《支格阿鲁》、英雄迁徙史诗《尼苏朵吉》、英雄创世史诗《查姆》《梅葛》等。《格萨尔王传》堪称世界上最长的史诗。民族史诗蕴藏着独具特色的民族文化,是人类珍贵的文化遗产。这些民族史诗的萌芽、展演和传承,与民族民俗土壤、民族所处地区的自然社会和人文社会空间,以及文化语境都有密切的关系。从口头诗学视域下研究民族史诗的演述,可以发现民族史诗是表演中的文本,演述过程中的表演决定了民族史诗的文本性质,而口头诗的特征则决定了民族史诗在口承的环境下,不容易受到外来文化的影响,民族史诗口承中的完整性和连续性更为突出。民族史诗是历史悠久、丰富灿烂的民族文化中最宝贵的部分。

口头诗学为民族史诗演述提供了理论基础。史诗演述的本质是一种转瞬即逝的行为,史诗文本则是把史诗演述从活的语境中剥离出来。书写让史诗演述得以保存,但却会失去具有传递传统意义的非语言要素,比如史诗歌手的身体语言等等。而口头诗学视域下,民族史诗演述则能够增添更多民族史诗演述人的非语言性表演和理解。

民族史诗的任何一次口头演述都发生在一定的演述场域中。"演述场域是指歌手和受众演述和聆听史诗的场所,这个场所通常是一个特定的空间。与其说它是一个地理上的界定,毋宁说它是特定行为反复出现的空间,更为重要的是它是一个设定史诗演述的框架。"[①] 在口头诗学视域下,民族史诗的演述场域由空间和史诗歌手的身体语言共同构造。将史诗歌手演述的语言和非语言要素与演述场域密切联系在一起,则史诗歌手对民族

---

① 苏茜:《中国口头诗学理论与现实意义评述》,《西北民族大学学报》(哲学社会科学版)2017年第3期。

史诗进行演述中的身体语言将影响史诗表演场域。通过具体民族史诗作品的演述来分析口头诗学对民族史诗演述的影响和对民族史诗传承的推动，将帮助我们更好地理解民族史诗演述与口头诗学的关系，并促进我们对民族史诗的传承机制有更深入的理解。

以彝族《勒俄特依》史诗为例，千百年来《勒俄特依》主要以口耳相传的方式流传，《勒俄特依》史诗演述人，尤其是史诗演述人中的"神授"艺人类型，主要以口头方式传唱史诗，并且在口语文化环境中成长。而如今随着彝族地区文化环境、教育环境等方面的变化，随着彝区现代标准化书面教育的普及，史诗演述人也越来越多地受到书面文化的影响，一些彝族史诗演述人甚至从小就接受了学校教育，这样的现代标准化书面教育经历，使这类史诗演述人不但具备口头演述能力，还具备文字书写能力。这就导致《勒俄特依》这类史诗的书面化，逐渐成为一个不可逆转的现实趋势。所以从口头诗学视域下探讨民族史诗演述问题和演述的传承，是将"口头诗学"理论、"表演"理论、民族史诗、历史文化以及口语文化与书面文化的双向互动理论相结合的一种方式，能够让民族史诗在口头诗传承方式下，保持纯粹性和原汁原味。让民族史诗歌手的身体语言在演述史诗中呈现出同一传统语言共同体内不同事件的可视传播，充当良好的民族文化传播中介。

四　口头诗学视域下民族史诗的传承机制思考

民族史诗的口头传统和书面文化之间存在很多理论问题，在民族史诗的传承中，口头演述与文字书写之间的本质差异，让我们在民族史诗的研究中必须注意如何用口头诗学的方式将民族史诗演述更真实地保留下去，让"传统"在民族史诗"表演"演述中不丢失。教育具有意识形态化作用，对史诗演述人的精神世界有十分明显的干预和重塑作用，所以在民族史诗的传承中，在传承机制建设的思考过程中，我们要多从口头诗学视域下，思考口头演述民族史诗如何能在传承中被更好地保留下来，借助对民族史诗演述和传承机制的创新与完善，为民族史诗的传承创设新的途径和方向。基于此角度的思考，从口头诗学视域下进行民族史诗传承机制的革新，可以重点从以下几个角度进行尝试。

（一）数字化转向传承

在民族史诗的传承中，承接口头诗学的理论，为推动民族史诗演述与传承，在建立民族史诗演述与传承机制的时候，要积极进行民族史诗演述的数字化转向。民族史诗演述的口头传承可以记录民族史诗中非语言类的文化和特色内容，但是民族语言在今日标准用语的影响下容易失真，利用数字化技术，在民族史诗文本记录与传承的同时，建立民族史诗演述与传承的口头数字化记录，更真实、完整地保存民族史诗的口头演述，用音频、视频的方式，将民族史诗演述内容进行记录和存档，同时对不同民族史诗演述的数字化资源进行分类、分享并将其作为民族史诗教学资料，这样通过数字化转向建立的民族史诗口头数字资源库，能够延续民族史诗口头演述的真实性、纯粹性和生动性，让民族史诗永不消逝，这是口头诗学视域下民族史诗演述与传承的良好途径。

（二）非遗转向传承

文化的传承需要有更多人关注、参与和保护，民族史诗演述也需要获得更多的保护和传承，在传承机制建设中，确保民族史诗口头演述内容得到认同、尊重和更广泛的传播，才是保持民族史诗生命力的重点。2003年联合国教科文组织通过《保护非物质文化遗产公约》之后，中国就成为最早缔约国之一，随之而来的是对"活态性""口头性""多样性"非物质文化遗产的保护。但是民族史诗口头演述内容被列入国家非遗名录的还十分少。在民族史诗演述与传承过程中，要积极推动口头诗学视域下民族史诗进入非遗保护名录，呼吁民俗学家、人类学家、文学家等共同加入民族史诗口头演述非遗传承项目，用民族史诗口头演述非遗传承项目框架的完善，以及分类、传播、维护方法的完善，推动民族史诗演述的保护与传承，让口头的民族史诗得到更多人的了解和尊重。

（三）多媒体转向传承

口头诗学视域下民族史诗演述的传承机制建设，还需要从多媒体转向入手，通过更丰富和广阔的多媒体技术、手段和平台，促进民族史诗口头演述的传播和传承。在多媒体技术和渠道融入民族史诗口头演述传承时，可以将抖音、快手、微信公众号平台等作为民族史诗演述与传承的载体，通过媒体的力量，挖掘民族史诗口头演述在民间的基础，实现口头诗学视域下民族史诗演述在网络空间的传承，为民族史诗演述开辟更广阔的传播和生长空间，使民族史诗演述不再受到地域环境限制，也不再受到文化环境影响，而在网络空间再次形成"口耳相传"的效果，让民族史诗口头演述在新时代找到代际纵向传承的空间。

结　语

　　总而言之，在民族史诗演述和传承方面，中国的口头传统更关注民间口头艺术诸门类，如故事讲述、史诗演述等。在世代相承中，中国民族史诗口头艺术原创力十分强大，形成了中国民族史诗绵延千年的生命力，促使民族史诗成为一条展示波澜壮阔的历史，以及千姿百态的人文知识景观的大河。新时代中国民族史诗仍然在活态的口头传统中、在民族史诗的传承中生长和维系与发展，我们需要通过数字化、媒体化、非遗保护等途径，促进民族史诗的口头传承，让口头诗学理论保障民族史诗演述和传承中的传统，持续彰显中国民族文化在流传中不可复制的"底色"。

岭国的社会结构及《格萨尔王传》中"兄弟"一词的解析[*]

卡尔梅·桑丹坚参[**]著　乔登塔[***]译

根据《格萨尔王传》的内容，格萨尔王既是天神和龙女之子，又出生于世间一个凡人家庭。他出生的世间家庭，在岭国有着举足轻重的社会和政治地位及影响力。格萨尔王具有崇高的道德标准，且被追认为佛教圣人。他的形象在藏传佛教高僧的专著、文章中尤为显见。他是天界神子，也是世间俗人的楷模，他会在族群内部颂扬祖宗威德，在遵守社会组织内部制度的前提下，提倡爱国、勇气、贤德、名誉，反对无耻、背叛、卖国等。也有部分藏传佛教高僧不太接受这一史诗，甚至规定格萨尔说唱不得在僧舍、寺庙等宗教活动场所出现。

岭国是由几个部落构成的，这些部落之间通过婚姻建立起互相合作的友好关系，各个部落的领袖也如同格萨尔王一样闻名于世，关于这些部落的状况我将在下文详细叙述。

一　探讨天界之家

相传如同吐蕃第一代国王聂赤赞普的出世一般，格萨尔王也从天界出

---

[*]　本文于1993年7月22日至26日在内蒙古锡林浩特由中国社会科学院和内蒙古自治区格萨尔研究院联合举办的第三届国际格萨尔研究会上发表。

[**]　卡尔梅·桑丹坚参，博士，国际藏学家，研究方向为藏族历史文化、本教文化。

[***]　乔登塔，文学硕士，西南民族大学中国语言文学学院教师，研究方向为藏族语言文学、本教文化。

世，但两者稍有区别，聂赤赞普直接从天界下凡到人间①，格萨尔王则以神明化人的形式出世。格萨尔王的父亲为白帝释天神（tshngs-pa-dkar-po），母亲为本炅女神（vbum-skyong），这一天神之家还有一位家庭成员即婶婶奈奈姆（ma-ne-ne）。格萨尔王的父亲和婶婶对格萨尔王在人世间大展宏图产生了不可替代的作用，白帝释天神经常示现于格萨尔王前而对其进行指导，婶婶奈奈姆也经常伴随其左右。婶婶不仅经常示现于格萨尔面前，也经常出现在其梦境中开示何为善恶之说等。白帝释天神和婶婶奈奈姆似乎为姐弟关系，但在史诗当中并没有明确道出这一关系。而天神家庭中的其他成员只是在史诗开篇处的"归敬颂"中出现名字，在史诗正文中却鲜见。

二 探讨世间之家

森伦（seng-blon）有三个儿子，没有女儿。他的三个儿子不是一母所生，其中第二个是格萨尔王。在藏区尤其是安多地区，若出现一位非常英明杰出的人物，则会认定此人为山神之子并称其为念布（gnyn-bu）②，因此，格萨尔王也是山神格祖（gaerr-mdzo）之子。

三 探讨龙界之家

《格萨尔王传》中郭萨（vgog-bzv）一般被认定为龙界龙王之女。

四 岭国的社会组织结构

研究藏学的部分专家学者以及国外的很多学者，曾讽刺在那个时代藏族广泛流行的一妻多夫制的习俗，但除了这种习俗之外，藏族还有其他的

---

① 卡尔梅·桑丹坚参：《藏族历史传说宗教仪轨和信仰研究》（藏文版），德康·索朗曲杰英译藏，中国藏学出版社，2007，第443页。
② 《善说藏》，卡尔梅译，1972，第60~70页。卡尔梅·桑丹坚参：《藏族历史传说宗教仪轨和信仰研究》（藏文版），德康·索朗曲杰英译藏，中国藏学出版社，2007，第444页。

岭国的社会结构及《格萨尔王传》中"兄弟"一词的解析

婚姻习俗。① 在《格萨尔王传》中，部分家族为一夫多妻制或者一夫一妻制，并没有出现一妻多夫制，《格萨尔王传》也没有指出这种习俗是世间婚姻中最好的一种婚姻形式。

格萨尔王的祖先热察（ra-khar）有三子，皆一母所生②（见图1），三子之母是热察唯一的王妃。格萨尔王的父亲森伦有三位王妃，格萨尔王由第二位王妃郭萨王妃所生，森伦的大王妃所生的儿子叫嘉察夏噶（rgay-tsha-zhal-dkar），小王妃绒萨生的儿子叫绒嚓噶尖（rong-tsha-dkar-rgayn）。格萨尔王虽只有一位王妃，但传闻其在膳食房内有多位心爱之人③。据说格萨尔王的兄弟嘉察有三位妃子。

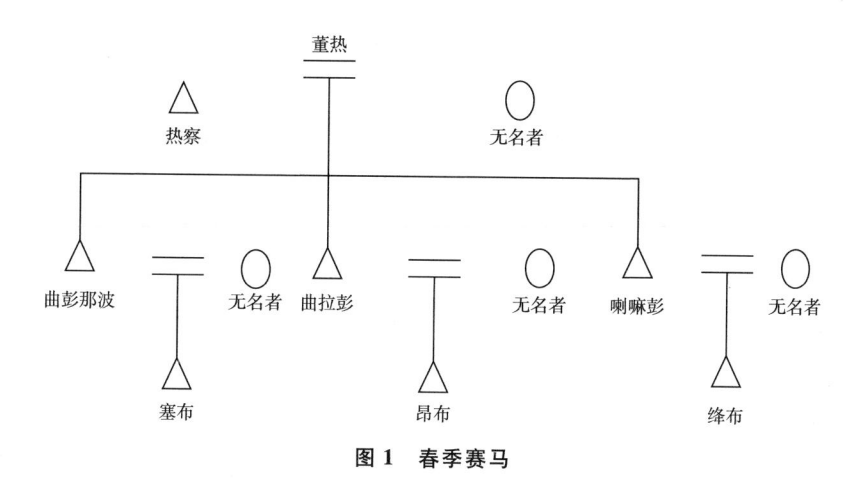

图1　春季赛马

在郭姓部族与岭国的故事中，我们知道岭国侵略了郭姓部族，格萨尔

---

① 关于这一习俗请参看勒昂（lae-vona）1988年的文章。卡尔梅·桑丹坚参：《藏族历史传说宗教仪轨和信仰研究》（藏文版），德康·索朗曲杰英译藏，中国藏学出版社，2007，第445页。
② 《神岭秘云九传》，兰州，1982，第94页（赛丹1956：197）。卡尔梅·桑丹坚参：《藏族历史传说宗教仪轨和信仰研究》（藏文版），德康·索朗曲杰英译藏，中国藏学出版社，2007，第447页。
③ 《春季赛马》（以下简称《春》），西宁，1981，第10页。卡尔梅·桑丹坚参：《藏族历史传说宗教仪轨和信仰研究》（藏文版），德康·索朗曲杰英译藏，中国藏学出版社，2007，第448页。

王的母亲郭萨王妃从这个部落被劫掠而来。① 这位郭萨王妃最早开始掌管本巴（vbum-pa）家族的膳食。嘉洛（skay-lo）家族是格萨尔的王妃珠姆诞生之地，这个部落不属于岭国的附属部落。格萨尔王出生在董（ldong）氏部落，它是岭国社会中最重要的氏族，在岭国的社会以及政治决策中都占有重要地位。格萨尔王以及他的兄弟管理这个部落，并且三兄弟分管各自的家族。

总管察干（khar-rgan）是曲拉彭（chos-la-vbum）三个儿子中的长子，他是一位精明能干且最懂董氏家族历史的人，他只有一位王妃并且有三子，他们皆是岭国的勇士，一生忠于格萨尔王。令人惋惜的是，他们中年纪最小的那位在霍岭大战时期不幸战死。

晁同（kharo-thung）是曲拉彭的二儿子，有五位王妃，共生了九个孩子。五个王妃中有一位属于丹（vdan）姓部落。晁同的九个孩子虽然都被列为岭国英雄，但晁同是格萨尔王的敌人。《格萨尔王传》充分揭露了晁同为人的狡猾和胆小懦弱的本性。相传，晁同出生时因缺少母乳喂养，就被用牦牛奶和山羊奶以及母狗奶抚育长大，故他被人称为"四妈抚育之子"。②《格萨尔王传》将晁同刻画成一位不可一世的国王，却没有一个人会相信他所说的话。晁同作为岭国最重要的首领之一，后期地位开始逐渐衰微，但他自始至终都没有放弃成为"岭国之王"，多次伤害他的弟弟森伦。此外，晁同从一个预言中得知，未来的岭国之王将由弟弟森伦的儿子格萨尔所继承，而自己再也没有机会担任岭国之王。再后来晁同看上了自己侄子的妃子珠姆，对她产生诸多非分之想。在岭国与其他部落间发生战争的时候晁同也被描写成卖国贼。

森伦是曲拉彭的小儿子，他是格萨尔王之前统治岭国的国王。他的性格温柔憨厚，经常遭受晁同的欺负。森伦有三个王妃，三个王妃各有一个

---

① 《格萨尔王诞辰纪》（以下简称《诞辰纪》），兰州，1981，第17页。这部王传也被称为《岭国诞辰纪》，有赛丹的研究（1956：221），《春季》，第10～46页。卡尔梅·桑丹坚参：《藏族历史传说宗教仪轨和信仰研究》（藏文版），德康·索朗曲杰英译藏，中国藏学出版社，2007，第448页。

② 《杉丹虎狮之争》，成都，1983，第15页。《藏汉对照格萨尔词典》（以下简称《格萨尔词典》），成都，1889，第41页。卡尔梅·桑丹坚参：《藏族历史传说宗教仪轨和信仰研究》（藏文版），德康·索朗曲杰英译藏，中国藏学出版社，2007，第449页。

岭国的社会结构及《格萨尔王传》中"兄弟"一词的解析

儿子（见图2），按照藏族的习俗，国王一般会把二儿子指定为继承人，《格萨尔王传》中晁同和格萨尔王都被写成二儿子，也体现了藏族的这一习俗。这种特色在其他地区流传的格萨尔史诗，如"布里亚蒂亚"（Buryatia）流传的格萨尔史诗[①]中也有记载。

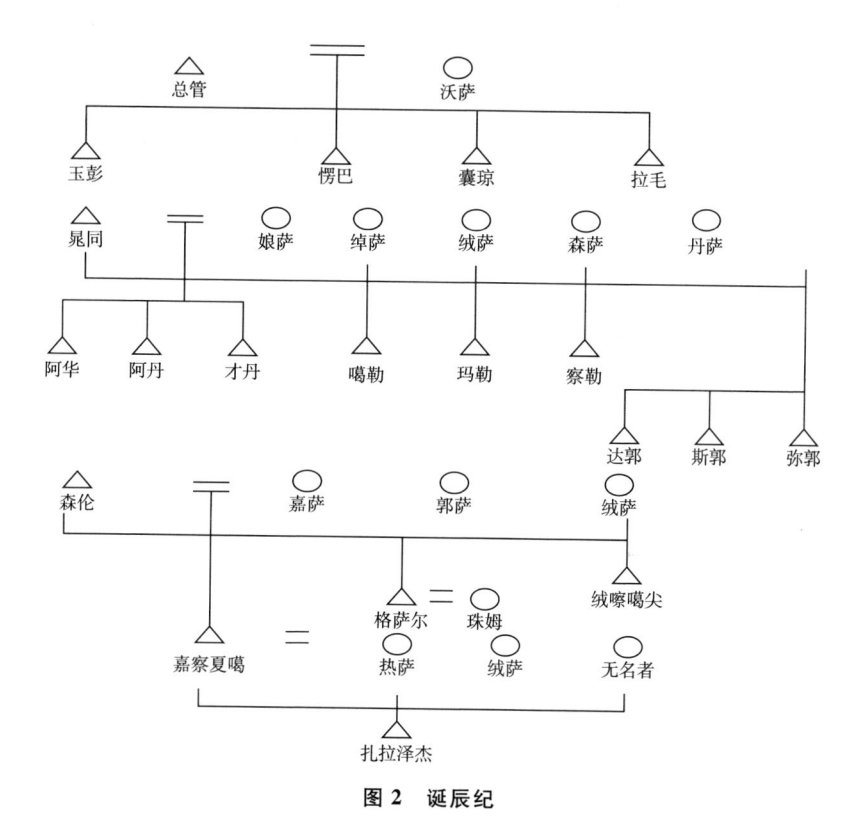

图 2 诞辰纪

藏族最长的史诗《格萨尔王传》以董姓部落为例，展现了氏族在整个岭国社会政治结构中的作用和特点。藏文化普遍以父为祖，尽管在传统的社会文化习俗中，母系一方的家族地位也很重要，但族群更加看重父系家族姓氏，所以岭国百姓一般会认为自己是董氏部落的后裔。

---

① 哈玛云（ha-ma-yon），1985，第 373~409 页。卡尔梅·桑丹坚参：《藏族历史传说宗教仪轨和信仰研究》（藏文版），德康·索朗曲杰译，中国藏学出版社，2007，第 451 页。

传说中，热察老人的三个侄子分别与阿尼玛钦神山的三个女儿结婚。[①]有一天热察老人让三个侄媳到玛域（rma-yul）去捡拾东西，其中大侄子的媳妇在玛域深山上部捡回来一尺多的金棒子，二侄子的媳妇在深山中部捡到了昂布（vom-bu）[②]，小侄子的媳妇则在深山下部捡到一条狼尾巴，后来这些王妃所生的几个孩子分别取名为赛巴（gser-ba）、昂布和穆绛（dmau-spyng）。因此，大侄子及其后裔统治岭国上部地区，二侄子及其后裔统治岭国中部地区，三侄子及其后裔统治下部地区。[③]

还有一则故事认为热察老人的父亲被狼杀害后遗体葬在阿尼玛钦神山顶上，于是，岭部英雄辈出且百姓安居乐业。此类传说和故事，也无法再做进一步的调查和解释。以格萨尔为例，虽然他在阿尼玛钦神山脚下找到了很多武器，但这与布（Spaur）[④]没有特别的关系，更无法解释布与岭的繁荣富强有任何关联。

从上述故事中可以看出，格萨尔王说唱本讲述了母系玛（rma）的后裔与岭国之间的联姻，反映了女性在社会文化中所产生的重要作用。根据这个故事，这些王子都以自己母系的名义取名，但这些王子的后裔在认定自己的姓氏时依据的是父系族谱。上述三位王子代表了岭国最早的社会结构体系，并且扩散到岭国的各个体系中。三位王子的部落，在父系传播的基础上，可以按照大嗣（che-rgyud）、中嗣（vbring-rgyud）以及小嗣（chung-rgyud）区分。

按照地理分布来讲，岭国位于康区澜沧江之西，玛域位于澜沧江东北方安多内。玛格（rma skaed）则为现在的果洛地区，便是阿尼玛钦神山之境。因此可以看出，岭国和玛域的距离非常遥远。然而地理的遥远并没有阻止史诗将两地联系起来。阿尼玛钦是董姓氏族和岭国母系一方的守护神，我认为，格萨尔王的母亲郭萨也应该来自玛域地区。郭姓氏族之"郭"（vgog）

[①] 《花岭诞生记》则认为这三位王妃属一夫之妃，参见卡尔梅·桑丹坚参《藏族历史传说宗教仪轨和信仰研究》（藏文版），德康·索朗曲杰英译藏，中国藏学出版社，2007，第451页。

[②] 昂布（vom-bu）是一种小树的名字，茎皮红而空，有粉红色的花，花和枝条可作药。

[③] 《春季》，第6~7页。卡尔梅·桑丹坚参：《藏族历史传说宗教仪轨和信仰研究》（藏文版），德康·索朗曲杰译，中国藏学出版社，2007，第452页。

[④] 布（Spaur）是对死去的尸体表示敬意的词。

岭国的社会结构及《格萨尔王传》中"兄弟"一词的解析

字发音与"果洛"(mgo-log)也有相近的地方,玛域是格萨尔王和其母流放之地。在众多《格萨尔王传》的版本中,所谓的岭国和玛域实指同一地区。①

前面说过,格萨尔王在世间还有一位父亲叫念(gnyn),是一位土地神即格座(ger-mdzo)神山。这座神山属父系之夏达(shar-zal)地区②而非玛域。格萨尔王的母亲郭萨被认为是鲁(glau)的化身,因此,在描述格萨尔王的族源时,往往会说"父系来自高山,母系来自大海"③,体现土地神念和龙族之间的联姻。此处的山代表的是男性,而大海代表的是女性,这种比喻在民间仪式中更为突出。例如男性登高山进行祭祀供养土地神,女性到河流旁祭拜龙王,这在安多地区尤为常见。④ 因此,土地神一般代表男性,而龙族则指女性。在佛教的文献中,表示龙族的梵文为那伽(naw-ga),故按照印度人的观念,龙族也分两性且具有印度社会习惯的四大种姓。

在《格萨尔王传》中,最初的六大部落一般被认为是岭国社会最早形成的单位,这些部族之间主要以"兄弟(pu-nu)"的观念来维持族群之间的关系。据我所知,《格萨尔王传》中并没有指出具体的六大部落之称谓。在故事中,数字三和六被认为是吉祥的数字,根据家族史记载,一般经常出现以三为单位的数量,如三个孩子等,藏族最古老的部族也是六大部族。各种版本的《格萨尔王传》对六大部族的称谓和顺序也不尽相同,其中一部《格萨尔王传》六大部族的顺序和称谓如下:

1. 本巴 (vbum-pa)
2. 丹玛 (vdn-ma)

---

① 《先登》《shan-dan》第5~7、10、157、161~162、166~167页。卡尔梅·桑丹坚参:《藏族历史传说宗教仪轨和信仰研究》(藏文版),德康·索朗曲杰英译藏,中国藏学出版社,2007,第454页。

② 夏达(shar-zal)位于青海省称多县东南端。

③ "父系来自高山,母系来自大海"这句话出自《春季》第4页。卡尔梅·桑丹坚参:《藏族历史传说宗教仪轨和信仰研究》(藏文版),德康·索朗曲杰英译藏,中国藏学出版社,2007,第453页。

④ 卡尔梅和萨甘(sa-gan)1987:p247-250。卡尔梅·桑丹坚参:《藏族历史传说宗教仪轨和信仰研究》(藏文版),德康·索朗曲杰英译藏,中国藏学出版社,2007,第454页。

3. 达荣（stag-rong）

4. 嘉（rgay）

5. 嘉洛（skay-lo）

6. 珠（vbru-vgru）①

上述六大部族是岭国社会结构的枢纽。本巴家族是格萨尔王出生的族群，这一族群属于董姓氏族，上述祖先曲拉彭的三个儿子也属于董姓氏族。虽然从这一氏族中所出生的人物构成了岭国上流社会的主体，但曲拉彭的三个儿子并没有以本巴家族冠名。

《格萨尔王传》中丹玛地区应为现在的康区，丹玛同岭国发生战争且被吞并后成为岭国的一部分，岭与丹玛联姻之后出了几位大臣。在格萨尔王在任期间，岭国也出了一位非常有名的武将叫丹玛（vdn-ma）。丹玛的名前一般会冠以嚓祥（tsha-zhang），表示孙舅关系。②

达荣也同丹玛一样，与岭国发生战争之后归降岭国，并成为岭国的一部分。③ 岭国占领达荣之后，便让晁同管理这一片地区，故晁同得名达荣晁同。

然而嘉部落所指何处，至今仍无从可查，《格萨尔王传》中记载了出自该部的一名男性之后没有其他方面的记载。

嘉洛部落是一个独立的部落，个别版本的《格萨尔王传》中认为嘉洛部落在玛域地区④，格萨尔王妃便出生于这个部落中的噶（sga）氏家族，故其得名噶萨珠姆（sga-bzav-vbrug-mo）。

珠部族与岭国之间的关系没有被记载，但是出自该部的一位勇士在岭国三十位勇士的行列中。

---

① 《花岭诞生记》，1981，第143~144页（赛丹1956：265）。卡尔梅·桑丹坚参：《藏族历史传说宗教仪轨和信仰研究》（藏文版），德康·索朗曲杰英译藏，中国藏学出版社，2007，第456页。

② 《先登》，第144、149页；《格萨尔词典》，第223~224页。卡尔梅·桑丹坚参：《藏族历史传说宗教仪轨和信仰研究》（藏文版），德康·索朗曲杰英译藏，中国藏学出版社，2007，第456页。

③ 《先登》，第141页。卡尔梅·桑丹坚参：《藏族历史传说宗教仪轨和信仰研究》（藏文版），德康·索朗曲杰英译藏，中国藏学出版社，2007，第456页。

④ 《春季》，第9~10页，卡尔梅·桑丹坚参：《藏族历史传说宗教仪轨和信仰研究》（藏文版），德康·索朗曲杰英译藏，中国藏学出版社，2007，第457页。

岭国的社会结构及《格萨尔王传》中"兄弟"一词的解析

上述内容简要介绍了岭国社会结构，反映了岭国的社会政治体系结构。在上面排列的各部落里，本巴家族被认为是整个岭国的望族。整个岭国也分为三大地区，三大地区之下又分有诸多地区，但都统归于董姓氏族，这在董姓氏族史中有明确记载。

岭国统治着五大部落，五大部落中的两个部落是经过战争而被征服的。不属于岭国部落的其他族群则是归降于岭国的诸侯国，这些部落与岭国以联姻的形式来固定统属关系。如上述故事中所记载的三个王妃来自玛域。在《格萨尔王传》中一般描写岭国族群内部不通婚这一规定，但是岭国六大部族的名录中也有通婚的习俗，比如六大部族中嘉洛部族向格萨尔王献王妃的事件能证明通婚的习俗。

根据《格萨尔王传》描述，岭国的生产结构和现在的康巴地区和安多地区一样，以畜牧业和农业结合为主。《格萨尔王传》中描述了山上放牛羊、山下种地的场景，百姓住房、望族宫殿都选择建在山下。但岭国的社会整体面貌具有牧民生活的特点和形式，这可以从人们通常住在帐篷里从一处到另一处游牧的情况中看出。

格萨尔王的后援会绝大部分是岭国的三十位勇士，三十位勇士有的为五部落的首领，其余的皆为战时各部之将军。这些勇士在扩大岭国的版图时有不可替代的作用，三十位勇士中已牺牲的勇士被新将士代替，其丰功伟绩也被继承。

岭国的社会政治发展是一个布局，执法靠的是"兄弟"意识，这种观念最初是氏族发展的出发点，但随着岭国版图的扩大，这种旧的观念逐渐变得难以为继。[①]

五　格萨尔故事中关于"兄弟"之观念

"兄弟"一词应理解为表示社会地位的一个概念或观念。凡是"兄弟"，其不但在社会中享有一定权力和自由，同时还拥有一定的社会荣誉。

[①] 《霍尔勒》（《hor-lis》），第214页，参见戴维尼整理本，Musée Guimet, Paris。卡尔梅·桑丹坚参：《藏族历史传说宗教仪轨和信仰研究》（藏文版），德康·索朗曲杰英译藏，中国藏学出版社，2007，第459页。

据《格萨尔王传》记载，当时六个部落各抽选一位代表前往格萨尔王流放地"玛域"，想方设法邀请觉日（jo-ru，即格萨尔王）回到岭地，受托请格萨尔王的六人被称为"六兄弟"（pu-nu-mi-drug）①。由此可见，在"兄弟"之观念中，不仅指由"董氏"蔓延而成的岭所属的社会成员，也可以指与岭相关联的部落的人，这些部落与岭之间相互关联的方式是联姻。

"兄弟"意识是维持社会结构、解决社会问题的一种方法。关于"兄弟"，一般意义上可将其理解为亲属之间相称呼的一种最普通不过的叫法，但在格萨尔长篇史诗中此意义尤为深邃。在史诗中，"兄弟"观念的最初定义是，凡同一种族下的成员，不管在何种情况下，应始终保持团结互爱。据陈规，某些会议除了兄弟之外，其他成员不得参加。"兄弟"的体制具有三大特性，分别为："团结如一、言行一致、平等地位。"现归结于以下段落之中："岭的曲陪那布（chos-vphaen-nag-po）之内，有敌一起杀，有食一起吃，大家同甘共苦。"② 氏族纽带在父系氏族的观念中亦有强调，即："不为名利之高低，日后便是同一种族。"③

父系氏族是通过两大社会必要组成部分即道德和制度维系传承的。格萨尔还未即位之前，"岭"由格萨尔父兄、母亲、三个继父共同照料。晁同早已得知侄子格萨尔必定是自己成王的阻碍，故而，他想出了两种卑鄙手段，欲把格萨尔排挤在兄弟之外：一是说格萨尔的母亲曾是仆人，而且对丈夫森伦并非真心相待；二是说人们知晓格萨尔是名孤儿，他常从邻里处偷窃犊牛、马驹，并杀死与他同一部落的三名打猎者等。晁同用这种手段诬蔑格萨尔母子，最后用"岭"之法律将格萨尔母子驱逐到"玛域"。晁同设法把格萨尔从兄弟之名单中革出的目的是破坏格萨尔兄弟之间的友

---

① "六兄弟"详见《花岭诞生记》，第144页；赛丹1956：265。卡尔梅·桑丹坚参：《藏族历史传说宗教仪轨和信仰研究》（藏文版），德康·索朗曲杰英译藏，中国藏学出版社，2007，第460页。
② 《花岭诞生记》，第7页；赛丹1956：218。卡尔梅·桑丹坚参：《藏族历史传说宗教仪轨和信仰研究》（藏文版）下册，德康·索朗曲杰英译藏，中国藏学出版社，2007，第461页。
③ 《花岭诞生记》，第9页；赛丹1956：219。卡尔梅·桑丹坚参：《藏族历史传说宗教仪轨和信仰研究》（藏文版）下册，德康·索朗曲杰英译藏，中国藏学出版社，2007，第461页。

岭国的社会结构及《格萨尔王传》中"兄弟"一词的解析

谊，同时使其母亲背上黑锅。①

叔侄间的此类矛盾俨然成为历代藏族故事所要表达的主体内容，如尊者米拉日巴与他的叔叔。晁同欲把格萨尔从兄弟中革除的手段，一是对格萨尔与森伦的父子关系进行质疑，二是污蔑格萨尔曾行过窃，还杀过人等。在此种激烈的矛盾下，相互斗争是难免的。由此可见，此类战争是由"同室操戈"导致的。此种行为被认为是兄弟间互相残杀的结果。因此，史诗中对于珍惜兄弟之间的情谊尤为重视。②有关珍惜兄弟之间情谊的情形，嚓祥丹玛、嘉察与屠夫先巴的争斗更能说明。

屠夫是霍国的大将军，如果霍尔等地被岭国占领，那么屠夫将被打入牢中。在战场上，屠夫将嘉察置于死地，但格萨尔不但把屠夫列入岭部的兄弟之中，还将其纳入臣属中。格萨尔的此种作为，把丹玛搞糊涂了：究竟凭何条件才可被列入兄弟之内，而何种被排除在外？因此，丹玛对格萨尔的此种行为心生不满，便说道："从此断除兄弟之情谊。"③我们从以上内容可以得知，兄弟之本意不但可以理解为同一血缘的亲人，还可理解为与岭有姻亲关系的众人；据此而言，事实上，岭国的勇士均具有兄弟之称的特权。④

兄弟的另一个词义即"亲信"，但兄弟们共同抵御外来侵略的概念为"昂首挺胸"。因此，格萨尔王的王妃珠姆被霍尔抢去，他的爱人梅撒本吉（mae-bzav-vbum-skayed）也被卢赞王（byng-bdud-klau-btsan）挟持，这两件事对于格萨尔王来说是非常可耻的。格萨尔王重新夺回了两位爱人后，不仅恢复了岭国的声誉，两敌都在他的掌控之下，岭国百姓的生活也变得

---

① 《花岭诞生记》，第104~105页。《先登》1956：250~255。卡尔梅·桑丹坚参：《藏族历史传说宗教仪轨和信仰研究》（藏文版）下册，德康·索朗曲杰英译藏，中国藏学出版社，2007，第462页。
② 这个时期经常用"同室操戈"这个词语，《先登》，第141页。卡尔梅·桑丹坚参：《藏族历史传说宗教仪轨和信仰研究》（藏文版），德康·索朗曲杰英译藏，中国藏学出版社，2007，第462页。
③ 《先登》，第137页；《霍里》（《hor-lin》），第5页。卡尔梅·桑丹坚参：《藏族历史传说宗教仪轨和信仰研究》（藏文版），德康·索朗曲杰英译藏，中国藏学出版社，2007，第463页。
④ 《花岭诞生记》，第155页，赛丹1956：81。卡尔梅·桑丹坚参：《藏族历史传说宗教仪轨和信仰研究》（藏文版），德康·索朗曲杰英译藏，中国藏学出版社，2007，第463页。

更加美好。

　　现在让我们详细分析和研究"兄弟"这一名词的含义,据我们所知,在格萨尔王的最初阶段,"兄弟"就是指岭所属的尘凡之众;但后来这一名词被理解为从父系传下来的兄弟们,婚姻关系人也逐渐被纳入"兄弟"中。可见,《格萨尔王传》中的"兄弟"一词在行为上随着故事的发展而变化。

　　"兄弟"一词在西方语言中有几种不同的译法。在《花岭诞生记》中,赛丹把"兄弟"译为"亲丁",同时强调了"兄弟"事实上是一些彼此间并无血缘关系的年少者[1];但《格萨尔王传》中的"兄弟"一词,不但包括年少者,也包括年长者。众所周知,岭的三十位勇士均是"兄弟",他们之中也包含了将军。"兄弟"一词是由哥哥和弟弟之词相结合而产生的,然而,我们所评论的"兄弟"之词并非单纯指上述之意。例如,赛丹把"兄弟间易发生操戈"译为"哥哥与弟弟之间易发生矛盾"。[2] 然而,此段资料中记载的内容并非指兄弟间的矛盾,而是指叔侄间的矛盾。同样,他再次把"兄弟间没有不发生矛盾的可能性"一句改译为"不能保证兄弟间发生矛盾"[3]。此资料同样反映晁同与格萨尔之间的矛盾。晁同与格萨尔并非兄弟关系,在史诗中晁同是个较年长的人。从上述两个例子可知,赛丹过于直译。

　　与"兄弟"一词在写法上略为相同的词曾在敦煌古文献中出现过,即"普玛努"(pu-ma-nu)。贝克达将该词译成"幼子"(paru-gu),或者"孩童",这在根本上是错误的,该词应理解为"婚姻"。在敦煌古文献中,也曾出现"兄弟"一词,但贝克达没有翻译,而用了上面所述的敦煌古文献

---

[1] 赛丹1956:40, n.2。卡尔梅·桑丹坚参:《藏族历史传说宗教仪轨和信仰研究》(藏文版)下册,德康·索朗曲杰英译藏,中国藏学出版社,2007,第464页。

[2] 赛丹1956:40, n.2。卡尔梅·桑丹坚参:《藏族历史传说宗教仪轨和信仰研究》(藏文版)下册,德康·索朗曲杰英译藏,中国藏学出版社,2007,第464页。

[3] 《花岭诞生记》,第98页,赛丹1956:64, 248。卡尔梅·桑丹坚:《藏族历史传说宗教仪轨和信仰研究》(藏文版)下册,德康·索朗曲杰英译藏,中国藏学出版社,2007,第465页。

岭国的社会结构及《格萨尔王传》中"兄弟"一词的解析

中的"普玛努"一词，其被记载为兄弟间反目成仇的迹象。①

然而，在公元764年的碑文上仅出现了"普弩窝"（pu-nu-bo），未见"兄弟"一词。此碑文的古文中两次出现过"普弩窝"一词，为"兄弟及亲戚"之意。据碑文，其意义为某一族系绝灭之时，其家产等可以让近亲属继承；因此，碑文上所刻的"普弩窝"一词被日坚宋译为"联姻"是较可靠的。② 上述所言，可以说明"普弩窝"最初是指从兄弟中产生的近亲们。自"普弩窝"这个词出现后，又出现了它的反义词"普弩莫"（pu-nu-mo）。然而，于公元前9世纪进行编纂的《梵语与藏语对照大词典》中，梵语"巴各尼"（bah-ge-nwi）一词指妹妹和姑姑，又可译成藏语"普怒莫氏"（pu-nu-movi-saru）③。

结　语

在《花岭诞生记》中，"兄弟"一词经常出现，是指同胞兄弟；后来，随着岭国疆域扩大，岭周围的部落成为岭国社会的一部分。兄弟的概念不仅包括了新加入的其他成员和本家男性，还包括女性及其他近亲属。

岭征服了"雅康"（yar-khams）和"霍尔"（hor）以后，社会进入了一个新的发展时期。它的社会结构也发生了很大变化。阿达拉姆（A-sdga-lah-mo）是项度侵布（byng-bdud-chen-bo）的妹妹，被任命为雅康的首领，在岭的勇士排列中，她被列为与大臣相当的勇士，也是三十位勇士中唯一的女性。霍尔首领唐泽（thang-rtsae）和先巴（shan-pa）也被授予勇士的称号。我们看到，先巴虽然是杀死格萨尔同父兄弟的罪魁祸首，却被列为"岭的英雄"。同时，岭的三十位勇士中如果有人死于战争，也有非岭人取代他们。

---

① 贝克达（bae-kho-da）1940：110，146。卡尔梅·桑丹坚参：《藏族历史传说宗教仪轨和信仰研究》（藏文版）下册，德康·索朗曲杰英译藏，中国藏学出版社，2007，第466页。
② 日坚宋（ri-car-son）1985：20，24。卡尔梅·桑丹坚参：《藏族历史传说宗教仪轨和信仰研究》（藏文版），德康·索朗曲杰英译藏，中国藏学出版社，2007，第466页。
③ 萨嘎格（sa-ga-ge）1916：26。卡尔梅·桑丹坚参：《藏族历史传说宗教仪轨和信仰研究》（藏文版），德康·索朗曲杰英译藏，中国藏学出版社，2007，第467页。

因此，岭社会发展到上述阶段后，不仅改变了"兄弟"这个词的原意，之前岭部落的社会面貌也发生了变化，"兄弟"一词的使用逐渐减少。但在描述"本巴"一家父系兄弟及岭国"史赤"（srid-khari）时，"兄弟"一词被尤为看重。

"姜"（vjang）的玉拉（yaul-lah）是格萨尔王传中的一位重要人物。姜被征服后加入了岭国。在岭对"芒"（mon）的战役中，阿达拉姆和唐泽、先巴等人一同参战。自从有大量非岭属人被列入"勇士"之后，史诗的主题就不再是讲述"部落或氏族"的起源。它朝着记述一个王国和一个独立小国的历史发展。"兄弟"这个词虽仍存在，但其基本含义却有了变化。就此作一举例：岭的百姓反对将先巴封为大臣时，格萨尔以先巴虽未成为岭部兄弟，但先巴与他前世在天界修行时曾相遇为由，拒绝了杀死先巴的提议，还告知人们如将先巴杀死的话必定会惹来"同室操戈"[①] 的后果。

根据以上内容，我们可以清楚地看到，格萨尔的母系家族并不在"兄弟"范围中，似乎完全被排斥。但母系氏族在使用"兄弟"一词上却起到了决定性作用。

---

① Musee Guimet，第 164、174、181 页（详看注解 21）；《先登》，第 180~181 页。卡尔梅·桑丹坚参：《藏族历史传说宗教仪轨和信仰研究》（藏文版）下册，德康·索朗曲杰英译藏，中国藏学出版社，2007，第 469 页。

文学文献研究

中英文版本彝族史诗《勒俄特依》的对比研究

王 菊[*]

(西南民族大学 成都 610041)

《勒俄特依》(彝语 hnewo,以下或简称为《勒俄》)是在凉山彝族中广为流传的活态史诗,是一个开放的史诗文本,与早已失去活态语境、仅保留文学文本的史诗相比,随着时代和社会生活的变迁,《勒俄》史诗的内容还在不断地发生变化。《勒俄》是一个综合性的演述文本,因为其中包含了创世神话、英雄神话、洪水神话、人类再生神话、人神通婚神话、变形神话、祖先传说、迁徙传说、兄弟传说、祖谱述源等众多文学类型,而且采用诗歌体形式记录和传诵。"《勒俄》史诗在口头演述中分为'勒俄波帕'(史诗述源)、'勒俄册估阶'(史诗十九枝)、'勒俄布茨'(史诗叙谱)三个叙事环节,总体上以'述源'和'叙谱'为线索,将一系列情节基干和故事母题统合到了创世、迁徙、战争、定居等漫长的历史进程中,塑造了众多的神人形象、文化英雄和祖先英雄,荟萃了神话、传说、故事、谚语、格言,乃至谜语等民间口头艺术的精华。"[①]

《勒俄特依》的异文很多,长短不一。1960年由巴胡母木(冯元蔚)、俄施觉哈、方赫、邹志诚整理的翻译本,被收入《大凉山彝族民间长诗选》,由四川省民间文艺研究会编,四川人民出版社出版;1982年四川民族出版社出版了冯元蔚整理的彝文本,1986年该社又出版同一整理者的汉文译本。目前,国内流传最广和使用最多的是20世纪50年代搜集、整理、翻译的文本,即由冯元蔚翻译出版的《勒俄特依》(四川民族出版社1982年版)。

---

[*] 王菊,博士,教授,研究方向为文学人类学、民族文学等。
[①] 巴莫曲布嫫:《"勒俄":史诗传统》,央视网,http://www.cctv.com/folklore/20040707/101632.shtml。

由美国俄亥俄州立大学东亚语言文学系主任、教授马克·本德尔（Mark Bender）和中国西南民族大学阿库乌雾合作翻译的英文原著《诺苏起源之书：来自中国西南的创世史诗》(*The Nuosu Book of Origins: A Creation Epic From Southwest China*) 于 2019 年由美国华盛顿大学出版社出版（翻译的手稿来自于 21 世纪初凉山彝族自治州喜德县米市镇的吉伍作曲。吉伍作曲稿本目前还没有汉文译本，故研究以马克·本德尔等人的英译本展开。特此说明）。该书内容包括 6 部分：序言［由国际彝学家斯蒂文·郝瑞（Steven Harrell）撰写］、前言、发音指南和规则、凉山彝族自治州地图、介绍、《起源之书》（彝语原名《勒俄特依》）。

在 *The Nuosu Book of Origins: A Creation Epic From Southwest China* 一书的序言中，斯蒂文·郝瑞介绍了《起源之书》是凉山诺苏彝族讲述他们是怎么来的，又是如何融入宇宙、精神世界、自然世界和社会世界的一本书。史诗是用诺苏文字书写的，绝大多数是五言一行。在重要的仪式场合，人们要背诵这首史诗的部分或全部。这本书的故事从世界的起源开始讲述，接着讲述自然秩序与社会秩序经过几次毁灭和再生，解释了现在世界的起源，史诗以今天诺苏家族的迁徙和扩展作结。阅读《起源之书》，我们不仅能了解不同且丰富的文化和文学传统，而且能认识到居住在地球上的各种可能性。

为了方便英文阅读者的阅读，马克·本德尔对史诗中涉及彝族历史、文化及《勒俄》的内容作了详细的分类介绍，分为"people, place, and culture、land and waters、clan and family、ritualists: Bimo and Sunyi/Monyi、birth and marriage、funerals、material culture、foodways、Yi literature、Hnewo Teyy: the book of origins、oral delivery、poetic and rhetorical devices、outline of the epic narrative、the genealogy of the sky and earth、the separation of the sky and earth、implantation of life on earth from the sky: stage one、earth-sky link as a response to catastrophic warming、the second seeding andsubsequent flood: stage two、a celestial and an earthling wed、the epic as cosmographic repository、layered realms, lightning, directions, and calendar、eco-genealogies of the pluriverse、searching for an ideal place: niche selection in the ancestral migrations、a continuing tradition"，共 24 个部分加以说明和阐释。

20世纪50年代冯元蔚搜集的《勒俄特依》（后文简称中文版）和2019年由马克·本德尔、阿库乌雾翻译（吉伍作曲提供的版本）的 The Nuosu Book of Origins: A Creation Epic From Southwest China（后文简称英文版），相隔六十年左右的时光，同一母本的不同异文版本可以透视出史诗文本的流变和不变，体现在以下几个方面。

一 版本长度不同

中文版《勒俄特依》有14部分，共2355行。从第一部分到第五部分，讲的是神的故事：开天辟地、创造世间日月星辰、化生地面生存的动物、植物和人，安定自然规律。第六部分到第八部分，讲的是英雄的故事：支格阿龙射日月、安日月。第九部分到第十四部分，讲的是人的故事：寻找父亲、洪水后人类再生、寻找适合的居住地、部落家族之间的争斗、各家族的迁徙及谱系。

而英文版有29部分，共3870行。第一部分到第十一部分，讲述了天的谱系、地的谱系、天和地的演变、闪电的谱系、天和地的分离、大毕摩、支格阿鲁的故事、雪的十二支系等，具有神话色彩；第十二部分到第二十九部分讲述的是诺苏的族源、迁徙、争斗和家族谱系，汉人的谱系及迁徙，藏人的谱系及迁徙、外国人的谱系及迁徙等。

两个版本的内容章节对比见表1。

表1 两个版本的内容章节对比

部分	中文版	英文版
1	天地演变史	Genealogy of Sky（天的谱系）
2	开天辟地	Genealogy of Earth（地的谱系）
3	阿俄暑布	Transformation of Sky and Earth（天和地的演变）
4	雪子十二支	Genealogy of Lightning（闪电的谱系）
5	呼日唤月	Seperation of Sky and Earth（天和地的分离）
6	支格阿龙	Great Bimo（伟大的毕摩）
7	射日射月	Genealogy of Spirit Monkey（灵猴谱系）

续表

部分	中文版	英文版
8	喊独日独月出	Zhyge Alu（支格阿鲁）
9	石尔俄特	Shooting Down Suns and Moons（射日和月）
10	洪水漫天地	Calling Out Single Sun and Single Moon（喊出独日和独月）
11	兹的住地	Twelve Branches of Snow（雪的十二支系）
12	合侯赛变	Genealogy of Shyly Wote（石尔俄特的谱系）
13	古侯主系	Ozzu (Tibetan) Lineages（藏人的世系）
14	曲涅主系	Ozzu (Tibetan) Migrations（藏人的迁徙）
15	—	Hxiemga (Han) People's Lineages（汉人的世系）
16	—	Hxiemga (Han) People's Migrations（汉人的迁徙）
17	—	Foreigner's Lineage（外国人的谱系）
18	—	Migrations of Foreigners（外国人的迁徙）
19	—	Nuosu Lineages（诺苏的世系）
20	—	Emperor Vomu and Ni and Vi Genealogies（皇帝沃姆和尼与韦谱系）
21	—	Genealogy of Ahuo（阿伙的谱系）
22	—	Migration of Ahuo（阿伙的迁徙）
23	—	Genealogy of Nzy Clan（兹家族的谱系）
24	—	Highpoints of Migrations of Gguho（古侯迁徙的顶峰）
25	—	Migrations of Qonie（曲涅的迁徙）
26	—	Changes of Hxuo Villages（伙群落的变化）
27	—	Genealogy of Gguho（古侯的谱系）
28	—	Migrations of Nine Sons of Gguho Durzhy Ddiwo（古侯杜支迪沃之九子的迁徙）
29	—	Genealogy of Qonie（曲涅的谱系）

二　内容排列顺序不同

中英文的版本根据以下发展时序和内容顺序展开。

英文版中故事的发展时序和内容顺序是：天神派神下界创造世界景观，产生"万物有灵"时代；这个时代由于多余的太阳和月亮而暴热，以诞生神奇的弓箭手支格阿鲁射落多余的太阳和月亮而结束；随后，地面生命再生，突降的红雪重新演化出更多的生命，人类的风俗和规则开始形成，却被一场大洪水毁灭；洪水中仅存的幼弟与天女成婚，重新繁衍人类后代，人类分散到了各地。

而中文版中故事的发展时序和内容顺序是：天神恩体古兹派众神下界开天辟地、创造生物，同时在红雪过后衍生出十二种动物和植物；因呼唤日月反而出现了多余的太阳和月亮，但英雄支格阿龙出世来射落多余的太阳和月亮，但剩余的一个太阳和一个月亮躲起来了，支格阿龙想尽办法在动物们的帮助下请出了仅剩的一个太阳和一个月亮。到此，地面的万物才开始正常起来。接下来，寻找父亲的石尔俄特的后代经历大洪水而存活下来，通过与天神的女儿通婚的方式重新繁衍人类，并经历争斗、迁徙分布到了各地。

以上是两个版本内容的内在逻辑顺序。此外，具体而言，两个版本之间每部分内容的排列顺序还有很多异同。

英文版的"Transformation of Sky and Earth（3rd）"内容与中文版第一部分"天地演变史"中的前面部分相似。

英文版的"Genealogy of Lightning（4th）"是单列出来的，相似内容被安排在中文版第一部分"天地演变史"中的后面段落。英文版的"Genealogy of Lightning（4th）"被安排在"Separation of Sky and Earth（5th）"之前，而中文版的雷电史部分出现在天地分开、开天辟地之后。英文版的"Genealogy of Lightning（4th）"是被糅合在中文版第一部分的"天地演变史"中的，字词的使用和描述各具特色（见表2）。

英文版的"Separation of Sky and Earth（5th）"与中文版的第二部分"开天辟地"内容对应。

英文版的"Great Bimo（6th）"内容对应的是中文版的第三部分"阿俄暑布"。

英文版的"Genealogy of Spirit Monkey（7th）"内容对应中文版的第五部分"呼日唤月"。

中国文学研究论文集

表 2　《勒俄特依》中英版表述特色

对闪电、雷电的描写

中文版	英文版
此后发生一奇事：／天空突然震两声，／头声震天响，／二声空中行，／途经吾则火施山，／叶则火碾山，／古鲁博杰山，／姐阶纳杰山，／麻补火克山，／低曲博碾山，／走遍天涯与海角。／仰头看青天，／怒目看太阳。伸手掰树梢，／树梢"咔"地断；／伸脚踏山头，／山头塌四方；／张口咬山岩，／山岩"轰"地崩。／铜线铁线十二种，／雷电从此生，／此为雷电史。	After this，／the sky produced two loud sounds；／one sound arose from Gulu Mountain，／one sound issued from Gulu Mountain，／arose from the mists on the right，／issued from the mists on the left；／arose from right ridges of the mountain／issued from the left ridges of the mountain．／Arose from the slopes of Gulu Mountain，／issued from the slopes of Gulu Mountain．／Arose from Jiejielajie／issued from Jiejielajie；／arose from the mists of Mabur，／issued from the mists of Mabur；／arose from the peaks of the white clouds，／issued from the peaks of the white clouds．／Rumbling thunder resounded in the human world．／Lightning raised its head to look at the sky，／looked at the sun from the corner of its eye，／then stretched out its hand to pull down the treetops，／so the treetops snapped one after another；／opened its mouth to chomp the cliffs，／so the cliffs crumbled one after another；／then used its feet to kick the ground，／kicked it into four pieces．／The twelve types of lightning，／during the three months of winter，／lived in the crags where the sun rises．／The Mother slept with its mouth shut，／the Son slept with its mouth shut；／during the three months of spring，／they lived beyond the skin of the sky，／the Mother snored，"Gu-lu-lu"，／the Son snored，"Gu-lu-lu"．／Thus is the genealogy of Lightning．
特点：更突出雷电的光，把闪电的光比喻成"铜线铁线"，很直观和形象	特点：更突出闪电的声音，拟人化，认为其是睡眠时的鼾声

英文版的"Zhyge Alu（8th）"对应的是中文版第六部分"支格阿龙"。英文版的"Zhyge Alu（8th）"的内容被安排在了雪的十二支系之前；而中文版"支格阿龙"部分被安排在了雪子十二支之后。

英文版的"Shooting Down Suns and Moons（9th）"对应的是中文版第七部分"射日射月"。英文版的"Shooting Down Suns and Moons（9th）"的内容被安排在了雪的十二支系之前；而中文版"射日射月"部分被安排在了雪子十二支之后。

英文版的"Calling Out Single Sun and Single Moon（10th）"对应的是中文版第八部分"喊独日独月出"。英文版的"Calling Out Single Sun and

Single Moon（10th）"的内容被安排在了雪的十二支系之前；而中文版"喊独日独月出"部分被安排在了雪子十二支之后。

英文版的"Twelve Branches of Snow（11th）"对应的是中文版第四部分"雪子十二支"。英文版中"Twelve Branches of Snow（11th）"在英雄支格阿鲁射落多余的太阳和月亮之后；而中文版中第四部分"雪子十二支"出现在多余的太阳和月亮烘烤大地、英雄支格阿龙出现之前。

英文版的"Genealogy of Shyly Wote（12th）"对应中文版的第九部分的"石尔俄特"。

英文版的"Ozzu（Tibetan）Lineages（13th）""Ozzu（Tibetan）Migration（14th）""Hxiemga（Han）People's Lineages（15th）""Hxiemga（Han）People's Migration（16th）"中的内容对应的是中文版第九部分"石尔俄特"中的两段，只不过英文版更详细。

英文版的"Genealogy of Nzy Clan（23th）"对应中文版的第十一部分"兹的住地"（见表3）。英文版的"Genealogy of Nzy Clan（23th）"讲的都是从 Sagukenyie 出发寻找宜居地，经过 33 个地方，最终到达了 Zzyzzypuvu 才定居安家。Zzyzzypuvu 这个地方，是世代彝族人民想象的理想居住地：山上能放羊、山下能种地，有平坝赛马、有沼泽地牧猪、有山林打猎、有河流捕鱼，牛羊长得壮、人也乐安居。这是彝人对生态宜居环境的想象和向往。

英文版的"Highpoints of Migration of Gguho（24th）""Genealogy of Gguho（27th）""Migration of Nine Sons of Gguho Durzhy Ddiwo（28th）"与中文版的第十三部分"古侯主系"对应。

英文版的"Changes of Hxuo Villages（26th）"内容与中文版的第十二部分"合侯赛变"对应。

英文版的"Migrations of Qonie（25th）"和"Genealogy of Qoni（29th）"对应中文版第十四部分"曲涅主系"，只不过内容有所增加。按照英文版之前的排列顺序，一般都是先讲谱系、后讲迁徙，而在介绍 Qonie 的时候，却将迁徙内容安排在前面，中间又隔了三部分内容才讲谱系。

表 3　兹兹蒲武中英版本对比

中文版	英文版
……兹兹蒲武这地方，/屋后有山能放羊，/屋前有坝能栽秧，/中间人畜有住处，/坝上有坪能赛马，/沼泽地带能放猪，/寨内又有青年玩耍处，/院内又有妇女闲谈处，/门前还有待客处，/兹愿迁来兹兹蒲武住。/兹兹蒲武这地方，/屋后砍柴柴带松脂来，/屋前背水水带鱼儿来。/耕种放牧那一天，/赶群仙绵羊，/去到兹兹山上放。/赶群仙山羊，/去到兹兹岩边放。/赶群神仙猪，/去到兹兹池边放。/赶群神仙鸡，/去到兹兹院坝放。/牵着神仙马，/去到兹兹坝上骑。/带着神猎犬，/去到兹兹林中放。/赶着神仙牛，/去到兹兹地里犁。/兹兹蒲武这地方，/小马到一岁，/肚带断九根。/小牛到一岁，/犁头断九架。/小羊到一岁，/羊油有九捧。/ 兹兹蒲武这地方，/七代宝剑在此晃，/八代骏马在此骑，/九代"德古"在此讲，/祖先根业在此建，/子孙繁衍在此兴。……	…… At the place Zzyzzypuvu, /above the dwellings were mountains for raising goats, /below the dwellings were paddies for raising grain, /and in the middle were dwelling places; /there were also grasslands for racing horses, /and there were wet spots for raising pigs. /There were places for maidens to find shade under the eaves. /So, the children and grandchildren of the Nzy/were willing to migrate to Zzyzzypuvu to live. /At the place Zzyzzypuvu, /above the dwellings they cut pine kindling and gathered resin, /below the dwellings they took in fish fry. /One day while doing fieldwork and herding, /they drove a magic sheep, /and released it on Zzyzzy Mountain; /drove a magic goat, /and release it on Zzyzzy Mountain; /drove a flock of magic chickens, /and released them on the Zzyzzy bottomlands; /drove a herd of magic horses, /and released them on the Zzyzzy grasslands; /drove a magic hunting dog, /and took it to Zzyzzy Mountain Gorge to hunt; /drove a herd of magic cows, /and released them on the flat Zzyzzy fields. /At the place Zzyzzypuvu, /when the colts were just a year old, /they had already broken nine belly bands; /when the calves were just one year old, /they had already worn out nine plow frames; /when the goats were just a year old, /their rendered oil already gave nine double-handfuls. /Seven generarations of swords glimmered, /eight generations of seeds were ridden, /nine generations of *ndeggu* spoke their wisdom, /the foundations of the ancestors' homes were laid, /the children and grandchildren's industries were founded.

三　内容也不尽相同

英文版中的 "Genealogy of Sky（1st）" "Genealogy of Earth（2nd）" 两部分内容是中文版所没有的。"Genealogy of Sky（1st）" 的全文内容如下：

> In the most ancient past,
> in the vast expanse of the heavens,
> was the home of the sky spirit, Ngeti Gunzy.

If Ngeti Gunzy lived a day,

in that day he would accomplish his goal.

Capable people helped;

incapable people also helped.

The Pumo clan was sent.

Hnaly of Pumo clan,

stood atop Ngejjiejjieli Mountain;

he sat on a cloud and flew up to the moon.

He came to shepherd the sun,

to shepherd the sun,

to shepherd the sun out below the clouds;

he came to hammer the rising mist,

hammer the mist into dark clouds,

the dark clouds that send the drizzling rains.

Once the sun was herded and pressed within the clouds,

there was sunlight beneath the clouds;

everywhere was bright, glimmering sunlight.

And thus is the genealogy

of the sky above.

英文版的"Genealogy of Sky（1st）"想象天空中有天神恩体古兹要想完成他的目标，普莫家族的 Hnaly 能在天空中的月亮、太阳、薄雾、云、雨之间穿梭，而且他具有敲击薄雾成云从而让云带来雨以及拨云见日的能耐，这是极富想象力的。

"Genealogy of Earth（2nd）"讲述天上没有星星、地上没有草、中间没有云和光，地上"这里"和"那里"分不清，"东"和"西"还没形成。地面上的树木、水、草地分布不均。这就是地的谱系。详细内容如下：

In the most ancient times,

there was no sky above;

were there a sky, there were no stars.

There was no earth below;

were there an earth, there was no grass.

In between there were no clouds,

the clouds had not yet formed;

thus there was no light within the clouds.

"Here" and "there" were indistinguishable,

"East" and "West" had not been formed.

In this dale were forests,

in that valley as yet no trees;

in this dale was water,

in that valley as yet no water.

In this place were grasslands,

in that place as yet no grasslands.

And thus is the genealogy of the earth below.

英文版"Twelve Branches of Snow (11th)"相比中文版第四部分"雪子十二支"多了一段关于蜘蛛没有腰的故事："On the wide expanses of the world below, /in Ssussevoge's family, /there lived a giant spider. /When someone came to your house to invite a *bimo*, /the spider was cut into three pieces. /The head was thrown into a pile of rocks, /the waist was thrown into water, /the tail was thrown in among pine trees. /As for Ngeti Gunzy's wife, /her eyes grew spider webs. /This is the reason. /After that, /Ngeti Gunzy/sent a pair of rats/to circle the top pf the rocks three times, /and circle the end of the rocks three times, /and return to the middle of the rocks, /to search for the spider's head. /It was found beneath the rocks. /He then sent a pair of otters/to circle the head of the waters three times, /to circle the ends of the waters three times, /and return to the middle of the waters to search; /but they did not find anything in the middle of waters. /Finally he sent a pair of hunting dogs/to circle the head of the fir forest three times, /to circle the end of the fir forest three times, /and return to the middle of the forest to search/and they found the spider's tail in the fir forest. /Across the way lived Anre, /Anre wove silver thread. /On this side lived Vosa; /Vosa spun gold thread. /And they used the threads to connects the head and tail of the spider. /They connected the head and tail, /so today spiders have no waists……"

英文版的"Genealogy of Shyly Wote（12th）"糅合了中文版第九部分"石尔俄特"与第十部分"洪水漫天地"。

英文版的特有的内容（见表4）。相较于中文版只有对居木乌乌三个儿子成为藏人、诺苏和汉人的简单介绍，英文版不仅单独列出了"Ozzu（Tibetan）Lineages（13th）""Ozzu（Tibetan）Migration（14th）""Hxiemga（Han）People's Lineages（15th）""Hxiemga（Han）People's Migration（16th）"，还详细讲述了外国人的谱系（13代谱系）和外国人的迁徙（7个地点）等内容。

表4 英文版特有的内容"Foreigners' Lineage（17th）""Migrations of Foreigners（18th）"

"Foreigner's Lineage（17th）"	"Migrations of Foreigners（18th）"
La yi gu zy was a foreigner ［whose generation was］ followed by the generation of Yiery Guzy, followed by the generation of Guzy Yiezy, followed by the generation of Yiezy Yiemu, followed by the generation of Yiemu Luhly, followed by the generation of Luhly Kepo, followed by the generation of Kepo Vihxa, followed by the generation of Vihxa Luzu, followed by the generation of Luzu Shuoyie, followed by the generation of Shuoyie Nzyla, followed by the generation of Nzyla Shogi, followed by the generation of Shogi Bitu, followed by the generation of Bitu Yyhxa, followed by the generation of Yyhxa Jiejie, that settled in the foreigner's place. This is the genealogy of the foreigners.	The Yiery foreigners migrated, Following along the foreigners' river gorges, settling at Didilurkur. Migrating from Didilurkur, they settled at Lololurkur; migrating from Lololurkur, they settled at Bozzylurkur; migrating from Bozzylurkur, they settled at Dichelurkur; migrating from Dichelurkur, they settled at Avyzzigo; migrating from Avyzzigo, they settled at Xynilurkur; migrating from Xynilurkur, they settled at Yiecheladda. After settling at Yiecheladda, ［the house had］ golden beams above, golden thresholds below, golden pillars in-between. That was where the foreigners lived.

英文版的"Nuosu Lineage（19th）"的内容传承"Genealogy of Shyly Wote（12th）"的内容，讲述了从雪的人支系传承到第八代的石尔俄特，他开始去寻找父亲，最终经历种种磨难，自己娶妻生子，孩子就能见到自己的父亲。石尔俄特的后代居木乌乌成为洪水过后的唯一人种，与天神恩体古兹的小女儿结婚重新繁衍人类，生了三个儿子，按长幼顺序分别是：Vuvu Sysha（乌乌斯沙）、Vuvu Gizy（乌乌给兹）、Vuvu Layi（乌乌拉伊），他们分别成为了藏人、诺苏（彝人）、汉人的祖先（见图1）。而"Nuosu Lineage（19th）"就从Vuvu Gizy讲起，过了几代后，出现了Emperor Ddibo Vomu，诺苏、汉人和藏人都要向他交税：诺苏用谷物交税，藏人用黄金交税、汉人用白银交税，因此获得了不同的待遇。Emperor Ddibo Vomu制作了48枚印章，藏人掌管着9枚印章，汉人掌管着39枚印章。

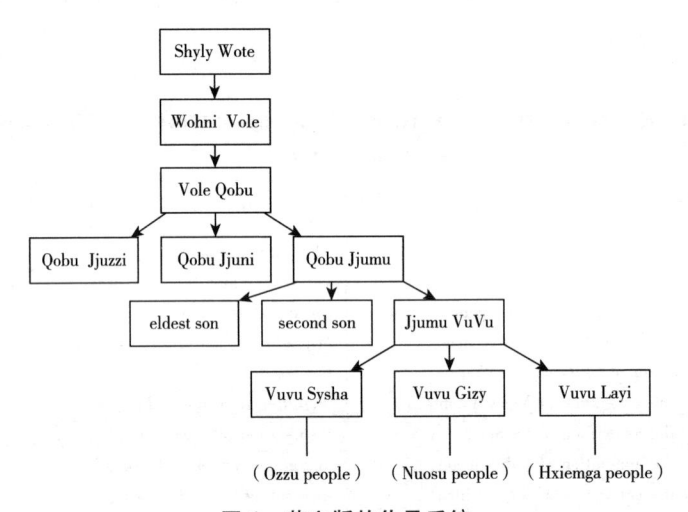

图1 英文版的传承系统

英文本的"Emperor Vomu and Ni and Vi Genealogies（20th）"是特有的内容，讲述16个家庭两两结伴掌管不同的区域，其中再次提到了藏人、汉人，也提到了很多地名。

英文本的"Genealogy of Ahuo（21th）""Migration of Ahuo（22th）"也是特有的内容。讲述了Vuvu Gizy是诺苏，而他的下一代Gizy Nyoto是汉人，"Emperor Vomu and Ni and Vi Genealogies（20th）"最后的原文是

中英文版本彝族史诗《勒俄特依》的对比研究

"Vuvu Gizy was a Nuosu, /Gizy Nyoto was a Hxiemga"。Ahuo 他们经历了十二代，最后定居在了 Hliyy River。后来又从 Hliyy River 开始迁徙，经过六个地方，最后定居在 Bbujjilolo。

英文版"Highpoints of Migration of Gguho（24th）"是中文版"古侯主系"中的第一大段；"Genealogy of Gguho（27th）"是中文版"古侯主系"的第二段至第六段的内容。

英文版"Migrations of Qonie（25th）"是中文版"曲涅主系"的前三段内容；英文版"Genealogy of Qonie（29th）"的内容一共有 431 行，与中文版"曲涅主系"内容相近的仅有 39 行（只占到 9%）。相较于中文版只讲了伙的三个儿子——则野拉布、斯格物碾、尼木宜宜，英文版还采用父子联名的方式讲述了 12 家支的谱系：the genealogy of the Lynge family, the genealogy of the Mose Shuogo, the genealogy of the Bbaqi, the genealogy of the Lomu, the genealogy of the Zhulu family, the genealogy of the Vazha family, the genealogy of the Lohxo family, the genealogy of the Lovu family, the genealogy of the Ggojjy family, the genealogy of the Ssenyi Oshyr family, the genealogy of the Ggahahma family, the genealogy of the Alunuo bimo family。最长的谱系达 46 代。

综上，*The Nuosu Book of Origins：A Creation Epic From Southwest China* 是在《勒俄特依》被整理翻译 60 年后根据凉山彝族自治州喜德县的彝文本翻译而来的。译者为了让读者读懂凉山彝族这部经典史诗，在正文内容前对凉山彝族的方方面面都作了介绍，文末的注释也详尽解释了相关术语和概念。此外，译者为了忠实于彝文原文，涉及的人名、地名等都是用彝语汉语拼音方式翻译的。如上文所分析的，尽管两个版本之间有所不同，后出的英文版分解细化、增加了很多的内容，但是史诗的核心部分是没有太多改变的。史诗在形成和发展过程中吸收了神话、传说、故事等其他民间叙事文学的营养，同时具备有机综合的特点。中英文版本中的核心内容，如创世、人类出现、多余太阳月亮呼唤英雄出现、洪水惩罚人类、人类再生、各不同兄弟族群出现、不同家支争斗和迁徙等基本没变，变的是后出现的英文版本随着时间而增添的情节和一些细节，比如天的谱系、地的谱系、藏人的谱系及迁徙、汉人的谱系及迁徙、外国人的谱系及迁徙甚

269

至诺苏的谱系及迁徙等等，这些是随着凉山彝人在经历了改革开放、西部大开发的新的时期，在生活范围扩大、眼界扩大后产生的新的表达。《勒俄》作为彝族的文化宝库，包含了丰富的文化信息和历史印记，是融合了创世史诗、英雄史诗、迁徙史诗的集大成史诗文本，是彝族精神标本的展览馆，展示了彝族对自然、人类、民族、家族的认知和理解。正如钟敬文先生所言："史诗，是民间叙事体长诗中一种规模比较宏大的古老作品。它用诗的语言，记叙各民族有关天地形成、人类起源的传说，以及关于民族迁徙、民族战争和民族英雄的光辉业绩等重大事件，所以，它是伴随着民族的历史一起生长的……"[①]

[①] 钟敬文：《史诗论略》，载赵秉理编《格萨尔学集成》（第一卷），甘肃民族出版社，1990。

图书在版编目(CIP)数据

中国文学研究论文集 / 王启涛，贡保扎西主编. -- 北京：社会科学文献出版社，2023.3
ISBN 978-7-5228-1137-6

Ⅰ.①中… Ⅱ.①王…②贡… Ⅲ.①中国文学-文学研究-文集 Ⅳ.①I206-53

中国版本图书馆 CIP 数据核字（2022）第 217869 号

中国文学研究论文集

主　　编 / 王启涛　贡保扎西

出 版 人 / 王利民
责任编辑 / 罗卫平
责任印制 / 王京美

出　　版 / 社会科学文献出版社·人文分社（010）59367215
　　　　　　地址：北京市北三环中路甲29号院华龙大厦　邮编：100029
　　　　　　网址：www.ssap.com.cn

发　　行 / 社会科学文献出版社（010）59367028

印　　装 / 三河市龙林印务有限公司

规　　格 / 开　本：787mm×1092mm　1/16
　　　　　　印　张：17.25　字　数：267千字

版　　次 / 2023年3月第1版　2023年3月第1次印刷

书　　号 / ISBN 978-7-5228-1137-6

定　　价 / 128.00元

读者服务电话：4008918866

版权所有 翻印必究